Weihnachten
im
kleinen Dorf
in Irland

WEITERE TITEL VON MICHELLE VERNAL

The Winter Posy

The Spring Posy

The Summer Posy

Isabel's Story

The Promise

The Letter

When We Say Goodbye

Sweet Home Summer

The Traveller's Daughter

Staying at Eleni's

Second-hand Jane

The Cooking School on the Bay

Michelle Vernal

Weihnachten im kleinen Dorf in Irland

Übersetzt von Milena Schilasky

bookouture

Die Originalausgabe erschien 2022 unter dem Titel
„Christmas in the Little Irish Village"
bei Storyfire Ltd. trading als Bookouture.

Deutsche Erstausgabe herausgegeben von Bookouture, 2023
1. Auflage September 2023

Ein Imprint von Storyfire Ltd.
Carmelite House
50 Victoria Embankment
London EC4Y 0DZ

deutschland.bookouture.com

ISBN: 978-1-83790-842-4
eBook ISBN: 978-1-83790-841-7

Für Paul und unsere Jungs, die Familie und Freunde nah und fern. Für meine wundervollen Eltern, Mum und Dad. Ihr fehlt uns.

VIER TAGE BIS WEIHNACHTEN

Mögen Friede und Fülle
An Deine Tür klopfen
Und möge die Weihnachtskerze
Dem Glück den Weg in Dein Zuhause weisen.
Gottes Segen und Friede
Für das neue Jahr.

— IRISCHER SEGENSSPRUCH ZUR
WEIHNACHT

1

Bis Weihnachten waren es noch vier Tage und Shannon Kelly verließ ihr Zuhause. Ein letztes Mal ging sie wehmütig durch das Luxusapartment im Zentrum Galways, in dem sie die letzten zwei Jahre gewohnt hatte. Bei der Wohnungstür standen zwei vollgestopfte Koffer mit all ihren Habseligkeiten bereit, daneben ihre Stiefel, ein Kratzbaum und eine Transportbox, in der Napoleon steckte, der Perserkater mit Schildpattmusterung, für den Julien ihr das alleinige Sorgerecht überlassen hatte. Gerade äußerte Napoleon lautstark seine Empörung darüber, mit dem Kopf voran in die Box gezwängt worden zu sein.

Sie trug nur Strümpfe, und der Teppich, über den sie auf dem Weg Richtung Küche lief, fühlte sich weich an. Fast, als könnte man darin versinken. Schuhe mussten an der Tür ausgezogen werden, das war eine der Hausregeln, die sie etabliert hatte. Selbst jetzt konnte sie diese Regel nicht brechen. Würde sie sich nicht so miserabel fühlen, hätte sie die plötzliche Erinnerung an den Kommentar ihrer kleinen Schwester Hannah bei ihrem ersten Besuch im »fancy Liebesnest« der großen Schwester zum Lachen gebracht.

»Das ist genau die Sorte Teppich, bei der man sich am

liebsten sofort die Klamotten vom Körper reißen will, um nackt darauf herumzurollen. Ich hoffe, er ist nachhaltig produziert worden.«

Die ganze Ausstattung hatte Shannon begeistert, als Julien und sie sich die Wohnung zum ersten Mal angesehen hatten. Die bodentiefen Fenster mit Blick auf den River Corrib und die Lage – nur einen Katzensprung zu den belebten Kopfsteinpflasterstraßen der Stadt – hatten sie schon beim ersten Tritt über die Schwelle überzeugt. Doch Shannon wusste, dass es mit der Monatsmiete bei ihrem Gehalt als Krankenschwester ziemlich eng werden würde.

Julien dagegen hatte direkt verkündet, wie *idéal* das vollmöblierte Apartment sei. Ihm war auch egal, dass sie täglich über eine Stunde zur Klinik fahren musste, in der sie arbeitete, denn als Softwaredesigner arbeitete er sowieso von zu Hause aus.

Ihm als Pariser konnte sie jedoch schlecht vorwerfen, dass er lieber im lebhaften Galway wohnte als im ruhigen Kilticaneel, wo sie arbeitete, oder gar ihrem beschaulichen Heimatort Emerald Bay. Und da sie ihn glücklich machen wollte, unterschrieb sie noch am selben Tag den Mietvertrag.

Solang sie zusammen waren, kümmerte es Shannon nicht, wo sie wohnten. Sie war nie eine Person gewesen, der »Dinge« wichtig gewesen waren. Sie wollte ein einfaches, glückliches und ehrliches Leben mit dem Mann, den sie liebte. Wie es auch ihre Eltern seit Jahren hatten. Das kam ihr im Grunde genommen auch nicht zu viel verlangt vor.

Verblüffend, wie schnell man sich an Luxus gewöhnte, dachte sie, in der Küche angekommen, während sie ihre Hand über die Arbeitsflächen aus weißem Marmor gleiten ließ. Wie oft hatte sie hier auf dem Hocker gesessen und Julien bei der Demonstration seiner Kochkünste zugesehen? Sie schloss ihre Augen und stellte es sich vor, an einem Rotwein aus einem dieser lächerlich riesigen Weingläser nippend, die er so liebte.

Eine Welle des Schmerzes brach über ihr zusammen und

sie biss sich auf die Lippe, um nicht laut über die Ungerechtig-
keit von alldem zu schluchzen. Es war grausam von ihm gewesen, ihr keine Warnung zu geben. Keine Chance,
wiedergutzumachen, was auch immer falsch gelaufen war.
Entschlossen, sich weiter zu foltern, ließ sie ihren Blick durch
den offenen Raum zum großen Ledersofa wandern, von wo aus
man die beste Aussicht über den Fluss hatte. Oh, dieses Glücksgefühl, wenn sie dort gelegen hatte, die Augen halb geschlossen,
während Julien ihre Füße massierte. Die Massagen endeten
früher oder später meistens im Schlafzimmer.

»Hör auf, Shannon Marie Kelly.« Ihre Stimme bebte und
sie verstummte, als etwas in der Tasche ihrer Jeansjacke, die sie
über ihrem Rollkragenshirt trug, vibrierte. Froh über die Ablenkung, zog sie ihr Handy heraus und sah auf das Display, bevor
sie den grünen Hörer zur Seite wischte.

»Mam, ich fahre in spätestens einer halben Stunde los.«

»Wunderbar, ich koche dein Lieblingsessen«, antwortete
Nora Kelly.

Mit sechsundfünfzig machte ihre Mam, wie Shannons Dad
es nannte, eine gute Figur, und wenn er ein paar Pints zu viel
getrunken hatte, besang er sie gern mit Van Morrisons »Brown
Eyed Girl«. Nora selbst neigte dazu, über den Verlust ihrer
Taille zu klagen. Ihr dunkelbraunes Haar schnitt sie schulterlang, seit sie die Fünfzig überschritten hatte, und den Ansatz
färbte sie minutiös nach. Die eindringlichen braunen Augen
hatte sie wie ein Geschenk an drei ihrer Töchter weitergegeben,
aber es war ihr Lächeln, das sie wunderschön aussehen ließ. Es
brachte ihr Gesicht zum Leuchten und verlieh ihr einen
warmen Schein. Inzwischen machte es Shannon nichts mehr
aus, als jüngere Version ihrer Mutter abgestempelt zu werden,
auch wenn sie es als Teenagerin auf der verzweifelten Suche
nach ihrer eigenen Identität gehasst hatte.

Die Anspielung auf ihr Lieblingsessen stimmte sie allerdings skeptisch. Das hatte sie vor dem Nachhausekommen

schon oft gehört. Wenn sie dann ankam, in freudiger Erwartung, vom köstlichen Duft eines herzhaften Pies begrüßt zu werden, folgte die große Enttäuschung, wenn sich herausstellte, dass ihre Mam mal wieder die Lieblingsgerichte ihrer Kinder durcheinandergebracht hatte. Statt ihres Pies mit Fleisch wurde der Pie mit Fisch serviert, den Imogen liebte, oder Corned Beef mit Kohl, was Ava bevorzugte. Aber wahrscheinlich ist es auch schwierig, die Vorlieben von fünf Töchtern im Kopf zu behalten.

»Beef and Guinness Pie?« Sie umklammerte das Handy fester, wollte die Bestätigung. In ihrem Zustand würde sie die Enttäuschung nicht verkraften, wenn es Boxty, Colcannon oder irgendetwas in der Art gab.

»Genau den. Und deine Nan backt ein frisches Brot zum Tee.«

Ihr Herz war vielleicht gebrochen, aber allein der Gedanke daran, in eine Scheibe von Nans Soda Bread zu beißen, mit dem fluffigen Kern und der knusprigen Kruste, ließ ihren Magen knurren. Kitty Kellys Soda Bread war wie aus einem Märchen.

»Macht sie auch genug, dass ich mir morgen noch was davon toasten kann?« Vom Festkrallen am Telefon waren ihre Knöchel ganz weiß. Das Einzige, was noch wohltuender war als ein dampfender Beef and Guinness Pie zum Abendessen, war auf jeden Fall eine getoastete Scheibe von Nans Brot, großzügig mit Butter und Marmelade darauf, zum Tee am Morgen. Es wäre sowieso zwecklos, die Pfunde loswerden zu wollen, die sie seit der Trennung von Julien zugelegt hatte, besonders über die Feiertage. Außerdem, für wen sollte sie sich die Mühe machen? Von Männern hatte sie erst mal genug und sie hatte fest vor, als schlechtgelaunte alte Jungfer zu enden.

»Wer ist ›sie‹? Hat sie keinen Namen?«, ertönte die Stimme ihrer Nan im Hintergrund.

Für eine kleine Frau hat sie eine erstaunlich laute Stimme,

dachte Shannon. Sie sah die Szene vor sich, wie ihre geliebte Nan den Schneebesen schwang und das Mehl mit Salz und Natron vermischte, bevor sie Buttermilch hinzufügte. »Das Geheimnis eines guten Brotes ist ein frisches Päckchen Natron«, sagte sie immer. Ganz sicher trug sie ihre Schürze fest um die Taille gebunden. Ein Gast des Shamrock Inns, dem Bed and Breakfast der Familie über dem dazugehörigen Pub, hatte sie ihr einmal geschenkt. Dank der Aufschrift »Ich bin Irin, ich brauche kein Rezept« war es definitiv ihre Lieblingsschürze. Ihre ehemals dunkelroten Locken schnitt sie inzwischen immer kurz, sie wirkten wie ein ausgeblichener kupferner Heiligenschein um ihren Kopf, dazu die klugen blauen Augen, denen kaum etwas entging. Ihre Eltern haben die Kelly-Mädchen als Teenagerinnen vielleicht ab und zu hinters Licht geführt, aber Nan übersah absolut nichts!

»Sorry, Nan. Mam, hör auf, mich auf Lautsprecher zu stellen.«

»Shannon, ich muss los. Dein Vater braucht Hilfe an der Bar. Bis später, Liebes. Fahr vorsichtig.«

Shannon legte auf und schaute sich noch mal um. Bei all den Erinnerungen zog sich ihre Brust zusammen. Das Handy in ihrer Hand fühlte sich an wie eine heiße Kartoffel. Sie sah auf das Display. Sollte sie sich noch ein wenig quälen? *Zu spät.* Sie öffnete Instagram und gab Juliens Namen ein.

Voilà, da war er schon, und viel wichtiger: da war auch *sie.* Die neue Freundin.

Das altbekannte unwohle Gefühl breitete sich in ihrem Bauch aus. Erst vor drei Monaten hatte Julien sie einfach sitzen lassen. Wie konnte er so schnell darüber hinwegkommen? In ihren schwächeren Momenten fragte sie sich, ob er sie überhaupt jemals geliebt hatte.

»Die knochige Audrey«, murmelte Shannon und blickte finster drein, während sie durch die Fotos der glamourösen Französin scrollte. Die glücklichen, verliebten Pärchenfotos waren wie Folter. Dann, bei einem Foto, auf dem Audrey sich ein blättriges Croissant in den Mund stopfte, entschied Shannon, dass die Frau kein Recht hatte, so schlank zu sein.

Was stimmte mit ihr nicht? Ihre eigene Kombination aus hellem Rollkragenshirt und einem rotkarierten Minirock war »in«, wie ihre modebewusste kleine Schwester Imogen sagen würde. Karierte Röcke sah man diesen Winter überall. Irische Frauen verfügen auch über einen Sinn für Mode. »Nur nicht genug, Napoleon.«

»Shannon, ich hoffe, das ist nicht das, wonach es aussieht.«

Sie wirbelte herum, *erwischt*, ihr Gesicht lief rot an.

»Sorry, aber die Tür stand offen.« Ihr Nachbar Aidan, der ihr helfen wollte, all ihren Kram zur Garage zu schleppen, schob sich gerade seine Brille hoch. Er sah ganz und gar nicht aus, als würde ihm irgendetwas leidtun. Da er Shannons Regeln zu Straßenschuhen in der Wohnung kannte, blieb er im Türrahmen stehen. »Hast du uns nicht versprochen, dass du deinen Instagram-Account löschst?« Er klang wie ein mahnender Lehrer, obwohl er eher wie ein zerzauster Schüler aussah. »Deinen Ex zu stalken ist ungesund.«

»Ich stalke ihn nicht, ich ...« Shannon suchte nach den richtigen Worten.

»Stalkst ihn.«

Sie verzog das Gesicht. »Außerdem hatte ich bei dem Versprechen keinen klaren Kopf.«

Nachdem Julien verkündet hatte, dass er in Irland mit ihr keine Zukunft für sich sah, hatte sie es zunächst nicht fassen können. Erst hatte sie niemandem davon erzählt, nicht einmal ihrer Familie. Vor allem nicht ihrer Familie. Die hätten viel zu viel dazu zu sagen gehabt und sie war noch nicht bereit gewesen, es zu hören. Nicht, solang sie noch überzeugt war, er würde zurückkommen. Klar, er würde jeden Moment zur Tür hereingeplatzt kommen, mit einem riesigen Strauß Rosen und einer

Entschuldigung, wie er nur so ein Idiot hatte sein können. Nur, dass es nie passierte.

Was die Reaktion ihrer Familie anging, hatte sie allerdings recht behalten. Da wurde mit Begriffen wie »Arsch«, »Clown« und »französisches Großmaul« (von ihrem Vater) um sich geworfen. Ihre arme Mutter war beinahe genauso getroffen wie sie selbst, als ihr Traum von einer kostenlosen Übernachtungsmöglichkeit in der Stadt der Liebe geplatzt war.

Aidan und sein Partner, Paulo, aus der Wohnung gegenüber haben sie seit der Trennung vor einigen Bridget-Jones-Momenten bewahrt. Sie haben sie gedrängt, rüberzukommen und jeden Freitagabend mit ihnen auf ihrem Sofa zu verbringen. Sogar Napoleon durfte sie mitbringen – na ja, einmal jedenfalls. Napoleon zeigte seine Trauer über Juliens Verlust gern, indem er Vorhänge markierte. Sie war nicht die Einzige, die litt.

Die Jungs hatten sie mit Wein versorgt und zugehört, wie sie sich über Julien ausließ, der sie in einer Wohnung sitzen gelassen hatte, die sie allein niemals bezahlen konnte. Und darüber, wie ihr Toast mit Bohnen zum Abendessen zum Hals raushing, jetzt wo sie kein Geld mehr auf dem Konto hatte. Sie hatten ihr Chips von Tayto angeboten und *The Late Late Show* leiser gestellt, während Woche um Woche verstrich und sie ihnen damit auf die Nerven ging, was sie hätte anders machen können, gekrönt von der Frage, was so falsch an ihr war.

»Sieh doch allein dein wunderschönes Haar an. Dafür würde ich töten«, hatte Paulo über das Haar gesagt, das Shannon mal wieder verrückt gemacht hatte, weil es weder lockig noch glatt sein wollte. Wenn sie es länger als schulterlang wachsen ließ, wurde es an den Spitzen so bauschig, dass es aussah, als hätte sie beim Frisör »Einmal eine Dreiecksfrisur, bitte« verlangt.

»Und wenn du ein bisschen Mascara aufträgst und roten

Lippenstift, hast du was von Leighton Meester«, hatte Aidan hinzugefügt.

An dem Abend hatte sie ihre Chips mit den Jungs geteilt.

Der schlimmste Tag war aber der gewesen, an dem alle Farbe aus ihrer Welt gewichen war. Ihre Schritte waren ihr genauso schwer wie ihr Herz erschienen, während die Tage an ihr vorbeigezogen waren.

»Die fünf Phasen der Trauer«, hatte Aidan erklärt, als sie eines Freitagabends die Chips nur müde abgelehnt hatte. Still und leise hatten sie irgendwann ihre tröstende Macht verloren. »Leugnen, Zorn, Verhandeln, Trauer.« Er hatte alle Phasen in der Luft mit dem Finger abgehakt.

»Das sind nur vier«, hatte sie geantwortet.

»Die beste habe ich mir bis zum Schluss aufgehoben. Akzeptanz. Du bist fast da, Mädchen.«

Tatsächlich?, fragte Shannon sich jetzt und schob das Handy schuldbewusst zurück in ihre Tasche. Da war sie nicht so überzeugt, denn es fiel ihr sehr, sehr schwer, zu akzeptieren, dass sie Weihnachten nicht in Paris verbringen würde, nicht Juliens Familie kennenlernen würde. Voller Vorfreude hatte sie schon früh die zwei Wochen Urlaub eingereicht. Auch der Antrag vor dem Eiffelturm, auf den sie gehofft hatte, fiel aus. Stattdessen zog sie auf unbestimmte Zeit in ihre Heimat Emerald Bay, um ihre Wunden zu lecken und sich finanziell sowie emotional zu erholen. Oh, und um Nans Brot zu essen.

»Paulo tut es leid, dass er heute nicht dabei sein kann«, erklärte Aidan.

»Ich weiß. Er hat ein wichtiges Meeting, meinte er. Ihm wird bestimmt am meisten fehlen, direkt nebenan kostenlose medizinische Beratung zu haben, für seinen eingewachsenen Zehennagel, die laufende Nase oder was auch immer ihn gerade plagt.«

Aidan grinste. Er wusste genau, was für ein Hypochonder sein Freund war. Dann fuhr er sich durch die wuscheligen

Haare. »Ihr werdet uns fehlen, Napoleon und du, Shannon.« Er beugte sich zur Transportbox hinunter und machte leise Kussgeräusche zum Kater.

»Steck aber bloß nicht den Finger da rein, Aidan. Er ist gerade nicht zufrieden mit der Situation, und du weißt, wie scharf seine Zähnchen sind.«

Aidan zog seine Hand rasch zurück. »Kümmere dich um deine Mama, Napoleon.«

Aus der Box ertönten ein verzweifeltes Miauen und Kratzen, als Aidan sich wieder aufrichtete.

»Ihr werdet mir auch fehlen«, schniefte Shannon. »Ich weiß wirklich nicht, wie ich die letzten Monate ohne Paulo und dich überstanden hätte.«

»Nicht mehr weinen. Du weißt doch, ein Neuanfang. Außerdem ziehst du nach Emerald Bay, nicht ans Ende der Welt.«

Er sieht vielleicht aus wie ein Student, dachte Shannon, aber er hat die Weisheit eines Professors. Sie blinzelte nickend die Tränen weg.

»Ich habe dir ein Survival-Kit mitgebracht.« Er streckte ihr den Beutel in seiner Hand entgegen.

Sie schenkte ihm ein trauriges Lächeln, ging zu ihm und warf einen Blick in die Tüte. »Wein, Käse, Zwiebelringe, ein Lion-Schokoriegel.« Sie sah wieder hoch. »Tausend Dank.« Sie tätschelte den Beutel und fühlte etwas Hartes. »Moment, was ist das?« Eine Sekunde später ließ sie eine realistisch aussehende Maus vor sich baumeln.

»Für Napoleon.« Aidan zuckte mit den Schultern. »Um ihm zu zeigen, dass wir nicht böse sind. Wegen den markierten Vorhängen und so.«

Ihre Unterlippe fing an zu zittern. »Aidan, gleich muss ich echt heulen.«

»Nein, musst du nicht.« Ernst und sachlich griff er sich ihre

Koffer. »Ich bringe die zur Garage. Es ist Zeit, dass du dich auf den Weg machst.«

Shannon klopfte auf ihre Jackentasche, um sicherzugehen, dass sie die Schlüssel parat hatte, die sie auf dem Weg aus der Stadt noch bei der Hausverwaltung abgeben wollte. Mit einem Ping kam der Fahrstuhl auf ihrer Etage zum Stehen und sie schlüpfte in ihre Stiefel, bevor sie sich die Transportbox griff und den Kratzbaum mit sich zog. »Halt den Fahrstuhl auf, Aidan, wir kommen!«, rief sie, während die Tür hinter ihr mit einem Klicken ins Schloss fiel. Sie wusste gar nicht, ob sie traurig oder erleichtert war, die Wohnung endlich zu verlassen. So oder so bedeutete das hier das Ende eines Kapitels, dachte sie, und drehte sich nicht noch mal um, als sie in den Fahrstuhl stieg.

2

Shannon bahnte sich den Weg vorbei an sumpfigen, rostfarbenen Feldern und den aufblitzenden, vereinzelten Cottages aus Kalksandstein. Sie warf die Verpackung vom Lion aus Aidans und Paulos Survival-Kit auf den Beifahrersitz und hoffte, dass sie sich nicht mit Schokolade vollgekrümelt hatte.

Big Bird oder BB, ihr Auto, leuchtete als sonnenschein-gelber Punkt auf den sonst leeren Straßen. Die mit Lametta und Lichterketten geschmückten Wege von Galway hatte sie hinter sich gelassen, nur in den Fenstern mancher Cottages, an denen sie vorbeifuhr, war ein Hauch Weihnachten zu entde-cken. Darüber hinaus bestanden die einzigen Lebenszeichen aus den qualmenden Schornsteinen der Häuser. Es schien, als würde dieser Zipfel von Westirland Winterschlaf halten, und die karge Landschaft passte zu ihrer tristen Stimmung, genau wie der schwere, graue Himmel.

Ihr Dad hatte sie dazu überredet, den gelben Honda Jazz zu kaufen, und er war es auch gewesen, der ihn Big Bird getauft hatte.

»In schlechten Sichtverhältnissen ist Gelb noch am besten zu sehen, Shannon«, hatte Liam Kelly weise auf dem Hof des

Gebrauchtwagenhändlers erklärt. Mit den Händen in den Hosentaschen hatte er dagestanden, der Bauch hatte sich unter dem Pullover nach vorn gewölbt. Sein dichtes Haar, einst strahlend rot, geerbt von seiner Mutter, Kitty, ausgeblichen zu einem Kupferton. Auch die klugen, aufmerksamen blauen Augen, denen nichts entging, hatte er von seiner Mutter. Er selbst fuhr einen gelben Hilux, von dem Nora behauptete, das lächerlich große Auto sei die Erweiterung seines Geschlechtsteils. Seine Töchter waren überzeugt, dass er auch noch riesige Monstertruck-Reifen anbringen würde, wenn er damit durchkäme.

»Das ist völlig korrekt«, hatte der schmierige Verkäufer Liam mit Dollarzeichen in den Augen zugestimmt, bevor er noch einen bewundernden Blick auf Shannons Busen geworfen hatte.

»Aber Dad, es tut schon beim Hinsehen weh«, hatte sie sich gewehrt. Im Gegensatz zu ihren Schwestern stand sie nämlich nicht gern im Mittelpunkt, und ein so knalliges Auto zog definitiv Aufmerksamkeit auf sich. Ihre Privatsphäre war ihr auch wichtig – nicht leicht, wenn man in einer so kleinen Stadt wie Emerald Bay aufwuchs. In dem Ding würde jeder sofort wissen, wo sie war, hatte sie gejammert. Aber es stand vom ersten Moment an fest, dass sie am Ende dieses Auto nehmen würde, denn Shannon wollte es anderen immer recht machen.

Shannon Kelly mochte es nicht, für Aufregung zu sorgen oder Regeln zu brechen.

Genau das trieb Imogen in den Wahnsinn, denn als älteste Tochter war es Shannons Pflicht, sich gegen die Eltern zu wehren. Gegen all die Regeln zu Teenagerzeiten – kein Makeup in der Schule, um zehn Uhr zu Hause sein, keine Jungs in den Zimmern – hätte sie rebellieren sollen, um den Jüngeren den Weg zu ebnen.

»Bei deinem Job fährst du doch bei jedem Wetter draußen herum, Shannon. Wer soll denn deiner armen, liebenden Mutter sagen, dass du einen Unfall mit einem

Traktor hattest, weil der Fahrer dich in dem silbernen Ding da drüben, zu dem du immer wieder guckst, nicht gesehen hat?«

Der Verkäufer hatte bei dem Szenario, das Liam ausmalte, mitfühlend den Kopf geschüttelt, den Blick weiter auf Shannons Brust gerichtet, während er gemurmelt hatte: »Arme, arme Mutter.«

Zwei gegen eins, also wurde es der gelbe Wagen. Außerdem hatte ihr Vater irgendwie recht. Für Hausbesuche fuhr Shannon ständig über Land, auf Straßen, die mehr aus Schlaglöchern bestanden als aus Asphalt. BB war also vielleicht unangenehm anzusehen, aber gleichzeitig ein verlässliches Auto, mit dem man überall parken konnte. Neben der guten Sichtbarkeit auf Straßen musste sie sich nämlich nie Sorgen machen, ihr strahlendes Auto auf dem Tesco-Parkplatz lange suchen zu müssen. In dem Meer aus weißen, schwarzen, blauen und grauen Wagen stach BB heraus. Auch ihre Patienten liebten das knallige Auto, denn so wussten sie immer sofort, wer es war, ohne lange durch den Türspion schielen zu müssen. Das Beste am Wagen war allerdings der verstellbare Fahrersitz. Zum ersten Mal in ihrer Zeit als Autofahrerin hatte sie nicht das Gefühl, sich über das Lenkrad recken zu müssen. Sie saß perfekt.

Regentropfen prasselten auf die Windschutzscheibe und sie stellte die Scheibenwischer ein, während das Auto vom Wind durchgerüttelt wurde. Innen war es dennoch ruhig und gemütlich, die Heizung lief und sie hatte das Radio auf einen Sender gestellt, auf dem vor allem Easy-Listening-Musik lief. Über ihren Musikgeschmack machte sich ihre Familie gern lustig, ebenso Julien.

»Da kommt sie, unsere Céline Dion«, pflegten ihre Schwestern lachend zu sagen.

Na und? Was war dabei, wenn sie eben gern aus vollem Herzen »The Power of Love« sang? Und wenn schon.

»Also in deinem Alter war ich eher Fan von The Cure, nicht von Barry Manilow«, neckte ihr Vater sie.

Aber sie fand eben, dass Barry Lieder schrieb, welche die ganze Welt zum Singen brachten.

»Michael Bubble hat wirklich eine tolle Stimme, Shannon«, fügte ihre Mutter dann für gewöhnlich noch hinzu.

»Bublé, Mam, nicht Bubble. Das weißt du genau.«

»Allesamt Heiden, meine Liebe. Die würden gute Musik doch nicht einmal erkennen, wenn sie ihnen in den Hintern beißen würde. Wie dein Vater damals aussah! Mit den schwarz gefärbten Haaren und mehr Haarspray darin, als Nessie Doyle in einem Monat verbraucht – als Frisörin wohlgemerkt. Der arme Pfarrer Angus, möge er in Frieden ruhen, war völlig verzweifelt mit ihm und als er dann auch noch anfing, sich meinen besten Lippenstift zu leihen, war es fast zu viel für den Alten.«

Gerade dachte Shannon daran, dass man sich bei Nan immer darauf verlassen konnte, dass sie ihre Meinung sagte, als im Wetterbericht weiße Weihnachten angekündigt wurden. Von Nan hatte auch Hannah ihre Neigung geerbt, mit allem herauszuplatzen, was ihr durch den Kopf ging.

»Schön wär's, Napoleon«, sagte sie über ihre Schulter und wartete auf ein Miauen als Antwort. Als nichts kam, folgerte sie, dass er seine Ausbruchsversuche aufgegeben haben und schließlich eingeschlafen sein musste.

Die meisten Jahre wurde Schnee angekündigt, aber mehr als eine dünne Puderzuckerschicht kam selten. Allein beim Gedanken daran, dass alle Unterhaltungen im Dorf nur um den möglichen Schnee kreisen würden, verdrehte sie die Augen. Alle, die keine Felder hatten oder sich um ihre Schafe sorgten, waren sich einig: Wenn es schon kalt sein sollte, dann wenigstens auch hübsch, damit die Touristen ihre postkartenreifen Fotos mit nach Hause nehmen konnten.

Ihre Finger begannen den Takt des unverwechselbaren

Anfangs von Tom Jones' »Delilah« mitzuklopfen und sie lächelte.

»Na siehst du, Nan.«

Shannon war nicht die Einzige des Kelly-Clans, die ruhige Musik bevorzugte. Kitty war leidenschaftlicher Tom-Jones-Fan, ihre zweite Liebe galt Engelbert Humperdinck. Vor ein, zwei Jahren hat sie Tom sogar live in Cork gesehen, zusammen mit ihren Freundinnen Eileen Carroll und Rita Quigley. Vorher hatten sie im Shamrock Inn noch eine hitzige Debatte darüber geführt, ob beim Konzert wohl mit BHs geworfen werden würde oder nicht. Ollie Quigley hatte beigesteuert, dass diese, würden Kitty, Eileen und Rita ihre BHs auf die Bühne werfen, aber sicher eher aussehen würden wie die Fallschirme, die am D-Day über der Normandie runtersegelten.

Shannon bog um die Kurve und obwohl sie genau wusste, was kam, raubte der erste Blick auf den tosenden Atlantik und die Ruine von Kilticaneel Castle, die über Emerald Bay thronte, ihr den Atem. Die Aussicht erdete sie immer, sie fühlte sich so unbedeutend im Vergleich zum aufbrausenden Meer. Ihre Probleme waren nichts weiter als das Strandgut des Ozeans. Es vermochte wunderbar zu relativieren, dieses Meer.

»Fast da, Napoleon.« Sie schaute in den Rückspiegel und sah den Kratzbaum, den Aidan auf ihre Koffer und die Transportbox geschoben hatte. Hoffentlich würde Napoleon sich in seinem neuen Zuhause wohlfühlen, dachte sie. In Galway war er eine reine Hauskatze gewesen, aber im Shamrock Inn würde Shannon ihn unter strengem Blick ab und zu im Biergarten laufen lassen. Ein schöneres Leben für ihn, auch wenn es sich für sie wie Versagen anfühlte.

»Scheiß Julien!« Sie schlug mit der Hand gegen das Lenkrad und sofort ertönte ein erschrockenes Maunzen von der Rückbank.

»Sorry, Napoleon, alles in Ordnung. Mammy macht nur Quatsch, das ist alles.« Sie holte einen Pfefferminzbonbon aus der offenen Tüte im Getränkehalter und schob ihn sich in den Mund. Dann tat sie, was sie immer tat, wenn sie sich schlecht fühlte, abgesehen von essen: Sie dachte an ihren Opa und daran, was er ihr sagen würde, wenn er jetzt neben ihr säße.

»Shannon, mein Mädchen, nichts daran ist falsch, nach Hause zu kommen. Was soll ein Zuhause schon sein, wenn nicht der Ort, an dem man immer willkommen ist? Wo die Menschen sind, die einen am meisten lieben.«

»Aber das Gerede, Opa«, sagte sie laut bei dem Gedanken an die schnalzenden Zungen und das Klackern der Stricknadeln bei Tee und Kuchen im Silver Spoon Café, sobald die Nachricht über ihre Rückkehr sich verbreiteten würde. »In meinem Alter waren Mam und Dad schon dreizehn Jahre verheiratet. Als alleinstehende Frau wieder nach Hause zu ziehen, so habe ich mir meine Dreißiger nicht vorgestellt.«

»Ein geordneter Rückzug ist besser, als eine schlechte Stellung zu halten, Shannon.« Die Stimme ihres Opas hatte sie noch klar und deutlich im Kopf. Für jede Situation hatte Finbar Kelly ein irisches Sprichwort parat gehabt.

»Du fehlst mir, Opa.« Selbst jetzt, zwanzig Jahre nach seinem Tod, stiegen Shannon Tränen in ihre braunen Augen. Sie blinzelte sie hastig weg. Er war noch zu jung gewesen, um völlig ohne Vorwarnung an einem Herzinfarkt zu sterben. Na gut, ohne Vorwarnung stimmte vielleicht nicht ganz, dachte sie und saugte fester an dem Pfefferminzbonbon, um an den weichen Kern zu kommen.

Ihr Opa hatte dazu geneigt, sich an den meisten Abenden eine Extraportion vom Essen seiner Frau zu genehmigen, gefolgt von ein, zwei Pints mit den Gästen, die wie Familie waren, während er an der Bar stand. Und dieser angenehme, vertraute Geruch seiner Tonpfeife, wenn er seinen Lieblingstabak, Peterson's Old Dublin, rauchte. Die Pfeife hatte schon seinem Großvater gehört und der Geruch weckte in Shannon sofort Erinnerungen an geröstete Marshmallows an einem

Lagerfeuer, wie früher bei den Marienkäfern, ihrer Pfadfinder-
gruppe. Wie sie es geliebt hatte, auf seinem Schoß zu sitzen und
seinen Geschichten zu lauschen, besonders denen über Selkies.
Er erzählte ihr von Robben, die an Land ihre Haut abwarfen
und zu Menschen wurden, und sie hockte dann stundenlang
auf den Felsen um Emerald Bay, in der Hoffnung, Selkies mit
eigenen Augen zu entdecken.

Sie fragte sich, ob ihm wohl jemals die Geschichten ausgegangen wären, hätte er länger gelebt.

An dem Samstagmorgen als er starb, bot Emerald Bay einen
traumhaften Anblick. Keine Wolke am Himmel und strah-
lender Sonnenschein. Shannon erinnerte sich noch, dass sie
später gedacht hatte, an solch einem Tag durfte eigentlich
nichts Böses geschehen. Für Biologie sollte sie als Hausaufgabe
einen Kalkstein suchen, um ihn am Montag zur Schule mitzubringen. Ms Foley hatte ein Experiment geplant, bei dem sie
herausfinden sollten, ob es sich tatsächlich um Kalkstein
handelte. Es war zwar nicht Shannons Lieblingsfach, aber
Ms Foley trug coole Klamotten und war für eine Lehrerin in
Ordnung. Deswegen war sie damals entschlossen gewesen,
einen erstklassigen Kalkstein zu finden. Sie wusste noch, dass es
ihr besser gefallen hatte als das Sezieren des Frosches ein paar
Monate später, über das alle immer geredet hatten.

Ihr Opa hatte ihrer Nan mal wieder im Weg herumge-
standen und so hatte sie mit einem Klaps mit dem Küchentuch
zu ihm gesagt, er solle Shannon bei ihrer Suche helfen und
würde danach auch einen Scone bekommen. Also waren sie
gemeinsam den ausgelatschten Küstenweg entlanggeschlendert,
der vom Fischereihafen in Richtung Ruine des Kilticaneel
Castle führte, dann weiter runter zur halbmondförmigen
Bucht.

Shannon hatte noch das heftige Schnaufen ihres Opas im
Gedächtnis, und wie er auf einer Bank im Schatten der Burg
mit dem Vorwand, das Meer zu bewundern, Pause machen

wollte, um wieder zu Atem zu kommen. Sie erinnerte alle Geräusche dieses Tages noch glasklar. Das Rauschen der Wellen und das freudige Geschrei von Kindern in der Ferne. Ihre Schwestern waren schon in der Bucht gewesen und sie wollte dringend zu ihnen, um sich auch bis auf den Badeanzug auszuziehen und ins eisige Wasser zu springen, bevor die Suche nach dem perfekten Stein losging. Ihrem Opa hörte sie nur halbherzig zu, während er davon redete, wie er selbst als kleiner Junge mit seinen Freunden die Ruine der Burg als Ausguck benutzt hatte, um nach Wikingerschiffen Ausschau zu halten. Sie hatte das alles schon oft gehört und es war immer noch ein beliebtes Spiel unter den Kindern in Emerald Bay. An diesem Morgen war die Burg allerdings verlassen, denn Schwimmen ging vor.

Sie hatte ihn noch gefragt, ob es ihm gut ginge, als ihr sein blasses Gesicht und der Schweiß auf seiner Stirn aufgefallen waren. Er hatte geantwortet, er könne es kaum erwarten, weiterzugehen, aber nach dem Aufstehen hatte Finbar Kelly sie nur angesehen. Panik flackerte kurz in seinem Blick auf, bevor er vornüberfiel.

Das scheußliche dumpfe Geräusch, als er auf dem Boden aufkam, hallte noch Ewigkeiten in ihr nach. Genau wie ihre Unfähigkeit, sich zu bewegen. Ihr Füße schienen wie angewurzelt, aber irgendwann schrie sie um Hilfe. Dann warf sie sich auf die Knie und drehte ihn auf den Rücken. Erst im Jahr zuvor hatte sie ihr Erste-Hilfe-Abzeichen bei den Pfadfindern gemacht, deswegen begann sie instinktiv mit der Herzmassage. So fest wie sie nur konnte, drückte sie mit ihren kleinen Händen auf seine Brust, bis endlich Mr Geraghty den Weg hochgerannt kam und für sie übernahm. Er hatte ihre Rufe vom Strand gehört. Noch nie in ihrem Leben war sie so erleichtert gewesen, einen Erwachsenen zu sehen. Bis Doktor Fairlie sie erreichte und ihren Großvater für tot erklärte, hatten sie bereits eine halbe Stunde lang mit der Herzmassage alles versucht.

Shannon wusste, dass dieses Trauma sie in ihrer Entscheidung, Krankenschwester zu werden, beeinflusst hatte. Sie spürte den Drang, Menschen zu helfen, aber dabei gab es nicht nur Schwarz und Weiß. Als Krankenschwester im County Galway, das auch Emerald Bay einschloss, hatte sie gelernt, dass Einsamkeit ein langsamer Killer ist. Eine Tasse Tee und ein Plausch können genauso wichtig sein wie ein Verbandswechsel und das Prüfen der Medikation. Die Arbeit brachte ihr Freude und Traurigkeit gleichermaßen. Keine zwei Tage waren jemals gleich. Sie konnte an einem Montag bei einer Hausgeburt helfen und sich am Dienstag um einen todkranken Patienten kümmern. Shannon liebte die Gewissheit, etwas Wichtiges zu tun, auch wenn ihr die Berge an Papierkram nicht ganz so am Herzen lagen – das gehörte eben auch dazu. Leider raubte es aber kostbare Zeit, die sie sonst mit Patienten verbringen könnte.

Sie näherte sich der nächsten Kurve und auf ihrer Zunge löste sich das letzte Stückchen Pfefferminzbonbon auf, als sie hineinfuhr.

»Guck mal, Opa hat mir einen Regenbogen geschickt, Napoleon.« Sie bewunderte die leuchtenden Farben, die sich über Wasser und Land wölbten. »Die schickt er immer genau in dem Moment, wenn ich sie brauche.«

Und dann lag es auf einmal vor ihr. Ihr Zuhause. Emerald Bay.

3

In der Bucht mit dem kleinen Strand und den Felsen hatte Shannon so viele erste Male erlebt. Ihren ersten Kuss, ihre erste Zigarette und, *bah*, ihren ersten verbotenen Schluck von einem Cocktail bestehend aus Wodka, Gin und zu großen Teilen Blue Curaçao, den sie vor allem wegen der hübschen Farbe aus der Bar geklaut hatten, alles hastig in einem Marmeladenglas zusammengemixt. Noch heute wurde ihr allein beim Gedanken an Blue Curaçao übel.

Die Wellen, die in die sandige Bucht schwappten, leuchteten an sonnigen Tagen hellblau. Laut der Einheimischen konnte das Wasser mit jedem tropischen Strand mithalten. Ob es nun der eisige Atlantik oder das lauwarme Mittelmeer war, spielte keine Rolle. An Tagen wie heute trafen die grauen Wellen allerdings eher wütend auf den Sand und hinterließen einen Schaumrand sowie hier und da etwas Treibgut. Shannon konnte sich gar nicht festlegen, was ihr besser gefiel. Das wütende Meer hatte immer etwas Majestätisches, das ruhige Wasser hingegen etwas Ausgleichendes.

Sie fuhr umso langsamer, je weiter sie sich auf der geschlängelten Straße dem Ort und dem Hafen näherte. Angesichts des trüben Tages wirkten die roten, blauen und weißen Boote, die auf dem Wasser auf und ab wippten, wie Farbkleckse. Rory Egan und zwei seiner Söhne, Michael und Conor, waren trotz des unbarmherzigen Wetters mit ihren Booten draußen. Shane stand vermutlich im Fischladen der Familie hinter dem Tresen. In ihrem gelben Regenzeug passten sie zu BB, aus dessen Fenster Shannon nun winkte. Von Rory kam eine erhobene Hand zurück. Michael und Conor schauten nur von ihren Netzen hoch. Sie waren doch wohl nicht immer noch wütend auf die Kelly-Mädchen, weil Ava mit Shane Schluss gemacht hatte?

Shane war der jüngste der Egans und alle Brüder waren ausgesprochen loyal. Dabei hatte ihre Schwester es nach ihrem Umzug nach London noch versucht, aber eine Fernbeziehung war eben nicht leicht – erst recht nicht mit jemandem wie Shane, der zu der eifersüchtigen Sorte gehörte. Shannon seufzte. Manchmal fühlte sich Emerald Bay mit den siebenhundertdreiundfünfzig Einwohnern nicht nur klein, sondern geradezu winzig an. Sie konnte es Ava nicht verübeln, dass sie mehr von der Welt sehen wollte als das Dorf, in dem sie aufgewachsen war.

Sie fuhr am beeindruckenden, aber irgendwie kargen Benmore House vorbei, das sich seit Generationen im Besitz der Familie Leslie befand. In Irland waren die Tage der großen Herrenhäuser vielleicht vorbei, doch die Leslies distanzierten sich gern vom Rest des Ortes, fast als lebten sie noch im neunzehnten Jahrhundert, nicht im einundzwanzigsten. Shannon war noch jung gewesen, als Mrs Leslie senior starb, dennoch erinnerte sie sich noch gut, wie sie die alte Dame mit aufgerissenen Augen beobachtet hatte, wenn diese, in maßgeschneiderte Haute Couture gehüllt, wie eine Gräfin durch die Straßen schritt, was selten genug vorgekommen war. In der

Hoffnung, einen Blick auf die pelztragende Gestalt zu erhaschen, waren alle aus den Häusern herausgekommen, als wäre der Papst auf Durchreise.

»Uff, sorry, Napoleon. Ich dachte, die Schlaglöcher hätten sie inzwischen ausgebessert.« Das Auto hüpfte weiter, vorbei an dem Grüppchen von Häusern mit Strohdächern und Flechtwerkwänden. Zwei davon wurden als Ferienhäuser vermietet und nur in einem wohnte tatsächlich jemand aus dem Ort, Maeve Doolin.

Immer mal wieder hielten hier Tourbusse an, damit die Touristen rausklettern und Fotos machen konnten. Besonders idyllisch wirkte es, wenn im Frühling auch noch das Heidekraut im umliegenden Moor blühte.

Aus Maeves Fenstern leuchtete es einladend. Shannon hatte zwar offiziell frei, doch Maeve gehörte zu ihren Lieblingspatienten und sie wusste, dass die arme Frau unter Einsamkeit litt, da sie seit etwa einem Jahr Witwe war. Ein Tannenkranz schmückte ihre Haustür festlich und auf der Stufe vor der Tür stand eine Laterne mit einer Kerze darin. Das ganze Cottage erinnerte Shannon an einen Weihnachtsbaumanhänger, den sie einmal hier in Isla's Irish Shop im Angebot gesehen hatte. Sie warf einen Blick auf die Uhr im Armaturenbrett. Sie lag gut in der Zeit, sehnte sich nach einer Tasse Tee, und die kleine alte Frau mit den rosigen Wangen hatte immer köstliches, buttriges Shortbread in der Keksdose. Entscheidend für sie war aber eher der Gedanke, dass sie vielleicht die einzige Person wäre, die Maeve an diesem Tag sah. Shannon wurde langsamer, hielt an und fuhr rückwärts vor das Cottage, um dort stehen zu bleiben.

»Du kannst mitkommen, Napoleon«, sagte sie und hielt die Transportbox, in der sich der Perser gegen das Gitter drückte, um herauszugucken, fest umklammert.

Im Frühling war der Weg, den sie jetzt hochging, gesäumt von einem Meer aus Narzissen, aber jetzt zeigte sich dort nur

Unkraut. Sie roch schon den brennenden Torf und siehe da, als sie hochsah, stieg dort auch der charakteristische dicke Rauch aus dem Schornstein empor. Maeve heizte ihr Feuer mit Briketts aus Torf an, die der verstorbene Ivo Doolin noch für sie im Schuppen aufgestapelt hatte. Ein nostalgischer Schmerz traf sie. In Irland wurde der Brennstoff wegen des Klimawandels zunehmend verboten, und die Tage, in denen man hier die Stapel an Torfbriketts überall für den Winter trocknen sah, näherten sich dem Ende. Trotzdem: Der süßliche, rauchige Geruch war kaum zu überbieten. Der Duft von Zuhause. Sie freute sich auch auf Maeves immer wunderschön geschmückten Weihnachtsbaum.

Shannon klopfte ein paarmal an die Tür, deren Farbe langsam abblätterte. Mr Doolin würde sich im Grabe umdrehen, wenn er die Risse in den mit Kalkfarbe gestrichenen Hauswänden oder die Spinnenweben unter dem Dachvorsprung sehen könnte. Sie war am Ende seine Krankenschwester gewesen und er war immer der Meinung, dass man sein Haus wie ein Schloss behandeln sollte. Er hatte sich um das Äußere des Hauses gekümmert und Maeve darum, dass auch drinnen alles blitzte und glänzte. Ohne seine Arbeit begann es langsam irgendwie müde auszusehen.

Maeve hatte Shannon anvertraut, dass ihr Sohn Fergus – ein polternder Mann mit rotem Kopf, den Shannon nur einmal gesehen hatte, als er aus England kam, um sich von seinem Vater zu verabschieden – sie drängte, in eine Seniorenanlage im nahe gelegenen Kilticaneel zu ziehen. Doch Maeve wollte ihr Zuhause nicht verlassen und hatte sich an Shannons Hand geklammert und ihr gesagt, dass sie sich hier ihrem Ivo nahe fühlte. Vielleicht könnte man im Frühling ein paar Leute engagieren, dachte Shannon und erinnerte sich an ihr Versprechen an Ivo, ein Auge auf seine Frau zu haben. Dass Fergus das nicht tun würde, war allen bewusst und zweifellos auch der Grund, weshalb er sie in eine Seniorenanlage verfrachten wollte, wo sich andere um sie kümmerten.

»Du machst das toll, Napoleon«, beruhigte Shannon den maunzenden Kater. Sie klopfte nicht noch mal, sondern wartete geduldig, dass die Tür sich öffnete. Wenn sie an ihrem üblichen Platz in der Wohnküche saß, im hinteren Teil des Cottage, brauchte Maeve ein paar Minuten. Die arme Frau kämpfte mit ihrer Arthritis, die im Winter immer am schlimmsten aufflammte.

»Komme schon«, rief eine ungeduldige Stimme.

»Ich bin's, Shannon. Ich hoffe, du hast Wasser aufgesetzt, Maeve.«

Ein Katzenschrei ertönte, als die Tür sich öffnete. Maeves Gesicht fing sofort an zu leuchten, auch wenn sie sich schwer auf ihrem Gehstock abstützen musste. Sie war dick eingepackt in einen grünen Wollpullover und einen dazu passenden Faltenrock, mit Hausschuhen an den Füßen. Ihr weißes Zuckerwattehaar umrahmte ihr Gesicht mit schönen Locken und sie trug rosa Lippenstift, der ihr einen optimistischen Ausdruck verlieh, den sie bei Shannons letztem Besuch noch nicht ausgestrahlt hatte. Da war auch noch etwas anderes, aber Shannon konnte nicht genau sagen, was.

»Shannon! Du bist heute schon mein zweiter Besuch. Was für eine schöne Überraschung. Und wen hast du denn da mitgebracht?« Ihre neugierigen blauen Augen schienen zu tanzen.

»Meinen Kater, Napoleon. Heute ist ein recht traumatischer Tag für ihn, Maeve. Wir sind aus der Wohnung in Galway ausgezogen und auf dem Weg nach Hause.«

»Na dann kommt rein, ihr zwei, und erzähl mir alles. Das Feuer brennt und mir ist nach einer Tasse Tee und einem Stück Shortbread. Vielleicht finden wir sogar was für dich, junger Mann«, fügte sie hinzu und bückte sich, um in die Transportbox zu linsen, die Shannon hochhielt. »Magst du Thunfisch, Napoleon?«

Miaaaauu!

Shannon eilte über die Schwelle, um nicht zu viel von der feuchten Luft hereinzulassen, und wartete dann im schmalen Flur mit dem ausgeblichenen Jesusbild, bis Maeve die Haustür schloss und Richtung Küche wies.

»Du kennst doch den Weg.«

Im kleinen Cottage war es mollig warm, Shannon blickte sich erst mal unauffällig um. Sie wollte einen Eindruck bekommen, wie gut Maeve zurechtkam. Zu ihrer Linken lag das Schlafzimmer. Die Tür stand offen, um die Wärme reinzulassen, dadurch konnte sie das penibel gemachte Bett sehen – nicht eine Falte in der bunten, selbstgenähten Steppdecke darüber. Rechts von ihr befand sich das Esszimmer, in dem sie Gäste empfing. Der glänzende Mahagonitisch war mit dem feinsten Geschirr eingedeckt, ganz als erwartete sie jemanden zum Tee. Es war eine Tradition von Maeve, es immer bereitzuhalten. Shannon fragte sich, ob sie die Hoffnung hatte, Fergus würde eines Tages seine Frau und seine Kinder einpacken, das Meer überqueren und seine alte Mutter besuchen. Leider Gottes war Fergus das einzige Kind der Doolins.

Lächelnd ging Shannon am Kruzifix und dem Bild von John F Kennedy vorbei, das neben dem Foto vom Besuch des Papstes Johannes Paul II. in den Siebzigern hing. Sie musste daran denken, wie oft sie bei Hausbesuchen an genau den gleichen Bildern im Flur vorbeilief. Dann betrat sie das gemütliche Wohnzimmer, den Mittelpunkt des Cottage. Im steinernen Kamin knisterte ein Feuer und der ganze Raum leuchtete rot. Der Weihnachtsbaum, von dem sie wusste, dass ihr Dad ihn Maeve vorbeigebracht hatte, nahm eine komplette Ecke ein und zog Shannon an. Sie atmete den Kiefernduft ein, bewunderte den bunten Schmuck, der von den Zweigen baumelte. Das meiste sah handgemacht aus. Dann stellte sie die Transportbox auf dem Teppich ab.

»Wie kommst du mit dem Stuhl zurecht, Maeve?« Shannon zeigte auf den orthopädischen Stuhl, speziell für Menschen mit Rheuma oder Arthritis gemacht, den sie für Maeve besorgt hatte. Er sah wie ein normaler Bürostuhl aus und auch wenn er nicht wirklich zum Rest der Einrichtung passte, war er ein Muss. Dank der Rollen konnte sie sich darin durch das Cottage bewegen und sich in der Küche an der Arbeitsfläche hinsetzen, wenn das lange Stehen zu schmerzhaft wurde. Diese kleinen Dinge halfen Maeve, so lange wie möglich allein zurechtzukommen.

»Oh, ganz fantastisch. Ich flitze darin durch das Haus, oh ja.«

Shannon lachte und freute sich darüber, wie gut die kleine Dame heute gelaunt war. Shannon ging rüber zur Eichenkommode und betrachtete die Fingerhüte darauf. Maeve hatte eine stattliche Sammlung, dank der etwas abenteuerlustigeren Bewohner von Emerald Bay. Zweifellos waren darunter auch ein paar, die sich bei der Witwe gutstellen wollten, denn es wurde gemunkelt, dass sie auf einem beträchtlichen Nest hockte.

»Irgendwelche schönen neuen dabei?«

»Irgendwo da müsste ein hübscher aus der Algarve sein. Den hat mir Tara aus dem Urlaub mitgebracht, Nessie Doyles neue Auszubildende. Sie kommt jeden Mittwoch vorbei, um meine Haare zu waschen und zu frisieren.« Maeve fasste sich ins Haar. »Sie ist großartig. Besser als Nessie, aber sag's nicht weiter. Bei ihr sah ich immer aus wie ein Pudel, wenn sie die Lockenwickler rausgeholt hat.«

Shannon lachte. Sie verstand Maeve sehr gut. Sie selbst ließ Nessie auch nicht in die Nähe ihrer Haare. Ihre Schwestern und sie sahen als Kinder schon viel zu oft aus, als hätte man ihnen die Haare mit einem Beil abgehackt. Nach dem obligatorischen Friseurbesuch alle sechs Wochen hatte ihr Vater immer gesagt, dass sie aussahen wie die Von-Trapp-Schwestern, und gefragt, ob sie jetzt Händchen haltend durch den Ort laufen und dabei davon singen wollten, dass auch die Berge lebendig seien?

»Ich habe ihn gefunden«, sagte sie, als sie den Fingerhut entdeckte. »Das Blau und Gelb ist schön zusammen.« Sie sehnte sich auf einmal nach weißen Sandstränden und dem Baden in türkisfarbenem Wasser. Dann fiel ihr auf, dass Maeve immer noch stand und sie fügte hinzu: »Wieso setzt du dich nicht und lernst Napoleon kennen, während ich uns beiden einen Tee mache.« Sie wartete, bis die ältere Frau sich in ihren Stuhl gesetzt hatte und widerstand dem Drang, ihr eine Decke auf die Knie zu legen, weil sie genau wusste, dass Maeve ihre Hand bloß wegschlagen würde – sie sollte sie nicht so betüddeln.

»Na los, lass ihn schon raus, Shannon.« Maeve sah sie hoffnungsvoll an. »Ich würde ihn gern richtig kennenlernen und er klingt auch nicht besonders glücklich da drinnen. Vielleicht kann er sich mal umgucken, wenn wir die Küchentür schließen?«

Solang es dabei bleibt, dachte sich Shannon und schloss erst die Tür zum Flur, dann die Küchentür und die Tür zu dem Zimmer, das mal Fergus gehört hatte.

»Wieso nicht«, sagte sie, optimistisch, dass er nirgendwohin abhauen konnte. »Er steckt sowieso schon viel zu lange in der Box.« Damit hockte sie sich vor die Transportbox, öffnete das Gitter und zog den schlechtgelaunten Perserkater heraus. Sie drückte ihn an sich. »Sag Hallo zu Maeve, Napoleon.« Mit einem Maunzen gehorchte er ihr, bevor er anfing, sich zu winden, sodass Shannon ihn absetzen musste. Sie beobachtete, wie er vorsichtig und noch etwas misstrauisch durch das Zimmer tapste, hier und da an etwas schnupperte und dann argwöhnisch das Feuer musterte. Dann, zu Maeves großer

Freude, sprang er auf ihren Schoß und rollte sich zusammen, um sich nach seiner kleinen Expedition eine wohlverdiente Kuscheleinheit abzuholen.

»Er scheint dich zu mögen«, sagte Shannon. Sie ging am Tisch vorbei, der viel zu groß für eine einzelne Person war, danach stellte sie den Wasserkocher an. Sie warf noch einen besorgten Blick auf den Stromkasten über der Hintertür, die Elektrizität im alten Cottage ließ einiges zu wünschen übrig. Es war ein komplexes Gewirr aus Kabeln, und jedes Mal, wenn sie den Wasserkocher anstellte, rechnete sie mit einem Kurzschluss. Dennoch bestand Maeve darauf, dass man nichts ändern sollte, solang es noch funktionierte.

»Vergiss nicht den Thunfisch, Shannon. Der ist oben im Schrank über dem Herd«, rief Maeve ihr zu. »Und denk daran, die Teekanne erst vorzuwärmen. Das Shortbread ist in der Keksdose.«

Shannon tat, wie befohlen. Sie füllte die Teekanne mit heißem Wasser und ließ sie aufwärmen, während sie die Dose mit Fisch heraussuchte und den Inhalt auf eine Untertasse gab. Diese wollte sie gerade auf dem Linoleumboden abstellen, als sie ein weiches, dumpfes Aufprallen hörte, ehe Napoleon vor ihr auftauchte. »Man könnte meinen, du wärst fast verhungert«, lachte sie und ließ ihn mit seiner Leckerei allein, während sie sich weiter um den Tee kümmerte.

»Er freut sich! Danke, Maeve.« Shannon trug zwei Tassen mit Untertassen und jeweils einem Stück Shortbread darauf hinüber. »Bitte sehr, mit einem Schuss Milch und einem halben Teelöffel Zucker, genau wie du es magst.« Sie stellte die Tasse für Maeve auf den Untersetzer auf der Kommode und nahm ihre dann mit zu dem Sofa mit dem Rosenmuster und der gemütlichen Kuhle in der Mitte. Ihr Blick blieb an einem der vielen Familienporträts an der Wand hängen, eins von Ivo und Maeve, mit Fergus zwischen ihnen. Wie traurig, dass der einzige Sohn sich so wenig um die zwei Menschen scherte, die ihn mehr als alles andere liebten. Trotz ihres Lächelns erkannte Shannon auf den Bildern einen Hauch Traurigkeit auf Maeves Gesicht.

Als sie mitbekam, wie Maeve beim Griff nach der Teetasse zusammenzuckte, wandte Shannon sich von den Fotos ab. »Wo ist deine Wärmflasche?«, wollte sie wissen und war schon halb aufgestanden, um sie aufzufüllen und der alten Frau hinter den Rücken zu legen, was hoffentlich gegen ihre Schmerzen helfen würde.

»Die hat ein Loch, Shannon. Hör auf, mich zu betüddeln. Mir geht es hervorragend.«

Tatsächlich wirkte sie sehr gut gelaunt und wenn sie es nicht besser wüsste, würde Shannon beim Rosa ihrer Wangen vermuten, dass Maeve sich einen Sherry genehmigt hatte.

»Und jetzt erzähl mir von dir. Wie kommst du zurecht?«

»Super«, antwortete Shannon und machte sich im Kopf automatisch die Notiz, morgen eine neue Wärmflasche in der Heneghan's Pharmacy, der örtlichen Apotheke, zu besorgen. Ihre Patienten wollten nichts über ihre eigenen Sorgen hören, sie hatten selbst genug davon. Allerdings sah sie Maeve auch als eine Freundin. »Um ehrlich zu sein, Maeve, nicht so gut.«

»Er hat dir anständig das Herz gebrochen, oder, dieser Franzose?«

»Hat er.«

»Das wird schon wieder«, tröstet Maeve sie. »Bei manchen Schmerzen glaubt man, sie würden nie heilen, aber eines Tages, wenn man es am wenigsten erwartet, tun sie es dann doch.«

Irgendetwas an ihrem Ton ließ Shannon denken, dass es hier nicht nur um ihr gebrochenes Herz ging. Sie sah sie eindringlich an, aber Maeves Gesicht bot ihr keinerlei Hinweise. Sie fragte sich, ob sie eventuell über Ivo sprach.

Die ältere Frau sah sie aufmunternd an. »Du kannst es dir jetzt vielleicht noch nicht vorstellen, aber eines Tages wirst du an diese Zeit zurückdenken und dich freuen, dass du ihn losgeworden bist. In der Zwischenzeit iss deinen Keks.«

Shannon antwortete mit einem schwachen Lächeln, bevor sie in das knusprige Shortbread biss. »Ich wünschte, du würdest mir endlich das Rezept verraten«, nuschelte sie.

»Oh, ein paar Geheimnisse muss eine Frau für sich behalten.«

»Irgendwann locke ich es noch aus dir heraus.« Shannon lachte. Sie lehnte sich zurück und nippte an ihrem Tee, genoss die Wärme des Feuers. Der gesättigte Napoleon kam hereingeschlendert, leckte sich das Mäulchen und hüpfte wieder auf Maeves Schoß. Die beiden Frauen saßen einen Moment lang schweigend da, nur Napoleons Schnurren und das Knistern des Feuers waren zu hören, bis Shannon fragte: »Und was ist mit dir, Maeve? Wie kommst du zurecht? Irgendetwas Neues von Fergus, wegen Weihnachten?« Sie bereute ihre Frage umgehend, als die knochigen Schultern der älteren Frau nach unten sackten.

»Nein. Die Kinder würden sich hier sicher langweilen, eine Woche ganz ohne Internet und so was. Zu Hause ist es schöner für sie, mit all ihren Sachen um sie herum.«

Shannon hätte Fergus Doolin dafür, wie er seine reizende alte Mam behandelte, liebend gern einen Tritt in den Hintern verpasst.

»Dann kommst du zum Weihnachtsessen zu uns in den Pub.«

»Das wäre wunderbar, denn niemand macht eine besser Truthahnfüllung als Kitty Kelly. Aber ist eventuell noch Platz für eine weitere Person am Tisch?«

Shannon grinste. Es stimmte. Die Füllung ihrer Nan war die beste. »Das klingt sehr mysteriös, Maeve. Wen bringst du denn mit?«

»Nun ja, es ist etwas Unerwartetes passiert.«

»Und das wäre?«

»Der Besucher, den ich vorhin erwähnt habe, behauptet, er sei ein Verwandter.« Maeve senkte den Blick und tat auf einmal so, als sei sie sehr an Napoleons Fell interessiert.

»Ein Cousin oder so?«, hakte Shannon neugierig nach.

Maeve schüttelte den Kopf. »Bevor ich mehr erzähle, muss ich selbst sicher sein. Außerdem, was meinte ich gerade erst über Frauen und Geheimnisse?« Sie tippte sich an den Nasenflügel. »Alles zu seiner Zeit, Shannon.«

4

Auf dem Weg von Maeves Cottage in Richtung Dorf trommelte Shannon mit den Fingern auf das Lenkrad. Dass ihre Freundin nicht mehr über den möglichen Verwandten preisgegeben hatte, beunruhigte sie. Maeve war kein Wort darüber entwichen, obwohl Shannon versucht hatte, mehr aus ihr herauszukitzeln.

»Findest du das nicht auch seltsam, Napoleon? Ich meine, diese Person taucht einfach aus dem Nichts auf.«

Napoleon schwieg, er war beleidigt. Vermutlich hatte er gehofft, Maeve Doolins Cottage wäre Shannons und sein neues Zuhause und ahnte auch schon, dass er zum Abendessen wieder mit Trockenfutter vorliebnehmen musste.

»Ich glaube, was mich daran stört, ist das Geld, das sie gehortet haben soll. Ich weiß nicht, ob sie wirklich auf einem kleinen Vermögen sitzt, aber der ganze Ort ist davon überzeugt. Es muss also irgendetwas dran sein. Was ist, wenn dieser mutmaßliche Verwandte irgendwie davon erfahren hat? Betrüger suchen sich gern hilflose Opfer, das liest man ständig.«

Plötzlich füllte ein übler Gestank den Wagen aus.

»Napoleon! Das ist das letzte Mal, dass du Thunfisch bekommen hast.«

Die Farben der Häuser zu beiden Seiten der Straße, die Shannon zur Hauptstraße führte, welche passenderweise Main Street hieß, glichen denen des Regenbogens, den sie vorhin gesehen hatte. Die Stechpalmenzweige an den Haustüren und der riesige aufblasbare Weihnachtsmann im Fenster der Bradys lenkten sie von den Gedanken an den mysteriösen Verwandten ab. Die Riordans gegenüber hatten ein Rentier im Fenster, um mitzuhalten, während aus dem Fenster der Kildares eine Jesusfigur besonnen nach draußen blickte. Im Küchenschrank eines jeden Hauses würde ein in Whiskey getränkter Plum Pudding ziehen, in Erwartung seines großen Auftritts, des Weihnachtsessens.

Normalerweise liebte Shannon die Weihnachtszeit, und die letzten Jahre hatte sie es genossen, zuzuschauen, wie Galway sich in ein Winterwunderland verwandelte. Allein am warmen, würzigen Duft von Zimt und Nelken von den Glühweinständen auf den Straßen erkannte man, dass Weihnachten bevorstand. Und als ob das noch nicht ausreichte, brachten Lichterketten und übertriebene Deko die Stadt zum Glänzen. Der alte Expresszug des Weihnachtsmannes füllte sich mit müden Menschen und ihren Einkäufen, während das leuchtende Riesenrad wie eine Sehenswürdigkeit über dem Weihnachtsmarkt emporragte. Die festliche Stimmung war allgegenwärtig.

Nur gut, dass sie – organisiert wie sie war – ihre Weihnachtsgeschenke schon im Sommerschlussverkauf besorgt hatte, denn dieses Jahr war sie wirklich nicht in der Stimmung, sich durch die Massen zu kämpfen. Außerdem hatte sie auch kein Geld. Deswegen war es an Weihnachtsstimmung bei ihr eher knapp.

»Ich fühle mich wie der Grinch, Napoleon. Ich würde mich am liebsten mit dir in eine Höhle zurückziehen und eine

Monatsration an Schokolade verschlingen, bis diese dämliche Zeit wieder vorbei ist.«

So gern sie den fünfundzwanzigsten Dezember auch verdrängen würde, es war nicht zu übersehen, dass Weihnachten kurz bevorstand, dachte sie beim Blick auf die überdimensionale rote Schleife, unter der sie gleich hindurchfahren würde. Diese kennzeichnete den Beginn der Main Street von Emerald Bay. Die Ehrenamtlichen hatten sich dieses Jahr beim Dekorieren selbst übertroffen, und während BB an den Läden vorbeituckerte, entdeckte Shannon, dass bunte Wimpelketten von einem Laden zum anderen gespannt worden waren. Alles Mögliche leuchtete und glitzerte über ihr, von Schneeflocken über Engel bis hin zu heiligen Symbolen. Es war erst früher Nachmittag, dennoch hatten die Läden die Beleuchtung eingeschaltet, was allem einen einladenden Anstrich verlieh.

Als sie Freya Devlin mit ihrer blauen Mähne sah, wie sie im Mermaids mit einem Kunden sprach, musste Shannon direkt lächeln. Ihre alte Schulfreundin war fest entschlossen, etwas Kultur nach Emerald Bay zu bringen und hatte eine Kunstgalerie eröffnet, in der sie gleichzeitig ihren handgemachten keltischen Schmuck verkaufte. Hoffentlich bekam Shannon noch die Gelegenheit, vorbeizuschauen, wenn sie mit Napoleon erst mal angekommen war und der Familie Hallo gesagt hatte. Auf Freya war immer Verlass, wenn es darum ging, sie aufzumuntern.

Emerald Bays einzige Apotheke, Heneghan's, hatte das Schaufenster weihnachtlich dekoriert. »Oh wow, Napoleon, auch Nuala McCarthy hat sich selbst übertroffen.« Die Christbaumkugeln, der beruhigende Lavendel und die Rosenduft-Geschenksets mit Beautyartikeln, welche die langjährige – oder lange Jahre leidende, wie auch immer man es sah – Assistentin sonst aufgehängt hatte, waren nirgends zu sehen. Stattdessen stand dort nun ein lebensgroßer Pappaufsteller eines Supermodels in einem hautengen schwarzen Kleid, das für ein Parfüm mit dem Namen »Seduce Me« warb. Natürlich hatte Nuala sich kreativ ausgetobt und der exotischen Göttin eine Weihnachtsmannmütze aufgesetzt und ihr außerdem einen Schal aus Lametta umgelegt. Zwischen großen in Geschenkpapier eingewickelten Kartons war auch ein riesiger Parfümflakon drapiert.

Aber was macht Paddy McNamara da?, fragte sie sich und versuchte, einen besseren Blick auf den alten Mann in dem abgewetzten Trenchcoat zu erhaschen, der vor dem Fenster wankte. Sie erkannte eine braune Papiertüte in seiner einen Hand. Da steckt sicherlich eine Flasche drin, dachte sie. Es sah aus, als versuchte er, mit dem Supermodel zu sprechen. Sie schüttelte den Kopf: armer alter Paddy.

»Ich sag's dir, die werden alle mit dem Ding reden. Ob Nuala Mr Heneghan damit etwas sagen will?« Der Apotheker war inzwischen seit acht Jahren Witwer und der Einzige im Ort, der nicht merkte, wie verknallt seine Assistentin Nuala in ihn war. »Entweder das, oder die Frauen hier sind es leid, ständig Handcremes und Seifen mit Rosenduft von ihren Männern zu bekommen und haben Nuala gebeten, mal etwas anderes zu wagen – mein Gott!« Shannon trat mit voller Wucht auf die Bremse.

Mrs Tattersall, eingewickelt in einen braunen Mantel, ihr Kopftuch straff unterm Kinn zusammengebunden, war ohne einen Blick nach rechts und links einfach auf die Straße getreten. Der Einkaufstrolley, den sie zog, hüpfte, als sie abrupt vor BB zum Stehen kam und eine Hand in die Luft streckte – das allgemeine Zeichen für »Anhalten«.

Shannon verrenkte sich auf dem Fahrersitz, um nachzusehen, ob Napoleons Box während des Bremsens auf dem Platz geblieben war. Zum Glück schon, aber besonders schnell war sie auch nicht gefahren. Um ehrlich zu sein, noch langsamer hätte sie sich kaum fortbewegen können. Mrs Tattersall war bekannt für ihre schlechte Laune, und so wie sie Shannon jetzt anfunkelte, rutschte sie im Sitz direkt noch ein Stück nach unten. »Na los, beweg dich«, murmelte Shannon, wohl wissend, dass sie nicht so leicht davonkommen wird.

Sie beobachtete, wie Mrs Tattersall zur Fahrertür herübergestakst kam, sowohl Augen als auch Lippen zusammengekniffen. Sie pochte ans Fenster und widerwillig drückte Shannon den Kopf, der es herunterfahren ließ.

»Shannon Kelly, sind Sie das?«, fragte sie und schielte ins Auto. »Ich dachte schon, einer dieser Rüpel aus Kilticaneel will mich über den Haufen fahren.«

»Ja, ich bin's, Mrs Tattersall, und ich hatte nicht vor, Sie zu überfahren.« Zu erwähnen, dass sie sogar unter der erlaubten Geschwindigkeit fuhr, war zwecklos. Mit den Rüpeln, von denen Mrs Tattersall sprach, meinte sie vor allem einen gewissen Bobby O'Shea, der vor vier Jahren durch den Ort gerast war, dabei gehupt hatte und seinen Irlandschal aus dem Fenster hatte wehen lassen, um den legendären Sieg über die All Blacks zu feiern. Sergeant Badger hatte dafür gesorgt, dass er eine gerechte Strafe bekam, und zwar ein Bußgeld und die Verpflichtung, sonntagmorgens beim Müllsammeln in der Stadt zu helfen. Mrs Tattersall war allerdings eine Frau mit dem Gedächtnis eines Elefanten.

Shannon entschied, es mit Charme zu versuchen, wäre wohl das Sinnvollste. »Wie geht es Ihnen? Sie sehen sehr gut aus, ja, das tun Sie. Das Braun steht Ihnen. Und wie geht es Mr Tattersalls Knie?« Erleichtert beobachtete sie, wie der Gesichtsausdruck der Frau weicher wurde – sofern das mit der Nase und dem Kinn, mit denen man Walnüsse knacken könnte, möglich war.

»Wir können nicht klagen.« Mrs Tattersall holte tief Luft, um jedoch genau das zu tun. »Obwohl ich doch die Gicht in meinem Bein habe und die Schmerzen in der Schulter. Die Knie machen meinem Mann auch wieder ordentlich Ärger. Nur, weil Sie gefragt haben. Und wieso dieser Quacksalber in

Kilticaneel, der sich einen Arzt nennt, das nicht in Ordnung bringen kann, ist mir schleierhaft. Mit seiner ganzen Erfahrung und dem tollen Abschluss.« Sie schob noch ein Klicken mit der Zunge hinterher und scherte sich nicht darum, dass dieser »Quacksalber« Shannons Boss war.

»Das tut mir leid, Mrs Tattersall. Ich zünde eine Kerze für Sie an, ganz gewiss.« Immer wieder hatte Shannon mitbekommen, wie ihre Mutter diesen Spruch hervorgeholt hatte, um die alte Schachtel zu besänftigen. »Ich mache mich besser wieder auf den Weg. Die anderen warten schon.« Sie deutete vage die Straße hinunter, in Richtung des Shamrock Inns, bevor sie das Fenster vor dem Gesicht der mürrischen alten Frau wieder hochfahren ließ. Dann nahm sie ihren Fuß von der Bremse und fuhr langsam weiter.

Den Dorfplatz beherrschte ein enormer Weihnachtsbaum, geschmückt mit Lichterketten, von denen Shannon hoffte, dass sie in den letzten Jahren mal ausgetauscht worden waren. Sie erinnerte sich noch an das große Anknipsen der Beleuchtung im ersten Jahr, als Dermot Molloy von Dermot Molloy's Metzgerei Quality Meats den Baum gesponsert hatte. Alle hatten sich versammelt, waren auf der Stelle hin und her getreten, um sich warmzuhalten, während sie dem magischen Moment entgegenfieberten, der genau dreißig Sekunden angedauert hatte, bevor die Lichter flackerten, zischten und dann erloschen – zusammen mit dem Rest der Stadt.

»Ich hoffe, es war nicht dein Opa, der den Stern da oben angebracht hat, Napoleon.« Shannon schüttelte den Kopf. Sie sah genau vor sich, wie ihr Dad alle Sicherheitsvorkehrungen mit einem »Pff« abgewinkt und seine Leiter an den Baum gestellt hatte. »Wer ist das?« Sie sah genauer hin, um den Mann zu erkennen, der gerade den Weihnachtsbaum bewunderte. In seinem teuren Gore-Tex-Outfit und den Wanderstiefeln stammte er definitiv nicht von hier. Kein Mann aus Emerald Bay, der irgendetwas auf sich hielt, würde sich jemals in etwas anderem als einem Aran-Wollpullover, abgenutzten Jeans und Gummistiefeln, oder bei gutem Wetter Brogues, sehen lassen. Er musste ungefähr in ihrem Alter sein und wartete vermutlich auf seine Frau, die in Isla's Irish Shop alles aus dem Sortiment kaufte, wo das Keltenkreuz drauf prangte, um es ihrer Familie mitzubringen, wo auch immer sie herkamen. All das dachte sich Shannon, als der Mann sich zu dem Geräusch ihres vorbeifahrenden Wagens umdrehte. Er sah gut aus, fiel ihr nebenbei auf, aber es waren seine Augen, die sie auf Anhieb vereinnahmten und anzogen. Sie war zu weit weg, um die Farbe zu erkennen, dennoch fesselte sie sein Blick. Er hob eine Hand zur Begrüßung.

Shannons Wangen glühten, er hatte sie erwischt: Das Landei, das den Neuankömmling inspizierte. Sie richtete ihren Blick starr auf die Straße vor sich, beide Hände fest am Lenkrad. »Dass ich Irin bin, heißt noch lange nicht, dass ich freundlich bin«, stieß sie durch zusammengebissene Zähne hervor. »Alles Humbug.«

5

Shannon fuhr auf den Schotterparkplatz neben dem Biergarten des Pubs und hielt bei dem von ihrem Vater handgeschriebenen »Reserviert«-Schild an. Im Reisebus neben ihr saßen müde dreinblickende Menschen – ein oder zwei Pints zum Mittag hatten diesen Effekt. Sie winkte rüber, als sie Ned hinter dem Steuer erkannte. Er hob eine Hand, bevor er langsam rückwärts ausparkte.

Auf der Strecke von Dublin nach Galway machten die Reisebusse immer einen Zwischenstopp beim Shamrock Inn. Liam Kelly ließ seinen Charme spielen und die Touristen genossen sein Gerede, zum Beispiel darüber, dass es exakt einhundertneunzehn Sekunden dauerte, ein Pint Guinness zu zapfen.

Als der Reisebus weg war, sah Shannon auch den pissgelben Monstertruck und Hannahs ramponierten alten Ford daneben. Letzteren erkannte man sofort an den unzähligen Aufklebern von den verschiedenen Organisationen, die ihre aktivistische Schwester unterstützte. Beim Gedanken daran, wie Hannah ihnen letztes Jahr allen zusammen eine Karte überreicht hatte, auf der stand, dass sie ein Schwein an eine bedürftige Familie gespendet hatten, schüttelte Shannon den Kopf. Alle Kellys waren sich einig, dass es eine schöne Idee war, bis sie darum gebeten hatte, dass alle sich mit einem Zehner beteiligen sollten. Sie hätte schon ihre Miete für nächsten Monat für das Schwein ausgegeben. Dann hielt sie eine scheinheilige Rede darüber, dass man eben Abstriche machen müsse, wenn man für eine Non-Profit-Organisation arbeite – zum Beispiel wäre man eben dauerhaft pleite.

Schuldgefühle holten Shannon ein, als sie an Hannahs Anruf vor ungefähr einem Monat denken musste. Sie war so aufgeregt über ihre neue Position bei »Bienen retten die Welt« in Cork gewesen und Shannon hatte nur mit ihrem üblichen lustlosen Kommentar geantwortet. Das würde sie über Weihnachten wiedergutmachen.

Bisher aber keine Spur von Imogens knallrotem Coupé. Imogen beteuerte, dass sie für ihren Job als Interior Designerin ein auffälliges Auto brauchte, weil sie es oft mit Dublins High Society zu tun hatte. Wer würde ihr schon die Inneneinrichtung eines Hauses anvertrauen, würde sie eine klapprige Schrottkiste fahren wie Hannah? Es traf sich gut, dass ihre Schwester noch nicht angekommen war, dachte sich Shannon. Das Schlafzimmer für sich zu haben, bedeutete auch etwas Ruhe für Napoleons Eingewöhnung. Und je weniger sie Imogen über ihr perfektes Insta-Leben in Dublin plappern hören musste, desto besser. Grace und Ava sind gestern aus London rübergeflogen und würden sich von Imogen mit nach Emerald Bay nehmen lassen, sobald die es für nötig hielt, zu kommen.

Shannon sah auf ihr Handy, aber sie hatte keine neuen Nachrichten. Erst nachdem sie es wieder in ihre Tasche gesteckt hatte, stieg sie aus dem Wagen. Endlich nicht mehr zu sitzen, tat gut. Sie streckte sich, die Arme über dem Kopf, und wartete auf das befriedigende Knacken, bevor sie die Arme wieder fallen ließ. Sie öffnete die hintere Autotür und hob die Transportbox heraus.

»Willkommen zu Hause, Napoleon.« Gut, dass er nicht viel wiegt, dachte sie und hielt die Tasche hoch, damit er den leeren Biergarten mit den vier Picknicktischen und den leeren Weinfässern sehen konnte, wo es im Frühling nur so von Stiefmütterchen und Gardenien wimmelte, die sich bis zum sumpfigen Feld dahinter erstreckten. Irgendwer hatte eines der Fässer wohl als Aschenbecher genutzt und sie machte sich in Gedanken eine Notiz, die Zigarettenstummel später in den Müll zu werfen. »Das ist jetzt dein Königreich, Napoleon. Wenn ich dabei bin, kannst du den Biergarten erkunden, aber du darfst dich nie auf das Feld wagen, nicht mit deinem Fell. Es würde völlig verfilzen. Außerdem ist es nicht gut für deine Lunge, wenn du immer draußen bist.«

Das Kratzen am Gitter und das Miauen begannen wieder, da fiel Shannon ein, dass der arme Kerl wahrscheinlich dringend mal wohin musste. Für den Anfang wollte sie sein Katzenklo in ihrem Schlafzimmer im Schrank aufbauen, sein Futter- und Wassernapf sollten unter das Fenster, mit etwas alter Zeitung als Unterlage. Noch ein Grund, weshalb es gut war, dass Imogen noch auf sich warten ließ! Aber das war sowieso nur für die ersten Tage geplant, bis er sich an sein neues Zuhause gewöhnt hatte, danach sollte der ganze Kram in die Waschküche wandern.

»Na komm, Napoleon, gehen wir rein.« Shannon zog die Tür des Hintereingangs vom Pub auf und trat nach drinnen, wo sie sofort von der Wärme des brennenden Kaminfeuers umhüllt wurde. Der Weihnachtsbaum strahlte an seinem üblichen Platz bei den Fenstern. Früher hatten sie ihn noch alle zusammen dekoriert, doch jetzt, wo die Kelly-Mädchen in alle Richtungen verstreut wohnten, blieb es an ihrer Mam hängen. Dad zapfte unten im Keller wahrscheinlich gerade ein Fass neu an, oder er ist draußen, dachte sie, als sie sich umsah.

Das Shamrock Inn war seit zwei Generationen im Besitz der Kellys und war mit den dunklen halbhohen Holzpaneelen an den Wänden und an der Decke sowie dem Parkett eine echte Liebeserklärung an Holz. Die Wand über den Paneelen war in einem Waldgrün gestrichen, überall hingen bunt gemischte, gerahmte Bilder aus der Glanzzeit Emerald Bays, darunter auch eines von Dermot Molloy, der voller Stolz neben dem Weihnachtsbaum auf dem Dorfplatz stand, in diesem verhängnisvollen Jahr. Es gab auch ein Foto von Liam Kelly als Weihnachtsmann verkleidet, wie er an Heiligabend Süßigkeiten verteilte, zweitausenddrei. Eine Tradition, mit der er begonnen hatte, als Grace und Ava noch kleine Knirpse gewesen waren. Die Barhocker vor dem Tresen waren aus Holz mit grünen Ledersitzflächen und hinter der Bar sah man zwischen Gläsern und Flaschen ein Schild von Smithwick's Stout, einen Spiegel von Guinness sowie jede Menge Nippes, der sich über die Dekaden angesammelt hatte. Was irische Pubs anging, ging es nicht traditioneller als das Shamrock Inn.

Die gerade freigewordenen Tische müssten mal abgeräumt werden und hätte sie Napoleon nicht dabei, hätte Shannon automatisch angefangen, die leeren Gläser einzusammeln.

»Hannah, Liebes, schön, dich zu sehen«, sagte Enda Dunne und warf ihr von unter seiner Tweedmütze ein fröhliches Grinsen zu. Dabei hob er von seinem Barhocker aus ein Glas in ihre Richtung.

»Ich bin's, Shannon, Mr Dunne. Aber ich freue mich auch, Sie zu sehen.«

»Was hast du denn da dabei?«

»Napoleon, meinen Kater, Mr Dunne.«

»Ein Frettchen? Das ist aber ein ungewöhnliches Haustier. Pass lieber auf, dass es nicht entwischt. Meinem alten Herren ist beim Trimmen der Hecke mal eins unter der Hose das Bein hochgeklettert.« Bei der Erinnerung verzog er das Gesicht.

»Eine Katze, Mr Dunne. K-A-T-Z-E.« Ein Paar, das sich die

Füße am Feuer gewärmt hatte, drehte sich zu ihnen um. Mr Dunne weigerte sich also immer noch, das teure Hörgerät zu tragen, das ihm verschrieben worden war, vermutete Shannon. Und wie er von Katze auf Frettchen gekommen war, blieb ihr ein Rätsel.

»Kein Grund, mich anzuschreien, junge Grace. Ich bin nicht taub. Falls Kitty hinten ist, kannst du ihr ausrichten, dass ihr Lächeln diesem einsamen Bauern den Tag versüßen würde.«

Grace? Shannon schüttelte den Kopf. Dass Enda sie Hannah nannte, verstand sie ja noch, immerhin hatten sie beide dunkle Haare, aber Grace hatte rote Haare. Offensichtlich hatte er es auch immer noch auf Nan abgesehen. Sie warf ihm ein müdes Lächeln zu und ihr Blick wanderte an ihm vorbei zu dem Paar, das sich in der Sitzecke mit Blick auf die Main Street aneinanderkuschelte. Die Frau sah sich Fotos auf dem Handy an, das der Mann hochhielt. Ein halbvolles Pint Guinness stand vor ihm und ein leeres Weinglas vor ihr. Ein kurzer Schmerz durchfuhr Shannon bei dem Gedanken daran, wie Julien und sie letzten Winter genauso zusammengesessen hatten, als sie ihn mit nach Hause gebracht hatte, um ihre Eltern kennenzulernen.

Sie fragte sich, ob die beiden auch ihre Namen in die weiche Holztischplatte geritzt hatten wie Julien und sie. Das war im Shamrock Inn schließlich Tradition. Shannon wusste noch, wie sie darauf bestanden hatte, dass Julien seiner Mutter nur die besten Fotos von ihrer Familie schickte und alle löschte, die für sie durchfielen. So landete das Foto schnurstracks im Papierkorb, auf dem ihr Vater eher einem Banjo spielenden amerikanischen Hinterwäldler glich statt einem Pub-Besitzer, der den irischen Dudelsack spielte.

»Könntest du deinem Dad Bescheid sagen, Liebes«, sagte Enda Dunne, leerte sein Getränk und stellte das Glas mit einem zufriedenen »Aah« auf den Tresen, bevor er sich mit der

Hand den Mund abwischte. »Sag ihm, hier ist ein Kunde der dringend einen Tropfen Dunkles und ein paar nette Worte von einer guten Frau braucht.«

Widerwillig löste sie ihren Blick von der Sitzecke und sagte zu Enda, dass sie ihren Vater sofort rausschicken würde. Was ihre Nan anging, versprach sie nichts. Dann schob sie die Tür neben der Bar mit der Aufschrift »Privat« mit ihrer freien Hand auf und ging in den Raum, der das Zentrum der Familie darstellte: die Küche. Am Tisch war gerade eine hitzige Diskussion im Gange.

»Ich bin zu Hause«, rief sie und unterbrach damit den Streit zwischen ihrer Mam, ihrem Dad und Hannah. Mit einem Lächeln wandte sie sich an ihre Großmutter. »Hallo, Nan. Du verdrehst Enda immer noch den Kopf, wie ich sehe.«

Kitty Kelly hatte gerade einen Blick in den Ofen geworfen und richtete sich wieder auf. Durch die Hitze glühten ihre Wangen, aber beim Anblick ihrer ältesten Enkeltochter strahlte sie, wischte sich die Hände an der Schürze um ihre Hüften ab und drückte Shannon kurz an sich. »Ach, hör mir auf von dem. Was er liebt ist Trinken und seine Hunde.«

Der Duft des langsam garenden Essens zusammen mit dem Guinness und dem Duft eines frischen Laib Brot, oder noch besser, zwei, ließ ihr das Wasser im Mund zusammenlaufen.

»Hast du gerade nach deinem Brot geguckt, Nan?«, fragte sie hoffnungsvoll. »Ich brauche nämlich ganz dringend eine Scheibe.«

»Habe ich, und ich schmiere dir eine, sobald es fertig ist.« Kitty zwinkerte ihr zu, bevor sie sich zur Transportbox hinunterbeugte. »Hallo, Napoleon. Meine Güte, sieh dir das flache Gesicht von dem armen Kerl an!«

»Hör nicht hin, Napoleon. Er sieht sehr majestätisch aus, Nan.«

»So nennst du das also!«

»Und was ist mit mir, Nan?«, ging Hannah dazwischen. »Bekomme ich auch was von dem Brot?«

»Hier wird schon niemand vergessen.« Kitty schüttelte den Kopf, hatte aber ein liebevolles Glitzern in den Augen.

»Und ich, als dein Erstgeborener, Mam?«, hakte Liam nach. Dann sah er Shannon an. »Willst du jetzt unter die schottischen Volkstänzer gehen, Shannon?«, fragte er mit Blick auf ihren rotkarierten Rock.

»Karomuster ist diesen Winter in, Dad.«

»Ich hoffe, der ist aus Hanf«, wandte Hannah ein, die aussah, als hätte sie die letzten Monate bei einer Rastafari-Kommune gelebt und ein Makeover verpasst bekommen.

»Shannon, Schatz!« Nora Kelly schob ihren Stuhl vom Kieferntisch zurück, stand auf und musterte sie nun auch von Kopf bis Fuß. »Du könntest mal wieder zum Friseur, meine Liebe.« Sie führte noch näher aus, dass ihre Spitzen aussahen, als hätte eine Ziege darauf herumgekaut, bevor sie vorschlug: »Wieso gehst du nicht mal bei Nessie vorbei? Sie quetscht dich bestimmt irgendwie dazwischen. Sie hat euch Mädchen immer so schöne Frisuren gemacht, als ihr klein wart.«

Shannon wurde in eine Umarmung gezogen, verdrehte aber über der Schulter ihrer Mutter für Hannah die Augen, die daraufhin schmunzelte. Shannon atmete den vertrauten Geruch vom Kokosshampoo ihrer Mutter ein, das diese schon seit Ewigkeiten benutzte, bis ihr wieder einfiel, dass sie ja etwas ganz anderes vorhatte. Sie wollte nicht, dass Napoleon heute direkt einen schlechten Eindruck bei allen hinterließ.

Ihre Mutter hielt sie eine Armeslänge von sich. »Wie geht es der verrückten Katze?«

»Wunderbar, Mammy. Ich muss mich aber eben um ihn kümmern, bevor ihm ein Malheur passiert.« Shannon löste sich aus dem Griff und warf noch einen Blick auf ihre Schwester. So wie Mam schon über ihre Spitzen meckerte, wäre sie gern dabei gewesen, als Hannah nach Hause gekommen ist. Ihre

Schwester sollte nachts lieber die Tür zum Schlafzimmer abschließen, das sie sich mit Ava und Grace teilte, damit ihre Mam sich nicht reinschlich und ihr die Dreadlocks abschnitt.

»Wenn die Katze irgendwo hinsch...«

Sie hob direkt zur Beschwichtigung eine Hand. »Dad, er ist stubenrein, keine Sorge.«

Liam Kelly schnaubte. »Ich bringe deine Taschen hoch, wenn ich mit dem Tee fertig bin.« Er schob sich einen Haferkeks mit Schokolade in den Mund.

»Ich dachte, Mum und du seid auf Diät?«, kommentierte Hannah.

»Sind wir.« Nora warf ihm einen bösen Blick zu. »Aber einige von uns tun sich da schwerer als andere. Der Arzt meinte, wir sollten beide zehn Kilo abnehmen. Ich meinte zu eurem Vater, dass er an Weihnachten Pause machen darf, aber es ist noch nicht Weihnachten, oder, Liam? Und, Kitty, von dem Brot wirst du ihm auch nichts geben.«

Kitty sträubte sich und murmelte etwas von ihrer herrischen Schwiegertochter, die denke, sie wisse alles besser. Die beiden zankten regelmäßig um die Oberhand im Kelly-Haushalt, aber es machte beiden nichts aus und wenn es hart auf hart kam, hielten sie immer zusammen.

Nora beachtete es nicht weiter und wandte sich wieder an Hannah. »Glaub ja nicht, ich wüsste nicht, was du vorhast, Madam. Deinen Vater anzuschwärzen, verschafft dir auch keine Pluspunkte – das mit den Bienenstöcken wird nichts. Du glaubst es nicht, Shannon, aber deine Schwester möchte tatsächlich, dass wir Bienenstöcke im Biergarten aufstellen.«

»Ich bin neutral wie die Schweiz«, antwortete Shannon und zog sich in den Flur zurück, der zu der Treppe führte. Unten gab es noch zwei weitere Zimmer und ein Bad. Ein winziges Schlafzimmer, das sie nie vermieteten, in dem aber dennoch immer ein Bett zurechtgemacht war – »für den Fall« – und ein gemütliches Wohnzimmer. Ein kurzer Blick ins Wohnzimmer auf ihrem Weg zur Treppe verriet Shannon, dass ihre Mutter neue Dekokissen gekauft hatte, für das kuschelige Sofa, auf das sie erstaunlicherweise alle zusammen passten. Am Fuß der Treppe hielt sie noch mal inne, eilte zurück und steckte ihren Kopf zur Küche rein. »Fast vergessen, aber Dad, Enda ist da draußen am Verdursten.«

»Als ob«, raunte Liam, der nur widerwillig den Keks zurück auf den Teller legte, während er aufstand, um sich seinem Gast zu widmen. »Man hat auch keinen Moment Ruhe.« Der Kommentar galt ganz offensichtlich Hannah. Sie sah ihn mit zusammengezogenen Augenbrauen an.

»Keine Bienen, Dad, kein Essen.«

»Klar, aber dank eurer Mutter bekomme ich sowieso nichts, also macht es für mich kaum einen Unterschied.«

Shannon zog sich wieder zurück und ging die Treppe hoch. Ihre Mam hatte am oberen Ende ein Foto in einem klobigen Holzrahmen aufgehängt. Darauf standen Nora und Liam Kelly voller Stolz vor der blauen Tür des Pubs. Die Schwestern spaßten darüber, dass es nur da hing, um alle daran zu erinnern, wer hier das Sagen hatte.

Links von Shannon lagen das Duschbad und die Toilette, daneben Nans Zimmer und Zimmer fünf, ein Gästezimmer, von dem aus man über die Main Street blicken konnte. Der Raum, den Shannon sich mit Imogen teilte, befand sich auf der rechten Seite am Ende des Flurs, nach dem von Hannah und den Zwillingen. Die Dielen unter dem abgetretenen Teppich quietschten, als sie auch das Schlafzimmer ihrer Eltern hinter sich ließ und durch die offene Tür in Imogens und ihr Zimmer eilte. Für eine gründliche Inspektion blieb später noch Zeit, jetzt musste sie erst mal das Katzenklo aufbauen. Die Transportbox stellte sie auf dem Flickenteppich ab, den Nan selbstgemacht hatte, dann versicherte sie Napoleon, dass sie gleich wiederkommen würde, bevor sie wieder raus und die Treppe runterlief.

Die Tüte mit Napoleons Futter und den Näpfen sowie das weiße Katzenklo und den dreiviertel vollen Sack des grauen Betonitstreus balancierend, eilte sie durch den Pub zurück und hörte ihren Dad sagen: »Ich sag's dir, Enda, hier wird die Hölle los sein, wenn Imogen morgen kommt und eine Katze in ihrem Zimmer hockt.«

»Wieso hat die junge Ava ein Frettchen dabei?«, wollte Enda wissen, das Pint mit dem schaumigen Rand auf halbem Weg zum Mund.

6

Napoleon ging im Schrank seinem Geschäft nach. Sein Wasser- und Futternapf standen neben dem Kratzbaum beim Fenster. Währenddessen hockte Shannon am Rand ihres Bettes und ließ den Gedanken erst mal sacken, dass sie für unbestimmte Zeit in ihrem alten Kinderzimmer einziehen würde.

Das Zimmer von Imogen und ihr war seit ihrer Teenager- zeit in der Mitte durch ein Laken getrennt und wurde im Sommer als Doppelzimmer vermietet. Das Laken war Imogens Idee gewesen. Sie war immer schon ordentlich gewesen, ganz im Gegensatz zu Shannon, und als deren Chaos sich auch auf Imogens Seite ausgebreitet hatte, hatte sie darauf bestanden, das Zimmer zu trennen. Es fühlte sich an wie im geteilten Deutschland zu wohnen – inklusive der strengen Grenzkontrol- len. Das Laken beziehungsweise die Wand waren nur einmal weggenommen worden, als Shannon ihren Bachelor in der Pfle- gewissenschaft am St Angela's College in Sligo gemacht hatte.

Ihre Mam war hier voll und ganz im nautischen Motiv aufgegangen, dachte Shannon. Sie sah es mit anderen Augen, jetzt wo sie wusste, dass sie nicht nur ein paar Tage bleiben würde. Die Blau- und Weißtöne, die sie ausgesucht hatte, schrien förmlich Cape Cod. Über ihrem Bett hing in einem schlichten schwarzen Rahmen ein Aquarell von den roten und blauen Fischerbooten, die im Hafen auf und ab wippten, dort, wo früher Justin Timberlake geklebt hatte. Auf dem kleinen Tisch bei ihrem Bett standen nur eine Lampe und ein Stück Treibholz.

Was die Einrichtung anging, unterschied sich Imogens Seite nur noch durch das Bild über dem Bett. Auf ihrem war die Main Street mit den aneinandergereihten roten, pinken und gelben Gebäuden zu sehen.

Die rosa Vorhänge und die Wandleiste mit Elfen gab es schon lange nicht mehr. Sie waren durch leuchtend weiße, zurückgebundene Gardinen und weiße Wandfarbe ersetzt worden. Drüben beim Fenster stand die alte Spielzeugtruhe, die als Bank und Aufbewahrung für Decken umfunktioniert worden war.

»Vierunddreißig Jahre, Napoleon, und jetzt muss ich wieder in einem Einzelbett schlafen. Wie traurig ist das bitte?« Sie seufzte und fügte noch hinzu: »Und Julien Riviere ist ein Arsch. Ein arroganter Arsch, ein Arsch.«

Ein Paar gelber Augen schaute vorsichtig aus dem Kleiderschrank. Napoleon hatte das alles die letzten Monate über schon oft mitangehört und im Gegensatz zu ihrem Vater, der im Türrahmen auftauchte, antwortete er nie.

»Da werde ich dir nicht widersprechen.« Liam kam in Cowboymanier in das Zimmer mit dem schrägen Dach gestapft und zog aus reiner Gewohnheit den Kopf ein, als er Shannons Koffer am Ende des Bettes abstellte. »Meine Güte, Mädchen, was ist da drin?« Er richtete sich wieder auf, rieb sich die Arme, dann rümpfte er die Nase. »Gott im Himmel, was gibst du der Katze denn zu essen?«

»Thunfisch.«

»Was auch immer er da im Schrank hinterlassen hat, du entsorgst es lieber ganz schnell. Wirf es über den Zaun.« Er winkte in Richtung Fenster, das zu den sumpfigen Feldern hinter dem Biergarten zeigte. »Wie lange willst du ihn überhaupt hier einsperren? Imogen macht kurzen Prozess mit dir, wenn sie ankommt und so was riecht. Außerdem kommt später noch ein Paar aus England an. Wir sind ausgebucht, oh ja, das sind wir.«

Nicht besonders schwierig, dachte sich Shannon, da durch die Anwesenheit der ganzen Familie hier über die Feiertage nur Zimmer fünf zum Vermieten frei war. Nur gut, dass ihre Eltern gerade erst etwas renoviert hatten. Ein Bauunternehmen hatte ins Gästezimmer ein eigenes kleines Bad eingebaut, auch in das Schlafzimmer ihrer Eltern und das von Nan. Sonst hätte es jeden Morgen einen großen Kampf um das Bad gegeben – wie in alten Zeiten.

»Nur ein oder zwei Tage, und sonst stinkt es auch nicht so. Er hat den Thunfisch nicht vertragen. Ich kippe das Fenster.« Shannon stand auf. »Und mach die Tür zu, Daddy. Ich will nicht, dass er rausläuft.« Hastig öffnete sie das Fenster einen Spalt und spähte raus auf die unter Wasser stehende Grünfläche auf der anderen Seite des Wegs hinter dem Pub.

Ihr Vater gehorchte und sprach weiter: »Das hat er wirklich nicht. Und was deinen französischen, hinterhältigen Kerl angeht, hätte es schlimmer kommen können. Ein Glück hast du den Clown nicht geheiratet.«

»Hör auf, Dad.« Shannon biss die Zähne zusammen. Sie wusste, dass er sie ignorieren würde.

Er konnte nicht anders und Shannon sprach die Worte leise mit. »Du bist noch gut davongekommen. Immerhin hättest du dir sonst dein Leben lang schlechte Witze über River Shannon anhören müssen.«

»Es ist Rivi*ere*, nicht River.«

»Reviere am Arsch, das ist doch bloß eingebildetes Französisch für River.«

Liam hat Julien noch nie leiden können. Ganz im Gegensatz zu Nora, die immer ein Riesentheater gemacht hatte, wenn Shannon mit ihm vorbeigekommen war. Liam hatte seiner Frau sogar vorgeworfen, frankophil zu sein, weil sie sich angewöhnt hatte, Julien mit einem freudigen »Bonjour« zu begrüßen, und, noch schlimmer, mit einem »Au revoir« zu verabschieden, wenn sie gingen. Er neckte sie damit, dass sie eine Möchte-gern-Französin sei.

Was Shannon selbst anging: Sie war vom ersten Moment an in ihn verknallt gewesen. Er war in das Krankenhaus gebracht worden, in dem sie arbeitete. Bei den nachdenklichen braunen Augen und dem Akzent, der in keiner Weise dem ländlichen Irisch glich, das man hier sprach – Gott sei Dank – war sie einfach schwach geworden. Sie hätte dem großen, dunkelhaarigen und gut aussehenden Touristen den ganzen Tag dabei zuhören können, wie er »Oui, ich habe große Schmerzen« sagte, während sie seinen gebrochenen Knöchel von einem Ausrutscher beim Klettern verarztete.

»Für wen hält sich der Clown? Spider-Man?«, war der erste Kommentar ihres Dads gewesen, als sie ihm vom Kennenlernen erzählt hatte.

Jetzt zog Liam seine älteste Tochter an sich und schloss sie in seine kräftigen Arme. »Du hast es dir anders vorgestellt, ich weiß, Kirsche, aber deine Mam und Nan werden dich über die Feiertage schon wieder aufpäppeln. Das wird wieder. Nichts, was gute alte Hausmannskost nicht wieder in Ordnung bringen könnte.«

»Julien konnte gut kochen«, murmelte Shannon.

»Niemand kann in der Küche mit deiner Mam und Nan mithalten, und man kann niemandem trauen, der Schnecken isst.«

»Das stimmt, Daddy.«

Sie spürte das kratzige Flanell seines Hemds an ihrer Wange und roch das Old Spice, das ihre Schwestern und sie ihm jedes Jahr zum Geburtstag schenkten, im vollen Wissen, dass er eigentlich eher einen Orden verdient hätte, bei all dem Drama, das seine fünf Töchter ihm über die Jahre beschert hatten. Man würde meinen, dass es irgendwann aufhörte, wenn die Kinder erwachsen wurden, aber nicht bei ihr, und jetzt hockte sie wieder zu Hause.

Es tat auch gut, ihn ihren Spitznamen aus Kindertagen sagen zu hören. Andere Väter nannten ihre Töchter »Süße« oder »Große«, aber als Hobbybotaniker (in den wenigen Stunden, die er sich dann und wann vom Pub freinehmen konnte) hatte Liam Kelly sich bei seinen Töchtern für Kurzformen von in Connemara heimischen Wildblumen entschieden.

Shannon hieß also Kirsche, kurz für Heckenkirsche. Nach ihr kam die zweiunddreißigjährige Imogen, auch Beere genannt, nach der filigranen weißen Herzbeere, obwohl an Imogen nicht sehr viel filigran war. Die dreißigjährige mittlere Tochter, Hannah, bekam Stern für Sternmoos als Kosenamen und war eine Umweltaktivistin. Dann gab es da noch die Zwillinge. Bis auf ein kleines Muttermal an Avas Kinn, das allgemein etwas schmaler als das ihrer Schwester wirkte, schienen Grace und Ava identisch. Für alle, die sie gut kannten, hatte Ava aber etwas Zerbrechliches an sich, das Grace fehlte. Sie waren mit ihren jungen dreiundzwanzig Jahren die Nesthäkchen der Familie und früher hatten sie auch auf Zimbel und Ringel gehört.

Es hätte schlimmer kommen können. Wenn sie sich beschwerten, hatte Liam immerhin die Ausrede parat, dass die älteren Schwestern eben die Plätze für die besten Namen besetzten. Außerdem hätte er sie genauso gut Bär und Kraut nennen können.

»Bar, Liam«, drang Noras Stimme von unten durch die Tür.

»Ich freue mich schon, all meine Mädchen über Weihnachten zu Hause zu haben.« Er drückte Shannon noch ein letztes Mal, bevor er sie wieder losließ. »Imogen und die Zwillinge kommen morgen Nachmittag. Ich hoffe, es ist nicht so viel los auf den Straßen.« Liam Kelly, der vom Land kam und für den ein Traktor auf der Main Street schon völligen Stillstand bedeutete, war wie besessen vom Verkehr in Dublin.

»Du hast es doch nur auf die kostenlosen Arbeitskräfte abgesehen, ich kenne dich doch.« Shannon lächelte ihm zu, sie wusste genau, dass im Shamrock Inn zu dieser Jahreszeit alle Hilfe gebraucht wurde. Und nicht nur im Pub war viel los. Solang Shannon sich zurückerinnern konnte, gab es die Tradition, dass die Kellys ein Weihnachtsessen veranstalteten, für alle Bewohner von Emerald Bay, die den Tag ansonsten allein verbringen würden. Ein Festmahl, das tagelanger Vorbereitung bedurfte.

Liam zwinkerte. »Wenn wir schon dabei sind: Pack deinen Kram aus und lass den Kobold da, der mich beobachtet und den du Katze nennst, ankommen. Dann kannst du auf ein Dunkles runterkommen.«

Napoleon miaute empört.

»Und einen Keks«, bestand Shannon.

»Du darfst ja welche«, nuschelte Liam, öffnete die Tür und stapfte zurück nach unten.

Sie schloss die Zimmertür hinter ihm und fing an, Napoleon mit Kussgeräuschen aus seinem Versteck zu locken. Er wagte einen Schritt und als sie auf alle viere ging, schlich er zu ihr. Sie nahm ihn hoch, drückte ihn an sich und legte ihr Kinn auf seinen Kopf.

»Wir schaffen das schon, du und ich, Napoleon«, flüsterte sie, nicht sicher, ob sie ihn oder sich selbst damit überzeugen wollte.

7

―――――

»Wie geht's dir, Hannah Banana?«, reimte Shannon und überlegte, ihrer Schwester einen Kuss auf den Kopf zu geben. Beim Anblick der matten Schlangen, die sie darauf zusammengerollt hatte, entschied sie sich dagegen. Die Frage war bei Hannah immer schwierig und konnte auf genau zwei Arten enden: mit einem Vortrag über Globalisierung oder einem einfachen »Gut«.

»Gut.«

Yay! Shannon jubelte innerlich. Die Diskussion über die Bienenstöcke im Biergarten muss sie ausgelaugt haben. Shannon stibitzte einen Haferkeks und stopfte ihn sich in den Mund, während sie sich eine Tasse Tee eingoss. Sie schnaufte.

»Wie macht sich Napoleon?«, fragte Hannah, bevor sie mit einem Grinsen noch hinterherschob: »Ich fasse es nicht, dass er in den Schrank gemacht hat.«

»In sein Katzenklo, Hannah. So machen Katzen das, er ist nun mal eine Wohnungskatze.«

»Wie auch immer, Imogen wird so angepisst sein, dass du eine Katze mitgebracht hast. Du weißt, wie sie ist, mit ihren ganzen Allergien.«

»Imogen ist sowieso nur fünf Tage da. Sie soll ein Antihist-aminikum schlucken und sich nicht so anstellen. Und für ihn ist es seltsam, woanders zu sein. Außerdem hatte er Thunfisch zum Mittagessen und das ist ihm nicht bekommen.« Als sie ihn nach einem strengen Vortrag über verbotenes Markieren allein gelassen hatte, war er gerade damit beschäftigt gewesen, das Zimmer genau zu inspizieren. »Aber er gewöhnt sich daran. Morgen kann er sich auch mal hier unten umsehen und in ein paar Tagen will ich ihn in den Pub und in den Garten lassen, unter meiner Aufsicht.« Zufrieden beobachtete sie, wie ihre Nan das dampfende Brot in Stücke riss, etwa in der Größe von Scones.

»Kann ich das größte Stück haben, bitte, Nan, mit ganz viel Butter?« Gierig starrte sie auf den Laib.

»Dann hat sie keinen Platz mehr für das Abendessen, Kitty«, nörgelte Nora, die gerade Kartoffeln schälte.

»Ich bin nicht mehr zehn, Mam, den werde ich noch haben«, versicherte Shannon ihr. »Auch für Nachtisch, falls es welchen gibt. Ich bin nicht wählerisch. Vanillepudding oder Apfelkuchen wäre schön – oder irgendetwas anderes. Wann bist du überhaupt zur Ernährungspolizei geworden?«

»Seit dein Daddy und sie beim Arzt waren und der meinte, sie müssten abnehmen«, antwortete Kitty für ihre Schwieger-tochter in einem missbilligenden Ton. »Seitdem spielt sie verrückt. Gerade im Winter sollte man doch ein paar Extra-polster haben, das hilft bei der Abwehr der ganzen Infekte, aber dieser Arzt von dir, der will noch, dass wir alle Hungerhaken werden und Marathons rennen, Shannon.« Kitty Kelly gehörte zu den Menschen, die ihre Familie aus voller Überzeugung mästeten, und alle anderen noch dazu, wenn sie es brauchten. Von Cholesterin und dem Zeug wollte sie nichts wissen.

»Er ist nicht mein Arzt, ich bin in seiner Klinik angestellt, Nan, und wenn er sagt, dass Mam und Dad ein paar Kilo verlieren müssen, dann wird er schon recht haben.«

»Einige Kilos«, korrigierte Nora. »Ich will wieder eine Taille haben.«

»Du isst aber nicht für zwei, oder?« Misstrauen schwang in Hannahs Stimme mit, die ihre große Schwester dabei beobachtete, wie sie sich noch einen Keks nahm.

Offensichtlich hatte Hannah ihre legendäre Gabe noch nicht verloren, ohne Rücksicht auf Verluste alles auszusprechen, was ihr durch den Kopf ging. Shannon sah, wie sich ihre Mutter in Rekordgeschwindigkeit umdrehte und den Schäler wie eine Waffe vor sich hielt.

»Heilige Mutter Gottes! Werde ich etwa Großmutter? Ich bin doch erst in den Fünfzigern.«

»Ich war in den Vierzigern, das hat Liam und dich auch nicht aufgehalten«, warf Kitty ein, während sie vielsagend Butter auf das Brot strich.

»Das war anders. Wir waren verheiratet, zum Beispiel.«

Kitty runzelte die Stirn. Mathematisch war das immer eher fragwürdig gewesen.

»Ich bin nicht schwanger! Ich hab nur Hunger«, seufzte Shannon. »Ständig.«

Nora fuchtelte mit dem Schäler in Hannahs Richtung. »Du bereitest deiner Mutter noch einen Herzinfarkt.«

Hannah zeigte keine Reue und rieb sich ihr Kinn. »Ah, verstehe. Alles in Ordnung, Mammy. Sie versucht nur, die Lücke zu füllen, die Julien hinterlassen hat, das ist alles. Das kennen wir alle. Sie nutzt Essen, um die emotionale Leere zu stopfen, wenn ein Mann sie verlässt.«

»Ach, halt den Mund, Hannah.« Shannon blickte ihre Schwester finster an, die nur mit den Schultern zuckte. Allerdings traf Hannahs Vermutung ziemlich ins Schwarze. Trotzdem, nur weil sie ein Jahr lang Psychologie studierte hatte, bevor sie abgebrochen hat, machte sie das noch lange nicht zum verdammten Doctor Phil.

Nora ließ den Schäler wieder sinken. »Komm mal her,

Shannon. Du hattest eine harte Zeit, meine Liebe, aber Hannah hat recht. Es ist nicht das erste Mal, dass dir das Herz gebrochen wurde, und du hast dich immer wieder aufgerappelt. Ich weiß noch genau, wie du dem Kerl aus Kilticaneel nachgetrauert hast, dem mit der großen Nase, wie hieß der noch mal?«

»Brogan, Mam.« Shannon blieb sitzen, sie wusste genau, wo das hinführte.

»Brogan«, wiederholte sie zufrieden. »Der hat mit dir Schluss gemacht, weil er verknallt war, in ...«

»Georgia«, half Shannon aus.

»Ja, die mit den großen Brüsten. Dein Vater wusste nie, wo er hinsehen sollte, wenn sie vorbeikam. Die Dinger fielen immer halb aus ihrem Oberteil. Jedenfalls, es war das Ende der Welt. Eine Woche lang hast du nur rumgelegen und alles im Haus aufgegessen, wir sind fast wahnsinnig geworden, von diesem Lied von Whitney Houston – wie hieß das noch mal?«

»I Will Always Love You.«

»Und du hast mitgejault, oh ja, immer und immer wieder. Auf einmal war dann alles wieder schön, du hast gestrahlt und bist abgehauen, mit ...«

»Davey«, kicherte Hannah. »An den erinnere ich mich noch. Der hat sich immer den Finger in die Nase gesteckt, wenn er dachte, dass man es nicht sieht.«

»Er hatte Probleme mit den Nebenhöhlen, und können wir bitte aufhören, über die Nasen meiner Ex-Partner zu sprechen? Das ist schon Ewigkeiten her.«

»Der Punkt ist, Shannon«, begann Nora, »es ist nicht das erste Mal. Du hast es vorher schon überstanden und das wirst du jetzt auch, besonders weil du nun bei deiner Familie bist und wir kümmern uns um dich, oder?« Sie sah von Hannah zu Kitty, beide nickten zustimmend.

»Nein, Mam, diesmal ist es anders. Ich bin keine sechzehn mehr, sondern vierunddreißig. Ich dachte, Julien wäre derjenige, mit dem ich mein Happy End erlebe, so wie du und Dad.«

Shannon schniefte. Bei ihrer Familie kam immer ihre dramatische Seite heraus.

Nora kam von der Spüle rüber und fuhr ihrer Tochter durch die Haare. »Das wirst du noch erleben, meine Liebe. Er war einfach nicht der Richtige für dich, das ist alles.«

Hannah streckte eine Hand über den Tisch, nahm die ihrer Schwester und drückte sie. »Und vergiss nicht seine Monobraue. Wieso fragst du nicht die Zwillinge, ob sie dich bei dieser Dating-App anmelden, von der sie immer schwärmen? Selbst wenn nichts Langfristiges dabei rumkommt, wäre es zumindest eine Ablenkung«, schlug sie vor. »Drüben in Kilticaneel gibt es bestimmt Typen, die ein bisschen Action wollen.«

Kitty räusperte sich lauthals.

Nora warf Hannah einen warnenden Blick zu. »Kein Gerede von irgendeiner Art von Action vor deiner Nan, Madam.«

Shannon schüttelte bereits vehement den Kopf. »Das hilft auch nicht. Außerdem fehlt mir die Kraft dazu und selbst wenn ich sie hätte, habe ich an so was kein Interesse. Ich brauche offiziell eine Pause. Du bist doch auch single, wieso meldest du dich nicht da an?« Sie zog ihre Hand unter der ihrer Schwester hervor und zeigte an ihrem Körper hinab. »Das hier ist ab jetzt männerfreie Zone.«

»Deine männerfreie Zone ist voller Schokolade.« Hannah zeigte auf den braunen Fleck auf Shannons cremefarbenem Rollkragenshirt.

»Meine Güte, als Nächstes dröhnt ›I Am Woman‹ durch das Haus«, seufzte Nora, bevor sie sich wieder den Kartoffeln widmete.

»Oder sie tritt einem Orden bei.« Kitty schob Shannon einen Teller vor die Nase. Sie strich ihrer Enkelin über den Kopf. »Gut Ding will Weile haben.«

»Danke, Nan.« Shannon beobachtete, wie der gelbe Butterklecks in der Mitte des Brots schmolz, nicht sicher, ob ihre

Großmutter von Männern sprach oder von dem Brot. Dann langte sie zu und bekam aus dem Augenwinkel mit, wie ihre Nan sich den dritten Teller schnappte und damit zur Tür marschieren wollte, gerade als Mam ihr den Rücken zugekehrt hatte.

»Ich weiß genau, was du vorhast, Kitty«, hielt Nora sie abrupt auf.

»Darf eine Mutter ihren Sohn etwa nicht mit Essen versorgen?«

»Nein. Nicht wenn er ein paar Pfunde verlieren muss.«

»Ich nehme es, Nan«, bot Shannon blitzschnell an und Kitty setzte ihr den Teller klirrend vor die Nase.

»Und wenn du fertig bist, Shannon, kannst du das Gemüse für mich schneiden. Hannah übernimmt den Rest der Kartoffeln. Denkt bloß nicht, ihr könnt hier die Feiertage über nur rumsitzen und euch bedienen lassen«, nörgelte Nora und zog sich die Schürze über den Kopf, um sie danach aufzuhängen. »Ich sehe mal nach, ob euer Vater Hilfe braucht.«

»Och, Mam«, maulte Hannah, während sie mit dem Finger die letzten Krümel vom Teller pickte. Sobald sich die Tür hinter Nora schloss, schaute sie ihre Schwester über den Tisch hinweg an und streckte eine Hand aus. »Handy.«

Shannon hob ihre Augenbrauen. »Wieso? Nimm dein eigenes.«

»Geht nicht. Ich will Juliens neue Geliebte stalken und er hat mich blockiert.«

»Hannah! Was hast du gemacht?«

»Ich habe ihm geschrieben, dass er ein Arsch ist und dich überhaupt nicht verdient hat, das ist alles.« Sie grinste ihre Schwester an.

»Das hättest du nicht tun sollen.« Shannon versuchte, gefasst zu bleiben.

»Aber trotzdem liebst du mich dafür.« Hannah wackelte mit den Fingern. »Und jetzt gib schon her.«

Shannon zog ihr Handy aus ihrer Tasche und reichte es rüber. Innerlich wand sie sich, während Hannah sich mit unlesbarer Miene durch seine neusten Posts bei Instagram scrollte.

»Hmmm, ja, verstehe. Genau, wie ich dachte.«

»Was?«

Hannah sah zu ihr hoch. Ihre dunklen, elfenhaften Züge ernst. »Okay. Willst du meine ehrliche Meinung?«

»Ich weiß nicht.« Niemand war so ehrlich wie Hannah Kelly. »Ach, sag schon.«

Auch Kitty lauschte gespannt.

»Julien hat einen Amélie-Fetisch«, antwortete sie, eine Anspielung auf den Lieblingsfilm ihrer Mutter. »Ich meine, der Pony von dieser Frau reicht ihr nur zur Hälfte über die Stirn und sie hat so was Büblisches.«

»Bübisches«, korrigierte Shannon sie.

»Egal. So wie sie aussieht, beißt diese Audrey außerdem nur ein klitzekleines Stück von dem ab, was sie sich da für die Kamera ins Gesicht schiebt, und der Rest landet im Müll. Das ist so ein Ding von dünnen Frauen. Die da produziert unnötig viel CO_2.«

Shannon schnaubte und schnappte sich ihr Handy. Sie scrollte schnell durch die Posts und ihre Nan beugte sich dabei über ihre Schulter. Sie fing an zu lachen. Hannah hatte recht.

Kitty richtete sich wieder auf. »Wenn ihr mich fragt, habt ihr alle viel zu viel Zeit.«

Die beiden Schwestern verdrehten simultan die Augen. Den Vortrag kannten sie bereits.

»Und ich habe mal auf ›Übersetzen‹ geklickt. Wolltest du wirklich dein Leben mit einem Typen verbringen, der unter seine Posts Sachen schreibt wie, ich zitiere: ›Niemals ein langweiliger Moment mit dieser Frau‹ oder ›Mein Büro für heute‹?«

Jetzt lachte Shannon lauthals. Die Fotos von Julien und der knochigen Audrey, wie sie auf Fahrrädern an der Seine entlangfuhren und angeblich vor der Kulisse des Eiffelturms arbeiteten, waren einfach nur unangenehm.

»Meine Arbeit hier ist getan«, verkündete Hannah, stand zufrieden auf und schlurfte rüber zur Spüle, um da weiterzumachen, wo ihre Mam aufgehört hatte. Ihr Pulli hatte ein Loch im Ärmel, dazu trug sie eine weite Jeans, die von einem breiten braunen Gürtel oben gehalten wurde.

Hannah besaß vielleicht den modischen Geschmack eines Flohs, aber sie hatte ihre Prinzipien, das musste man ihr lassen, dachte Shannon liebevoll. Ganz oben auf ihrer Liste stand nun mal, keine neuen Klamotten zu kaufen.

Erfolglos hatte sie versucht, auch ihre Schwestern vom Shoppen in Secondhandläden zu überzeugen. Mal abgesehen vom Fünfzigerjahre-Rock, den Ava für fabelhaft befunden und für den sie zwei Pounds bezahlt hatte. Imogen, das Modepüppchen der Familie, fand, es wäre ja schön und gut, Secondhandkleidung zu tragen, für den geringeren CO_2-Verbrauch, um weniger Müll zu produzieren, Bedürftigen zu helfen und Energie zu sparen, allerdings würde sie stinken. Hannah hatte aber Glück, denn selbst in einem Müllsack sähe sie noch fantastisch aus.

»Shannon, Liebes, ich habe neulich mit Isla Mullins gesprochen und sie hat gefragt, ob sie dieses Jahr damit rechnen kann, dass du dich den Emerald Bay Elves beim Sternsingen anschließt?«, fragte Kitty mit einem Geschirrtuch in der Hand.

»Nan, ich weiß nicht, ob ich dafür bereit …«

Kitty unterbrach sie: »Ich habe ihr gesagt, dass du liebend gern dabei bist. Singen tut der Seele gut, Shannon, und der Herr hat dich sicher nicht umsonst mit der Stimme eines Engels gesegnet. Die solltest du auch benutzen.«

Hannah, die keinen Ton halten konnte, nickte zustimmend, um sich selbst aus der Affäre zu ziehen, und Shannon warf ihr einen wütenden Blick zu. Seit der Trennung hatte sie nicht mehr gesungen, nicht mal zu Whitney.

»Aber ich habe seit Monaten nicht gesungen, Nan. Ich bin total eingerostet.«

»Ach, das ist wie Fahrradfahren, das verlernt man nicht. Außerdem ist Freitag, Shannon. Dermot Molloy ist an den Uilleann Pipes und Ollie Quigley kommt wie immer mit seiner Geige vorbei. Deinen Dad wird man also nicht überreden brauchen, seine Tin Whistle rauszuholen.«

»Ihr seid dann wie die Corrs, nur in umgekehrter Verteilung.« Hannah grinste.

Kitty schlug spaßhaft mit dem Geschirrtuch nach ihr. »Das reicht, junge Dame.«

Shannon wusste genau, wie zwecklos es war, sich mit ihrer Nan zu streiten, wenn die etwas wollte, also seufzte sie nur. Wer weiß, vielleicht munterte eine kleine Session im Pub sie sogar auf? Es war schließlich nur das Shamrock Inn, nicht das Gaiety Theatre. Sie schlang das letzte Stück Brot hinunter und stellte ihren Teller neben die Spüle.

»Na los, ruh dich ein bisschen aus, Nan. Es läuft bestimmt irgendwo eine dieser Spieleshows, die du so magst. Wir schaffen das hier allein.«

Prompt hängte Kitty ihre Schürze über die von Nora. »Nicht über eure Aufgaben zanken, ihr zwei. Und ich möchte euch auch nicht zuhören müssen, wie ihr dummes Zeug redet.«

Die Schwestern grinsten beide und Shannon entgegnete: »Oh, also was das angeht, können wir nichts versprechen, Nan.«

8

»Wo willst du denn hin?«, rief Nora von hinter der Bar, über die sie sich, im Gespräch mit Clare Sheedy, gerade gelehnt hatte, und reckte sich, als Shannon versuchte, unbemerkt an ihnen vorbeizuhuschen.

Shannon hatte gehofft, es schnell nach draußen zu schaffen, denn sie wollte wirklich nicht in die Unterhaltung mit Mrs Sheedy hineingeraten, eine wahre Meckertante.

Nora Kelly konnte gut zuhören und fungierte deshalb als Kummerkasten für die Frauen von Emerald Bay. Liam Kelly scherzte oft darüber, dass es im Tagesblatt, dem *Kilticaneel Star*, eine »Liebe-Nora«-Kolumne geben sollte. Außerdem war Nora Gründerin der Montagabend-Gruppe »Heiße Wechseljahre« und fächerte sich gerade mit einem Untersetzer Luft zu, den Blick auf Shannon gerichtet.

Diese warf Mrs Sheedy ein Lächeln zu, bevor sie sich an ihre Mutter wandte: »Ich möchte Freya noch erwischen, bevor sie die Galerie schließt und nach Hause geht.«

»Und hast du dich um die Katze gekümmert? Dein Vater erzählt mir, dass ihm von dem Gestank in deinem Zimmer fast die Tränen gekommen sind.«

»Er ist versorgt und das lag am Thunfisch, Mam. Ich habe Dad schon erklärt, dass er normalerweise nicht stinkt. Wie geht es Ihnen, Mrs Sheedy?« Ihre Höflichkeit setzte sich mal wieder gegen ihren Plan, loszugehen, durch, dabei wusste sie es eigentlich besser.

»Mittelmäßig, Shannon, wenn du es genau wissen willst.« Wollte sie nicht.

»Wie es eben einer Mammy geht, deren Kinder zu beschäftigt sind, um über Weihnachten nach Hause zu kommen. Nora hier kann sich glücklich schätzen, mit all ihren Mädchen im Schoß der Familie am großen Tag.«

»Wer ist in wessen Schoß, Clare?«, hakte Liam frech nach, ohne von dem Bier aufzusehen, das er gerade einschenkte.

Nora warf ihm einen mahnenden Blick zu. »Schluss damit, Liam Kelly.« Sie legte den Untersetzer weg. »Und seien wir mal fair, Clare. Kate hat Declan und dich über Weihnachten zu sich nach Dublin eingeladen. Es war eure Entscheidung, nicht hinzufahren.«

»Ach, Nora. Du weißt doch, wie es ist. In unserem Alter hält man es in Dublin keine zwei Minuten aus. Eine schmutzige, überfüllte Stadt ist das. Wieso sie sich unbedingt dort dieses Puppenhaus kaufen mussten, das sie ihr Zuhause nennen, versteh mal einer. Für das Geld hätten sie hier eine Villa bekommen.«

In unserem Alter? Meine Güte, dachte Shannon, die Frau war gerade mal sechzig. Sie besuchte eine Patientin, die mit achtzig noch lateinamerikanischen Tanz lernte! Von der könnte Mrs Sheedy sich mal das eine oder andere abgucken.

»Ich bin erst fünfundfünfzig, Clare, das ist nicht alt«, wies Nora sie empört auf ihren Altersunterschied von fünf Jahren hin. »Und die einzige Villa in Emerald Bay ist das große Haus der Leslies, und das steht, soweit ich weiß, nicht zum Verkauf. Dazu kommt – und das weißt du selbst –, dass es hier keine Arbeit für die jungen Leute gibt.« Sie war entschlossen, die

Frau aufzumuntern. »Außerdem müssen sie ihr eigenes Leben leben. Kinder gehören einem immer nur vorübergehend.«

Shannon riss ihre Augenbrauen hoch. Ein eigenes Leben? Ob sie das schriftlich bekommen könnte?

Clare Sheedy schniefte. »Ich hatte bloß gedacht, dass unser Jimmy uns vielleicht besuchen kommt, mal nach uns sieht. In fünf Jahren gehe ich immerhin in Rente.«

»Sechzig ist das neue Fünfzig, Clare, und du weißt auch, wie viel ein Flug an den Feiertagen kostet. Die Preise schießen durch die Decke, oh ja. Und habe ich deinen Jimmy nicht erst letzten Juli gesehen? New York ist wohl kaum um die Ecke. Du hast es gar nicht so schlecht. Der Sohn der armen Maeve Doolin war seit seinem Umzug rüber nach England kaum hier.«

»Das stimmt wohl.« Mrs Sheedy war beschwichtigt genug, um ihr Gläschen Portwein auszutrinken, und Shannon nutzte die Gelegenheit.

»Ich bin zum Essen wieder da, Mam. Schön, Sie zu sehen, Mrs Sheedy«, log sie noch schnell, bevor sie durch die Tür rauschte und sich in Gedanken eine Notiz machte, Maeve morgen Früh zu besuchen.

Nach der Wärme im Pub war die feuchte Nachmittagsluft draußen erbarmungslos. Sie kuschelte sich in ihre Daunenjacke, die sie über ihren Rollkragen gezogen hatte, und vergrub ihre Hände in den Taschen, bevor sie sich auf den Weg zu Freyas Galerie machte. Beim Anblick von Enda Dunnes uraltem Collie, Shep, musste sie schmunzeln. Der hatte es sich auf dem Gehweg vor Dermot Molloys Fleischerei gemütlich gemacht, wie immer, wenn Enda für eine Weile im Shamrock verschwand. Laut Dermot ging es ihm auch noch gut und es war immer darauf Verlass, dass der gewiefte Collie von gutherzigen Bewohnern ein oder zwei Würstchen zugeworfen bekam. Den Hundeblick beherrschte Shep wie kein Zweiter, deswegen gab es wahrscheinlich in ganz County Galway keinen Hund, der so gut ernährt wurde wie er.

Shannon hielt inne, um den zutraulichen alten Hund zu streicheln.

»Braver Junge, Shep.« Sie lächelte, als er sich prompt auf den Rücken warf und nach Streicheleinheiten für seinen Bauch verlangte. Sie gehorchte, erklärte ihm dann aber, dass sie weitergehen musste, bevor sie nach oben schaute und Dermot sah, der großzügig Hack in eine Tüte abfüllte. Er winkte ihr zu und sie winkte zurück, musste dabei an das Singen später im Pub denken, das ihre Nan erwähnt hatte. Sie liebte es, wenn Dermot seine Uilleann Pipes spielte, den irischen Dudelsack. Sie war nur nicht sicher, ob sie mitmachen wollte. So oder so war es aber schön, seine Frau Fidelma wiederzusehen, und ihre Horde an Kindern, die alle wie Miniaturausgaben ihrer Eltern aussahen, dachte Shannon, bevor sie weiterging. Auf der anderen Straßenseite unterhielt sich Paddy McNamara immer noch intensiv mit dem Model im Fenster von Heneghan's Pharmacy.

»Wie geht's dir, Paddy?«, rief Shannon zu ihm rüber.

Er wirbelte herum, in einer Hand die Flasche, die er jetzt zur Begrüßung hochhielt. »Frohe Feiertage, kleine Nora.«

»Ich bin's, Shannon, Paddy.«

»Das hier ist Bridget, meine neue Freundin.« Er zeigte mit der Flasche auf das Fenster und torkelte verlegen auf der Stelle.

Die Tür der Apotheke flog auf und Nuala McCarthy kam in ihrem weißen Kittel heraus, die Hände in die Hüften gestemmt. »Paddy, wirst du wohl endlich weitergehen. Du verscheuchst die Kunden.«

»Nicht ohne Bridget. Ich habe es dir doch gesagt, Nuala. Wir gehören zusammen.«

Shannon schüttelte den Kopf und versuchte, sich ihr Lachen zu verkneifen. Armer, alter Paddy.

Im hellen, gelben Schaufenster von Quigley's Quill war groß der neue Roman von Cathy Kelly ausgestellt und sie beäugte ihn. Sie könnte etwas Eskapismus vertragen, und sich in die komplizierten Leben von anderen Frauen einzudenken, war ein exzellenter Weg, um seine eigenen Probleme zu vergessen. Der Sessel war gerade leer, das sah sie, als sie mit den Händen an der Scheibe nach drinnen spähte. Die Vorstellung, sich drinnen in den Sessel zu fläzen und es sich mit einem Buch gemütlich zu machen, war sehr verlockend. Rita, die selbst gerade versunken in ein Buch hinterm Tresen stand, würde ihr eine Tasse Kaffee und einen Teller mit Keksen bringen. Oh ja, mehr als verlockend. Sie machte einen Schritt auf die Tür zu, überlegte es sich dann aber schnell anders, als ihr einfiel, wie verärgert Freya wäre, wenn sie nicht als Allererstes bei ihr vorbeischauen würde – zurecht. Außerdem hatte sie gerade erst das Brot zum Tee gegessen und sollte nicht schon wieder an Kekse denken.

Shannon nahm all ihre Willenskraft zusammen und löste sich vom Fenster, schrak dann aber auf, als ein lautes *Tuut-Tuut* hinter ihr ertönte. Der Übeltäter war Mr Kenny auf seinem Elektroscooter, der die Autohupe drückte, die ihm sein Sohn letztes Jahr zu Weihnachten geschenkt hatte. Er zog seinen Hut und Shannon, die sich wieder gefasst hatte, sah nach rechts und links, bevor sie auf die Straße trat, um ihn zu begrüßen.

»Sie halten sich also immer noch nicht an Sergeant Badgers Anweisung, wie ich sehe, Mr Kenny.« Sie mochte den älteren Herrn, der sich partout nicht an die Regeln halten wollte. Er war ein guter Freund ihres Großvaters gewesen.

»Pah, dieser Geck. Von dem lasse ich mir doch nicht sagen, was ich tun und lassen kann. Außerdem, und das habe ich auch dem jungen Keith Badger schon oft genug erklärt, wenn es einen Motor hat, gehört es auf die Straße.«

»Da haben Sie recht.«

»Ich weiß noch, wie der früher in kurzen Hosen rumgerannt ist und mit diesem Cathal Gallagher unter einer Decke steckte. Rabauken waren das, alle beide. Einmal haben sie sogar das Fenster vom Shamrock eingeworfen, als noch dein Groß-

vater den Laden geführt hat, wusstest du das? Mit ihrer Stein-
schleuder haben sie den ganzen Ort terrorisiert. Ihre Mütter
haben sie einen Kopf kürzer gemacht, das sage ich dir. Ein Jahr
lang mussten sie den Gehweg vor dem Pub mit Seife und
Wasser schrubben, um für die Reparatur aufzukommen. Und
jetzt sieh sie dir an. Der eine mit seinem Tante-Emma-Laden
und in jedem erdenklichen Komitee und der andere sorgt für
Recht und Ordnung.«

Shannon lachte. Jetzt sah sie Sergeant Badger und Mr Gallagher definitiv mit anderen Augen. Was Mr Kenny anging, war
es nichts Ungewöhnliches, ihn in der reflektierenden Weste (die
sein Sohn ihn drängte zu tragen) die Straße runtertuckern zu
sehen, eine Schlange von Autos hinter sich. Wenn irgendjemand es wagte, ihn anzuhupen oder aus dem Fenster zu rufen,
er solle von der Straße runter, hob er nur seinen Gehstock in die
Luft. Eine Art verlängerter Mittelfinger.

»Freut mich, dass es Ihnen wieder besser geht, aber Sie
sollten sich an einem Tag wie heute wirklich nicht draußen
herumtreiben. Der Husten neulich hat mir echte Sorgen
bereitet.«

»Oh, schreib mir lieber nicht vor, was ich tun soll,
Shannon.«

»Da würde ich nicht im Traum dran denken, aber das war
ein ziemlich fieser Atemwegsinfekt, den Sie hatten.«

»Aye, war es. Ich dachte schon, ich würde mich bald dem
da oben stellen müssen, aber noch steckt Leben im alten Kenny.
Dass ich wieder auf meinem treuen Ross sitze, habe ich vor
allem der Pastinakensuppe deiner Großmutter zu verdanken.«

Wieder musste Shannon lachen. »Nicht den Antibiotika
also.«

»Kitty Kellys Suppe ist die beste Medizin, die es gibt. Du
bleibst über die Feiertage hier?«

»Ein bisschen länger noch. Ich, ähm, orientiere mich neu.«

»Na schön, viel Glück wünsche ich. Ich bin dann mal auf

ein Pint bei deinem Vater. Schön, dich zu Hause zu haben, Mädchen.«

»Danke, Mr Kenny. Oh, da kommt ein Auto – ich lasse Sie mal weiterfahren.«

Er ließ seinen Motor aufheulen und tuckerte davon, während sie grinsend zurück auf den Gehweg trat und das Auto hinter ihm weiterschlich. Es hupte und er hielt zur Antwort seinen Gehstock in die Höhe.

Im Silver Spoon Café war Carmel Brady gerade dabei, die Schränke abzuwischen. Als sie Shannon sah, winkte sie ihr mit dem Tuch in der Hand zu. Shannon erwiderte den Gruß, aber ihr Blick fiel auf das sich drehende Schild vom Knitters Nook, dem Strickladen ein Stückchen weiter. Hätte ihre Jacke einen Kragen, würde sie ihn hochklappen, um nicht von Eileen Carroll erkannt zu werden. Stattdessen versuchte sie, sich so klein wie möglich zu machen, und beschleunigte ihre Schritte. Als Tratschtante der Stadt war Eileen sicher versessen darauf, mehr über Shannons Rückkehr nach Emerald Bay zu erfahren. Auch wenn Eileen gut mit Kitty befreundet war, wusste Shannon, dass sie ihrer Nan vertrauen konnte und sie nur das absolute Minimum über das Leben ihrer Enkelin an die neugierige Freundin weitergab. So darauf konzentriert, möglichst ungesehen am Wollgeschäft vorbeizuhuschen, übersah Shannon das Glatteis auf dem Weg.

Alles passierte ganz schnell.

Shannons Füße rutschten weg, sie wurde erst nach vorn geschleudert, dann nach hinten. Mit den Armen rudernd versuchte sie, das Gleichgewicht zu halten. Ein Kampf, den sie nicht gewinnen konnte. Ihre Lippen formten schon ein »O«, in Erwartung, gleich schmerzhaft auf den Boden zu prallen, aber dazu kam es nicht. Ein Paar kräftiger Arme fing sie auf.

»Ich hab Sie«, erklang eine Stimme mit einem leicht näselnden amerikanischen Akzent.

Shannon drehte sich um, wollte sehen, in wessen Armen sie

gelandet war, und erkannte ihn: Der Mann im Gore-Tex-Outfit, den sie vorhin vor dem Weihnachtsbaum gesehen hatte. Er stellte sicher, dass sie wieder fest auf ihren Füßen stand, bevor er seine Arme zurückzog. »So, das war meine gute Tat für den Tag.«

Aufgeregt und mit pochendem Herzen – dank des Adrenalins, das der Beinahe-Sturz durch ihren Körper gejagt hatte und der Nähe zu einem fremden Mann – zupfte sie ihre Jacke zurecht, entdeckte dabei aber den Schokoladenfleck auf dem Oberteil darunter und zog hastig den Reißverschluss zu, bevor sie wieder zu ihm schaute.

»Ähm, vielen Dank. Gebrochene Knochen sind wirklich das Letzte, was ich gebrauchen kann.« Sie lachte nervös, auch wenn nichts an dem, was sie gerade gesagt hatte, lustig war.

»Ich helfe gern.« Lachfalten bildeten sich beim Grinsen um seine blaugrünen Augen.

Er stammte aus Boston, darauf würde sie wetten. Da sprach man schnell, die Vokale wurden gern gerundet und die Rs verschluckt. Ja, definitiv Boston. Er hatte auch ein hübsches Lächeln, entschied Shannon. Nicht perfekt – so viel zum Klischee, was amerikanische Zähne anging –, aber warm und nicht aufgesetzt. Es faszinierte sie, wie sein rechter Mundwinkel weiter nach oben reichte als der linke, und ihr entging dabei, dass sie ihn anstarrte.

Er räusperte sich. Mit einem Blinzeln löste sie sich aus ihrer Trance. Was stimmte mit ihr nicht? Eindeutig Endorphine. Das war alles. Die wurden als Reaktion darauf ausgeschüttet, nicht auf den Boden geknallt zu sein, und jetzt machten die sie verrückt – Endorphine, Adrenalin, was auch immer. Shannon, reiß dich zusammen, wies sie sich streng zurecht.

»Beeindruckende Tanzmoves waren das da gerade, Miley Cyrus würde vor Neid erblassen.« Wieder dieses Grinsen.

So viel dazu, sich zusammenzureißen: Hitze strömte ihren Hals hinauf und in ihre Wangen. Diesmal wich sie seinem

Blick aus. Das einzig Positive an ihrer kleinen Twerk-Aktion auf der Main Street war, dass keine ihrer Schwestern es beobachtet hatte. Es wäre gefundenes Fressen für sie gewesen.

»Sorry, ich mache nur Spaß. Ich heiße übrigens James.« Er streckte ihr eine Hand entgegen, die Shannon nur anstarrte. Julien hatte weiche Hände mit langen Pianistenfingern gehabt, aber diese hier wirkten stark, mit einer halbmondförmigen Narbe unterhalb der Knöchel. Außerdem: kein Ehering. Also stimmte ihre vorherige Einschätzung nicht, er würde bloß auf seine Frau warten.

Nimm seine Hand, du Dumpfbacke. Schnell schüttelte sie sie, wobei ihr der feste Griff auffiel. Sie nannte ihm jedoch nicht ihren Namen. »Also, ähm, danke noch mal. Und viel Spaß in Emerald Bay.« Noch so ein dämlicher Kommentar. Höchste Zeit, etwas Abstand zwischen sich und den Amerikaner zu bringen, der sie dazu brachte, sich wie eine Idiotin aufzuführen. Sie drehte sich weg und ging weiter, spürte dabei noch seinen Blick im Rücken, und bevor sie überhaupt drei Schritte geschafft hatte, flog die Tür vom Nitter's Nook auf.

Bitte nicht!, dachte Shannon, als Eileen Carroll sie in einer bis oben zugeknöpften Strickjacke mit Zopfmuster und einer engen blauen Stoffhose in die Enge trieb.

»Shannon! Ich hatte gehofft, dich zu sehen. Es tat mir so leid, als ich gehört habe, dass ihr, dein junger Mann und du, nicht länger miteinander ausgeht.« Sorge spiegelte sich auf ihrem teigigen Gesicht und angesichts ihres Tonfalls hätte man meinen können, Julien wäre verstorben anstatt einfach zurück nach Frankreich gegangen zu sein. Shannon bemerkte noch den perplexen Blick vom Gore-Tex-Mann, bevor er sich umdrehte und wegging.

»Ach, das muss es nicht, Mrs Carroll. Mir geht es gut«, log sie und fügte gespielt locker hinzu: »Wir waren einfach nicht füreinander bestimmt. C'est la vie.«

»Du bleibst jetzt hier, hat mir deine Nan erzählt, und führst dieses Jahr die Emerald Bay Elves an.«

Sag ihr bloß nichts, Shannon. »Nur, bis ich weiß, wohin es als Nächstes geht. Über Weihnachten wollte ich ja sowieso herkommen.« Das Singen, das ihr aufgedrängt wurde, erwähnte sie lieber nicht.

Eileen ließ sich nicht einfach abwimmeln und beugte sich verschwörerisch vor. »Trotzdem, es ist bestimmt nicht leicht, in deinem Alter neu anzufangen. Ich meinte schon zu deiner Nan, ich habe fest damit gerechnet, bald Hochzeitsglocken zu hören.« Dann riss sie hinter den dicken Brillengläsern die Augen auf, als ihr ein weiterer Gedanke kam. »Dann tickt noch die Uhr, daran muss man auch denken.«

»Und welche Uhr genau wäre das, Eileen?« Shannon trat in der Kälte von einem Fuß auf den anderen und blies sich Luft in die Hände, in der Hoffnung, die Frau würde den Wink mit dem Zaunpfahl verstehen, dass es viel zu kalt war, um draußen zu quatschen.

Tat sie nicht. »Die biologische natürlich. Neulich habe ich erst gelesen, dass die Chancen, schwanger zu werden, ab dreißig mit jedem Jahr sinken. Bist du nicht gerade vierunddreißig geworden?«

Wenn Shannon vorher nicht schon depressiv war, dann spätestens jetzt.

Eileen Carroll gackerte wie ein dickes Huhn. »Das Problem ist, Shannon, ihr Jungen denkt, ihr könnt alles haben. Erst eine Karriere und dann Babys, wenn es euch gerade passt, aber so hat der liebe Gott uns nicht geschaffen. In den späten Zehnern und den Zwanzigern ist der weibliche Körper am fruchtbarsten, danach ...« Sie verstummte und schüttelte den Kopf, wobei ihre grau gesträhnten Haare hin und her schwangen.

Gleich schreie ich, dachte Shannon und knirschte mit den Zähnen. »Ach, um mich und meine tickende Uhr müssen Sie sich keine Sorgen machen, Mrs Carroll.«

Ihren Tonfall registrierte Eileen Carroll überhaupt nicht. »Ja, du hast wahrscheinlich recht. Die Ärzte können inzwischen alles Mögliche machen, wenn man da Probleme hat. Oh, ich hab ja gehört, dass Jean Gradys Enkelin ihre Eizellen einfrieren lassen möchte. Das ist doch mal eine Idee. Hast du daran schon mal gedacht? Um auf der sicheren Seite zu sein, das ist alles.«

»Ähm, nein, habe ich nicht.« Führte sie gerade ernsthaft diese Unterhaltung? In diesem Jahrzehnt?

»Auf der anderen Seite: Mags Doon hat ihren Leo erst mit achtundvierzig bekommen. Sie dachte, sie hätte den Teil schon hinter sich, aber der da oben hatte andere Pläne.«

»Dann habe ich ja noch ein paar Jahre, bevor die Uhr aufhört zu ticken. Gut zu wissen.« Shannon reichte es. »Gehen Sie lieber wieder rein, Mrs Carroll, hier draußen holen Sie sich noch den Tod und sie wollen Weihnachten doch nicht krank sein.«

»Da hast du recht. Enda Dunne ist überzeugt, dass es dieses Jahr schneit. Er nimmt schon Wetten an.« Sie schnaubte: »Nicht, dass ich dem alten Narren auch nur einen Cent meines Geldes geben würde. Und wo willst du denn eigentlich jetzt noch hin?«

»Ich treffe mich mit Freya«, antwortete Shannon, als die stämmige Frau endlich entschied, dass sie von ihr keinen neuen Tratsch bekommen würde, und sich nach drinnen verzog.

»Na, vielen Dank dafür«, murmelte Shannon noch in sich hinein.

In Emerald Bay gab es wirklich keinen langweiligen Spaziergang, dachte sie, zog den Kopf ein und hoffte, es ohne weitere Vorfälle oder Hinweise auf ihre tickende Uhr bis zum Mermaids zu schaffen.

9

Shannon drückte die pinke Tür auf und betrat das Innere der hell erleuchteten Galerie. Es war niemand da, bis auf Freya, die sich gerade mit einer feinen Zange in der Hand über einen Klumpen Metall beugte. Aus ihrem unordentlichen Dutt waren blaue Strähnen entkommen und ihre langen Ohrringe schwangen hin und her, als sie beim plötzlichen Windzug den Kopf hob. Sofort fing sie an zu strahlen.

»Shannon!« Sie ließ ihr Werkzeug fallen, stand auf und begrüßte Shannon mit einer innigen Umarmung. »Sorry, ich müffle. Ich veredle gerade einen Claddagh-Ring mit Schwefelleber. Das gibt ein wunderschönes antikes Finish, stinkt aber bestialisch! Ich habe gegen den Geruch schon Duftkerzen aus Sojawachs angezündet, aber das reicht nicht.«

Freya lief wie immer auf Hochtouren und Shannon versuchte, mitzuhalten. Sie roch ein leichtes Eiaroma, das sich gegen den Piniengeruch durchsetzte, aber das war nichts im Vergleich zu Napoleons Bemühungen von vorhin, also umarmte sie ihre Freundin zurück, als wäre es Jahre her, dass sie sich gesehen hatten, anstatt etwa einen Monat. Die Wolle des weiten Cardigans, den Freya über ihren üblichen bunt zusammengewürfelten Klamotten anhatte, kitzelte an ihrer Nase, und sie wurde gerade rechtzeitig freigelassen, um den drohenden Nieser noch zu unterdrücken.

»Zeit für Tee, oder ...« Freya riss ihren Ärmel hoch und schaute auf die schmale Uhr zwischen den vielen silbernen Armbändern, die sie immer trug. Sie grinste vielsagend: »Es ist offiziell Zeit für Wein. Ich schließe erst in einer halben Stunde, aber es ist den ganzen Nachmittag schon ruhig. Ich glaube nicht, dass jetzt noch jemand reinkommt. Was meinst du? Ich habe eine Flasche Roten da, wenn du ein Gläschen möchtest. Oh, und Pringles.«

Nach ihrem Zusammentreffen mit Eileen Carroll musste sie nicht lange nachdenken. »Ein Wein wäre schön und für Chips bin ich immer zu haben. Ist das ein neues Tattoo?«, fragte Shannon, die gerade das filigrane keltische Herz an der Innenseite von Freyas Handgelenk bemerkt hatte.

Ihre Freundin schob die Armbänder zur Seite und streckte Shannon ihr Handgelenk hin, damit sie es begutachten konnte. »Die haben Oisin und ich uns vor ein paar Wochen in Kilticaneel stechen lassen. Wie findest du es?«

»Es passt zu dir«, antwortete Shannon und musste an die kleine Rose an ihrem Knöchel denken, zu der Freya sie zu ihrem einundzwanzigsten Geburtstag überredet hatte. Noch beim Verlassen des Studios hatte sie sich geschworen, nie wieder für Schmerzen zu bezahlen.

»Danke.« Freya lächelte. »So fühle ich mich ihm nahe, auch wenn er nicht da ist.«

»Es wird also ernst zwischen euch?« Seit fast einem Jahr war Freya mit dem obdachlosen, couchsurfenden Künstler zusammen. Für sie schien ihm die Sonne aus dem Arsch und jetzt ließen sie sich also schon Pärchen-Tattoos stechen. Lieber sie als ich, dachte Shannon. Sie selbst hatte Oisin erst zweimal getroffen und fand, dass er ziemlich von sich überzeugt wirkte. Ein Opportunist, der gern im Rampenlicht stand. Nicht, dass sie Freya das erzählt hätte. Es zählte nur, dass sie glücklich war. Das Problem daran: Shannon war nicht ganz sicher, ob ihre Freundin das war.

Oisin hatte Freya erklärt, dass er sich als Freigeist unmöglich an einen Ort binden konnte, denn sonst würde seine Kunst darunter leiden. Das hatte sie Shannon gegenüber beim Erzählen ganz locker klingen lassen. Für Shannon klang es aber eher danach, dass er einfach alles haben wollte, und wenn er dabei auch noch Miete sparen konnte, umso besser. Trotzdem sah sie sich nicht in der Position, ihren Senf dazuzugeben.

»Es läuten noch keine Hochzeitsglocken, wenn du das meinst, aber ich glaube, er ist der eine.«

»Wo ist er überhaupt?«, hakte Shannon nach. Halb rechnete sie damit, dass er plötzlich auftauchen würde, in einer Hand einen Pinsel und im Gesicht diesen existenzialistischen Künstlerblick.

»In der Nähe von Westport, in einem Zentrum für Künstler, das einem Freund von ihm gehört.« Freyas braune Augen tanzten. »Da fahre ich auch hin, wenn ich Heiligabend den Laden geschlossen habe, damit ich am ersten Weihnachtstag bei ihm aufwachen kann. Danach geht's dann zum Lunch zu Mam und Dad. Zum Weihnachtsessen dieses Jahr kommt jeder einzelne Devlin von hier bis County Kerry – inklusive aller Inseln dazwischen.« Bei dem Gedanken verdrehte sie die Augen.

»Und kommt Oisin auch mit?«

Ein dunkler Schatten schlich über Freyas Gesicht. Shannon hatte einen wunden Punkt getroffen.

»Nein. Das ist nicht sein Ding, das Ganze mit der Familie und Weihnachten und so. Und selbst wenn, würde ich ihm kein Treffen mit dem gesamten Devlin-Klan aufbürden.«

Das versetzte Shannons Herz einen Stich und sie fragte sich, ob Juliens und ihre Beziehung für andere genauso offensichtlich zum Scheitern verurteilt gewesen war wie Freyas und Oisins für sie. Dennoch rang sie sich ein Lächeln ab. Freya schien genauso blind für die Fehler ihres Freundes, wie sie es für Juliens gewesen war, und sie würde sich bestimmt nicht freuen, wenn Shannon die anspräche.

Freya bekam nichts von Shannons Gedanken mit und klatschte stattdessen in die Hände. »Okay, dann mal los. Ich bin sofort wieder da.« In ihrer gesamten Wollpulli-Pracht und gebatikten Schönheit verschwand sie im winzigen Hinterzimmer, das als Küche und Lagerraum zugleich fungierte. Shannon entschloss, solang die ausgestellten Kunstwerke zu begutachten und ging auf eins mit einem großen, wütenden blauen Farbspritzer zu, das sich kontrastreich von der weißen Wand abhob.

Eigentlich war sie kein Fan von abstrakter Kunst, vor allem, weil sie sie nicht verstand. Mit dem Kopf zur Seite gelegt, musterte sie die Leinwand vor sich. Das Werk hieß »Sturm«, und für sie sah es aus, als hätte man ein wütendes Kind mit einer Dose blauer Farbe allein gelassen. Vielleicht war sie, was Kunst anging, einfach eine Ungläubige, grübelte sie. Als sie jedoch bemerkte, dass es von Oisin Duffy war, setzte sie schnell einen beeindruckten Gesichtsausdruck auf, falls Freya gleich zurückkäme, und ging rasch zum nächsten Werk.

Das daneben entsprach viel eher ihrem Geschmack. Fasziniert betrachtete sie das Aquarell von Kilticaneel Castle mit dem aufbrausenden Meer im Hintergrund. Vor allem die Regenbogenfarben vor dem schiefergrauen Himmel ließen sie nicht los. Wäre sie nicht pleite und gerade wieder bei ihren Eltern eingezogen, würde sie sich das Bild gönnen.

»Dir hätte es gefallen, Opa«, sagte sie wehmütig. Freya hatte ihr einmal Kunst erklärt. Sie spräche zu einem, hatte sie gesagt. Dieses Bild sagte zu Shannon, sie solle unvernünftig sein und ihre Kreditkarte überziehen, weil sie eine Verbindung dazu spürte.

»Das habe ich vorhin verkauft, kurz bevor du gekommen bist. Gott sei Dank. Sonst hätte es sich überhaupt nicht gelohnt, heute aufzumachen. Es war so ruhig«, erzählte Freya, die mit zwei Weingläsern und den Pringles unter dem Arm zurückkam.

»Oh, schade. Ich musste sofort an meinen Opa denken.« Enttäuschung stieg in ihr hoch, weil es nicht mehr verfügbar war, obwohl sie sowieso nicht über solche leichtsinnigen Käufe nachdenken sollte. Sie sollte ihre Finanzen in Ordnung bringen, das war doch der ganze Sinn und Zweck, weshalb sie hier war.

»Ein Amerikaner hat es gekauft. Ich hatte noch keine Zeit, es runterzunehmen. Aber, Shan, ich sag dir: Wäre ich nicht total in Oisin verliebt, hätte ich dem zum Kauf noch eine besondere Kostprobe mitgegeben.« Sie wackelte vielsagend mit den Augenbrauen und hielt Shannon ein Glas hin.

Shannon prustete vor Lachen, nahm den Wein entgegen und dachte erst dann an ihren Sturz, der sich beinahe ereignet hätte. »Er war aber nicht eine wandelnde Werbeanzeige für Outdoorkleidung, oder?«

»Mit hellbraunen Haaren, meerglasfarbenen Augen und einem süßen Lächeln?«

Meerglas. Die perfekte Beschreibung für seine blaugrünen Augen. Nicht, dass die ihr aufgefallen wären oder so. »Oh, so genau kann ich das nicht sagen.« Shannon gab sich lässig. »Auch wenn ich gerade vor dem Silver Spoon für ihn getwerkt habe. Er heißt James.« Sie drehte sich um und achtete darauf, nichts von dem Wein zu verschütten, während sie kurz das Wackeln ihres Hinterns demonstrierte.

Diesmal brach Freya in Gelächter aus und fragte: »James, also. Was ist passiert?«

»Es ist alles Eileen Carrolls Schuld. Ich wollte mich ducken und schnell vorbei, damit sie mich nicht sieht, dann bin ich auf einer Stelle mit Glatteis ausgerutscht. Alles sehr peinlich und ich wäre auf meinem Arsch gelandet, hätte er mich nicht aufgefangen.« Shannon nahm einen kleinen Schluck von der roten Flüssigkeit.

»Dein Ritter in seiner strahlenden Rüstung.«

»Mein Ritter in Gore-Tex, wohl eher. Der sah aus, als wäre er auf dem Weg zu einem Wochenende in der Wildnis mit Bear Grylls.«

Freya kicherte in ihr Weinglas hinein, ihr Nasenpiercing glänzte im hellen Deckenlicht. »Du hast mir gefehlt. Es ist schön, dass du zu Hause bist. Galway ist nicht weit weg, ich weiß, aber wir haben beide in letzter Zeit so viel zu tun. Jetzt, wo du nur die Straße runter bist, können wir uns wieder öfter treffen.«

»Ich habe dich auch vermisst.« Schreiben war einfach nicht das Gleiche. Früher waren sie unzertrennlich gewesen, aber dann ist das Leben dazwischengekommen und sie waren einfach keine Teenager mehr. Freya hatte ihren Laden zu führen und sie hatte Oisin – zumindest dann, wenn er es für nötig hielt, sich zu zeigen –, während Shannon ihre Arbeit hatte und ... na ja, Napoleon.

Beide lächelten, als Shannon ihr Glas hob. »Das hier habe ich echt gebraucht, danke. Kommst du später noch im Pub vorbei?«

»Heute nicht. Oisin wollte noch facetimen. Komm, setzen wir uns hin.« Freya leitete sie rüber zur Werkbank. »Nimm du den Hocker.« Sie zeigte darauf und stellte ihren Wein und die Chips ab, bevor sie einen Teil der Werkbank von Metall und Utensilien befreite und darauf hüpfte, die Beine ließ sie vor und zurück baumeln. Sie fragte Shannon, wann sie angekommen war.

»Vor einer Stunde etwa. Ich musste mich schon um eine Katze mit Darmverstimmung kümmern, hab mich für das Sternsingen mit den Emerald Bay Elves verpflichtet und wurde trotz all meiner Bemühungen in eine Unterhaltung mit Eileen Carroll verwickelt.« Shannon berichtete ihr von dem Gespräch.

Freya lachte schnaubend, riss den Deckel der Chips auf und hielt Shannon die Rolle hin. »Diese Frau, echt! Du hättest ihr sagen sollen, dass du dich im Ort nach geeigneten Samenspendern umsehen willst, jetzt wo du wieder da bist. Das hätte sie eine Weile beschäftigt.«

Shannon bediente sich an den Chips. »Also hier draußen frage ich sicher nicht nach Samenspenden, danke.«

»Aber, Shan, Lorcan McGrath ist noch single!«

»Ist der nicht nach Lisdoonvarna gefahren, um da eine Frau zu finden?« Shannon verzog beim Gedanken an das jährliche Matchmaking-Festival in dem kleinen Kurort in County Clare das Gesicht.

»Ist er, aber das hat nicht geklappt, deswegen ist er weiter auf der Jagd.« Freya streckte eine Hand aus, formte sie zur Klaue und stieß eine Mischung aus einem Knurren und Miauen aus.

»Uff, hör auf! Er ist nur single, weil er nicht daran glaubt, dass es wichtig ist, mehr als einmal im Monat zu duschen. Und weil er ein Gesicht wie eine Bulldogge hat, die in eine Wespe gebissen hat.«

Freya gab sich alle Mühe, schaffte es aber nicht, ernst zu bleiben, während sie Eileen Carroll nachahmte: »Sei vernünftig, Shannon, Bettler dürfen nicht wählerisch sein und die Uhr tickt. Wenn du deine Karten richtig spielst, kannst du in neun Monaten ein kleines Lorcan-Baby hier rumkrabbeln haben.«

»Freya!« Shannon bekam kaum Luft vor Lachen. »Stopp! Mein Bauch tut schon weh.«

Freya zeigte keinerlei Reue, schüttelte sich bloß ein paar Chips aus der Rolle in die Handfläche. »Die sind so lecker«, nuschelte sie und schob sich noch mehr in den Mund. »Wenn ich einmal anfange, kann ich nicht mehr aufhören. Ich glaube, ich bin leicht anfällig, was Süchte angeht.«

»Ich auf jeden Fall. Her damit«, forderte Shannon, die unbedingt mehr von der salzigen Droge brauchte.

»Ich frage mich, wie lange er in Emerald Bay bleibt?« Freya reichte ihr die Rolle.

»Wer?«

»Dein Amerikaner. James, meintest du doch.«

Shannon zuckte mit den Schultern. Die Chips interessierten sie gerade mehr.

»Du hättest es mir erzählt, wenn du seit Julien mit jemand anderem was hattest, oder?«

»Einen One-Night-Stand meinst du?« Shannon hielt inne, die Chips auf halbem Weg zum Mund.

Freya nickte.

»Ja, ich hätte es dir erzählt – außer es wäre mit Lorcan McGrath gewesen. Und nein, da war nichts, weil ich zum einen keine Lust habe, mich am ganzen Körper zu rasieren und ich außerdem ab jetzt offiziell enthaltsam bin.«

»Ach, komm, Shan. Das Leben ist zu kurz, um Nonne zu werden. Schau auf dem Rückweg kurz bei Heneghan's vorbei und besorg dir einen Rasierer. Sie schließen erst um sechs. Das wird schon. Und sieh es mal so: Der schnellste Weg, über jemanden hinwegzukommen, ist immer noch, wieder aufs Pferd zu steigen – eine lockere, zwanglose Sache nebenbei.«

»Aber ich habe keinen Hengst, auf den ich mich stürzen kann, selbst wenn ich wollte, was ich nicht tue. In locker und zwanglos war ich sowieso nie gut, das weißt du.«

»Na ja, das ist deine Chance. Probiere es aus. Es wird dir echt guttun und dieser James bleibt bestimmt über Weihnachten. Hier gibt es nur das Shamrock Inn und Mrs Phelan's B&B, also stehen die Chancen ziemlich gut, dass er nur den Gang runter von dir wohnt – vor allem, da ich vorhin erst zu ihm meinte, dass es in ganz County Galway keine gemütlichere und authentischere Unterkunft als das Shamrock Inn gibt«, zwinkerte sie.

»Das hast du nicht gesagt.«

»Oh doch, und ich habe dabei nur an dich gedacht.«

»Freya, hör mir jetzt gut zu: ICH HABE KEIN INTER-ESSE. Sowieso solltest du nicht deine Zeit verschwenden, denn wir sind ausgebucht.«

10

Shannon kam zurück in den Pub gerast, die Wangen rosig, dank des Rotweins und der klirrend kalten Abendluft. Es war voll – normal für einen Freitagabend – und auf den Hockern sowie in den Sitzecken saßen Menschen, die es nicht eilig hatten, weiterzuziehen.

Nora wischte gerade einen Tisch ab, sah nun aber auf und strich sich mit der freien Hand eine entwischte Haarsträhne hinter das Ohr. »Chloe hat sich tatsächlich schon wieder krankgemeldet«, begann sie genervt. »Der vierte Tag in Folge. Dein Dad und ich sind völlig fertig, oh ja.«

»Ach, Mam, es ist wohl kaum ihre Schuld, dass sie die Grippe erwischt hat.« Weihnachten war eine beliebte Saison und Shannon wusste auch, dass ihre Eltern kaum einen Moment Ruhe gehabt hatten, seit das Mädchen, das sonst zur Stoßzeit aushalf, sich nicht gut fühlte. Aber Hannah und sie waren jetzt da und Imogen, Ava und Grace würden morgen kommen. Dann wären alle an Bord und könnten mit anpacken. Somit könnte sie genauso gut jetzt gleich anfangen.

»Weißt du, ich hab eben ein paar Chips gegessen, ich kann auch eine Stunde später essen.« Sie würde sich zwar lieber direkt auf den Pie stürzen, sobald ihre Mam ihn aus dem Ofen holte, aber die beiden hatten eine Verschnaufpause verdient, dachte sie beim Blick auf die leichten Schatten unter den Augen ihrer Mutter. Außerdem lief das Abendessen wohl kaum davon. »Du und Dad, geht ihr essen und legt am besten mal die Füße hoch. Hannah und ich halten hier ein paar Stunden die Stellung.«

»Wie kommst du auf die Idee, Chips zu essen, wenn du genau weißt, dass ich dein Lieblingsessen koche? Auch noch nach dem ganzen Brot vorhin.« Nora musterte sie mit zusammengekniffenen Augen.

Shannon ergänzte die Liste lieber nicht noch um Maeve Doolins Shortbread von heute Mittag. »Mam, willst du nun, dass ich helfe oder nicht?«

»Will sie«, rief Liam, der gerade ein Pint für einen Mann in einer reflektierenden Jacke und Arbeitsstiefeln zapfte, den Shannon nicht erkannte. »Und ich auch.«

Enda hatte seinen Platz am Tresen verlassen und war davongeschlendert, um mit Shep nach Hause zu gehen, stellte Shannon fest und rieb sich dabei die Hände. Zum Glück war auch Clare Sheedy inzwischen verschwunden.

In der Küche duftete es schon nach den leckeren Köstlichkeiten für später, sonst war sie aber leer, abgesehen von einer einsamen Scheibe Soda Bread, die auf einem Brett lag. Shannon bediente sich, stopfte sich die Hälfte in den Mund, blieb aber bei der Treppe angekommen wie angewurzelt stehen, als sie Nans verärgerte Stimme aus dem Wohnzimmer hörte. Ihre Schwestern und sie vermuteten schon lange, dass Nan ihre Augen und Ohren überall versteckt hatte. Schnell kaute Shannon und schluckte das Brot runter, in Erwartung einer weiteren Ermahnung, weil sie so kurz vor dem Abendessen noch etwas aß.

»Nein, du Clown! Istanbul hieß mal Konstantinopel, doch nicht Connemara!«

Nur ein Kandidat bei einer ihrer Quizshows, der da ausgeschimpft wurde, beruhigte Shannon sich und steckte sich schnell den Rest des Brotes in den Mund, bevor sie die Treppe nach oben hastete. Dann öffnete sie die Tür zu ihrem Zimmer ganz sachte, um Napoleon nicht zu erschrecken. »Mami ist wieder da, mein Schatz.«

»Mami? Gott, Shan, du wirst ja zu einer richtigen verrückten Katzenlady. Obwohl, jetzt wo du es sagst, es besteht eine gewisse Ähnlichkeit zwischen Mutter und Sohn. Müssen die Nase und die Schnurrhaare sein.«

»Scheiße, Hannah! Ich hatte fast einen Herzinfarkt.« Shannon klatschte sich eine Hand auf die Brust.

»Sorry.« Hannah grinste. »Ich wollte nur mal meinen Neffen hier kennenlernen.«

»Ach, halt den Mund. Aber die letzten Monate war er wirklich für mich da.«

»Er hat ja auch keine Wahl. Übrigens, ich habe das Fenster zugemacht, es war wie in einem Iglu hier drinnen.«

Shannon schnupperte. Zum Glück war die Duftnote à la Katzenkot verflogen.

Hannah saß im Schneidersitz auf dem Bett, neben ihr Napoleon auf dem Rücken, alle Beine von sich gestreckt.

»Hast du denn gar keine Würde?«, kommentierte Shannon in seine Richtung. Er schnurrte, während Hannah seinen Bauch kraulte, überstreckte dann den Kopf und blinzelte seine Besitzerin desinteressiert kopfüber an.

»Das ist ein klares ›Nein‹ zur Würde«, gab Hannah lachend zurück.

»Treuloser Kerl«, murrte Shannon, die schon wieder vergessen hatte, weshalb sie überhaupt nach oben gekommen war. »Wie läuft der neue Job?«, fragte sie und dachte daran, dass sie sich vorgenommen hatte, mehr Interesse an Hannahs neuer Arbeit zu zeigen.

Ihre Schwester fing direkt an zu strahlen und in den

höchsten und lyrischsten Tönen davon zu berichten, wie wichtig Bienen für die Erde sind. Hannah ist echt gut, dachte Shannon. Hätte sie noch ihre alte Wohnung, würde Shannon überlegen, auf dem Dach einen Gemeinschaftsgarten anzulegen, um Bienen anzulocken. Aidan und Paulo wären sicherlich dabei. Aber sie hörte noch etwas aus Hannahs Monolog heraus: Immer wieder erwähnte sie einen ganz bestimmten Kollegen bei *Bienen retten die Welt*, Dylan. Als Shannon ihre sonst so gesprächige Schwester nach ihm fragte, wurde diese allerdings nur rot und verstummte. Sehr ungewöhnlich, aber Shannon ignorierte es erst mal, weil ihr wieder einfiel, weshalb sie hier war.

»Ich helfe unten aus, damit Mammy und Daddy in Ruhe essen können und mal ein, zwei Stunden Pause haben. Du kannst dir deinen Unterhalt auch verdienen.« Dann warf sie einen Blick in die Tüte, die Aidan ihr in die Hand gedrückt hatte, und zog die Spielmaus heraus.

»Nein danke.« Hannah verzog das Gesicht. »Ich habe vorhin den Grapscher Handsy Houlihan und die Nolan-Brüder unten gesehen. Dieser Colm ist ein Oktopus, wenn es um Kundinnen geht, wirklich wahr.«

Handsy Houlihan, der eigentlich Harry hieß, war ein Immobilienmakler mittleren Alters aus Kilticaneel, der kreischte, anstatt zu lachen, und der eine Vorliebe für scheußliche Anzüge und noch scheußlichere Comb-Over hatte. Er lebte gemeinsam mit seiner bemitleidenswerten Frau Ciara in Emerald Bay.

»Wenn Mam und Dad dabei sind, versucht er nie den alten Trick mit ›Mir ist wohl die Hand ausgerutscht‹, aber sobald sie hinten sind, während eine von uns die Tische abräumt, hält ihn nichts auf. Ich weiß echt nicht, wie die arme Chloe ihn und Colm aushält. Das steht eigentlich nicht in ihrer Jobbeschreibung«, fuhr Hannah fort. »Und beide könnten vom Alter her ihre Großväter sein. Es war schon schlimm genug mit Handsy hier, aber für die Nolans gebe ich Mammy die Schuld – immerhin hat sie die Familie mit diesem Rabatt angelockt.«

Colm Nolan war einer von vier Brüdern, die aus dem Nachbarort Ballyclegg herkamen, wo auch Nora Kelly aufgewachsen war. Als ihre Cousins bekamen sie die Pints hier zehn Pence günstiger. Bei den Mengen, die sie konsumierten, lohnte sich da auch der Fußmarsch von einer halben Stunde zum Shamrock Inn. Sie hatten sogar noch eine Schwester, Maureen, die bei der ersten Gelegenheit nach Dublin abgehauen war, wo sie einen Mann geheiratet hatte, dessen Familie eine Pension führte. Laut Nora war sie von allen Geschwistern die angenehmste. Sie fehlte ihr, aber von den Schwestern hatte bisher nur Imogen sie und ihre Töchter kennengelernt.

»Chloe kann gut mit denen umgehen. Sie hat ihnen von ihrem beschützerischen großen Bruder erzählt, der gerade seinen schwarzen Gürtel in Karate gemacht hat. Das hat wunderbar funktioniert.« Shannon ließ die Spielmaus am Schwanz vor einem unbeeindruckten Napoleon baumeln.

»Aber wir haben keinen großen Bruder«, merkte Hannah an.

»Chloe auch nicht.«

»Ah, verstehe. Vielleicht rutscht mir ja mal heraus, dass ich einen neuen Typen habe, der Bodybuilder ist.«

»Das ist ein Plan. Oder du könntest dem Grapscher sagen, dass du dich bei mir mit der Ringelflechte angesteckt hast.«

»Was?« Hannah wich zurück. »Igitt, Shannon, wieso hast du nichts gesagt?« Sie fing an, sich an den Armen zu kratzen.

»Beruhig dich. Ich habe das nicht, aber als er das letzte Mal handgreiflich werden wollte, habe ich ihm erzählt, dass ich einen Pilz habe und der Arzt meinte, wie schrecklich ansteckend der ist und dass er bei Männern vor allem in der Leistengegend ausbricht. Da ist sein Arm wie ein Gummiband zurückgeschossen, das hättest du sehen müssen.« Die Erinnerung brachte Shannon zum Grinsen.

Hannah kicherte. »Ringelflechte, verstanden. Und gib endlich auf, er interessiert sich nicht für die Maus.« Sie kletterte vom Bett und kraulte Napoleon noch einmal kurz den Bauch.

»Ich platze gleich, aber ich komme sofort runter«, erklärte Shannon, bevor sie dem Kater einen Kuss auf das flauschige Köpfchen gab. »Aber besser ich füttere erst mal dich. Und Mr Mouse lasse ich dir hier, dann hast du Gesellschaft.« Sie ließ die Maus auf das Bett fallen, füllte dann etwas Trockenfutter in Napoleons Napf und prüfte noch kurz das Wasserschälchen, bevor sie die Tür schloss und ins Bad eilte.

Unten hatte Hannah ihre Eltern verscheucht und nahm gerade ein Glas, um Rory Egan sein allabendliches Guinness zu zapfen. Seine tägliche Vitamindosis, wie er es nannte, um dann schnell zu erklären, dass in dem dunklen Gebräu diverse B-Vitamine steckten, dazu noch Eisen und Kalzium. Seine Söhne, Shane, Michael und Conor hockten in einer Sitzecke und nippten an ihren Pints. Auch wenn sie nicht gut auf die Kelly-Schwestern zu sprechen waren, kamen sie immer noch zum Trinken in den Pub der Familie. Shannon schüttelte den Kopf und atmete einen Hauch Fischgeruch von Rory ein, den er nach dem Tag auf seinem Boot an sich hatte. Er grüßte sie mit einem Nicken. Wenn es nicht gerade um sein Guinness ging, war er kein Mann vieler Worte.

An diesem Abend hatten sie ein paar Neulinge hier, so nannten sie alle, die nicht von hier waren. Der alte Evan Kennedy wurde gerade von einer Gruppe junger Kanadier belagert, die alle entweder weiße Schals, Mützen oder beides mit je einem roten Ahornblatt darauf zur Schau trugen. Die Touristen klebten ihm an den Lippen, und Shannon brauchte gar nicht zuhören, um zu wissen, dass Evan mit seiner Verbindung zu den amerikanischen Kennedys prahlte.

Evan war voll und ganz überzeugt, ein Cousin fünften Grades der berühmten Familie zu sein. Den Höhepunkt seiner Geschichte für die Besucher von Übersee bildete natürlich sein Zusammentreffen mit seinem verloren geglaubten Verwandten, dem verstorbenen John F. Kennedy höchstpersönlich – für ihn nur »Jack«, versteht sich. Er hatte ihn kennengelernt, als dieser bei seiner Reise durch Irland neunzehnhundertdreiundsechzig Emerald Bay besucht hatte. Es war eine Geschichte, die Evan von seinen Zuhörern immer kostenloses Bier für den Abend garantierte.

Dann waren da noch die Nolan-Brüder. Rotnasige Rüpel, allesamt. Colm warf einer der jungen Kanadierinnen einen verführerischen Blick zu, der ihn allerdings wie einen Dorftrottel aussehen ließ. Frankie und Brendan waren unterdessen in eine hitzige Diskussion über irgendetwas verwickelt, wie an den meisten Freitagabenden. Normalerweise endete es damit, dass Liam sie grob nach draußen beförderte, damit sie es dort klärten. Was Tom anging, inspizierte der gerade den Finger, der eben noch in seiner Nase gesteckt hatte. Halb leere Biergläser reihten sich auf dem Tisch vor ihnen aneinander.

Die Hintertür öffnete sich und Pater Seamus kam hereingepolter. Dabei machte er sehr deutlich, wie kalt es draußen war, indem er sich in die Hände blies und den Schnee von seinen Schuhen stampfte, bevor er zum Tresen herüberkam.

»Das Übliche, Pater?« Der Priester mit dem runden Gesicht leitete schon seit Shannon denken konnte die Kirche im Dorf. Er wohnte in einem presbyterianischen Bauernhaus, gemeinsam mit seiner verwitweten Haushälterin Mrs Rae, der Orgelspielerin der Kirche. Sie versorgte ihn gut. Der Priester hatte auch eine besondere Vorliebe für Bushmills Whiskey, weshalb er an vielen Abenden nach dem Essen für ein, zwei Schluck herkam, immer unter dem Vorwand, ein Auge auf seine Gemeinde zu haben.

»Ganz genau. Danke, Shannon«, antwortete Pater Seamus.

»Aber nur einen Kleinen, zum Aufwärmen, das ist alles. Schön, dich und deine Schwestern zu Hause zu sehen. Kitty erzählte, dass wir am Sonntag bei der Messe mit allen Kelly-Mädchen rechnen können. Das ist doch ein Wunder, über das man den Vatikan in Kenntnis setzen sollte.«

»Natürlich werden wir da sein, Pater.« Shannon lächelte fröhlich, bevor sie sich wegdrehte, um den Whiskey aus dem Regal zu nehmen, wobei sie wortlos *Tausend Dank auch, Nan* murmelte. Zurück in Emerald Bay konnte sie verschlafene Sonntagmorgen wohl vergessen.

Pater Seamus schien Probleme damit zu haben, sich zu räuspern, bemerkte Shannon, so wie er sich beinahe zu Tode *ähemte*. Sie schenkte ihm einen großzügigen Fingerbreit in das Waterfront-Crystal-Glas ein, das immer für ihn reserviert bereitstand.

»Bitte sehr, Pater. Das wird den Frosch in Ihrem Hals lösen und Sie in Nullkommanichts aufwärmen.« Sie schob ihm den Drink zu, während er sich weiter räusperte. Inzwischen leuchtete sein Gesicht rot, was ihn wie eine Tomate mit Augen, Nase und Mund aussehen ließ. Er nahm den Whiskey und schwenkte das Glas hin und her, bevor er einen Schluck nahm.

»Dein Rock, Shannon, ähem.«

»Ach, der?« Sie schaute an sich herunter. »Karomuster ist diesen Winter sehr angesagt. Manche nennen es allerdings auch Schottenkaro.« Wieso versetzte ihr Rock ihn so in Aufregung? Der war nun wirklich nicht unanständig.

Er schüttelte den Kopf, wirkte ebenso verwirrt wie sie, und Shannon war sich sicher, noch ein »Ich hab's versucht« von ihm gehört zu haben, bevor er in Richtung Kaminfeuer davontrottete.

Dann flog die Tür auf und Shannon biss sich auf die Lippe, als sie entdeckte, wer es war.

Der Gore-Tex-Mann. Sie hatte schon wieder vergessen, dass Freya ihn hergeschickt hatte. Mit seinem Rucksack über eine Schulter geworfen steuerte er direkt auf sie zu. Shannon sah sich nach ihrer Schwester um. Die schenkte Rory Egan gerade ein Guinness ein, streng nach der Anleitung ihres Vaters, und das bemerkenswert langsam. Scheiß drauf. Sie musste sich selbst um ihn kümmern.

»So sieht man sich wieder!« James warf ihr sein schiefes Lächeln zu.

Das war ein Lächeln, bei dem jeder Frau warm ums Herz wurde. Ihr allerdings nicht, beschloss Shannon, während sie das sonderbare Verhalten von Pater Seamus vergaß und sich ebenfalls ein Lächeln abrang – in vollem Wissen, dass es nicht ihre Augen erreichte.

»Was kann ich für dich tun?« Sie biss sich auf die Innenseite der Lippe. Sie wusste ziemlich sicher, weshalb er hier war, gab sich aber unschuldig.

»Ich hatte gehofft, ihr habt noch ein Zimmer frei. Ich bleibe über Weihnachten in Emerald Bay.« Er zuckte entschuldigend mit den Schultern. »Es ist kurzfristig und direkt über die Feiertage, ich weiß, aber ich wusste bis vorhin nicht, ob ich länger bleiben würde.«

Genau wie sie geahnt hatte. Blöde Freya mit ihrer Einmischerei, fluchte Shannon innerlich. Wie sie auch ihrer Freundin gesagt hatte, waren sie vollständig ausgebucht. Eine echte Erleichterung, denn das Letzte, was sie gebrauchen konnte, war, jedes Mal wenn sie aus ihrem Zimmer kam von diesem schiefen Grinsen begrüßt zu werden.

Sie setzte einen betont mitfühlenden Gesichtsausdruck auf, hoffte aber, dabei nicht zu übertreiben. »Nein, tut mir sehr leid. Wir sind momentan voll ausgebucht, aber ganz in der Nähe gibt es ein wunderbares Bed and Breakfast, da könntest du dein Glück versuchen. Kilticaneel ist auch nicht weit. Da wird sich sicher ein freies Zimmer finden.«

»Shan, wir haben doch ein Zimmer frei«, mischte Hannah sich ein, während sie den Guinness-Zapfhahn losließ und Rory das Pint hinstellte. »Mam hat erzählt, dass heute ein Paar angerufen und seine Reservierung zurückgezogen hat. Zimmer fünf ist also wieder frei.«

»Großartig«, strahlte James. »Das nehme ich.«

»Aber du hast es doch noch gar nicht gesehen«, platzte Shannon heraus. »Und du weißt nicht, wie viel es kostet.«

Hannah musterte sie misstrauisch. »Es ist ein tolles Doppelzimmer mit Bad und Blick auf die Main Street. Ein guter Deal für fünfundsechzig Euro die Nacht. Ist das aus Gore-Tex?«

»Hannah!«

»Äh, ja.«

Hannah nickte anerkennend.

»Du hast gerade den Nachhaltigkeitscheck bestanden«, erklärte Shannon.

»Gut zu wissen. Das Zimmer wird schön sein, da bin ich sicher. Wenn es dir aber lieber ist, kannst du mir das Zimmer auch erst mal zeigen, bevor ich eine endgültige Entscheidung treffe.«

»Ich komme hier unten klar, Shan, begleitest du ...?«

»James. Ich heiße James Cabot, ich bin aus Boston.«

Aha, sie behielt mit ihrer Vermutung über seinen Akzent also recht, dachte Shannon.

»Freut mich, dich kennenzulernen, James Cabot aus Boston. Ich bin Hannah Kelly.«

Hannah und James starrten Shannon beide erwartungsvoll an.

»Wir haben uns schon kennengelernt«, murmelte Shannon.

Hannah riss ihre Augenbrauen in die Höhe. »Echt? Wie? Du bist gerade mal seit fünf Minuten hier.«

Die grünen Farbkleckse in James Augen schienen zu funkeln, als er gespannt wartete, was Shannon antworten würde.

»Ich, ähm, ich bin auf dem Weg zu Freya auf einem Fleck

Eis ausgerutscht und James hier hat mich zufällig aufgefangen, bevor ich auf den Boden knallen konnte.«

Hannahs Augenbrauen liefen jetzt Gefahr, sich mit ihrem Haaransatz zu verbinden.

»Das stimmt, trotzdem kenne ich nicht mal deinen Namen.«

»Shannon. Shannon Marie Kelly«, antwortete Hannah für ihre Schwester, bevor sie sich wegdrehte, um eine junge Kanadierin zu bedienen, die an die Bar gekommen war.

Es gab keinen Ausweg, dachte Shannon. Sie musste ihm das Zimmer zeigen.

11

Shannon trat in die Küche und war sich James' Anwesenheit hinter ihr sehr bewusst, als er die Tür schloss und damit den Lärm dämpfte, der vom Pub herüberdrang. Kitty, Nora und Liam saßen am Tisch, bereit, sich auf ihr Abendessen zu stürzen. Die drei sahen auf, um den Fremden zu inspizieren, der einen ganzen Kopf größer war als Shannon, mit der er gerade in der Küche aufgetaucht war.

»Das ist James«, stellte Shannon ihn vor und machte dabei einen Schritt zur Seite. »Er ist aus Boston und möchte über Weihnachten hierbleiben. Ich bringe ihn nach oben, damit er sich Zimmer fünf angucken kann. James, das ist Kitty Kelly, meine Nan, daneben Nora und Liam Kelly, meine Eltern.«

»Wie geht's?«, grüßte James.

In Shannons Ohren klang es wie »Wie gäits«.

»Das Zimmer wird sicherlich schön sein. Tut mir leid, dass ich Ihr Abendessen unterbreche.«

Er sah peinlich berührt aus, fand Shannon, was irgendwie niedlich war, wenn auch völlig unnötig. Die Kellys beim Abendessen zu unterbrechen war unmöglich, das gehörte nun mal zur Jobbeschreibung, wenn man hier arbeitete.

»Ach was«, entgegnete Liam und schob seinen Stuhl zurück.

»Nein, bitte bleiben Sie ruhig sitzen.«

Liam ignorierte ihn, stand auf und streckte ihm eine Hand entgegen. »Willkommen. Vorbildliche Sportkleidung haben Sie da.«

Nora und Kitty stimmten ein, und alle lächelten den gut aussehenden Amerikaner an.

James schüttelte Liams Hand und bekam einen sehr festen Handschlag zurück.

»Ähm, danke. Ich gehe zu Hause oft wandern am Wochenende.« Er schaute sich in der gemütlichen Küche um. »Ein richtiges Familienunternehmen führen Sie hier also.«

»Allerdings, und morgen kommen noch drei von uns. Imogen, Ava und Grace.«

»Fünf Töchter, wow. Da hat man sicher viel zu tun«, lachte James.

»Haben mir viele graue Haare beschert, oh ja.« Liam warf Shannon einen vielsagenden Blick zu, bevor er fragte: »Was bringt Sie über die Feiertage nach Emerald Bay?«

»Ich bin meinen irischen Wurzeln auf der Spur.«

Eine zufriedenstellende Antwort, die sie nicht zum ersten Mal von Leuten aus Amerika hörten.

»Haben Sie schon gegessen?«, wollte Nora wissen, bereits im Begriff, einen weiteren Teller auf den Tisch zu stellen.

»Ich dachte, ich lade oben meine Sachen ab und fahre zum Essen nach Kilticaneel rüber.«

»Oh nein, auf keinen Fall. Nicht, wenn wir genug für eine ganze Armee hier haben«, befahl Kitty.

»Es riecht wirklich fantastisch.« James schnupperte anerkennend.

Ihr gebt ihm lieber nicht meine Portion, Mam und Nan, dachte Shannon bockig.

»Wunderbar, dann wäre das geklärt. Shannon zeigt Ihnen

das Zimmer und dann essen Sie mit uns.« Nora lächelte, sie sprang bereits auf, um ihm einen Teller hinzustellen.

»Danke, das ist sehr gastfreundlich von Ihnen«, antwortete James.

»Dafür nicht. Nun geht schon, je eher ihr mit der Führung durch seid, desto früher können Sie mit uns essen.« Nora drehte sich um und stellte einen Teller zum Aufwärmen auf den Herd.

Shannon stapfte aus dem Zimmer. So wie sich das anhörte, stand wohl schon fest, dass er bleiben würde. Die Tür zum Wohnzimmer der Familie war jetzt wieder geschlossen. Wenn Paare oder kleine Gruppen hier übernachteten, hing Mam immer ein Schild mit der Aufschrift »Privat« an die Tür, aber bei einem Reisenden allein war das eine ganz andere Sache. Sie hasste den Gedanken, dass ein Gast einsam in einem der Schlafzimmer hockte.

»Es steht ein Fernseher in deinem Zimmer, aber du kannst dich jederzeit zu uns ins Wohnzimmer setzen«, erklärte Shannon wie automatisch, während sie die Treppen hochging. Auf halbem Weg hörte sie jedoch ein Räuspern von James und merkte, dass er immer noch vor der ersten Stufe stand. Sie sah ihn über ihre Schulter hinweg an.

»Alles in Ordnung?«

»Ähm.« Er trat verlegen von einem Fuß auf den anderen und starrte auf den Teppich.

Er sah aus, als ob er etwas sagen wollte, dachte Shannon, die beobachtete, wie er seine Lippen von rechts nach links zog, aber weiterhin schwieg.

»James?«

»Ich glaube, ich, äh, habe das Licht im Auto angelassen. Ich sehe draußen lieber nach, bevor ich mit euch esse.«

Shannon nickte zufrieden und ging weiter ihres Weges. Oben angekommen, hörte sie schon Napoleons genervtes Maunzen. Sie schnupperte kurz, hoffte, die Beweise seiner

Darmverstimmung hätten sich inzwischen verflüchtigt. Stattdessen musste sie aber von dem Raumerfrischer mit Pfirsichduft husten, den wahrscheinlich ihre Mam großzügig im Flur versprüht hatte, wenn nicht ihr Dad mal wieder nach seinem Klobesuch das halbe Ding verteilt hatte. Seit Ewigkeiten bekam er immer Ärger von ihnen, weil er so freizügig damit umging.

»Ist hier irgendwo eine Katze?«, wollte James sofort wissen, der mit sorgenvoll zusammengezogenen Augenbrauen jetzt doch zu ihr hochkam und dann selbst die Nasenflügel aufblähte. »Es riecht nach Pfirsich.«

»Ach wirklich?«, entgegnete Shannon sarkastisch und zeigte dann nach rechts. »Und ja. Napoleon, mein Perser.« Sie wollte nicht erklären, wieso er in ihrem Zimmer eingesperrt war, aber sie wollte auch nicht, dass er sie für eine Person hielt, die eine Katze grundlos in einem Schlafzimmer einsperrte. »Ich bin erst heute aus Galway wieder hierhergezogen, deswegen bleibt er in meinem Zimmer, bis er sich an die neue Umgebung gewöhnt hat. Keine Sorge«, fügte sie noch hinzu, »am anderen Ende des Flurs hörst du ihn nicht. Ich sehe auch nach ihm, bevor ich wieder runtergehe.«

»Deswegen mache ich mir keine Gedanken. Ich liebe Tiere. Und es ist genau richtig, ihn erst mal in einem kleineren Bereich zu halten und sich damit Zeit zu lassen, ihn an alles Neue zu gewöhnen. Dann sollte er sich ohne Probleme hier einleben.«

»Du scheinst viel darüber zu wissen«, kommentierte Shannon etwas schnippischer als gewollt. Sie konnte Besserwisser einfach nicht ausstehen und sie hatte bereits vier Schwestern, die alles besser wussten. »Dein Zimmer ist hier lang.« Sie marschierte rüber zum letzten Zimmer auf der Seite des Hauses, die zur Straße hin lag. Sie verstand gar nicht, wieso sie so gereizt war. Wahrscheinlich hatte sie gerade jedes Klischee eines charmanten irischen Mädchens für ihn zerstört.

»Sorry, ich wollte nicht wie ein Idiot klingen.«

Shannon blieb stehen, die Hand auf der Türklinke von Zimmer fünf, und wagte einen kurzen Blick in seine Richtung. Wieder bedachte er sie mit diesem schiefen Lächeln.

»Tust du nicht«, antwortete sie, jetzt selbst mit einem zaghaften Lächeln, um ihre Worte etwas milder klingen zu lassen. »Du hättest aber noch ›wie ein Idiot aus Boston‹ hinzufügen können.«

James fuhr sich durch die Haare und lachte.

»Ich bin Tierarzt, deswegen weiß ich viel über Katzen.«

»Tierarzt?«, hakte Shannon nach.

Er nickte.

»Mit einer eigenen Praxis?« Nicht, dass es sie irgendetwas angehen würde.

»Nein. Ich arbeite in einer Klinik. Eine eigene Praxis bedeutet so viel Stress und Ortsbindung, das wollte ich nicht. So kann ich mich auf das konzentrieren, was ich liebe: die Tiere.«

So oder so, er war Tierarzt. »Du weißt nicht zufällig, ob Thunfisch schlecht für Katzen ist, oder?«

James schien die Frage zu überraschen, aber er sammelte sich schnell wieder.

»In Quellwasser konserviert sollte er in Ordnung sein. Salzwasser ist giftig und Öl ist zu reichhaltig.«

Beim Wort »giftig« bekam Shannon kurz Panik und versuchte krampfhaft, sich an die Beschriftung der Dose zu erinnern. Sie war jedoch ziemlich sicher, dass es Thunfisch in Öl gewesen war. Ja, definitiv Öl, entschied sie.

»Das erklärt einiges. Danke.«

James musste sich ein Lächeln verkneifen, fragte aber nicht weiter nach, als sie die Tür zum Gästezimmer öffnete.

»Hier sind wir.« Sie schaltete das Licht ein und fügte noch hinzu: »Der Schlüssel steckt in der Tür und der Pub unten ist meistens bis elf geöffnet. Wenn du später zurückkommst, sag einfach meinem Dad Bescheid. Weißt du schon, wie lange du bleiben wirst?« Erst jetzt bemerkte sie den absoluten Overkill an Blumenmuster in dem neu dekorierten Raum. Gott, Mam hat hier echt ihrer inneren Laura Ashley freie Hand gelassen, dachte Shannon und zuckte leicht zusammen. Sie hatte jedenfalls nicht nach Imogens Rat gefragt, was das Design anging. Allerdings dachte Mam auch schon immer, dass Imogen ihren ästhetischen Sinn von ihr hatte, was eher fraglich war.

»Sehr hübsch«, kommentierte James höflich. »Und, nein, ich weiß noch nicht genau, wie lange ich bleibe, tut mir leid.«

Gute Manieren, das musste sie ihm lassen. Sie musste sich zusammenreißen, um nicht laut loszulache, bei dem Anblick von ihm in seinem funktionalen Wanderoutfit in diesem Meer aus Blumen. Seine Lippen zuckten etwas, als könnte er ihre Gedanken lesen, und sie ertappte sich dabei, wie sie ihn anlächelte, bevor sie sich schnell wegdrehte, um ihm das Offensichtliche zu erklären.

»Durch die Tür da ist das Bad.«

James warf seinen Rucksack auf das Bett und steckte dann den Kopf durch die Tür ins Badezimmer.

»Perfekt.«

»Mam wird dir alles bezüglich des Frühstücks und so erklären.«

James nickte, dann gab es eine kurze unangenehme Stille zwischen ihnen, bevor Shannon sich abrupt umdrehte. »Gut, ich lasse dich dann mal allein.« Sie schloss die Tür und eilte die Treppe zwei Stufen auf einmal nehmend runter, um möglichst schnell vom neuen Gast wegzukommen. »Er kommt gleich runter«, sagte sie ihrer Familie Bescheid, bevor sie wieder in Richtung Tür zum Pub ging.

»Janey Mack Shannon!«, dröhnte Nora.

»Was?« Shannon wirbelte herum, um zu sehen, was ihre Mam so aufbrachte.

»Wie lange stolzierst du hier schon mit deinem Rock in der Strumpfhose herum? Und ist es wirklich so schlimm, dass du dir kein Paar ohne ein Loch so groß wie eine Bratpfanne im Hintern leisten kannst?«

Shannon starrte ihre Mam an und tastete nach ihrem Rock. Ihr Gesicht fing an zu glühen, als sie den Stoff aus dem Saum der Strumpfhose zog, die wirklich schon bessere Zeiten gesehen hatte. Erst jetzt wurde ihr bewusst, was Pater Seamus ihr mit seinem penetranten Räuspern hatte sagen wollen. Ob es wohl als Sünde galt, einem Geistlichen seinen Hintern zu zeigen, wenn auch aus Versehen? Das würde sie googeln müssen. Viel schlimmer war jedoch die Erkenntnis, dass James deswegen auf der Treppe so gezögert hatte. Oh, wie sehr sie wünschte, sie könnte sich einfach sofort in ihr Bett verkriechen und diesen Tag hinter sich lassen.

12

»Was ist denn mit dir los? Du siehst aus wie Mammy und ihre
›Heiße-Wechseljahre‹-Gang, wenn deren innere Öfen mal
wieder auf Hochtouren laufen, wirklich.« Hannah musterte
ihre Schwester, bevor sie Shane Egan sein Wechselgeld auf den
Tresen klatschte und ihm einen mürrischen Blick zuwarf. Er
klaubte seine Münzen zusammen, nahm sein Pint und beachtete Shannon nicht weiter. Hannah schaute dem Fischer, der
zur Sitzecke schlenderte, wo sein Dad und seine Brüder hockten, noch mit zusammengekniffenen Augen hinterher. »Ich
weiß wirklich nicht, was Ava in diesem stinkenden Großkotz
gesehen hat.«

»Sch, Hannah.« Nicht nur platzte ihre Schwester gern mit
allem heraus, sie hatte auch noch ihre Lautstärke nicht immer
im Griff. Obwohl es stimmte. Er war ein stinkender Großkotz,
wenn auch ein gut aussehender, mit seinen strahlend blauen
Augen und dem Bartschatten. Das war es, was Ava angezogen
hatte. Das und der Umstand, dass es schier unausweichlich
gewesen war, dass sie zusammenkommen würden, da sie immer
in der gleichen Gruppe rumgehangen hatten.

Die Egans waren insgesamt ein attraktiver Haufen und ein

guter Fang für alle Frauen, die eine Vorliebe für Fisch hatten, jedoch hatte Shane schnell einen Kontrollzwang entwickelt, was Shannons jüngste Schwester betraf.

Vielleicht waren sie alle etwas übervorsichtig bei Ava, allen voran ihre Zwillingsschwester Grace, aber sie war nun mal das Baby der Familie – auch, wenn gerade mal fünfundvierzig Minuten den Unterschied machten. Dass sie eine schwierige Ankunft auf dieser Welt hatte und es kurz wegen Sauerstoffmangels schlecht für sie ausgesehen hatte, machte es nicht besser. Ava zeigte sich aber von Anfang an als Kämpferin. So oder so sind alle erleichtert gewesen, als sie verkündet hatte, dass sie die Sache mit dem Fischer beenden und nach London gehen würde, wo auch Grace wohnte.

Momentan wartete niemand darauf, bedient zu werden. Ein kleiner Trost, dachte Shannon und schenkte sich ein Glas Wein ein. Sie brauchte ein, zwei Minuten, um sich zu sammeln und die kläglichen Überreste ihrer Würde zusammenzusuchen. Wieso hatte sie die Strumpfhose nicht schon längst weggeschmissen?

Die Antwort war einfach. Weil sie nicht in der Stimmung gewesen war, nach einer anderen zu suchen und sich unter viel Herumgehüpfe und Gezerre hineinzuquetschen, damit am Ende der Schritt am richtigen Platz saß.

Mein Gott, was für ein Tag! Erst das Twerken auf der Main Street und dann das Herumstolzieren, wie ihre Mam es so schön formuliert hatte, vor dem Amerikaner mit ihrem Hintern, der aus der Stumpfhose ragte. Zum Glück gehörte sie zu den Frauen, die richtige Unterhosen bevorzugten. Wenigstens etwas, versuchte sie sich einzureden, um die komplette Demütigung zumindest ein winziges bisschen abzumildern.

Shannon stellte ihren Wein auf dem Tresen ab und legte sich die Hände an die glühenden Wangen.

Dermot Molloy bot da eine willkommene Ablenkung. Er stellte gerade den Koffer ab, in dem er seine Uilleann Pipes transportierte, und winkte zu ihr rüber: »Begleitest du uns heute, Shannon?« Neben ihm hob auch Ollie Quigley den Kopf, um ihre Antwort zu hören.

Sie musste an die Unterhaltung mit ihrer Nan denken und wusste genau, dass es keinen Ausweg gab. Also starb sie gerade nicht nur vor Peinlichkeit, sie musste auch noch für ihr Abendessen singen. Der Abend wurde besser und besser.

»Nur für ein oder zwei Lieder, Dermot.« Sie versuchte, gut gelaunt zu klingen. »Ich bin ein bisschen eingerostet.«

»Ach, du hast doch die Stimme eines Engels, Shannon«, entgegnete er mit einem Zwinkern und öffnete seinen Koffer. Auch Ollie nickte zustimmend.

Dermots Frau Fidelma rief von ihrem Platz neben Carmel Brady vom Silver Spoon ein Hallo herüber. Die fünf Kinder der Mullins zeigten sich von ihrer besten Seite, die Haaren ordentlich gekämmt oder zusammengebunden, während sie ihre Freitagsbelohnung genossen: ein Glas Limonade und eine kleine Tüte Chips für jeden. Eigentlich sollten sie um neun zu Hause sein, aber dann fing die Musik gerade erst an, deswegen drückte Fidelma heute ein Auge zu und würde sie gegen zehn nach Hause bringen.

Evan musste in der anderen Ecke des Raums seine Geschichte für die Kanadier zum Höhepunkt bringen, um sie nicht an Dermot und seine Uilleann Pipes zu verlieren. Shannon beobachtete, wie der gerissene alte Mann seine Konkurrenz ausspähte. Sie wusste schon, dass er vom Fluch der Kennedys anfangen würde, und davon, wie weit der reichte. Bis nach Emerald Bay, das war klar, denn er selbst blieb auch nicht verschont. So war etwa sein preisgekrönter Schafbock über einen Zaun gesprungen und nie wieder aufgetaucht. Shannon nahm einen Schluck Wein, sie kannte diese Geschichte auswendig. Dann fiel ihr Blick auf ihre Schwester, die ihre Hände in die Hüften gestemmt hatte und ihr Gesicht musterte. Shannon fragte: »Was guckst du so?«

»Du siehst komisch aus. Sag mir, was passiert ist«, forderte ihre Schwester.

»Ich weiß nicht, was du meinst«, quietschte Shannon und versuchte, sich nichts anmerken zu lassen.

»Doch, weißt du. Du hast dich gerade an der Nase gekratzt, ein eindeutiges Zeichen, dass du flunkerst. Hat es mit deinem Amerikaner zu tun, mit James?«

»Nein.«

»Weil ich vorhin eine gewisse sexuelle Anziehung zwischen euch gespürt habe.«

»Hannah, du bist verrückt. Da gab es keine Anziehung, ob sexuell oder anderweitig. Ich habe dem Mann sein Zimmer gezeigt, das ist alles.« *Und ihm dabei meinen Hintern präsentiert.*

»Nein.« Ihre Dreadlocks wackelten mit, als sie energisch den Kopf schüttelte. »Ich kenne dich, Shan, und das ist nicht die ganze Geschichte. Außerdem erkenne ich erotische Spannungen, wenn ich sie sehe. Es war, als würde man Pavianen zugucken, wirklich.«

Shannon nahm noch einen Schluck Wein, und auch wenn sie wusste, dass die Erklärung ihrer Schwester keinen Sinn ergeben würde, fragte sie dennoch nach: »Wieso vergleichst du den Amerikaner und mich mit Pavianen?«

Hannah seufzte, als hätte sie es mit einer Minderbemittelten zu tun. »Wegen der erotischen Spannungen. Ich habe mal eine Doku über Paviane und ihr Paarungsverhalten gesehen. Wie sie posieren, ihre leuchtend roten Hinterteile zeigen und so tun, als interessierten sie sich nicht für den großen männlichen Affen. Obwohl ... der große Pavian wurde immer mal aggressiv bei den Weibchen, aber der Amerikaner James macht auf mich eher einen lockeren Eindruck.«

»Ich habe mich nicht wie ein Pavian aufgeführt!« Shannon war verärgert. Wenn sie darüber nachdachte, war sie allerdings ziemlich rot geworden und hatte ihm ihr Hinterteil präsentiert.

Hannah sah sie mit einem »Wenn-du-meinst«-Ausdruck an. »Er wäre aber einen Ritt wert, das musst du zugeben«, neckte sie.

»Nein, muss ich nicht, denn ich bin an Männern nicht mehr interessiert, was ich dir auch schon gesagt habe. *Jegliche Männer*. Und außerdem, wenn du das wirklich denkst, wieso versuchst du nicht dein Glück?«

»Nicht mein Typ. Ich könnte niemals einen Mann in Chinos daten.«

»Er hatte gar keine Chinos an, sondern Gore-Tex, und du meintest selbst, dass es nachhaltig ist. Sind die Chinos das dann nicht?«

»Kommt drauf an, ob sie aus Bio-Baumwolle sind, und jetzt trägt er Chinos.« Hannah zeigte dorthin, wo James plötzlich aufgetaucht war, zusammen mit Nora, Liam und Kitty, die ihn in den Pub zerrten, um ihn allen vorzustellen.

»Was ist denn falsch an Chinos? Wenn er Gore-Tex mag, achtet er bestimmt auch auf Bio-Baumwolle, oder nicht?« Er sah sehr gut aus, in der beigefarbenen Hose und mit den weißen Sneakern. Dazu trug er ein weißes Hemd, dessen Kragen unter einem grauen Pullover herausguckte. Nicht, dass Shannon ihn *auscheckte*. Sie verteidigte nur die Chinos, das war alles. Julien hatte eine ähnliche Hose in Blau gehabt.

»Dad trägt auch Chinos, wenn Mammy und er Emerald Bay verlassen. Das ist seine gute Hose. Du weißt doch, wie er immer sagt, dass es ein schicker, aber lässiger Look ist, und Mam dann damit kommt, wie gut herausgeputzt er aussieht. Es ist unangenehm, wirklich.«

»Aber das da sind moderne Chinos, nicht wie Dads mit den ganzen Bügelfalten.«

»Chino bleibt Chino.« Hannah wandte sich wieder Shannon zu. »Und dein Plan funktioniert nicht, du willst nur das Thema wechseln. Wieso benimmst du dich wie eine Jungfrau kurz vor der Hochzeitsnacht? Und wenn du es mir nicht erzählen willst, frage ich Mam, was los ist.«

»Hannah!« Shannon kämpfte auf verlorenem Posten und sie musste die Wahrheit sagen, das wusste sie. Wenn die Geschichte von ihr kam, konnte sie wenigstens hier und da etwas von dem Horror abmildern. Sollte ihre Mutter es erzählen, würde das Loch in ihrer Strumpfhose wahrscheinlich die Ausmaße eines Erdlochs annehmen.

»Na schön. Ich bin vorhin aus Versehen mit dem Rockzipfel in der Stumpfhose herumgelaufen, das ist alles.«

Hannah riss die Augen auf und klatschte sich eine Hand auf den Mund. »Was? Du zeigst überall deinen Hintern?«

»So würde ich es nicht formulieren.« Genauso wars, dachte sie.

Hannah musste grinsen, schnell wurde daraus ein Kichern, bis sie sich schließlich vor Lachen krümmte.

Shannon bemerkte, wie James wegen des plötzlichen lauten Gelächters herübersah und ging seinem Blick aus dem Weg. Sie wünschte, sie könnte einfach mit den Fingern schnippen und sich in Luft auflösen.

»Mein Gott, ich weine vor Lachen, aua«, brachte Hannah dreißig Sekunden später gerade so hervor.

»So lustig ist es auch nicht«, entgegnete Shannon gereizt, obwohl sie genau wusste, dass sie sich auch nicht zusammenreißen könnte, hätte eine ihrer Schwestern Pater Seamus und dem amerikanischen Gast ihr Hinterteil gezeigt. Dann sah sie aus dem Augenwinkel eine beigefarbene Chino auf die Bar zukommen – er war auf dem Weg zu ihnen.

»Doch, ist es«, prustete Hannah.

»Er kommt her. Wenn du auch nur ein Wort sagst, bringe ich dich um.«

Hannah war in keiner Verfassung, jemandem ein Getränk einzuschenken, und als sie aufsah und James entdeckte, schüttelte sie sich nur noch mehr. Hätte Shannon ihre Schwester treten können und wäre damit davongekommen, hätte sie es getan, aber sie ließ es bleiben, weil es nur noch mehr Aufmerksamkeit erregt hätte.

»Was ist so lustig?«, fragte James lächelnd, als er am Tresen ankam. Hannahs Lachen war ansteckend.

»Nichts«, nuschelte Shannon, wobei sie ihn bei der Frage, was er trinken wolle, kaum anschaute.

»Ein Pint Heineken, bitte.«

Sie machte sich daran, das Bier zu zapfen, als Hannah sich wieder aufrichtete und atemlos hervorpresste: »Ich habe gehört, Shannon hat dich sehr herzlich willkommen geheißen.« Ein Prusten folgte.

Shannon zog am Hebel, winkelte das Glas unter dem Hahn an und riskierte einen Blick zu James. Seine Unterlippe bebte, weil er sich ein Lachen verkneifen musste.

»Der Beef and Guinness Pie eurer Mutter ist das Beste, was ich gegessen habe, seit ich in Irland angekommen bin«, antwortete er mit nur einem leichten Zittern in der Stimme.

Lass mich in Ruhe, murmelte Shannon wortlos, während das helle Bier ins Glas floss und dabei ihr Magenknurren übertönte. *Ich will keinen Smalltalk mit dir halten.* Doch ihre guten Manieren überwogen, also hob sie den Kopf und sah ihn freundlich an, hoffend, dass es nicht wie eine Grimasse wirkte.

Mehr Zuspruch brauchte er nicht.

»Napoleon hat sich auch wieder beruhigt, als ich mit Duschen und Umziehen durch war.«

»Toll.« Sie hätte doch nicht lächeln dürfen, denn James verstand offensichtlich weder ihre Körpersprache noch ihre Ausstrahlung, sondern betrachtete das Lächeln als Einladung, weiter mit ihr zu reden. Neben ihr hatte sich Hannah langsam wieder unter Kontrolle und setzte sich in Bewegung, um Rita Quigley zu bedienen. Shannon spürte allerdings, dass sie dabei ein Auge auf die Unterhaltung zwischen ihr und James hatte.

»Ähm, ich glaube, das reicht.« Er nickte in Richtung Bierglas.

Ach, Mist. Shannon bemerkte, dass sie mehr Schaum als Bier eingeschenkt hatte, es schon oben überlief und ins Rost darunter tropfte.

»Was wird das bitte?« Nora drängte sich neben ihre älteste Tochter und rümpfte die Nase, während sie ihr das Bier abnahm und es wegschüttete. »Sie ist heute nicht ganz sie selbst«, entschuldigte sie sich bei James. »Sie ist die ganze Zeit abgelenkt.« Mit ihren braunen Augen warf sie ihrer Tochter einen vielsagenden Blick zu.

Shannon spürte, wie Hitze kribbelnd ihren Hals hinaufkroch, unter ihrem schwarzen Rollkragenshirt, das sie gegen ihr helles Shirt mit dem Schokoladenfleck eingetauscht hatte. Mam hatte recht, dachte sie, sie war wirklich nicht ganz sie selbst. Das Letzte, was sie also gebrauchen konnte, waren Sorgen darüber, was dieser amerikanische Tourist von ihr dachte. Was spielte das für eine Rolle?

»Geh schon und iss dein Abendessen. Danach kannst du mit deinem Dad und den anderen singen, Liebes. Ein bisschen Gesang wird dir guttun«, wies Nora sie an und Shannon war froh, sich zurückziehen zu können, auch wenn es bedeutete, später ihre Stimmbänder wieder testen zu müssen. Alles, was sie von Captain America wegbrachte, war willkommen. Vorher drang aber noch Hannahs hörbares Flüstern zu ihr herüber.

»Siehst du, sage ich doch. Erotische Spannungen.«

»Was redest du da?«, wollte Nora wissen, ihr mittleres Kind argwöhnisch fixierend.

»Die Paviane, Mammy. Die Paviane.«

13

Dermot saß in der Nähe des prasselnden Kaminfeuers und spielte sein Solo zu »Sliabh Geal gCua«. Der ergreifende Klang der Uilleann Pipes, die er auf den Knien seines Vaters zu spielen gelernt hatte, entführte den vollen Pub in ein mystisches Land voller Morgentau, mit stürmischer See und Geschichten. Es war ein schwermütiges, einsames Lied und Shannon wusste, dass kaum einer im Raum keine Gänsehaut bekam.

Sie beobachtete, wie ihre Nan sich die Augen abtupfte und kämpfte selbst mit den Tränen, da das Trauerlied ein Lieblingsstück ihres Großvaters gewesen war. Sie hatte den Geruch seiner Pfeife in der Nase und sah das Glitzern in seinen Augen, wenn er eine Geschichte erzählte. Beim Klang der Uilleann Pipes fühlte sie sich ihm immer nahe. Sie warf ihrer Nan ein Lächeln zu und hoffte, ihr so zu zeigen, dass sie ihre Tränen nachvollziehen konnte. Das wehmütige Lächeln, das Kitty ihr zurückwarf, sagte ihr, dass sie es verstand.

Da sie vom Essen noch voll war, entschied Shannon, im Stehen zu singen. So konnte auch die Luft besser in ihre

Lungen strömen. Jedenfalls hatte ihre Gesangslehrerin ihr das im Kindesalter erklärt.

Eben beim Herunterschlingen ihres Essens hatte Hannah es nicht gewagt, wieder von Affen anzufangen, was nur gut so war. Der Pie war lecker und tröstend gewesen, hatte wie eine wohltuende Salbe für ihre angekratzte Würde gewirkt. Jetzt half Hannah ihrer Mam wieder hinter der Bar und Shannon schaute sich im Pub um, lächelte den bekannten Gesichtern zu, die alle das gesellige Zusammensein an einem Freitagabend im Shamrock Inn genossen. James saß neben Evan und unterhielt sich mit einer attraktiven kanadischen Frau mit Haaren, die sich an einem feuchten Abend bestimmt nicht kräuselten. Im Gegensatz zu ihren eigenen struppigen Dingern. Verlegen versuchte sie mit einer Hand, sie glatt zu streichen.

Langsam verklangen die Uilleann Pipes. Es wurde mit den Füßen gestampft, gepfiffen und gejubelt, die Leute riefen »The Fields of Athenry«. Shannon sah den fragenden Blick ihres Vaters und nickte ihm zu. Sie stand auf, stellte sich neben den Tisch, auf dem sich bald die Pints sammeln würden, welche die Gäste ihnen als Dank für die Musik kaufen würden. Ihr Dad hielt sich die Blechflöte an die Lippen und die klaren, hellen Töne erklangen. Sie atmete tief durch, spürte, wie sich ihre Lungen dehnten, öffnete ihren Mund und ließ die Worte aus ihrem Inneren herausströmen. Ihre Augen schlossen sich, als sich ihre Stimme kräftig und glockenklar ausbreitete. Alles um sie herum verschwand, es gab nur noch die Musik und den herzzerreißenden Text über die Hungersnot. Ein Spiegel der Erinnerung ihres Landes. Auch sie erzählte eine Geschichte, nur nutzte sie keine gesprochenen Worte wie ihr Großvater, sondern sang.

Kein Auge in der Nähe blieb trocken und Ollie entschied, noch einen draufzulegen. Er spielte eine lebendige Version von »The Galway Piper« auf seiner Geige an. Liam schloss sich ihm an und Shannon spürte, wie die Melancholie von eben

schwand. Danach spielten sie »The Raggle Taggle Gypsy«,
wobei alle mitklatschten und eine warme, festliche Atmosphäre
sich ausbreitete. Shannon vergaß all ihre Sorgen und begann, so
viel Freude zu empfinden, wie schon seit der Trennung von
Julien nicht mehr. Sie hatte ganz vergessen, was für eine
Euphorie das Singen in ihr auslöste. Vielleicht hatte sie es aber
auch bewusst verdrängt, weil sie bis jetzt noch nicht bereit für
das Glücksgefühl gewesen war, das es ihr verlieh.

Es war schon spät, als Dermot aufhörte zu spielen, und
Shannon fühlte sich leicht und fröhlich. Ihr fiel auf, dass es ein
Gefühl war, das sie lange nicht mehr gespürt hatte. Fröhlich-
keit. Sie strahlte, als ihr Vater ihr stolz zuzwinkerte.

»Eine Stimme wie ein Engel, ich sag's ja«, wiederholte
Dermot seinen vorherigen Kommentar, bevor er sich einen
Schluck von seinem Pint genehmigte. Ollie hörte gerade lang
genug auf zu spielen, um zuzustimmen.

Im Pub würde es jetzt ruhiger werden, wenn die Leute sich
langsam auf ihren Heimweg machten, dachte Shannon und
winkte den Gallaghers vom Laden um die Ecke noch hinterher.
Ihre Mam hatte Hannah damit beauftragt, die Tische abzuräumen und sie wischte über den Tresen.

Isla Mullins, die Inhaberin und Betreiberin des Souvenirladens in Emerald Bay, trat vor sie. Sie war nur etwa fünf Jahre
älter als ihre Mam, aber die Brille in Kombination mit der
Frisur – ein Topfschnitt à la Nessie – ließen sie gute zehn Jahre
älter wirken. In ihrem moosgrünen Hoodie mit der schwarz
aufgedruckten Karte von Irland auf der Brust, war Isla nicht
leicht zu übersehen. Sie trug nur, was sie selbst im Shop
verkaufte, und erzählte allzu gern, dass sie oft im Pub noch
einen Kauf abschloss, wenn einer der Gäste ihr Outfit
bewunderte.

Shannon bezweifelte allerdings, dass sie heute noch irgendwelche guten Deals machen würde, denn die Kanadier konnte sie sich wirklich nicht in moosgrünen Pullis vorstellen.

»Du hättest eine professionelle Sängerin werden können, das weißt du, Shannon. Du kannst ganz bestimmt mit der großartigen Mary Black mithalten.«

Shannon war es noch nie leichtgefallen, Komplimente anzunehmen. Ihre Mam sagte ihr immer wieder, dass sie einfach nur Danke sagen musste und dass es keinen Grund gab, sich selbst kleinzureden. Aber das konnte sie einfach nicht, deswegen antwortete sie mit einer abwertenden Handbewegung: »Ach, ich treffe die Töne, das ist alles, Isla.«

Isla ignorierte sie. »Na ja, ich spreche für die gesamten Emerald Bay Elves, wenn ich dir sage, dass wir uns sehr gefreut haben, als Kitty erzählte, dass du dieses Jahr beim Sternsingen als Ehrenelf dabei bist.« Sie beugte sich verschwörerisch nach vorn. »Und unter uns, ein paar der älteren Elfen sind völlig unmusikalisch, also verlasse ich mich darauf, dass du sie mitziehst.«

Shannon   nickte   und   versuchte,   Enthusiasmus vorzugaukeln.

»Wir proben morgen im Gemeindesaal um zwei Uhr. Punkt zwei Uhr! Denn Gina Brady muss im Shop die Stellung halten, und Eileen Carrolls Nähzirkel hat den Raum ab halb vier gebucht. Samstags schließt sie ihren Laden früher und wir wollen uns sicher nicht mit ihr anlegen, wenn sie Nadeln in der Hand hat. Nun ja, welche Größe trägst du?« Isla schob ihre Brille hoch und musterte Shannon von Kopf bis Fuß. »Etwa sechsunddreißig, oder?«

Shannon beschloss, sich darauf einzulassen.

»Das kommt hin, Mrs Mullins. Aber ... wieso?«

»Für das Kleid natürlich. Und keine Sorge, es ist innen mit Fleece gefüttert, also reicht eine Weste darunter völlig aus. Geraldine vollbringt wahre Wunder an ihrer Nähmaschine, sie wird dir in Nullkommanichts eins fertig machen. Sie näht uns die Kleider und Hüte für nur zwanzig Euro. Du musst dir nur eine grüne Stumpfhose oder Leggings besorgen.«

Shannon starrte Isla Mullins ratlos an. Sie erwartete doch nicht ernsthaft, dass sie sich als Weihnachtselfen verkleideten? Und, noch schlimmer, auch noch zwanzig Euro für dieses Privileg bezahlten. Was sprach denn gegen eine Bommelmütze, einen Schal und einen Mantel? Nein, auf gar keinen Fall würde sie in einem Elfenkostüm aus vollem Herzen »Jingle Bells« grölen. Ausgeschlossen.

»Ich bin der Meinung, das richtige Kostüm ist wichtig. Das trägt zur Weihnachtsstimmung bei«, fügte Isla hinzu.

Shannon würde sich noch mal ihre Nan vorknöpfen, oh ja. Von Kostümen hatte die ihr nämlich nichts erzählt.

»Also, wir sehen uns morgen Nachmittag.« Isla schaute sie erwartungsvoll durch ihre dicken Brillengläser an. »Und vergiss deinen Beitrag nicht.«

Shannon ging davon aus, dass sie die zwanzig Euro meinte. Wenn sie wollte, konnte Isla wirklich angsteinflößend sein. Man konnte nicht leicht Nein zu ihr sagen, weshalb auch so viele Touristen mit Kobold-Schneekugeln, Kleeblatt-Geschirrtüchern und feuerroten Perücken nach Hause fuhren. »Punkt zwei Uhr im Gemeindesaal«, bestätigte Shannon noch, bevor Isla abdampfte. Sie wünschte, sie hätte genug getrunken, um höflich ablehnen zu können. Sagen zu können, dass ihre Nan sich geirrt hatte und es ganz und gar nicht ihr Ding war. Sie hatte allerdings nicht den Großteil ihres Lebens in Emerald Bay verbracht, ohne zu lernen, dass man in einem kleinen Ort wie diesem lieber mitzog. Manchmal musste man eben Kompromisse eingehen. Nur war sich als Elf zu verkleiden ein sehr, sehr großer. Und zwanzig Euro! Zwanzig verdammte Euro!

Ihr entwich ein Gähnen, und erst da fiel ihr auf, wie müde sie war. Sie hatte einen großen Tag hinter sich und der emotionale Stress gepaart mit der Erleichterung, die Wohnung in

Galway hinter sich zu lassen, holten sie ein. Beim Gedanken an Napoleon bekam sie Schuldgefühle. Sie hätte früher wieder nach oben gehen sollen, aber der Abend war nur so verstrichen. Noch ein Gähnen kam aus ihrem Mund. Sie hatte sich ihr Bett verdient, dachte sie und entschied, sich nach oben zu verziehen und das Aufräumen Hannah zu überlassen. Ihre Strafe dafür, dass sie vorhin so fies zu ihr gewesen war. Sie schaute kurz nach, ob die Luft rein war, und schlich dann zur Tür, die zum Familienbereich führte. Sie war beinahe da, die Türklinke schon in Griffweite, als ihr jemand auf die Schulter tippte.

Sie fuhr herum, hoffte, es wäre nicht noch mal Isla, die ihr noch sagen wollte, dass sie außerdem besondere Elfenschuhe brauchen würde, und war verblüfft, stattdessen James vor sich zu sehen. Sie hatte geglaubt, dass er es sich mit der Frau mit den schönen Haaren gemütlich gemacht hatte, aber hier stand er, so nah, dass sie die Zitrusnote seines Aftershaves riechen konnte. Das war alles sehr befremdlich und sie wollte einen Schritt zurück machen, wusste aber genau, dass sie dann mit der Tür zusammenprallen würde.

»Das war wundervoll.« James' Augen leuchteten und seine Wangen glühten vom Bier und der Wärme des Feuers. Er hielt sein Handy hoch. »Ich habe gefilmt, für meine Mutter. Sie wird es lieben. Bist du eine professionelle Sängerin?«

»Was? Nein!« Bei dem Gedanken musste Shannon lachen und zeigte auf sein Handy. »Und bitte stell keine Videos auf YouTube oder so was. Irgendwo da draußen gibt es eins von Dad als irischer Tänzer verkleidet, mit roter Perücke und allem, wie er an Saint Paddy's vor ein paar Jahren Volkstänze vormacht.«

James lachte. »Und was machst du dann, wenn du nicht die nächste Enya bist?«

Ein Kopf mit Dreadlocks hüpfte zu ihnen rüber. »Als sie zehn war, wollte sie unbedingt bei dieser Band mitmachen,

B*witched. Erinnerst du dich noch an ›C'est la Vie‹?« Hannah summte den Refrain und James schüttelte belustigt den Kopf.

»Nein, leider nicht. Waren die so was wie die Spice Girls?«, fragte er mit einem schiefen Grinsen.

Hannah nickte. »Nur besser, weil es natürlich Irinnen waren, und Shan war richtig verrückt nach denen.«

Shannon warf ihrer Schwester warnende Blicke zu, obwohl sie wusste, dass es in etwa so sinnlos war, wie den Finger in ein Loch in einem Damm zu stecken, wenn Hannah erst mal losgelegt hatte. Sie redete einfach weiter.

»Sie hat alle Schwestern gezwungen, mit ihr die Choreografie zu ›C'est la Vie‹ einzustudieren, während sie plante, Imogen oder mich vor dem großen Auftritt vor Mam und Dad noch rauszuschmeißen. Je nachdem, wer von uns sie gerade nervte, denn es gab ja nur vier Mitglieder. Details waren Shannon schon immer wichtig. Die Zwillinge mussten natürlich bleiben, weil es bei B*witched auch Zwillinge gab. Sie war eine strenge Managerin«, erzählte Hannah mit einem zuckersüßen Lächeln.

James hatte seinen Kopf zur Seite gelegt und Belustigung huschte über sein Gesicht, als er Hannahs Monolog folgte.

»Ich wollte selbst unbedingt bei NSYNC mitmachen.«

»Oh!«, jubelte Hannah auf, »Shan war so verliebt in Justin Timberlake. Sie hatte ein riesiges Poster von ihm in ihrem Zimmer.« Sie breitete die Arme aus, um die Proportionen zu verdeutlichen. »Das hat Imogen zum Heulen gebracht. Sie haben sich ein Zimmer geteilt, aber wir wussten alle nicht, wieso es sie so getroffen hat, nur weil sie kein Fan von JT war.«

»Verschwinde, Hannah«, stieß Shannon durch zusammengebissene Zähne aus.

Hannah verzog sich widerwillig, als sie bemerkte, wie ihre Mutter ihr mit dem Lappen zuwedelte, mit dem sie die Tische abwischte.

»Ich habe drei Brüder«, begann James, als Hannah verschwunden war.

Bei seinem verständnisvollen Tonfall vergaß Shannon sofort ihre schwitzigen Hände und den Umstand, dass ihr Blick immer wieder zu seinen Lippen wanderte, als sie sagte: »Du hast keine Ahnung, womit ich mich hier herumschlagen muss. Und du kennst noch nicht mal Imogen, Grace und Ava.«

Als er nickte, entschied sie, dass sein Lachen ihr gefiel. »Oh, ich kann es mir vorstellen, glaub mir.«

Ihre Hand zitterte. Sie hatte das starke Bedürfnis, sich Luft zuzufächeln, so heiß wurde ihr auf einmal, aber sie ließ es sein – sonst würde sie aussehen wie ihre Mutter, wenn die immer anfing, sich mit der Hand vor dem Gesicht herumzuwedeln. »Na ja, ich gehe jetzt nach oben. Ich muss mich um einen stark vernachlässigten Kater kümmern.«

»Ich mache auch nicht mehr lange, ich muss morgen recht früh aufstehen.«

»Guckst du dir alles Sehenswerte an diesem Fleckchen der Welt an?«

»Das habe ich vor, aber morgen besuche ich jemanden.«

»In Emerald Bay?«

»Mhm.«

Shannon wartete noch darauf, dass er einen Namen nannte. Emerald Bay war ein Dorf, jeder kannte jeden. Doch er sagte nichts weiter und das Schweigen zog sich unangenehm in die Länge.

Es ging sie sowieso nichts an, dachte sie und öffnete die Tür.

»Du hast mir noch nicht erzählt, was du machst«, hielt James sie auf.

»Ich bin Krankenschwester hier in der Region.« Shannon schaltete das Licht in der Küche ein und weil sie nicht weiter über ihre Arbeit sprechen wollte, sagte sie: »Dann gute Nacht.«

»Ja, gute Nacht.«

Sie schloss die Tür hinter sich fest und lehnte sich für einen Moment daran, überrascht, wie schnell ihr Herz in ihrer Brust pochte. James hatte sie wirklich durcheinandergebracht. Wusste er denn nicht, dass man Menschen auch etwas Raum zum Atmen ließ? Sie entschied, sich von ihm fernzuhalten, solang sie unter einem Dach lebten. Dieser Amerikaner mit seinen meerglasfarbenen Augen würde ganz sicher keinen Riss in ihren Männerabwehrschild schlagen, selbst wenn sein schiefes Lächeln ihre Knie weich werden ließ. Sie hatte kein Interesse. »Ich bin eine starke, unabhängige Singlefrau«, flüsterte sie sich selbst zu, »die keinen, ich wiederhole, *keinen* Mann möchte.«

14

Oben im Flur war es still, ein gutes Zeichen. Napoleon muss sich beruhigt haben, dachte Shannon auf dem Weg zu ihrem Zimmer. Außerdem war der Pfirsichmief nicht mehr ansatzweise so penetrant. Sie freute sich schon, ihre kleine Fellnase wiederzusehen, hoffte aber, dass er nicht noch weitere Hinterlassenschaften ins Katzenklo gemacht hatte. Beim Anschalten des Lichts im Zimmer sah sie zufrieden, dass alles genauso war, wie es sein sollte. Noch in der Tür stehend, fing sie an zu lächeln, als sie Napoleon entdeckte.

Er hatte es sich auf ihrem Kissen gemütlich gemacht und sich zum Schlafen zusammengerollt, schnarchte sogar leise. Sie schloss die Tür hinter sich, ging zum Fenster und bemerkte Mr Mouse unter Imogens Bett – er hatte also doch noch damit gespielt. Sehr gut, dachte sie und ging zum Kopfende des Bettes.

»Hallo, du. Tut mir leid, dass du so lange warten musstest. Ich habe dich nicht vergessen, versprochen. Aber du hast die Maus gefangen, das hast du toll gemacht.« Sie war froh, dass Hannah die kleine Unterhaltung nicht mitbekam.

Napoleon öffnete ein Auge und streckte sich, als sie ihn streichelte, wobei Katzenhaare auf ihr Kissen schwebten, was ihr aber egal war.

»Heute war wirklich ein komischer Tag. Für dich wahrscheinlich auch. Aber wir werden bestimmt gut schlafen.«

Ihre Koffer standen immer noch am Fußende und sie wünschte, sie hätte sich vorhin die Zeit genommen, sie auszupacken, denn jetzt hatte sie absolut keine Lust. Musste es eben bis morgen warten. Außerdem hatte ihr Dad die Pfirsichbombe auch in ihrem Schrank verteilt und wenn sie nicht rumlaufen und wie James und der Riesenpfirsich riechen wollte, sollte sie ihn besser über Nacht auslüften lassen. Morgen Früh blieb noch genügend Zeit, sich Platz im Schrank zu sichern, bevor Imogen kam – die Schrankbesetzerin vor dem Herrn. Beim Gedanken an Imos Reaktion auf das Katzenklo da drin durchfuhr sie ein Schauer. »Eins nach dem anderen, Shannon«, ermahnte sie sich laut. »Darum kümmere ich mich, wenn es so weit ist.«

Hatte sie ihren Pyjama und die Kulturtasche in den blauen oder den roten Koffer gepackt? Sie konnte sich nicht erinnern und probierte ihr Glück zuerst mit dem roten. Sie legte ihn auf den Boden, öffnete ihn und sah als Allererstes ihr Tagebuch auf den Klamotten liegen, die sie hineingestopft hatte. Die sollten dringend aufgehängt werden, aber sie ignorierte sie und nahm stattdessen das Notizbuch mit dem festen Einband, in das sie jeden Tag schrieb. Auf dem Boden hockend, blätterte sie darin.

Ihr Nachbar Aidan von gegenüber hatte es ihr bei einem ihrer Freitagabendbesuche gegeben. Beim Anblick der leeren Seiten in dem Büchlein mit dem niedlichen Cover hatte sie ihn erst mal verwirrt angesehen. Ein Tagebuch der Dankbarkeit, um ihr auf ihrer Reise durch die Trennung zu helfen, hatte er erklärt. Sie hatte ihn unterbrochen und gebeten, es bitte nie wieder »Reise« zu nennen. Daraufhin hatte er sich entschuldigt und gemeint, dass er zu viel Reality-TV schaue. Die Grundidee war aber, dass sie sich jeden Tag zehn oder fünfzehn Minuten nahm, um Dinge hineinzuschreiben, die an dem Tag passiert waren und für die sie dankbar war.

»So was wie meine Familie, ihr beide, Freya, Netflix und Tayto-Chips? In der Art?«, hatte sie gefragt.

»In etwa. Aber es soll sich nicht alles wiederholen und du sollst überlegen, wieso du für etwas dankbar bist.«

»Weil ihr mich alle liebt, weil ich Netflix und Chips liebe«, erklärte sie das Offensichtliche.

»Nein. Schreib nicht einfach ›Aidan hat mir einen Lion-Schokoriegel gegeben, der war lecker‹.«

Shannon horchte sofort auf. »Hast du auch noch einen Lion für mich? Denn da wäre ich sehr dankbar und es würde mir über die Trennung hinweghelfen.« Das ›J‹-Wort brachte sie nicht über die Lippen, nicht mal für einen Lion-Riegel.

»Nein, das war nur ein Beispiel.«

»Oh.«

»Ich meine, statt zu schreiben, Aidan hat mir einen Lion gegeben ...«

»Was du nicht getan hast, übrigens«, nörgelte sie.

Er fuhr ungehindert fort: »Schreib so was wie ›Heute hat Aidan mir einen angenehm zähen, mit Milchschokolade überzogenen Waffel-Karamell-Schokoriegel gegeben‹.«

»Ich wünschte, das hättest du.«

»Verstehst du, was ich meine, Shannon?«

»Ich denke schon.« Sie hatte versprochen, ihr Bestes zu geben und jeden Tag drei positive Dinge ins Tagebuch zu schreiben.

Das Versprechen hatte sie sogar gehalten – na gut, meistens. Es hatte Tage gegeben, an denen sie nicht viel gefunden hatte. An den Tagen hatte sie die Regel mit den Wiederholungen gebrochen und geschrieben, dass sie dankbar für ihren kuscheligen Baumwollflanellpyjama mit den Faultieren darauf war, für Napoleon und für Tee mit Zucker darin. Auf alle drei Dinge konnte sie nach der Trennung von Julien immer zählen.

Jetzt legte sie das Tagebuch aber zur Seite und wühlte sich durch die Klamotten, bis sie erst ihre uralte gesteppte Kulturtasche fand und danach ihren Schlafanzug.

Während der Beziehung mit Julien hatte sie den Pyjama immer in der hintersten Ecke versteckt. Er hatte zwar nie etwas gesagt, aber sie wusste, dass er nicht die Sorte Mann war, die verstand, wie wohltuend es für eine Frau war, in einen gemütlichen Pyjama zu schlüpfen und den Abend auf dem Sofa zu verbringen. Er hatte ihr Seidenschlafanzüge gekauft, die hinten immer hochrutschten und bei denen sie sich gedrängt gefühlt hatte, sie zu tragen. Ständig musste sie die knappen Schlüpfer zurechtrücken, damit sie nicht komplett verrutschten. Es war so schlimm gewesen, dass sie einmal sogar das Ende einer Komödie mit Ryan Reynolds dadurch verpasst hatte. Noch an dem Tag, als Julien sie verlassen hatte, wanderte die ganze Unterwäsche von ihm in den Müll, jedes fitzelige Teil.

Shannon zog sich aus, kickte die löchrige Strumpfhose mit einem wütenden Blick zur Seite und nahm sich vor, morgen eine neue im Laden um die Ecke zu kaufen. Sie war dankbar, dass sie wieder gemütliche Unterwäsche tragen konnte, was auch schon in ihrem Tagebuch stand, nur wünschte sie, sie hätte sich heute nicht für einen weißen Slip unter ihrer schwarzen Strumpfhose entschieden. Anschließend stieg sie in ihren Pyjama und schnappte sich die Chips, die Aidan ihr als Abschiedsgeschenk mitgegeben hatte. Sie riss sie auf und stopfte sich eine Handvoll in den Mund, bevor sie die Tüte aufs Bett legte und in ihrer Handtasche nach einem Stift kramte.

»Nein, nicht für dich. Du hattest heute schon genug.«

Napoleon war aufgestanden, um den Sour-Cream-and-Onion-Duft näher zu inspizieren, wobei sein Blick sagte: »Ich will sie sowieso nicht«, bevor er zurück zum Kopfkissen stakste und sich wieder hinlegte.

»Braver Junge.«

Sie setzte sich im Schneidersitz auf das Bett und schlug eine neue Seite in ihrem Tagebuch auf. Mit Blick auf die schwarzen Linien klickte sie grübelnd wieder und wieder mit dem Kugelschreiber, den sie in der Tasche gefunden hatte. Die Angewohnheit hatte ihr in der Schule Ärger eingebracht, aber es half ihr beim Nachdenken. Sie schaute zu den Chips und entschied, mit dem Anfang des Tages zu beginnen. In ihrer schnörkeligen Schrift schrieb sie:

Aidan hat mir heute ein Survival-Kit mitgegeben, was mich berührt hat, und auf der Fahrt nach Hause habe ich den Lion-Riegel daraus genossen. Außerdem hat er Napoleon verziehen und ihm eine Spielmaus geschenkt.

Ich habe einen Tee und leckeres Shortbread bei Maeve Doolin bekommen und mich nett mit ihr unterhalten.

Shannon hielt inne, klickte wieder schnell mit dem Stift. Sie sollte dankbar sein, dass sie sich heute nicht ein Bein gebrochen hat, als sie auf dem Eis ausgerutscht war, aber sie wollte James nicht in ihrem Tagebuch erwähnen. Außerdem machte die Sache mit dem Rock in der Stumpfhose das wieder zunichte, also entschied sie, diesen Teil ihres Tages auszulassen.

Ich habe Freya besucht, die mich so sehr zum Lachen gebracht hat, dass mein Bauch wehtat.

Nan hat Soda Bread gebacken, das ich direkt aus dem Ofen und noch warm essen konnte. Mam hat mein Lieblingsessen gekocht, und sogar ein »S« aus Teig obendrauf geformt.

Napoleon hat sich mit Hannah angefreundet.

Aber irgendetwas fehlte, fiel Shannon auf.

Ich habe wieder gesungen, das war wundervoll.

Sie schlug das Buch wieder zu und verstaute es in der obersten Schublade vom Nachttisch. Dann schnappte sie sich ihre Kulturtasche und sagte: »Ich bin gleich wieder da, Napoleon«, bevor sie sich auf den Flur raus und ins Badezimmer wagte.

Die Geräusche von unten wurden gedämpft, als sie die Tür hinter sich zuzog und dann mit ihrem Haarreif ihr Haar aus dem Gesicht schob. Beim Zähneputzen fiel ihr eine Tube auf der Ablage vom Spiegel auf. Sie nahm sie hoch. Es war eine Gesichtsmaske, die französisch und sehr teuer aussah. Imogen musste sie letztes Mal, als sie hier war, liegen gelassen haben. Shannon las sich die Anwendungsbeschreibung durch, man musste sie über Nacht einwirken lassen. Heute wäre ihre einzige Chance, sie auszuprobieren, bevor Imogen morgen ankam.

Sie putzte sich noch die Zähne zu Ende, wusch sich das Gesicht und trug dann die dickflüssige, klebrige Masse auf ihr sauberes Gesicht auf. Sie hinterließ einen weißen Film auf ihrer Haut. Sie sollte diese Nacht ein Handtuch auf ihr Kissen legen, sonst würde ihre Mam ausflippen.

Mit dem Handtuch über dem Arm öffnete sie die Tür, stieß jedoch beinahe mit James zusammen.

»Oh, gute Nacht noch mal.« Er warf ihr wieder dieses schiefe Lächeln zu, beim Anblick von ihrem glänzenden, weißen Gesicht und dem Pyjama.

»Gute Nacht«, quietschte Shannon nur, bevor sie in ihr Zimmer huschte. Wieso hatte sie sich keinen Bademantel übergezogen? Und wieso, *wieso*, musste er sie gerade dann treffen, wenn sie wie ein Gespenst in einem Faultier-Pyjama aussah? Imogen würde wahrscheinlich sagen, dass es Karma war, weil sie ihr Zeug benutzte, ohne zu fragen.

Morgen ist ein neuer Tag, Shannon, sagte sie sich, während sie Napoleon hochhob und die Decke zurückzog, damit er darunter schnuppern konnte. Sie wickelte das Handtuch um

ihr Kissen und dachte noch, dass die Maske besser wahre
Wunder wirken sollte, bevor sie das Licht losch und ins Bett
kletterte.

»Napoleon!«, stöhnte sie einen Augenblick später, als ein
bekannter Geruch zu ihr nach oben wehte.

DREI TAGE BIS WEIHNACHTEN

Ich wünsche dir die Wärme eines Zuhauses und
eines Kamins
Die Gesellschaft und Güte von Freunden
Die kindliche Hoffnung im Herzen
Die Freude von tausend Engeln
Die Liebe des Sohnes und
Gottes Segen wünsche ich dir.

— IRISCHER SEGENSSPRUCH ZUR
WEIHNACHT

15

»Mam, ich will gleich noch kurz weg. Soll ich irgendetwas von Heneghan's oder dem Eckladen mitbringen?«, fragte Shannon ihre Mutter beiläufig. »Oh, das hätte ich fast vergessen: Es kommen noch zwei weitere Leute zum Weihnachtsessen. Auf dem Weg hierher habe ich gestern kurz bei Maeve Doolin vorbeigeschaut und sie hat noch mal bestätigt, dass sie kommt, und gefragt, ob sie jemanden mitbringen kann. Ich habe natürlich gesagt, dass es kein Problem ist.«

»Je mehr, desto besser. Solang wir ungefähr wissen, wie viele Menschen wir versorgen müssen. Wen bringt Maeve denn mit?«, wollte Nora wissen und sah neugierig von dem Einkaufszettel hoch, den sie gerade schrieb. Sie betrachtete ihre Tochter ganz genau. »Du siehst sehr gut aus heute, Shannon, und ich hoffe, du willst dir im Eckladen eine neue Strumpfhose kaufen.«

»Danke.« Nicht, dass sie ihrer Mam jemals verraten würde, dass sie ihren strahlenden Teint Imogens Gesichtsmaske zu verdanken hatte. »Werde ich, aber Maeve wollte es noch nicht verraten«, antwortete Shannon auf die beiden Fragen. »Sie tat ganz geheimnisvoll. Ich mache mir ehrlich gesagt ein bisschen

Gedanken, wer dieser Besucher sein könnte. Ihre Arthritis macht ihr auch zu schaffen, deswegen besorge ich noch eine Wärmflasche bei Heneghan's, wenn ich schon unterwegs bin, und bringe sie ihr kurz vorbei.« Ein Blick auf die Wanduhr verriet ihr, dass es kurz nach zehn war. Den Tag hatte sie zu ihrer freien Verfügung, bis zur Gesangsprobe heute Nachmittag im Gemeindesaal, die hoffentlich nicht in eine Kostümprobe ausarten würde – je weniger Zeit sie als Weihnachtself verbringen musste, desto besser.

In ihrem alten Bett hatte sie tief und fest geschlafen, sie war erst gegen acht aufgewacht, als Napoleon auf ihre Brust gesprungen war und sie angemaunzt hatte, weil es schon längst Zeit für sein Frühstück war. Sie hatte ihn versorgt und war dann zurück ins Bett gekrabbelt, hatte sich hingelegt und ein paar Haarsträhnen aus den klebrigen Resten der Gesichtsmaske gepult, während sie dem Knarzen der Holzdielen im Flur gelauscht und versucht hatte, zu erraten, wer da entlanglief, bis es wieder verstummte. Danach erst hatte sie in den Flur gespäht, um sicherzugehen, dass niemand – vor allem kein Amerikaner – sie sah, während sie ins Badezimmer schlich.

Zu sehen, dass ihre Haut tatsächlich frischer aussah, sobald sie die Maske abgewaschen hatte, war eine schöne Überraschung gewesen. Beim genauen Inspizieren ihrer verkleinerten Poren im Spiegel hatte sie entschieden, dass es das fast wert war, gestern Abend damit erwischt zu werden. Nur ärgerlich, dass sie die Maske nur das eine Mal benutzen konnte, weil Imogen heute ankommen würde. Zurück in ihrem Zimmer hatte sie ihre Wäsche aufgehängt und sich nach dem Drama von gestern beim Anziehen für eine Jeans entschieden. Kurz bereute sie die Entscheidung, als sie nur mit viel Zurren und Gewackel mit dem Hintern den Reißverschluss zubekam. Danach hatte sie einen warmen zimtfarbenen Pullover über ihr Top gezogen und war runter in die Küche gegangen, wo sie erleichtert festgestellt hatte, dass niemand sich an dem Brot von gestern bedient hatte.

Der Samstag hatte gut angefangen und sie fühlte sich gut, während sie das dick mit Marmelade beschmierte Brot genoss.

»Ich hoffe, es ist nicht ihr Sohn mit seiner großen roten Nase, der mit uns isst«, unterbrach Nora ihre Gedanken.

»Nein, der nicht. Das ist ein egoistischer Idiot, der sich nicht die Mühe macht, mit seiner Familie aus London herzukommen, um Weihnachten mit seiner armen Mutter zu verbringen. Maeve tut es ab, aber ich weiß, wie traurig es sie macht. Sie würde ihre Enkelkinder so gern öfter sehen.«

»Merk dir das für die Zeit, wenn dein Dad und ich alt und grau sind und wir über unsere Knochen jammern.«

»Mam, so wie es gerade läuft, wohne ich in dreißig Jahren immer noch hier«, entgegnete Shannon trübsinnig.

Nora lachte. »Das wird schon wieder, Shannon. Unser Gast James hat heute Morgen noch von dir geschwärmt, als er sich auf sein irisches Frühstück gestürzt hat, oh ja. Er ist ganz angetan von dir. So eine Schande, dass er nur über die Feiertage bleibt.«

Shannon wünschte, sie hätte den gleichen Optimismus, was ihr Leben anging, wie ihre Mutter. Nur beim gerissenen Blick ihrer Mutter, als sie James erwähnte, musste Shannon sich zusammenreißen und bohrte die Fingernägel in ihre Handflächen, um nicht nachzufragen, was genau er gesagt hatte. Sie wollte kein Öl ins Feuer gießen, das ihre Mutter versuchte, anzufachen.

»Mam, ich habe doch gesagt, dass ich genug von Männern habe – Iren, Amerikaner, was auch immer. Ich habe kein Interesse. Wo sind überhaupt alle?«, wechselte Shannon schnell das Thema.

»Hmm, wenn du das sagst. Dein Dad ist vorn. Der Mann von der Brauerei kommt heute her. Kitty ist im Gemeindesaal, zum Kartenbasteln mit ihrer Gruppe, obwohl sie heute, glaube ich, Weihnachtsdeko aus Origami machen wollen, und Hannah rettet mit ihrer Freundin Meghan in Kilticaneel die Welt. Du weißt schon, die, die immer in diesen Doc-Martens-Stiefeln rumpoltert und aussieht, als hätte sie sich einen Müllsack mit Loch übergezogen.«

Shannon lachte bei der ziemlich treffenden Beschreibung von Hannahs Freundin. Sie war froh, dass ihre Schwester unterwegs war, denn sie wusste nicht, ob sie an sich halten könnte, würde die wieder von irgendwelchen Affen anfangen. Mam war schon schlimm genug.

»Willst du denn gar nicht wissen, was er gesagt hat?«, hakte Nora nach.

Natürlich wollte sie das, auch wenn sie absichtlich erst runtergekommen war, nachdem sie ein Auto auf dem Parkplatz starten und wegfahren gehört hatte. Er hatte nicht gelogen und sich wirklich früh auf den Weg gemacht.

Gesehen hatte sie ihn diesen Morgen also nicht, aber sie war in seinem Zimmer gewesen.

Mam hatte sie nämlich damit beauftragt, sein Zimmer herzurichten. Beim Machen des Bettes hatte Shannon gedacht, dass der Zustand eines Schlafzimmers viel über jemanden verriet, und James war ordentlich. Im Gegensatz zu ihr hatte er seine Klamotten direkt weggeräumt. Außerdem hatte er sein nasses Handtuch aufgehängt, anstatt es im Badezimmer auf dem Boden liegen zu lassen, so wie viele Gäste es gern taten. Sie hatte es gegen ein frisches, weiches Handtuch getauscht und sich um das Waschbecken gekümmert. In dem kleinen Raum wirkte der würzig-zitronige Geruch seines Aftershaves, den sie gestern schon wahrgenommen hatte, noch stärker, und beim Putzen der Dusche sah sie, dass er ein Shampoo mit Kräuterduft verwendete. Es war ihr zu intim vorgekommen, zu wissen, welche Marken und Hygieneartikel er benutzte. Sie war froh, als sie fertig war und dem plötzlich klaustrophobisch engen Raum entkommen konnte.

Jetzt antwortete sie ihrer Mutter: »Na los, ich sehe doch, dass du es mir unbedingt erzählen willst.«

»Gut.« Nora legte ihren Stift zur Seite. »Er meinte, dass du eine wunderschöne Stimme hast und eine natürliche Ausstrahlung, perfekt für die Bühne. Auch seine Mutter drüben in Amerika fand das wohl. James hat ihr ein Video geschickt, oh ja. Ist das nicht nett? Er hat auch gesagt, dass mein Frühstück das beste war, das er bekommen hat, seit er in Irland ist.« Dabei streckte sie stolz ihre Brust raus.

Shannon erwähnte nicht, dass er das Gleiche gestern schon über ihr Abendessen gesagt hatte. Wenn ihre Brust noch mehr anschwoll, würde sie sonst vielleicht wie ein Heliumballon davonschweben.

»Das war wohl kaum eine Bühne, Mam.« Shannon schlug das Lob aus, freute sich aber insgeheim. »Also, soll ich dir jetzt was mitbringen, wenn ich unterwegs bin?«

»Nein, nein. Aber du hast die Stimme eines Engels, Shannon. Es ist ein Segen, oh ja, und mir ist gestern richtig das Herz aufgegangen, als ich dich singen gehört habe.«

»Oh, danke, Mam.« Shannon gab ihr einen Kuss auf den Kopf.

»Aber ich sage dir, Shannon,« fuhr Nora in Schallgeschwindigkeit fort, wie so oft. Als sie noch zu acht unter dem Dach gewesen waren, hatte man schnell sein müssen, wenn man etwas loswerden wollte, um überhaupt zu Wort zu kommen. »Das ist Wucher, was Cathal und Brenda in ihrem Shop da betreiben. Wenn du siehst, was die heutzutage für eine Dose Bohnen verlangen! Für das Geld bekomme ich auch Filet Mignon. Wenn es nach den gierigen Gallaghers ginge, würden wir alle im Armenhaus landen. Ich bin ja dafür, den Einzelhandel zu unterstützen, aber nicht bei den dreifachen Preisen. Jedenfalls, der große Einkauf wird morgen beim Tesco in Kilticaneel erledigt. Die haben sonntags geöffnet, und wenn wir früh losfahren, sollte es auch nicht zu chaotisch werden. Da kannst du mir helfen. Oh, und vergiss nicht, dass deine Schwestern heute Nachmittag ankommen.«

Diesmal schaute Nora hoch zur Wanduhr und zog die Augenbrauen zusammen.

»Imogen hat versprochen anzurufen, wenn sie losfahren. Ich habe noch nichts gehört. Ich hoffe, die liegen nicht alle bis mittags im Bett und suhlen sich in Selbstmitleid. Ich will nicht, dass sie im Dunkeln runterfahren.«

Shannon hatte nicht vergessen, dass sie heute ankamen, allerdings hielt sie es für gut möglich, dass Ava und Grace Imogen gestern zum Ausgehen gezwungen hatten, um das Beste aus ihrem einen Abend in Dublin zu machen, aber das sagte sie nicht. »Ach, die machen sich bestimmt bald auf den Weg, keine Sorge, Mam. Habe ich dir überhaupt erzählt, dass Nan mich zum Sternsingen mit den Emerald Bay Elves angemeldet hat? Und Isla Mullins hat mich für heute Nachmittag um zwei Uhr für die Probe in den Gemeindesaal beordert. Bis später also.« Sie überließ ihre Mam der Liste.

»Guten Morgen, Dad. Enda.« Shannon huschte durch den Pub.

»Legst du bei deiner Nan ein gutes Wort für mich ein, wenn du sie siehst, junge Hannah? Sie ist eine wunderbare Frau, das ist sie.« Enda sah von seinem Pint hoch.

»Diese Katze von dir erledigt aber nicht wieder ihr Geschäft überall, oder?«, wollte Liam wissen.

»Ich bin's, Shannon, Enda.« Sie wusste gar nicht, wieso sie sich die Mühe machte. »Und nein, Dad.« Natürlich hatte Napoleon das getan, was erwartete ihr Vater denn – dass er es zurückhielt? Zum Glück hat es aber gestern nicht den Lufterfrischer deswegen gebraucht. Heute Morgen hatte Napoleon auch gut drauf gewirkt und er schien zu akzeptieren, dass er noch einen Tag in ihrem Zimmer verbringen musste. Morgen würde sie ihn rumlaufen lassen, wenn sie nirgendwo anders gebraucht wurde. Als sie vorhin die Tür geschlossen hatte, war ihr beim Anblick, wie er beglückt auf Mr Mouse losging, ganz warm ums Herz geworden.

»Bis später, Dad.«

Shannon floh in die frische Morgenluft und steckte die Hände in die Taschen ihrer Daunenjacke, während sie einer Gruppe gelangweilt aussehender Teenager aus dem Weg ging. Voll von existenzieller Angst schlurften sie vorbei, in einer dicken Qualmwolke ihrer E-Zigaretten, an denen sie wie blöd zogen. Auch wenn Vaping in ihrer Jugend noch kein Thema gewesen war, so war die heimliche Zigarette es sehr wohl, und bei der Erinnerung musste sie lächeln. Sie war allerdings nicht rauchend und so dreist die Main Street entlanggelaufen wie die Jungen jetzt. Mam und Dad hätten ihr den Kopf abgerissen, hätten sie sie bei so was erwischt. Früher war Emerald Bay für sie ein richtiges Kaff gewesen. Freya und sie haben sich damals stundenlang ihr späteres glamouröses Leben weit weg davon ausgemalt. Und hier waren sie beide nun, immer noch in Emerald Bay.

Beim genaueren Betrachten fiel ihr auf, dass sie alle Gesichter der kleinen Gang kannte. Ihre Mütter brachten sie schon seit sie Babys waren zu ihr in die Klinik. Das letzte Mal hatte sie ihnen noch Lollis gegeben, für das tapfere Überstehen der Tetanusauffrischung. Das machte ihr schmerzhaft bewusst, wie schnell die Zeit verging, denn es musste inzwischen gute vier Jahre her sein.

»Wie geht's Ihnen, Schwester Kelly?«, grüßte Ella Finlan höflich, den Arm mit dem von Kyle Hogan verschlungen, der in seinem Gangsta-Rapper-Outfit unübersehbar war. Er hatte sich einen schweren Rucksack um eine Schulter geworfen, und Shannon fragte sich, ob sie wohl Alkohol aus den Schränken ihrer Eltern geklaut hatten, für eine kleine Verköstigung unten an der Bucht. Die guten alten Zeiten – sie selbst hatte sich aber nur das eine Mal getraut.

»Hervorragend, Ella, danke. Die Dinger sind ungesund, das wisst ihr hoffentlich.«

»Haben Sie Lollis dabei, Schwester Kelly?«, mischte Ellas Freundin Ruby McGinn sich ein und schwang ihr geglättetes blondes Haar nach hinten, während ihr Gesicht vom Bronzer glänzte.

»Nein, aber ich habe eine große Spritze zum Impfen, die ich gern benutze, wenn du an Klugscheißeritis leidest, Ruby.«

Sie kicherten beim Weitergehen.

Shannon sah ihnen noch einen Augenblick hinterher. Vermutlich waren sie auf dem Weg zum Park bei der Kirche. Das kleine Waldstück dahinter war immer schon beliebt, wenn man Unsinn plante. Ob es die Stechpalme dort noch gab?, fragte sie sich. Früher hatte man immer einen Zweig davon über den Kopf des Jungen gehalten, den man mochte, um einen Kuss zu stehlen. In der klirrend kalten, klaren Luft hinterließ ihr Atem kleine Wölkchen, während sie die Erinnerungen an ihre Jugend beiseiteschob und sich auf den Weg zum Eckladen machte. Dort angekommen, plauderte sie erst mit Brenda Gallagher, bevor sie zwei schwarze Strumpfhosen nahm und dann, als ihr die Unterhaltung mit Isla wieder einfiel, die Regale nach einem grünen Paar absuchte. Zu ihrer großen Überraschung gab es tatsächlich welche. Beim Blick auf das Preisschild ärgerte sie sich jedoch, dass sie ihr hart verdientes Geld für Elfenstrumpfhosen ausgeben musste.

»Isla hat mich gedrängt, die für die Sternsinger zu bestellen, weißt du. Du machst dann also auch mit, Shannon?«, fing Brenda beim Scannen der Artikel an.

»Mache ich, Mrs Gallagher. Oh, und kann ich noch zwanzig Euro abheben, bitte?«

»Gott sei Dank!« Cathal Gallaghers Kopf tauchte aus dem Durchgang zum Lager auf. »Wenigstens eine, die einen Ton trifft.«

»Ach, hör nicht auf den«, sagte Brenda, die Shannons Blick gefolgt war. »Und der Schokoriegel kommt auch dazu?«

Ihre Hand schwebte über dem Lion-Riegel, aber sie zog sie beim Gedanken an ihren Kampf mit der Jeans heute Morgen schnell zurück. Maeve bot ihr sicher auch noch mal Shortbread an, wenn sie gleich vorbeischaute, und so viel wie sie die Strumpfhosen schon kosteten, dazu noch die zwanzig Euro Bargeld, wusste sie genau, dass sie sich nicht zusätzlich noch eine neue Garderobe in einer Nummer größer leisten konnte.

»Nein, nur die Strumpfhosen und das Bargeld. Danke, Mrs Gallagher.« Mam hatte recht, dachte sie. Ihr wurde beinahe schwindelig beim Auflegen der Karte. Brenda verstaute ihre Einkäufe in einer braunen Papiertüte. Das war ja reine Abzocke hier drinnen.

Mit dem Geld in ihrem Portemonnaie und ihrer Tüte verließ sie den Laden. Die blauen Flecken am Himmel waren ein eindeutiges Zeichen, dass sie heute ein klarer Wintertag erwarten würde, sobald der Morgennebel sich endgültig auflöste. So viel zum Schnee, dachte sie, während sie auf dem Weg zu Heneghan's Apotheke bekannte Gesichter traf und grüßte.

Paddy McNamara starrte mürrisch durch das Fenster auf seine Aufstellerfreundin aus Pappe.

»Wie geht's, Paddy?«

»Nicht so gut heute, Nora. Meine Bridget hier ist schrecklich traurig. Ihr Parfüm ist verschwunden.«

Er hatte recht. Der überdimensionale Flakon von Seduce Me, der gestern noch neben ihr gestanden hatte, war verschwunden. »Oh, es sind wirklich ein paar Blödmänner unterwegs, Paddy. Und ich bin Shannon, Noras Tochter.«

»Ja.«

Es war viel zu kalt, um sich draußen zu unterhalten, deswegen kramte Shannon in ihrer Tasche und zog eine Handvoll Münzen hervor. »Wieso holst du dir nicht eine Tasse Tee und einen Scone im Silver Spoon. Zum Aufwärmen.«

»Das ist sehr nett von dir, Nora. Dieser Liam Kelly kann sich glücklich schätzen, das habe ich immer schon gesagt.«

»Ich bin Shannon. Liams und Noras Tochter, Paddy«, wiederholte sie.

Er ignorierte sie. »Aber was ist mit meiner Bridget? Sie ist doch die, die leidet.« Seine hinterlistigen Augen waren fest auf ihre Tasche gerichtet. »Was soll sie ohne ihr Parfüm machen?«

Entgegen ihrer Vernunft wühlte sie noch tiefer in ihrer Tasche und gab ihm schließlich alles Wechselgeld, das sie fand. Sie wusste genau, dass er schnurstracks zum Shamrock Inn gehen würde, nicht zum Silver Spoon, sobald sie ihm den Rücken kehrte. Es wäre sinnvoller gewesen, ihm direkt einen heißen Tee und einen Scone zum Mitnehmen zu besorgen, statt ihm Geld zu geben. Aber es war immerhin Weihnachten und ein alter Hund lernte nun mal keine neuen Tricks. Paddy blieb Paddy, und zumindest hatte er ein Dach überm Kopf, weil sein Vater ihm das Cottage hinterlassen hatte.

»Gott segne dich, Nora Kelly. Tee und ein Scone sind genau das Richtige, um meine Bridget hier wieder aufzumuntern, ganz bestimmt.« Paddy zeigte auf den langbeinigen Pappaufsteller. »Bridget, wo sind denn deine Manieren?«

»Sie sieht fantastisch aus, Paddy.« Shannon musste sich auf die Lippe beißen, um beim Anblick der Bestürzung auf Paddys Gesicht nicht loszulachen. Diesmal korrigierte sie ihn nicht, die Sache war zwecklos.

Sie ließ ihn machen und trat sich die Schuhe ab, bevor sie die Apotheke betrat, gerade als er sich nach rechts, Richtung Shamrock Inn drehte. Eine Glocke kündigte ihr Kommen an.

Mist, dachte sie, als sie Mrs Tattersall mit ihrem üblichen griesgrämigen Gesichtsausdruck vor der Medikamentenausgabe sah, neben ihr der Einkaufstrolley. Das war eine dieser sonderbaren Anomalien des Kleinstadtlebens. Manchmal vergingen

Wochen, ohne dass man einer bestimmten Person über den Weg lief, und dann gab es Zeiten, da stieß man an jeder Ecke auf dieselbe Person. Shannon ermahnte sich, dass sie nicht unfreundlich zu der Frau sein sollte, besonders in dieser Zeit, also begrüßte sie sie mit einem breiten Lächeln. »Ich denke an Ihre Kerze, Mrs Tattersall. Morgen, Niall, Nuala«, rief sie gut gelaunt.

Im Laden war es warm, die Regale waren am Überquellen von den unterschiedlichsten Geschenksets und es roch nach teurer Seife. Sie mochte es immer schon, in der Weihnachtszeit bei Heneghan's reinzuschauen, bereits als Kind – und nicht nur, weil Nuala immer eine Dose mit Malzbonbons unter dem Tresen deponiert hatte, die sie an die Kinder verteilte, die auf ihre Eltern warteten, sondern auch, weil sie die ganzen neuen Weihnachtsartikel liebte.

»Vergiss es lieber nicht, Shannon. Ihr Jungen habt alle Hirne wie ein Sieb. Ich glaube ja, das liegt an diesen Telefonen, an denen ihr alle klebt. Die fressen Löcher ins Hirn, jaja, und Mr Tattersall hatte wieder eine schlimme Nacht, wegen seiner Knie.«

»Die Kerze steht ganz oben auf meiner Liste, versprochen«, besänftigte Shannon die Frau, die einen unverständlichen Laut von sich gab, bevor sie nach einem Frauenmagazin griff. Sie blätterte es demonstrativ durch und murmelte empört etwas über die knappe Mode, in der die jungen Frauen sich herumtrieben. »Das kostet die Krankenversicherungen Millionen, jaja, mit den ganzen Lungenentzündungen, die die sich holen, und Mr Tattersall muss wieder wochenlang warten, um einen Termin beim Spezialisten zu bekommen, so ist das.«

Niall Heneghan sah von den Tabletten hoch, die er gerade an der Medikamentenausgabe abzählte, und grüßte Shannon mit einem belustigten Lächeln, während Nuala hinter einem Aufsteller mit Vitamin C hervorschaute, wo sie gerade eine Lieferung einsortierte.

Shannon dachte, dass sie sich wahrscheinlich vor Mrs Tattersall versteckte, und das konnte sie ihr kein bisschen verdenken.

»Guten Morgen, Shannon. Ich habe schon gehört, dass du zurückkommst. Wie geht es dir?« Nuala war in etwa so alt wie Shannons Mutter und in ihrem weißen Kittel und dem blauen Cardigan gehörte sie zu diesen Frauen, die sich niemals veränderten, wenn man sie länger nicht sah. Sie trug ihr kastanienbraunes Haar im gleichen kurzen Pixie-Haarschnitt wie schon seit Ewigkeiten und war immer sehr gepflegt, geschminkt und hatte Nägel, die in den Saisonfarben der einzigen Kosmetikmarke, die es in der Apotheke gab, lackiert waren – Nu U Woman. Heute brachten Moosgrün und warme Brauntöne ihre tiefen, hellbraunen Augen zum Leuchten. Die Farben standen ihr hervorragend, dachte Shannon.

»Ich liebe dein Augen-Make-up, Nuala.«

»Das sind unsere neuen Ombré-Farben von Nu U Woman. Damit habe ich mir Smokey Eyes geschminkt, Shannon, der Trick liegt im Blending. Die Farben würden dir auch sehr gut stehen. Hast du ein, zwei Minuten? Dann kann ich sie mal an dir testen.«

»Sehr gern.« Shannon grinste, als Nuala davonhuschte, um ihr einen Hocker zum Sitzen zu holen. Ein Makeover war jetzt genau das Richtige.

»Deine Haut sieht so frisch aus. Was ist dein Geheimnis?«, fragte Nuala, während sie den Lidschattenpinsel in die erste Farbe der Palette tupfte.

»Ich habe mir was von Imogens teurer Gesichtspflege stibitzt.«

Nuala lächelte und Shannon erzählte ihr von Imogens, Graces und Avas Ankunft heute, während die mit dem Pinselstiel kurz gegen ihren Handrücken klopfte, um überschüssigen Lidschatten abzuschütteln. Ihre Pinselstriche fühlten sich auf Shannons Augenlidern federleicht an.

»Ich habe gehört, Paddy hat mit Bridget eine neue Freundin gefunden«, begann Shannon mit geschlossenen Augen.

»Man fängt mit der neutralen Basis an, Shannon. Die verteile ich auf dem gesamten Lid.«

Nuala roch nach einem Parfüm, das Shannon nicht kannte, das der Moschusnote nach aber Seduce Me sein musste. Es war angenehm und sie hoffte für Nuala, dass es auf Niall Heneghan auch wirkte.

»Er vergrault die Kunden, das macht er, Shannon. Die Touristen machen einen Riesenbogen um ihn, wechseln sogar die Straßenseite, wenn sie ihn hier rumlungern sehen. Die denken alle, mit seinem schmutzigen Regenmantel ist er so ein Exhibitionist, der ihnen gleich sein Ding zeigt.«

Shannon sah sich gezwungen zu husten, um ihr Lachen zu verbergen.

»Als Nächstes trage ich den dunkelsten Ton direkt am Wimpernansatz auf. Hat Paddy dir auch erzählt, dass wir ausgeraubt wurden?«

»Das Parfüm im Schaufenster?«

»Ja. Seduce Me. Ich kann dich damit einsprühen, wenn du möchtest?«

»Super. Nicht, dass ich plane, verführt zu werden.«

»Das wäre doch mal was.« Nuala seufzte schwer. »Jetzt verblende ich das Moosgrün in der Mitte des Lids. Aber welcher Clown auch immer das geklaut hat, freut sich hoffentlich über die schöne Flasche mit gefärbtem Wasser. Die war natürlich nur Deko.«

Diesmal ließ Shannon ihr Lachen zu.

»Das waren diese furchtbaren Rüpel aus Kilticaneel, ich sage es doch«, klärte Mrs Tattersall sie beide auf.

16

Shannon klopfte im Takt der letzten Klänge von Ronan Keatings »Life Is a Rollercoaster« auf ihr Lenkrad, bevor sie den Motor abstellte. Bei dem Song bekam sie immer gute Laune. Sie begutachtete Nualas Werk in BBs Rückspiegel und beschloss, dass diese Frau magische Fähigkeiten hatte. Mit ein paar Pinselstrichen hatte Nuala es geschafft, dass ihre Augen doppelt so groß wirkten und die goldenen Sprenkel in ihren sonst langweiligen braunen Augen leuchteten. Natürlich hatte sie die Lidschattenpalette auch prompt gekauft, alles andere wäre schließlich unhöflich gewesen. Beim Bezahlen hatte das Hinzulegen der Wärmflasche ihr schlechtes Gewissen etwas beschwichtigt. Immerhin hatte sie sich beim Parfüm zurückgehalten, selbst nachdem Nuala ihr Seduce Me auf die Handgelenke gesprüht hatte. Auch Mrs Tattersall, die nicht übergangen werden wollte, hatte ihren Arm ausgestreckt. Ihr Gesicht, als Nuala ihr den Namen des Duftes genannt hatte, war göttlich gewesen. Shannon malte sich für Mrs Tattersall bei ihrem Mann allerdings keine guten Chancen aus, wegen der schlechten Knie, versteht sich, aber das hatte sie für sich behalten.

Sie konnte jedoch schlecht den ganzen Tag am Straßenrand im Auto sitzen und ihre großen Augen bewundern, also öffnete sie die Tür. Beim Aussteigen fiel ihr ein anderes Auto auf der gegenüberliegenden Straßenseite auf. Sie war so in ihren neuen Look vertieft gewesen, dass sie den gewöhnlichen Leihwagen bis jetzt überhaupt nicht bemerkt hatte. Sie fragte sich, ob das wohl Maeves mysteriöser Besucher war, der vorbeigekommen war. Vielleicht sollte sie umkehren und morgen noch mal herkommen. Sie wollte nicht herumschnüffeln, doch die Wärmflasche würde ihrer Freundin guttun und sie wollte sowieso nicht lange bleiben. Außerdem brannte sie vor Neugier nach Maeves Heimlichtuerei von gestern. Entschlossen schritt sie den Weg zum Haus entlang und dachte mal wieder, wie sehr das kleine Cottage aussah, als sei es direkt einem Märchenbuch entsprungen, besonders heute vor dem blauen Himmel.

Sie klopfte an die Tür und ging einen Schritt zurück, um zu warten, doch ganz im Gegensatz zu gestern schwang die Tür nur wenige Augenblicke später auf. Mit offenem Mund stand sie da und registrierte, wer da im Flur stand, als würde er hier wohnen.

Es war James.

»Shannon! Hi. Maeve hat gar nicht erzählt, dass du heute herkommst.« Er fixierte sie mit seinem Blick. »Ist irgendetwas an dir anders?« Dann fügte er schnell hinzu: »Also auf gute Weise, meine ich.«

Keine große Überraschung, nachdem sie bei ihrer letzten Begegnung unrechtmäßig angeeignetes weißes, klebriges Zeug im Gesicht gehabt hatte. Shannon regte sich nicht, antwortete auch nicht, sie war zu perplex. Dann fiel ihr auf, dass ihm sein schiefes Lächeln heute nicht so leichtfiel wie sonst. Dabei hatte er Krümel von Shortbread auf seinem Pullover, ein unverkennbares Zeichen, dass er hier sehr herzlich willkommen geheißen wurde.

Er öffnete die Tür noch weiter, um sie hereinzulassen, aber

sie rührte sich immer noch nicht. »Sie weiß auch nicht, dass ich komme. Ich wollte nur etwas für sie abgeben. Was machst du hier?«

»Ich, ähm, besuche ...«

»Wer auch immer das ist, komm rein und mach die Tür zu. Die ganze kalte Luft zieht sonst hier rein«, befahl Maeve lauthals aus dem Inneren des Hauses.

Sie hat recht, dachte Shannon und gehorchte. Sie marschierte an James vorbei, direkt in die Wohnküche, um herauszufinden, wieso er hier war.

»Du bist es, Shannon.« Maeve strahlte, sie hatte es sich an ihrem üblichen Platz gemütlich gemacht, eine Decke über den Knien und eine Tasse Tee in der Hand. »Irgendetwas ist doch anders an dir?« Sie musterte Shannon. »Du erinnerst mich an Bess.«

»An deinen alten Labrador?« Shannon rang sich ein Lachen ab. »Vielen Dank.«

Maeve war aber noch nicht fertig. »Es sind die Augen. Bess hatte auch immer diesen Blick, Gott hab sie selig. Sogar Declan Donnelly hat sie rumgekriegt, den Postboten, und das will was heißen.«

Der inzwischen pensionierte Postbote in Emerald Bay war sehr bekannt für seine Abneigung gegen Hunde, nachdem ihm einmal zu oft nach der Hand geschnappt wurde. Wenn man es also so betrachtete, war es ein Kompliment von Maeve, schätzte Shannon.

»Nuala wollte neuen Lidschatten an mir ausprobieren.« Das Feuer stellte eine Verlockung dar, sich den Hintern daran zu wärmen, aber stattdessen hielt sie die Tüte in ihrer Hand hoch. »Ich habe dir eine Wärmflasche mitgebracht.«

»Das hat sie schön gemacht, betont deine besten Gesichtszüge, oh ja. Die Augen sind der Spiegel der Seele.« Sie schürzte die Lippen. »Die arme Nuala, wie sie nach ihm schmachtet. Dieser Niall Heneghan ist ein Dummkopf. Dass er nicht sieht, was direkt vor seine Nase wartet. Und du bist ein Schatz, dass du an mich denkst, Shannon.«

»Ach, das ist doch keine große Sache. Ich war sowieso in der Gegend«, schwindelte Shannon.

Maeves Wangen schienen rosa und passten zu ihrer Bluse, an der eine hübschen Kamee-Brosche mit Rose befestigt war. Sie hatte sich Mühe mit ihrem Äußeren gegeben und sie umgab dieselbe unruhige Anspannung wie gestern. Aus dem Augenwinkel sah Shannon James, der leicht unbeholfen im Türrahmen stand. Er war also ihr mysteriöser Besucher, aber wie zur Hölle stand er mit Maeve in Verbindung und was brachte ihn hierher?

Sie musste an Maeves kryptischen Kommentar über einen Verwandten denken, der sie besucht hatte. Wenn es sich dabei wirklich um James handelte, wie genau waren sie verwandt? Vielleicht irgendein entfernter Cousin, der vor Jahren nach Amerika ausgewandert ist?

Gestern hatte er erzählt, dass er in Emerald Bay auf den Spuren seiner irischen Wurzeln sei. Niemals hätte sie damit gerechnet, dass Maeve damit zu tun hatte.

Das Schnauben der cleveren kleinen Frau riss sie aus ihren Gedanken.

»Ich kann ja richtig sehen, wie sich die Rädchen da oben drin drehen, Shannon. James hat mir erzählt, dass er im Shamrock Inn wohnt, also muss ich euch wohl nicht miteinander bekannt machen. Er hat den ganzen Weg aus Boston zurückgelegt, um mich kennenzulernen. Kannst du dir das vorstellen? Er hat auch geschwärmt, wie schön die kleine Musikeinlage im Shamrock gestern Abend war und was für ein Vergnügen dein Gesang ihm bereitet hat. Ich hab deine entzückende Stimme schon seit dem Konzert in der Kirche bei der Schulaufführung nicht mehr gehört. Was war das noch gleich?«

Shannon war froh, dass sie auf das Kompliment nicht weiter eingehen musste. »*Grease*. Ich war Sandy und Kellen

Duffy hat Danny gespielt. Er hatte schrecklichen Mundgeruch. Ich glaube, er hat vor jeder Aufführung extra eine Knoblauchzehe gegessen, um sich dafür zu rächen, dass ich Pater Seamus gepetzt habe, dass er heimlich vom Messwein trinkt. Beim großen Finale mit ›You're the One That I Want‹ musste ich mich ganz und gar auf mein schauspielerisches Talent verlassen.«

Von der Tür drang ein Lachen zu ihr und auch Maeve schmunzelte. Shannon war zufrieden.

»Wieso nimmst du dir nicht eine Tasse Tee, Shannon? Es ist noch Wasser im Kessel und ich glaube, da ist noch ein Stück Shortbread in der Keksdose – außer du hast es aufgegessen?« Maeves Blick wanderte zu James, sie hatte ein Strahlen in den Augen.

»Ich konnte mich zurückhalten, gerade so. Aber ich habe mir schon fest vorgenommen, das Rezept aus Maeve herauszukriegen und es mit nach Hause zu nehmen.«

»Viel Erfolg dabei«, murmelte Shannon, die sich von der Unterhaltung sehr überrumpelt fühlte. Sie wusste nicht, wann sie Maeve das letzte Mal so lebhaft gesehen hatte. Das war alles sehr verwirrend, aber eine Tasse Tee schien mehr als angemessen, denn sie würde nicht gehen, bevor sie nicht herausgefunden hatte, was hier eigentlich los war. »Dann fülle ich die hier direkt auf.« Sie zeigte auf die Wärmflasche und drehte sich um, bekam aber noch mit, wie Maeve zu James sagte, er solle sich hinsetzen.

»Du machst mich ganz nervös, wenn du so herumlungerst.«

Shannon warf noch einen Blick über ihre Schulter. Er kam ihr linkisch vor. Mit zusammengekniffenen Augen beobachtete sie, wie er sich auf dem Sofa niederließ, auf dem sie gestern noch gesessen hatte. Noch ein Gedanke kämpfte um ihre Aufmerksamkeit: Wenn er wirklich ein Verwandter von Maeve war, wieso kam er gerade jetzt aus dem Unterholz gekrochen? Während sie routinemäßig Tee vorbereitete und die Wärmflasche mit heißem Wasser befüllte, konnte sie über die ganze Sache nachdenken. Nur weil er aus dem Nichts aufgetaucht war, bedeutete das noch nicht, dass er irgendwelche Hintergedanken hatte. Es passte auch gar nicht zu ihr, jemandem auf Anhieb zu misstrauen, aber sie fühlte einen Beschützerinstinkt Maeve gegenüber und wollte nicht, dass sie verletzt oder ausgenutzt wurde. Aus diesem Grund spitzte sie die Ohren und versuchte, ihre Unterhaltung mitzuhören, was ihr allerdings über den Lärm des pfeifenden Kessels hinweg nicht gelang.

Noch genau ein Stück Shortbread war übrig. Mit der Ausrede, dass sie es nach dieser ganzen Nummer für ihre Nerven brauchte, bediente Shannon sich. Dann trug sie die heiße Wärmflasche in ein Geschirrtuch eingewickelt hinüber und fragte Maeve, wo sie sie brauchte.

»Meine Hüfte macht mir heute am meisten Probleme. Ich sage euch, das Alter ist wirklich nichts für Zimperliche.« Maeve zeigte auf ihre linke Seite.

Shannon drapierte die Flasche so, dass die Wärme an die richtige Stelle gelangen konnte und hoffentlich die Gelenkschmerzen lindern würde. Es freute sie zu sehen, wie ihre Freundin sich gleich sichtlich entspannte.

»Oh, das ist wunderbar.«

James beobachtete Shannon mit einem Gesichtsausdruck, den sie nicht einordnen konnte. Er brachte ihre Hand zum Zittern, als sie ihren Tee mit Untertasse rüberbrachte und neben Maeves auf den Tisch stellte. Auf keinen Fall wollte sie sich für einen netten Plausch neben ihn auf das Sofa setzen. Stattdessen holte sie sich einen Stuhl aus dem Esszimmer und stellte ihn neben ihre Freundin. Shannon wollte verdeutlichen, dass Maeve vielleicht verwitwet war, ihr Sohn weit weg in London, sie aber ganz sicher nicht allein war.

Maeves Lippen umspielte ein Lächeln. Sie streckte eine Hand aus, um Shannons zu tätscheln. »Es ist in Ordnung.

James hat es nicht auf meine Millionen abgesehen, versprochen.«

Shannons Gesicht lief sofort in der Farbe von Maeves Bluse an, so offensichtlich waren ihre Gedanken also gewesen.

»Nein! Bin ich nicht. Ich will überhaupt nichts, nur Maeve kennenlernen«, gelobte James mit einer Hand über dem Herzen, während Shannon ihn nicht einmal richtig ansehen konnte.

»Es gibt das Gerücht hier in Emerald Bay, dass ich auf einem kleinen Vermögen hocke.«

Shannon öffnete ihren Mund, wusste aber nicht, was sie sagen sollte, denn das konnte sie schlecht abstreiten. Maeve hob ihre Hand, damit Shannon schwieg.

»Oh, ich kenne die Geschichten, Shannon.«

Natürlich tat sie das. Wir redeten immerhin von Emerald Bay, hier gab es so was wie Geheimnisse nicht.

»Mir persönlich gefällt ja die Geschichte am besten, dass die Rebellen Geld auf meinem Grundstück verscharrt hätten. Ivos Großvater war einer der Ulster Volunteers, weißt du?«

Shannon nickte. Sie kannte auch diese Geschichte und die, in der Ivo beim Pferderennen gewonnen und das Preisgeld versteckt hatte, aus Angst, die anderen Dörfler könnten auf sein Vermögen aufmerksam werden, würde er es ausgeben.

»Es geht aber selbstverständlich niemanden außer mich selbst etwas an, ob ich eine wohlhabende Witwe bin oder nicht.«

Ich habe es nicht anders verdient, grübelte Shannon und senkte ihren Kopf, um von ihrem Tee zu trinken.

»Aber ich weiß es zu schätzen, dass du dir Gedanken um mich machst und nur das Beste für mich willst, Liebes.«

Maeves Körper war vielleicht schwach, aber ihr Geist ganz und gar nicht, dachte Shannon.

»Ich habe nicht vor, Maeve in irgendeiner Weise zu schaden, Shannon, das kann ich dir versichern«, sagte James.

Sie riskierte einen Blick über ihre Teetasse hinweg. James sah gut aus und hatte ein liebenswürdiges, süßes Grinsen, aber das hieß noch nicht, dass er vertrauenswürdig war. Sein Gesicht schien harmlos und der Nachdruck in seiner Stimme klang aufrichtig, aber waren das nicht alles auch Kennzeichen eines guten Betrügers? Noch war sie nicht überzeugt.

»Ich habe dir gestern von einem Besucher erzählt, Shannon.«

»James.«

»Genau. Und ich war, so wie du, nach unserem ersten Gespräch am Telefon vorsichtig.« Maeve lächelte entschuldigend in seine Richtung. »Ich weiß, dass ältere, verletzliche Frauen beliebte Ziele für Betrüger abgeben, die einem die Kontonummer abluchsen wollen, indem sie einem weismachen, man hätte im Lotto gewonnen. Ich höre durchaus Radio und lese die Zeitung.«

»Ich weiß, dass du gut informiert bist, was in der Welt so passiert, Maeve«, beschwichtigte Shannon sie. Und es stimmte. Wenn es um das aktuelle Weltgeschehen ging, konnte Maeve mitreden, oft wusste sie sogar besser Bescheid als Shannon, die lieber ihren Kopf in den Sand steckte und beruhigende Musik hörte, als sich mit Politik zu beschäftigen.

»Ich habe am Telefon auch nicht nach Bankdetails oder Ähnlichem gefragt«, unterbrach James, »falls du das dachtest.«

Shannon stellte ihre Teetasse klirrend wieder zurück, sie wurde jetzt dunkelrot.

»James Absichten sind ehrenhaft, das verspreche ich dir, Shannon.«

»Sind sie«, bestätigte James erneut.

Die ganze Unterhaltung klang wie ein viktorianisches Drama und Shannon wartete ab, aber es kam nichts weiter. »Wie seid ihr denn verwandt?«

James drehte sich fragend zu Maeve, die unauffällig den Kopf schüttelte.

»Ich bin noch nicht bereit, darüber zu sprechen, wenn es dir nichts ausmacht, Shannon.«

Shannon verarbeitete noch, dass Maeve die Unterhaltung einfach abbrach, genau wie gestern. Sie konnte aber schlecht weiter nachhaken, sie musste ihre Wünsche respektieren. Was James anging, nun ja, trotz Maeves Versicherungen war sie noch nicht ganz überzeugt. Doch sie spürte irgendeine unterschwellige Anspannung. Die beiden hatten Dinge zu besprechen und drei Leute waren einer zu viel. »Ich lasse euch dann mal allein.« Sie stand auf und stellte ihre leere Teetasse auf Maeves Arbeitsfläche ab.

Auch James erhob sich. »Ich bringe dich zur Tür.«

Shannon gefiel diese unnatürliche Vertrautheit im Haus der Doolins nicht, dafür kassierte sie von Maeve einen vielsagenden, mahnenden Blick, wie ihn sonst nur ihre Nan beherrschte. Die Fähigkeit, alles mit nur einem kurzen Blick rüberzubringen, lernte man wohl erst, wenn man ein paar Jahrzehnte auf dem Buckel hatte. Gerade wurde ihr deutlich gemacht, dass sie sich benehmen sollte. Sie knirschte mit den Zähnen und verkniff sich zu sagen: »Ich weiß selbst, wo die Tür ist.«

Maeve nickte zufrieden. »Shannon, Liebes, beinahe hätte ich meine Manieren vergessen. Tausend Dank für die Wärmflasche, die habe ich wirklich gebraucht.«

Shannon nahm die Hand ihrer Freundin und drückte sie. »Sehr gern, und wenn du irgendetwas brauchst, ruf einfach an. Meine Nummer steht auf dem Notizblock neben dem Telefon.«

»Du bist ein Schatz, Shannon«, sagte Maeve erneut, »glaub ja nicht, dass ich nicht zu schätzen weiß, was du für mich tust.«

Shannon suchte in Maeves Gesicht nach Hinweisen darauf, in welcher Beziehung genau sie zu James stand, aber sie war wie ein geschlossenes Buch. Mit einem letzten Lächeln folgte sie James in den Flur.

»Ich weiß jetzt, was anders an dir ist«, fing er an, als sie an der Tür ankamen.

»Was?« Shannon sah misstrauisch zu ihm hoch.

»Deine Augen.«

Was sollte sie dazu schon sagen? Er muss mitbekommen haben, wie sie Maeve vom Augen-Make-up von Heneghan's erzählt hatte. Aber noch bevor sie eine Antwort parat hatte, sprach er weiter.

»Und deine Art.«

Diesmal platzte die Frage ungewollt aus ihr heraus: »Was meinst du damit?«

»Wenn du dich um jemanden sorgst, bist du so selbstbewusst und selbstsicher.«

»Das ist mein Job, ich bin Krankenschwester.« Sie wusste, wie zickig das klang, aber sie konnte nicht anders.

»Nein, es ist mehr als das.«

Er hatte recht. Es war mehr. »Maeve ist nicht nur eine Patientin, sie ist meine Freundin.«

»Da kann sie sich glücklich schätzen.«

»Sie ist besonders.« Shannon öffnete die Tür und wurde direkt von einer Bö arktischen Windes getroffen. Sie musste hier weg. Schon wieder stand er viel zu nah und der Geruch seines Aftershaves, von dem sie jetzt wusste, dass es von Dior war, stellte seltsame Dinge mit ihren Sinnen an.

»Das merke ich auch langsam, Shannon. Es tut mir leid, dass ich dir nicht mehr sagen kann, aber ich muss Maeves Wunsch respektieren. Es ist ihre Geschichte, sie muss sie erzählen, nicht ich. Außerdem weiß ich selbst noch nicht einmal alles. Ich verspreche dir aber, dass du mir vertrauen kannst.«

Shannon nickte. Sollte er tatsächlich ein Betrüger sein, spielte er zweifellos in der oberen Liga mit.

»Kann ich dich was fragen?«

Gott, was denn jetzt noch? Sie ging einen Schritt zurück, stellte sich auf den Gehweg und versuchte, nicht vor Kälte laut zu japsen, bevor sie sich wartend mit hochgezogenen Augenbrauen wieder zu ihm drehte.

»Welches Parfüm trägst du?«

Wuusch! Sie spürte, wie Wärme in ihr Gesicht strömte. Ähnlich wie bei ihrer Mutter, wenn sie eine ihrer Hitzewallungen bekam. Auf gar keinen Fall würde sie die Worte »Seduce Me« laut aussprechen. Auf der Suche nach einer Antwort wedelte sie unbeholfen mit der Hand in der Luft herum. »Oh, ähm, das weiß ich gar nicht. Nuala aus der Apotheke hat mich mit irgendetwas eingesprüht.« Wäre sie ein Rennpferd, könnte man sagen, dass sie zu ihrem Auto galoppiert war – ihrem Zufluchtsort. Vielleicht wollte er aus einem bestimmten Grund den Namen des Parfüms wissen. Eventuell wollte er es für seine Freundin zu Hause besorgen. Sie wusste gar nichts über James Cabot, außer dass er ein Tierarzt aus Boston war, der irgendwie mit Maeve Doolin in Verbindung stand und der zufällig meerglasfarbene Augen und ein schiefes Lächeln hatte.

»Was denkst du, was das zwischen James und Maeve ist, Opa?«, fragte Shannon, während sie am Hafen vorbeifuhr und die Möwen sah, die über den Fischerbooten kreisten.

Heute bekam sie keine Antwort in Form eines Regenbogens.

17

Im Shamrock Inn war einiges los, gemessen an der Menge an Autos, die auf dem Parkplatz stand, als Shannon in BB in der für sie reservierten Lücke zum Stehen kam, neben dem schnittigen roten Sportwagen – Imogens ganzer Stolz. Ihre Schwestern waren also da. Sie fragte sich, wer von den Zwillingen wohl den Kürzeren gezogen hatte und sich die ganze Fahrt von Dublin hierher auf die winzige Rückbank hatte quetschen müssen. Sie wettete, dass es Ava getroffen hatte, da Grace die dominantere der beiden war. Sie war nicht direkt herrisch, aber das war einfach die Dynamik zwischen ihnen.

Shannon freute sich, alle wiederzusehen, auch wenn sie jetzt bereits Angst vor der unausweichlichen Auseinandersetzung mit Imogen über das Katzenklo hatte. Aber daran wollte sie jetzt nicht denken. Nach dem Anziehen der Handbremse checkte sie noch einmal ihr Handy. Sie hatte gute zwei Stunden, bevor sie für die Probe im Gemeindesaal sein musste. Genug Zeit, sich auszutauschen. Sie schnappte sich die Tüte mit ihrer neuen Lidschattenpalette und den Strumpfhosen, wobei sie jetzt schon wusste, dass sie sich zu dem Elfenkostüm von ihren Schwestern einiges würde anhören müssen. Hmmm, ob sie einen großen Mantel überziehen könnte? Das würde Isla wohl kaum durchgehen lassen, aber sie war es ihrer Würde schuldig, es zumindest zu versuchen.

Sie öffnete die Tür, machte sich auf die eisigen Temperaturen außerhalb ihres gemütlichen kleinen Autos gefasst und kletterte hinaus. Sie warf noch einen Blick nach oben zum Fenster von Imogens und ihrem Zimmer. Ob sie Napoleon schon kennengelernt hatte? Falls ja, hatten sie sich hoffentlich schon gut genug angefreundet, dass Imo die Notwendigkeit eines Katzenklos in ihrem Zimmer verstand. Der Gedanke, dass ihre Schwester sich in das süße Gesicht des kleinen Persers verliebte, stimmte sie optimistisch – wie könnte sie auch anders? Beim Betreten des Pubs stellte Shannon sich sogar vor, wie Imogen sein Fell bürstete und verkündete, wie sehr es sie entspannte. Dann blieb sie wie angewurzelt stehen.

Es war, als hätte sie gerade einen Fuß in eine dieser amerikanischen Star-Trek-Conventions gesetzt, nur dass sie nicht von Spocks umgeben war, sondern von Männern mittleren Alters, die alle Tweedmützen trugen. Beim Blick rüber zur Bar, wo ihre Mam und ihr Dad gerade damit beschäftigt waren, Gäste zu bedienen, fiel ihr auf, dass die Männer in Tweed auch sonst ähnlich gekleidet waren. Pollunder mit Rautenmuster und lange Socken, die bis zu den Knien hochgezogen waren, darüber Hosen, die wie Knickerbocker aussahen. War sie gerade in eine Versammlung moderner Volkstänzer geraten?

Nora schaute vom Zapfen eines Pints hoch und schmunzelte über Shannons überforderten Blick, während Liam sie zu sich winkte und nebenbei einem der Männer eine Portion Schweinekruste reichte.

Shannon bahnte sich ihren Weg zu ihm. »Was sind das für Leute?«, flüsterte sie über den Tresen gelehnt.

»Die Glenariff Golfer aus Galway. Auf dem Golfplatz drüben bei Ballyclegg gab es heute ein Turnier.«

Ah, das ergab Sinn. Also hatte sie doch keinen Fuß in eine

Paralleldimension gesetzt, in der Männer in Tweed die Welt-
herrschaft übernommen hatten.

»Deine Schwestern sind da. Der Verkehr war schrecklich,
alle Zugangsstraßen waren verstopft, wirklich schlimm.«

Shannon musste grinsen, sie hatte nichts anderes erwartet. »Also war mehr als ein Traktor auf der Straße
unterwegs?«

»Sarkasmus ist die niedrigste Form von Humor. Mach dich
lieber nützlich und wirf einen Holzscheit auf das Feuer, bevor
du wieder verschwindest. Mit jeder Minute wird es heute
kälter.«

Shannon tat wie befohlen. Sie wich zurück, als das Feuer
sie anfauchte und spuckte, dann wärmte sie sich einen Moment
die Hände daran. Ihr Dad hatte recht, es war eisig. Sie fragte
sich, ob Nan wohl für ihre Schwestern gebacken hatte und
machte sich auf den Weg in die Küche, um noch was abzu-
bekommen.

Ihr entwich ein fröhlicher Seufzer, als sie den vertrauten
Duft von frischen Mince Pies wahrnahm, die auf der Arbeitsfläche abkühlten. Kitty war gerade dabei, sie mit Puderzucker
zu bestreuen, während Hannah, Grace und Ava am Tisch
saßen. In der Mitte stand eine Teekanne, nur Imogen war
nirgends in Sicht. Hoffentlich ein gutes Zeichen.

»Gute Reise gehabt, Mädels?«, fragte Shannon und ließ den
Anblick ihrer beiden jüngsten Schwestern auf sich wirken. Sie
hatten herzförmige Gesichter, helle blaue Augen und rotes
Haar.

»Sieh an, wer da ist.« Kitty begrüßte sie, bevor die Zwillinge
die Chance hatten, etwas zu sagen, wobei sie das Sieb mit
einem freudigen Lächeln abstellte. »Ich hätte wissen müssen,
dass du die Pies riechst und sofort angelaufen kommst. Das war
immer schon so.«

Da hatte Nan recht, dachte Shannon. Sie warf ihren
Schwestern ein Grinsen zu und streckte die Hand nach einem

Törtchen aus, wohl wissend, dass sie weggeschlagen werden würde. Nan enttäuschte sie nicht.

»Warte, bis sie fertig sind, Madam.«

Shannon zwinkerte. »Gott liebt die, die es versuchen, Nan. Wo ist Imo?«

Die kleine Kabbelei brachte Grace zum Schmunzeln. »Sie ist nach oben in euer Zimmer gegangen, um ein paar Anrufe zu erledigen. Du weißt ja, wie sie ist. Immer am Arbeiten, auch wenn sie Urlaub hat.«

Wie wahr. Imogens Klienten waren überwiegend reich und daran gewöhnt, dass alle Leute nach ihrer Nase tanzten.

»Echt, sie meinte zu uns, wir sollen nicht so viel Kram mitnehmen, aber warte ab, bis du ihren Koffer siehst. Ich dachte schon, Ava und ich müssen auf dem Dach hocken. Dafür hat sie mich allerdings kurz hinters Steuer gelassen. Das Auto hat echt Power. Ich kam mir vor wie Bella Hadid oder so, mit dem Wind in den Haaren. Was komplett anderes, als in deiner alten Rostlaube durch die Gegend zu heizen.« Das ging an Hannah, die gegenüber von Grace saß.

Die verzog das Gesicht. »Du hast sowieso keine Haare, die vom Wind nach hinten geweht werden, und wenigstens habe ich ein Auto.«

Erst jetzt fiel Shannon auf, dass Grace' Haar viel kürzer war als letztes Mal. Sie hatte es zu einem berauschenden Bob geschnitten, der ihrem Gesicht schmeichelte und ihren Hals lang und elegant aussehen ließ. Es stand ihr gut.

»Sobald ich es mir leisten kann, hole ich mir ein E-Auto«, erklärte Hannah weiter.

»In London braucht man sowieso kein Auto, und du fütter lieber deine Bienen da. Sie macht uns schon wahnsinnig, so viel wie sie darüber redet«, gab Grace zurück.

Shannon lächelte und wiederholte den Slogan ihrer Schwester: »Keine Bienen, kein Essen.«

Hannah richtete sich empört auf. »Das stimmt auch! Und

was die Bienenstöcke im Garten angeht, gebe ich nicht auf. Wir müssen alle unseren Beitrag leisten. Imo hat einen Dachgarten, sie sollte Wildblumen und bienenfreundliche Pflanzen säen, nicht diese artsy Yucca-Palmen, die sie da rumstehen hat. Sie wohnt in Dublin, nicht am Mittelmeer. Und was ist mit euch beiden?«

Grace und Ava schüttelten ihre Köpfe. »Wir haben nur eine winzige Terrasse, keinen Garten, sorry.«

»Du hast recht, Hannie«, ging Shannon dazwischen. Sie meinte es ernst. Wenn es mehr Menschen wie Hannah geben würde, wäre die Welt ein besserer Ort. »Wie lief es in Kilticaneel?«

»Wie immer. Meghan hat mir geholfen, den Stapel Flugblätter über meine ›Mehr-Bienenstöcke‹-Kampagne zu verteilen.«

Ava stand vom Tisch auf, sie wirkte nicht ganz so begeistert von der Reise von der Hauptstadt Richtung Westen wie ihr älterer Zwilling. »Die Fahrt hierher war toll! Jedenfalls wenn man es mag, sich auf der Rückbank den Arsch abzufrieren, weil irgendjemand darauf besteht, die Fenster die ganze Zeit über offen zu haben, damit auch alle anderen Fahrer sie gut sehen können.« Sie warf Grace einen finsteren Blick zu, die nur unschuldig lächelte und blinzelte. »Ernsthaft, Shan, ich saß zweieinhalb Stunden mit den Knien quasi an den Ohren da.« Sie umarmte ihre Schwester zur Begrüßung. »Du siehst übrigens gut aus. Deine Augen sind der Wahnsinn.«

Shannon lachte und drückte Ava. Sie behielt also recht. Die arme Ava hatte den Kürzeren gezogen. Sie war die ruhige Beobachterin unter ihnen, dachte Shannon liebevoll. Ihr entging kaum etwas.

Grace erhob sich nun auch und als sie auf Shannon zukam, fiel der mal wieder auf, wie ähnlich sie und Ava sich sahen, abgesehen von der Frisur und den Outfits. Dennoch wusste sie, dass sich unter der Oberfläche zwei sehr verschiedene Persönlichkeiten verbargen.

Grace achtete immer auf die neuste Mode. Gerade trug sie weiße Sneaker mit dicken Sohlen, dazu eine ausgewaschene weite Jeans, wie sie zuletzt irgendwann in den Neunzigern gesehen worden war, und einen weiten Cardigan, der knapp oberhalb der Jeans endete. Ava in ihrem kurzen gelben Kleid über der Strumpfhose und mit kniehohen Stiefeln würde dagegen wunderbar in die Hippieszene im Marrakesch der Siebziger passen – oder nach Coachella. Sie hatte sogar ein Tuch mit Paisleymuster um den Kopf geknotet, unter dem ihre feuerroten Haare über ihre Schultern fielen.

»Ich liebe deine Frisur, Grace. Sehr Lady Mary in *Downton Abbey*, nur mit roten Haaren«, kommentierte Shannon und streckte die Arme für die zweite Umarmung aus. Dann sagte sie aber: »Hör auf, an mir zu schnuppern, als wärst du ein verdammter Hund.«

»Ich kann nicht anders. Du riechst fantastisch. Neues Parfüm?«

»Nein, obwohl ich nichts dagegen hätte, falls ihr noch auf der Suche nach einem Weihnachtsgeschenk seid. Nuala hat mich vorhin damit eingesprüht, als ich bei Heneghan's war. Es heißt, ähm, Seduce Me, aber das bleibt ein Geheimnis.«

Hannah schnaubte.

»Sag kein Wort!« Shannon zeigte drohend mit einem Finger auf sie.

»Ich wollte überhaupt nichts über die sexuelle Spannung sagen.«

Grace' und Avas Köpfe fuhren von rechts nach links, als beobachteten sie ein Tennismatch.

»Wessen sexuelle Spannung?«, bohrte Ava sofort nach.

Kitty hielt auch inne und lauschte.

»Die Paviane«, antwortete Hannah geheimnisvoll.

»Ich warne dich. Ich kann nicht versprechen, die Kontrolle zu bewahren.«

Hannah ignorierte sie und weihte die Zwillinge sowie Kitty in alles ein. »Die Paviane *und* Shannon und unser Gast James aus Amerika haben sexuelle Spannung. Wenn man mal über die Chinos hinwegsieht, ist James okay, und er steht auf sie. Sie hat ihm gestern auch direkt ihren Hintern präsentiert und sie mag ihn auch, nur will sie das nicht zugeben, weil sie sich lieber weiter mit Essen trösten und Julien hinterherweinen möchte.«

»Hannah!«

Kitty reichte Shannon hastig einen Mince Pie. Ein Ablenkungsmanöver, wie man es bei Kleinkindern machte, aber es funktionierte einwandfrei.

Streng informierte Shannon alle im Raum, dass sie nicht auf der Suche nach einem Mann war – zwischen den krümelnden Bissen, versteht sich. Momentan nicht und auch in Zukunft nicht. Danach erklärte sie die Sache mit dem Rock in der Strumpfhose, damit niemand dachte, sie hätte James absichtlich ihre Unterhose gezeigt. Sie verzichtete allerdings darauf, seine Chinos zu verteidigen und zu erwähnen, dass er vermutlich mit Maeve Doolin verwandt war. Es war Zeit für einen Themenwechsel. »Habt ihr auf dem Weg hierher den Pappaufsteller vom Model gesehen, bei der Apotheke?«, fragte sie die Zwillinge, nachdem sie ihren Punkt deutlich gemacht hatte.

»Haben wir«, gaben sie im Chor zurück.

»Wo sind die Geschenksets mit Puder und das Lametta wie sonst?«, wollte Grace wissen.

Shannon zuckte mit den Schultern. »Weiß ich nicht, aber das Model ist Paddys neue Freundin und sie heißt Bridget – jedenfalls laut Paddy.« Sie erzählte auch vom Skandal, der gerade ganz Emerald Bay in Bann hielt: dem dreisten Diebstahl des überdimensionalen Parfümflakons aus dem Schaufenster der Apotheke.

Ava lachte und legte sich eine Hand auf die Brust. »Es ist ja wie die kriminelle Unterwelt Londons, was hier alles los ist.«

Shannon grinste. Es brauchte nicht viel, um die Buschtrommel in Gang zu setzen, ein Diebstahl schaffte es definitiv.

»Ihr zwei seht aber auch nicht schlecht aus, für die Umstände.«

»Was meinst du für ›Umstände‹?«, runzelte Ava die Stirn.

»Ich meine euer Partyleben in London. Und ich dachte, ihr wart gestern mit Imogen bestimmt auch noch bis tief in die Nacht unterwegs.« Sie kannte die Fotos ihrer Schwestern auf Instagram und Facebook, aus den unterschiedlichen Pubs und Clubs, die Arme um alle möglichen Frauen oder Männer gelegt, die Shannon nicht kannte. Immer wenn sie über Facetime mit einer von ihnen sprach, war sie entweder verkatert oder gerade auf dem Weg zu irgendeiner Party. Wahrscheinlich lebten sie von der Hand in den Mund, denn so ein Sozialleben zu führen, dazu Miete und der ganze Kram war in London sicher alles andere als günstig. Allerdings war sie in ihrem Alter auch viel unterwegs gewesen und angesichts ihrer eigenen finanziellen Lage befand sie sich in keiner Position, um Vorträge übers Sparen zu halten.

»Wir waren kurz weg, aber mit etwas Rührei und Bacon zum Frühstück war alles wieder gut«, erklärte Ava.

»Echt? Ich kann mir gar nicht vorstellen, dass Imogen Eier und Bacon in ihrem Kühlschrank hat. Chiasamen und Granola vielleicht.«

»Hatte sie auch nicht. Wir haben sie ihrer Mandelmilch und dem grünen Smoothie überlassen und sind ins Café gegangen«, spezifizierte Grace.

»Bitte schön.« Kitty stellte einen Teller mit den Mince Pies auf den Tisch. »An meinem Tisch wird nicht über Chiasamen und grüne Smoothies gesprochen, vielen Dank. Auf dieses Vogelfutterzeug kann ich verzichten. Grace, sag deiner Schwester, dass sie runterkommen soll.«

»Muss ich?«

»Ja, sonst gibt es keine Mince Pies für dich.«

Shannon nahm sich unterdessen ein zweites von den Tört-chen. »Also, wie ist das Leben als selbstständige Texterin?«, fragte sie Ava, als Grace ihren Stuhl wieder zurückschob und in den Flur ging, um Imogens Namen die Treppe hochzurufen.

Shannon hörte zu, wie ihre Schwester davon sprach, dass sie sich vor Aufträgen kaum retten konnte. Als Grace, die selbst als Social-Media-Managerin arbeitete, sich wieder setzte, fragte Shannon sie das Gleiche. Leider hatte sie vergessen, dass Grace allein über Instagram-Reels versus Facebook-Stories stunden-lang reden konnte. Ihre Augen waren kurz davor, glasig zu werden, als ein ohrenbetäubendes Fluchen alle verstummen ließ.

Hannah brach als Erste das Schweigen. »Ich schätze, Imogen hat gerade Napoleon entdeckt.«

Oder das Katzenklo, fügte Shannon in Gedanken hinzu.

18

Vor allen anderen sprang Shannon auf und raste die Treppe
hoch, als wäre ihr ein tollwütiger Hund auf den Fersen. Sie riss
die Tür ihres Zimmers auf. Imogen, von Kopf bis Fuß in
Sweaty-Betty-Sportkleidung gehüllt, stand auf dem Bett wie für
eine Kissenschlacht gewappnet. Für eine Nanosekunde brachte
die Outfitwahl Shannon zum Schmunzeln, wo ihre Schwester
doch so ungern schwitzte, dann aber lenkte der Ausdruck puren
Horrors im penibel zurechtgemachten Gesicht ihrer Schwester,
die gerade auf den Teppich zeigte, Shannons Aufmerksamkeit
wieder auf die aktuelle Situation. Sie blickte sich um, entdeckte
eine Pfote, die unter dem Bett hervorlugte, sowie einen mitge-
nommenen Mr Mouse, der in den Bereich zwischen ihrem und
Imogens Bett gestupst worden war.

»Shan, eine Ratte! Hol Dad«, befahl Imogen händeringend
mit einem Anflug von Hysterie.

»Es ist auch schön, dich wiederzusehen«, entgegnete Shannon. Dann, weil sie einfach nicht anders konnte, fing sie an, zu
lachen. Hinter ihr stimmte auch Hannah mit ein, die über ihre
Schulter die Szene beobachtet hatte.

»Das ist nicht lustig ihr zwei. Ratten übertragen alle möglichen Krankheiten. Wir können alle die verdammte Pest bekommen. Die kam auch von Ratten, wisst ihr.«

»Die ist nicht echt, Imo. Und sowieso viel zu klein für eine Ratte«, erklärte Shannon.

»Es könnte eine Babyratte sein.«

»Das ist eine Spielzeugmaus«, sagte Shannon in einem Ton, als würde sie es einem Kleinkind erklären. Imogens angewidertes Quietschen ignorierend, beugte sie sich runter und hob das Ding am feuchten Schwanz auf.

»Siehst du.« Sie ließ das leicht zerfetzte Etwas vor ihrer Schwester hin und her baumeln.

»Igitt, nimm das weg! Dreckiges, ekliges Teil!«

Shannon bemerkte, dass die flauschige Pfote sich bei der ganzen Aufregung wieder zurückgezogen hatte.

Hannah bestärkte Shannon. »Nur ein Spielzeug, Imo. Du kannst vom Bett runtersteigen, obwohl du bei dem Outfit wahrscheinlich eher runterspringen und sofort mit irgendwelchen Liegestützen anfangen müsstest, oder? Du siehst aus, als wolltest du einen Marathon laufen. Sag mal, von welcher Marke ist das Zeug überhaupt? Dann kann ich dir was zur Nachhaltigkeit sagen.«

Imogens Blick wanderte zwischen ihrer jüngeren Schwester und der ältesten hin und her, aber sie rührte sich nicht.

»Fang nicht von Nachhaltigkeit an, Hannah«, begann sie schließlich, »und wenn das deine Vorstellung eines Witzes war, Shannon, ich lache nicht darüber. Ich hätte beinahe einen Herzinfarkt bekommen, als das Ding unter dem Bett hervorgeschossen ist.« Sie schob ihre glänzenden Lippen beleidigt vor und Zweifel lag in ihrer Stimme, als sie forderte: »Na erklär schon, wie hat sich das Ding von allein bewegt? Habe ich was verpasst? Datet eine von euch heimlich Dynamo und er hat seine magischen Fähigkeiten mit euch geteilt?«

»Das war wohl eher Napoleon«, antwortete Shannon, ließ

die Maus wieder fallen und wischte sich ihre Hand an der Jeans ab.

»Wer ist Napoleon? Oh Gott, Shan, du hast dir doch nicht noch einen Franzosen geangelt, oder? Was stimmt denn mit den Iren nicht? Und wieso steht ein Miniaturklettergerüst vor dem Fenster und was ist das, das und das?« Sie zeigte misstrauisch auf die Näpfe und das Katzenklo.

»Nein, habe ich nicht, und ich hatte es sowieso nie speziell auf einen Franzosen abgesehen. Es ist einfach so gekommen!« Shannon überging die Frage nach den Näpfen und dem Klo.

»Hat sie nicht, aber es gibt einen Amerikaner, den sie sich schnappen sollte.«

»Sei still, Hannah.« Shannon stieß ihre Schwester mit dem Ellenbogen an, dann musste sie an den armen Kater unter dem Bett denken, der bestimmt ganz traumatisiert von Imogens Geschrei war. Sie ging auf die Knie und krabbelte über den Boden, hob den Volant am Bett.

»Was ist denn da unten?«, wollte Imogen wissen, die immer noch auf der Matratze stand.

»Sch, Imo, du machst ihm Angst. Komm raus, Napoleon, es ist alles in Ordnung. Das ist nur deine Tante Imo, die wie immer ein Theater macht.« Das begleitete Shannon mit Kussgeräuschen.

Imogen, die manchmal etwas schwer von Begriff war, ging ein Licht auf. »Haben dieser Franzose und du euch nicht eine Katze geholt? Ich bin allergisch, Shannon. Das weißt du.« Sie gab einen psychosomatischen Nieser von sich.

»Ein paarmal Niesen und juckende Augen haben noch niemanden umgebracht.« Shannons Mitgefühl hielt sich in Grenzen, während sie versuchte, Napoleon hervorzulocken. Imogen übertrieb gern und sie wusste genau, dass sie eine Katze adoptiert hatten, denn sie hatte sie am Tag von Napoleons Einzug noch voller Vorfreude angerufen.

Dann fiel Imogen etwas anderes ein, sie machte einen auf

kluge große Schwester und richtete sich an Hannah: »Du solltest jetzt gut zuhören und dir das hier merken. Haustiere sind
immer die Vorstufe zu Kindern. Alle meine Freundinnen, die
ein großartiges Leben hatten, sind nur noch an ihr Mutterdasein gefesselt. Angefangen hat es jedes Mal mit einem Ausflug
zur Tierhandlung mit ihrem Mann. Klar, alle sind sie mit ihrem
Hund, ihrer Katze, ihrem Kaninchen – oder, in Siâns Fall, die
immer schon etwas anders war, einem Chinchilla – nach Hause
gekommen, und dann, ein Jahr später, *bäm*, schwanger. Und
dann heißt es Tschüss, Leben, wie sie es kannten. Ich habe
keine Haustiere, nicht mal ein zutrauliches Eichhörnchen im
Innenhof, nichts. Daran solltest du denken, bevor du den gleichen Weg einschlägst.«

Hannah entgegnete: »Ich leiste meinen Beitrag, indem ich
am Samstagvormittag im Tierheim aushelfe, Imogen, aber ich
bin noch nicht bereit, mich zu binden und ein Tier anzuschaffen. Abgesehen von Bienen vielleicht, obwohl das Insekten sind
und auch nicht sehr zutrauliche. Du dagegen solltest dich
zumindest mal über Wildblumen für deinen Dachgarten
schlaumachen.«

»Du hast keine Haustiere, weil du in einem besetzten Haus
wohnst«, konterte Shannon, die immer noch versuchte, Napoleon hervorzulocken.

»Tue ich nicht. Ich zahle Miete. Wir wohnen nur mit vielen
Leuten da, das ist alles. Die Mieten in Cork sind absurd, das ist
der Profitwahn der Vermieter, wirklich.«

»Halt den Mund, Hannah«, echoten Shannon und Imogen.

Hannah, die nie tat, was man ihr sagte, fuhr fort: »Es ist gut,
dass Shannon nicht schwanger geworden ist, denn dann hätte
Julien sie mit einer Katze und einem Kind sitzen lassen.
Obwohl, mal unter uns, Imo, ich glaube, sie hält Napoleon für
ihr Baby. Sie nennt sich selbst Mammy und so.«

»Hör auf, über mich zu reden, als wäre ich nicht hier.
Komm raus, Napoleon«, lockte Shannon, doch er weigerte sich.

Zwei gelbe Augen durchbohrten sie. Wütend sah sie zu ihrer Schwester hoch. »Das ist deine Schuld. Du hast ihm Angst gemacht, dabei hatte er schon genug Stress mit dem Verlust von Julien und dem Umzug in ein neues Zuhause.« Sie richtete sich wieder auf, stapfte zum Schrank und holte Katzenleckerlis hervor.

»Shannon, das ist hoffentlich nicht das, was ich denke, das es ist.«

»Es ist genau das«, klärte Hannah Imogen auf. Dann, damit es wirklich keine Missverständnisse gab: »Ein Katzenklo, in das er die stinkigsten Hinterlassenschaften überhaupt macht.«

»Mam!«, brüllte Imogen.

»Was schreist du hier so rum?«, wollte Ava wissen.

Grace, die hinter ihr angerannt kam, um zu sehen, was der ganze Trubel sollte, fügte hinzu: »Mam ist an der Bar, sie hört dich nicht. Und Nan wird auch nicht angerannt kommen. Sie hat gerade mit einer Tasse Tee die Füße hochgelegt.«

Shannon reichte es. Sie verabschiedete sich von dem Gedanken, sie könnte Napoleon mit Leckerlis locken. Sie kniete sich erst hin, bevor sie sich auf den Bauch legte und halb unter das Bett kroch. Mit ausgestreckten Armen bekam sie Napoleon zu fassen. Sie zog das widerwillige Fellknäuel unter dem Bett hervor, stand auf und drückte ihn sich fest an die Brust, um ihm Sicherheit zu geben. »Das hier ist der Grund für das Geschrei.«

»Ava, Grace, darf ich vorstellen: euer Neffe, Napoleon Kelly, Shannons uneheliches Kind. Mit dem Gesicht wie ein Arsch kommt er nach seinem Daddy, aber er ist Teil der Familie. Also müssen wir ihn alle lieben und akzeptieren«, klärte Hannah ihre Schwestern auf.

»Halt die Klappe, Hannah«, gab Shannon zurück.

Einen Moment lang quetschten sich beide Zwillinge gleichzeitig in den Türrahmen, beim Versuch, als Erste zu Napoleon zu gelangen.

»Er ist so süß.«

»Er ist so niedlich.«

Napoleon putzte sich erst königlich, bevor er in Imogens Richtung fauchte.

Imogen schaute mürrisch zurück, hüpfte mit einem dumpfen Poltern vom Bett, das Kitty sicherlich an die Decke blicken und etwas über eine Herde Elefanten hier oben murmeln ließ.

»Imo, du wusstest, dass ich eine Katze habe und dass ich wieder herziehe.« Shannon strebte einen Waffenstillstand an.

»Ja, aber ich dachte nicht, dass du ihn mitbringst.«

»Na ja, was dachtest du denn, was ich mit ihm mache? Ihn ins Tierheim geben? Was für ein Mensch wäre ich dann?«

»Nein, natürlich nicht. Aber vielleicht zu einer Freundin oder so.« Wieder nieste sie. »Es ist eine schlimme Allergie, Shan.«

»Niesen ist kein anaphylaktischer Schock. Außerdem bin ich Krankenschwester. Ich würde dich retten, hättest du einen Schock.« Wie schaffte Imogen es, ungeschminkt auszusehen, wenn sie ein halbes Kilo Make-up im Gesicht hatte? Ihr Haar, das karamellfarbene Spektakel mit blonden Balayage-Strähnen, sah immer cool und ungestylt aus, obwohl Shannon und ihre Schwestern wussten, dass das nicht der Fall war, so lange wie sie immer das Bad besetzte. Ihr Ton wurde weicher. »Hör mal, wie wäre es, wenn ich dir auf dem Weg zur Kirche bei Heneghan's noch eine Packung Antihistaminika besorge? Das sollte helfen.«

»Und was ist mit dem Katzenklo?«

»Das ist nur für ein, zwei Tage. Ich wollte ihn später mal ein bisschen hier rumschnuppern lassen und sobald er sich eingewöhnt hat, lasse ich ihn raus. Dann braucht er das nicht mehr. Er ist komplett stubenrein, versprochen.«

»Wieso willst du in die Kirche?«, hakte Ava nach.

»Ähm ...«

»Nan hat sie zum Sternsingen mit den Emerald Bay Elves angemeldet. Sie müssen richtige Weihnachtselfenkostüme tragen und so«, erklärte Hannah, woraufhin Ava, Grace und Imogen zu kichern begannen.

»Ja, ja, ja, sehr lustig«, meckerte Shannon. Allerdings entschärfte die Vorstellung von ihr in einem Elfenkostüm die Spannung zwischen Napoleon und Imogen, die sich jetzt auf ihr Bett setzte.

»Also, wer ist dieser Amerikaner, mit dem du laut Hannah was anfangen solltest?«

Sofort platzte Hannah wieder mit der Geschichte dazwischen, die sie vor Kurzem erst Ava und Grace erzählt hatte. Wie zu erwarten war, krümmte Imogen sich vor Lachen, als sie berichtete, wie Shannon mit ihrem Rock in der Strumpfhose herumgelaufen war. Außerdem war sie äußerst interessiert, was James anging.

Shannon war gern der Grund für ihre Belustigung, wenn das bedeutete, dass ihre Schwester Napoleon akzeptierte. Nur das Verkuppeln würde sie nicht zulassen. Langsam fühlte sie sich schon wie ein Papagei. »Ich bin single. Napoleon und Dad sind die einzigen Männer, die ich in meinem Leben haben will. Also kommt bloß nicht auf irgendwelche komischen Ideen. Verstanden?« Sie sah alle ihre Schwestern nacheinander an, fixierte sie mit ihrem festesten Blick, bis sie zustimmend nickten.

»Wie es der Zufall will, treffe ich mich mit jemandem.«

Alle Köpfe schossen in Imogens Richtung. Was das andere Geschlecht anging, war sie ziemlich wählerisch, deswegen waren das verblüffende Neuigkeiten.

»Wie habt ihr euch kennengelernt?«, platzte Grace heraus.

»Er ist ein Klient von mir und hat mich engagiert, sein Penthouse umzugestalten.«

»Und du hast eine persönliche Note mit reingebracht. Gibt

es unter Innendekorateuren nicht so was wie einen Moralkodex zum Daten der Klienten?«, fragte Hannah.

»Interior Designer«, gab Imogen hochnäsig zurück. »Ich habe das studiert, deswegen bitte Designer, nicht Dekorateur. Und es gibt keinen Kodex. Falls doch, dann habe ich ihn gebrochen.«

»Name, Alter, Körperbau, Größe und Schuhgröße?«, forderte Ava in einem Atemzug.

»Er wird Nev genannt, kurz für Nevin, etwas über ein Meter achtzig, fit, mit großen Füßen – und ihr wisst ja, was man über Männer mit großen Füßen sagt.«

Selbst wenn nicht, war ihr anzügliches Zwinkern gerade unmissverständlich, dachte Shannon, der zunächst überhaupt nicht aufgefallen war, dass sie die Frage nach dem Alter ignoriert hatte.

»Wie ist er so, abgesehen von reich, meine ich? Denn das muss er sein, wenn er in einem Penthouse wohnt und sich eine Designerin leisten kann.« Grace seufzte. »Ich habe mir echt die falsche Branche ausgesucht. Alle Männer, die ich kennenlerne, sind nerdy Start-up-Typen, die glauben, mit der richtigen Social-Media-Kampagne der nächste Mark Zuckerberg zu werden. Und die Männer, die ich über *Let's Get it On* oder *Tinder* treffe, wollen nur das eine.«

»Überraschung.« Beim Gedanken an Dating-Apps erschauderte Shannon.

»Als Texterin ist es auch nicht besser«, fügte Ava bedrückt hinzu.

»Bei *Bienen retten die Welt* lerne ich tatsächlich einige spannende Typen kennen«, schaltete sich jetzt auch Hannah ein, »aber ein Keeper war noch nicht dabei. Versteht ihr? Wie ›Beekeeper‹.«

Alle verdrehten gleichzeitig die Augen.

Shannon entschied, nicht nach Dylan zu fragen, Hannahs Kollegen, den sie gestern erwähnt hatte. Stattdessen schwieg sie nur. Alle wussten, wie sie Julien kennengelernt hatte, der humpelnd und unter Schmerzen in die Klinik gekommen war. Sie hatten ihr Vorträge über ihren »Kümmerer«-Drang gehalten. Es war Imogen gewesen, die es am direktesten ausgedrückt hatte, als sie für einen kurzen Moment ihren Scharfsinn hatte durchblicken lassen und erklärt hatte, dass Shannon das Gefühl brauche, ihren Partnern helfen zu können, was daher stamme, dass sie damals nicht in der Lage gewesen sei, Opa zu retten. Sie hatte hinzugefügt, dass es nicht ihre Schuld gewesen sei und dass sie es deswegen überwinden solle, damit sie jemanden kennenlernen könne, mit dem die Beziehung auf Augenhöhe anfangen könne, und ohne gebrochene Knochen. Damit hatte sie vielleicht recht gehabt, es hatte Shannon dennoch nicht davon abgehalten, sich unsterblich in Julien zu verlieben.

»Hast du ein Foto? Ich habe noch gar nichts auf Insta gesehen«, bohrte Grace weiter nach. »Und wieso kommt er über Weihachten nicht her?«

»Er mag die ganze Oberflächlichkeit von Social Media nicht«, druckste Imogen herum.

Das sorgte für einige hochgezogene Brauen, in Anbetracht ihres sorgsam inszenierten Instagram-Profils. Vor allem Grace war verblüfft, was bestimmt an ihrem Job lag.

Imogen bemerkte die skeptischen Blicke. »Mein Profil ist für die Arbeit. Außerdem sind wir noch nicht so weit, die Familien kennenzulernen. Ich will ihn auch nicht direkt verschrecken.«

»Vielen Dank auch«, kommentierte Ava.

»Du weißt, was ich meine. Alle Kellys auf einmal kann beängstigend sein.« Imogen griff nach ihrem Handy. Es war ihr wohl aus der Hand gefallen, als sie panisch aufs Bett gestiegen war. In atemberaubender Geschwindigkeit tippten ihre Finger auf dem Display herum, dann hielt sie ihnen allen das Telefon hin.

Shannon betrachtete das helle, strahlende Foto von Imogen,

die sich mit ihrer großen Sonnenbrille – wahrscheinlich Gucci oder so was – an George Clooney schmiegte. Beim zweiten Blick stellte sich heraus, dass es nicht George war, sondern dass Imogens neuer Kerl einfach den gleichen Silver-Fox-Look hatte. »Weltmännisch«, bot sie an und versuchte zu überspielen, wie schockiert sie über den Altersunterschied war.

»Elegant«, kam von Grace, die auch ein paarmal blinzelte.

»Intellektuell«, war Avas gequietschtes Urteil.

»Alt«, gab Hannah trocken dazu.

»Er ist nicht alt, er ist reif.«

»Der ist mindestens in Dads Alter. Uralt. Deswegen willst du ihn nicht mit herbringen«, konterte Hannah. »Er ist ein Sugardaddy.«

Da hatte sie einen validen Punkt, dachte Shannon. Nicht, was das mit dem Sugardaddy anging, denn Imogen war unabhängig und selbstständig genug, aber dass er mindestens so alt wie ihr Vater war.

»Auf das mit dem Sugardaddy gehe ich gar nicht erst ein, Hannah. Was sein Alter angeht: Das ist bloß eine Zahl«, antwortete Imogen ausweichend. »Und erzählt Mam und Dad noch nichts von Nev. Sonst gibt es Stress.«

Hannah wollte gerade zu einem »Ich-wusste-es«-Vortrag ansetzen, als sie ihre Nase kräuselte. Ava tat es ihr nach, dann Imogen, während Shannon sich innerlich kleinmachte. Sie hatte einen Verdacht, wer der Übeltäter war.

Mit einem Stirnrunzeln rief Grace: »Gott, ist irgendein Abfluss verstopft oder so? Haben Mam und Dad hier irgendwo Leichen versteckt? Was ist das für ein Gestank?«

Alle Blicke richteten sich auf Napoleon, der unschuldig eine Pfote hob und anfing, sie zu putzen.

19

Shannon vergrub die Hände tief in den Taschen ihrer Daunenjacke, während sie gedankenverloren zur Kirche spazierte. Sie grübelte darüber, was ihre Mam und ihr Dad wohl zum Alter von Imogens neuem Freund sagen würden, besonders Dad. Einiges, vermutete sie. Sie erinnerte sich noch daran, wie er sich aufgeführt hatte, als Grace mit einem Typen nach Hause gekommen war, den sie auf dem College kennengelernt hatte. Es hatte nur gefehlt, dass er sich auf die Brust geklopft hatte, dabei war der arme Junge gerade mal acht Jahre älter gewesen. Bei Nev waren es eher an die dreißig Jahre. Nein, sie wollte definitiv nicht in Imogens Haut stecken, wenn Dad davon erfuhr. Deswegen verübelte sie ihr auch nicht, dass sie Nev nicht zu Weihnachten nach Emerald Bay eingeladen hatte.

Was die Männer in ihrem Leben anging, hatte sich Imogen immer schon sehr bedeckt gehalten. Allein die Tatsache, dass sie ihren Schwestern von Nev erzählt hatte, bedeutete einiges. Auch das Strahlen hatte sie nicht nur ihrer Gesichtspflege zu verdanken. Imogen war verliebt. Irgendetwas hatte sie aber verheimlicht. Man teilte sich nicht das halbe Leben lang mit jemandem ein Zimmer, ohne dabei zu lernen, die geheimen Zeichen der anderen Person genau zu lesen – und Imogens hatten neonfarben aufgeblinkt. An dieser aufkeimenden Beziehung mit Nev war noch mehr dran, als sie zugab.

Wenn Shannon raten müsste, würde sie sagen, dass Nev bereits Kinder hatte. Das und das Wissen, wie Mam und Dad auf ihren Altersunterschied reagieren würden, nahm der Sache für ihre Schwester den Glanz. Es war ziemlich gut möglich, dass Nev schon mal verheiratet gewesen war und sich irgendwann fortgepflanzt hatte. Falls ja, könnte dieser Nachwuchs inzwischen sehr gut in Imogens Alter sein. Hm, schwierig. Vielleicht hielten sie Imogen für einen Gold-Digger? So oder so, die Details würde sie noch aus ihrer Schwester herausquetschen, solang die in Emerald Bay war.

Shannon bemerkte, wie Carmel Brady, die mit dem aufblasbaren Weihnachtsmann im Fenster, ihr von der anderen Straßenseite aus zuwinkte. Die arme Frau fiel beinahe um, angesichts der riesigen Tüte von Dermot Molloy's Quality Meats, die sie am Fischhändler vorbei halb zog, halb trug.

»Wie geht es Ihnen, Mrs Brady? Passen Sie auf, dass Sie sich bei der Schlepperei nichts zerren.«

»Das ist der Truthahn, Shannon.«

»Wieso rufen Sie nicht beim Pub an und bitten Enda, Ihnen zu helfen? Der sitzt nur auf seinem Hintern, isst und schmachtet meine Nan an. Ich würde ja selbst helfen, aber ich bin schon spät dran für einen Termin um zwei.« Sie wollte nicht Isla Mullins Zorn heraufbeschwören, indem sie zu spät zur Probe kam. Erst recht nicht, nachdem Isla betont hatte, dass sie für die anderthalb Stunden einen Ersatz für den Laden engagiert hatte. Auch Eileen Carroll, die nach ihnen dran war, wollte sie nicht gegen sich aufbringen, wenn sie mit ihrer Crew und ihren Nähnadeln bewaffnet war.

»Das mache ich vielleicht. Bist du auf dem Weg zum Singen?«

»Ja.« In Emerald Bay gab es keine Geheimnisse.

»Meine Gina hält bis vier in Islas Laden die Stellung«, erklärte Carmel Brady. Sie warf einen Blick auf ihre Armbanduhr. »Du sputest dich besser, denn hiernach ist es dreizehn Uhr achtundfünfzig und Isla wird Kleinholz aus dir machen, wenn du zu spät bist. Du kennst sie doch.«

Das tat Shannon, die schnell weitereilte.

Endlich kam die weiße Kirche in Sicht, inklusive des Anbaus, der als Gemeindesaal diente. Ihre Gedanken wanderten zu Ava. Sie hatte munter von ihrer Arbeit und ihrem Leben in London erzählt, das auch eine ziemliche Menge an Partys beinhaltete, aber für Shannon hatte es leicht gezwungen geklungen. Die Trennung von Shane Egan war alles andere als schön gewesen und sie verausgabte sich, wie ihre Mam sagen würde. Beim genauen Hinsehen erkannte man Schatten unter ihren Augen. Vielleicht war sie nervös, Shane wiederzusehen.

Shannon machte sich Sorgen um ihre Schwestern. Als Älteste gehörte das dazu.

Ein Geheul wie von einer einseitigen Katzenrauferei oder einer schiefen Version von Kate Bushs »Wuthering Heights« erschrak sie, die Hand schon am Tor zur Kirche. Was zur Hölle war das? Am liebsten wäre sie umgedreht und nach Hause gegangen, aber das wäre die Strafe nicht wert.

Angsterfüllt ging Shannon an der hübschen Kirche vorbei und öffnete die Tür des nicht so hübschen, aber praktischen Saals, der wie ein Anhängsel in den Sechzigern hinten an die Kirche angebaut worden war. Die Quelle des Klangs, bei dem einem sich die Nackenhaare aufstellten, war keine Geringere als Santas Helferlein persönlich. Dieser spezielle Weihnachtself hatte eine verblüffende Ähnlichkeit mit Helena, der Frau von Doctor Fairlie, der inzwischen im Ruhestand war. Sie wärmte sich mit der Tonleiter auf, öffnete ihr Lungen und genoss die Akustik im zugigen Saal.

Meine Güte, dachte Shannon beim Anblick der etwa sechs

bis sieben weiteren Elfen, die mit ihren Notenblättern herum-
liefen und »mi, mi, mi« sagen. Es ging hier um ein paar Weih-
nachtslieder auf dem Marktplatz an Heiligabend, nicht um das
Vorsingen bei *Britain's Got Talent*. Sie erkannte alle Gesichter
unter den rot-grün gestreiften Elfenmützen, veredelt mit
Bommeln. Die spitzen Ohren an den Seiten waren ein schönes
Detail. Shannon wusste auch, woran sie alle litten. Mrs Shea
plagten wiederkehrende Ödeme, die ihre Knöchel so stark
anschwellen ließen, dass sie nicht mehr in ihre Schuhe passte.
Mrs Bradigan hatte Typ-2-Diabetes und so weiter. Mrs Greene
steuerte direkt auf sie zu, drängelte sich mit ihrer Frage, ob sie
etwas wisse, was ihr gegen die schrecklichen Verstopfungen
half, vor die auf ihre Uhr tippende Isla Mullins. Shannon
musste sich nach vorn beugen, um angesichts des Lärms überhaupt etwas zu verstehen.

Sie wusste schon, dass sie von Schlaflosigkeit bis hin zu den
Hämorrhoiden von Mrs Laffertys Mann bis zum Ende der
Probe alles gehört haben würde. Als Krankenschwester hatte
man nie Feierabend. Jedenfalls in Emerald Bay nicht. Sie
wusste außerdem, dass die Oberschenkel der Elfen in den
Strumpfhosen das letzte Mal vermutlich in den sechziger
Jahren, als der Minirock in Mode war, so viel von der Welt
gesehen hatten. In was hatte Nan sie da bloß reingeritten?
Dafür schuldete sie ihr ein Leben lang selbstgebackenes Soda
Bread.

»Shannon.« Isla Mullins, selbsternannte Chefin der Weihnachtselfen, hatte sich unter vollem Einsatz der Ellenbogen an
Mrs Grenne vorbeigedrängt, um ihr eine Tüte zu überreichen.
»Umziehen kannst du dich auf der Toilette. Beeil dich, damit
wir bald anfangen können. Husch, husch.«

Shannon tat wie befohlen und ging am alten Ghettoblaster
vorbei, der eigentlich auf die Schulter eines Jugendlichen aus
den Achtzigern gehörte. Bei der Damentoilette angekommen,
hörte sie noch Isla zu Helena Fairlie sagen, dass sie sich genug

aufgewärmt hätte und ihre Stimme lieber schonen sollte. »Gott sei Dank«, murmelte Shannon. Sie stieß die Tür auf und wurde vom Geruch nach parfümiertem Desinfektionsmittel und dem Tropfen eines Wasserhahns begrüßt.

Im Saal war es schon zugig genug, aber die Klos kamen ihr dagegen eisig vor. Zitternd schlüpfte sie aus ihrem Pullover. Wenigstens hatte sie ein Thermoshirt darunter, das sie davon abhielt, blau anzulaufen. Dann hielt sie das kurze grüne Kleid mit dem aufgenähten schwarzen Gürtel hoch und begutachtete es misstrauisch.

Ein ungeduldiges Klopfen kam von der Tür.

»Shannon, es ist zehn nach zwei.« Islas Gereiztheit war nicht zu überhören.

»Ich komme!« Sie warf sich das Kleid über, entschied aber, ihre Jeans anzubehalten. Sie hatte die grünen Strumpfhosen absichtlich zu Hause gelassen, denn sie wollte nicht riskieren, eine Laufmasche zu bekommen – nicht bei dem Preis. Bei ihrem Glück, hätte sie sicher direkt beim Anziehen ein Loch reingemacht. Nein, Jeans mussten reichen, Isla würde es überleben. Entschlossen holte sie die Mütze hervor und zog sie sich über den Kopf.

In ihrer Abwesenheit hatte Isla die Gruppe in drei Reihen aufgestellt, wobei sich zwischen Mrs Tattersall und Mrs Bradigan noch eine Lücke befand. Toll, dachte Shannon und beäugte Mrs Tattersall, deren Gesichtsausdruck gerade nahelegte, dass Mrs Bradigan zu ihrer Rechten für den Kohlgeruch im Raum verantwortlich war.

»Erste Reihe, Mitte«, blaffte Isla Shannon an und streckte ihr ein Gesangbuch entgegen, als sie zu ihrem Platz eilte, wobei der Bommel an ihrer Elfenmütze mit jedem Schritt gegen ihren Kopf prallte. »Bestimmt kennst du die Texte der Lieder, die ich für uns ausgesucht habe, aber zur Sicherheit hast du das Buch. Du kannst es zum Üben mit nach Hause nehmen.« Daraufhin drückte Isla Play auf dem Ghettoblaster, nahm sich

den Taktstock und leitete sie beim Beginn von »Stille
Nacht« an.

Bei der dritten Zeile wünschte sich Shannon von ganzem
Herzen, dass Helena Fairlie zwei Reihen hinter ihr verdammt
noch mal still wäre und dass Mrs Bradigan bis Weihnachten
bitte auf das Essen von Colcannon verzichtete.

20

Eine verärgerte Shannon stieß die Tür zum Shamrock Inn auf, die Tüte mit dem Weihnachtselfenkostüm fest im Griff. Im Pub war es ruhiger als vorhin, sie entdeckte Hannah hinter dem Tresen, die mit Enda quatschte. Sie machte sich gar nicht die Mühe, sie zu grüßen, zog stattdessen den Kopf ein und steuerte geradewegs auf den Durchgang zur Küche zu.

Zum Plaudern fühlte sie sich wirklich nicht in der Stimmung, außerdem war sie dank Mrs Fairlies schrillem Gejaule auf einem Ohr taub. Ihr Mann war früher der Arzt hier im Ort gewesen, befand sich inzwischen aber im Ruhestand, weshalb alle Einwohner von Emerald Bay für ihre Arztbesuche nach Kilticaneel fahren mussten. Alle hatten ihn und auch Mrs Fairlie sehr geschätzt, weshalb niemand ihr sagen wollte, dass sie um ihr Leben keinen Ton halten konnte. Nicht mal Isla, die sich sonst nie zurückhielt.

Auf dem Weg nach Hause hatte Shannon noch einen Zwischenstopp eingelegt, um die Packung Antihistaminika für Imogen zu besorgen. Nuala hatte dafür einen geradezu absurd hohen Preis aufgerufen, den sie allerdings gern gezahlt hatte, im Gegensatz zu dem für die Stumpfhose. Wenn es bedeutete, dass

Napoleon sich dafür frei im Familienbereich herumtreiben konnte, ohne dass Imogen herumnörgelte, war es gut investiertes Geld. Beim Einpacken der Tabletten hatte Nuala sie auch darüber informiert, dass trotz Sergeant Badgers Bemühungen bisher noch niemand für den Diebstahl des riesigen Parfümflakons von Seduce Me mit dem gefärbten Wasser darin festgenommen worden war. Sie hatte außerdem darüber spekuliert, ob der Raub es wohl in den *Kilticaneel Star* schaffen würde. Shannon bezweifelte zwar, dass es sich dabei um Schlagzeilenmaterial handelte, aber man wusste nie. Vielleicht war es an der Verbrechensfront in Kilticaneel sonst sehr ruhig. Paddy hatte unterdessen vor dem Schaufenster Wache gehalten und war dabei in eine einseitige Unterhaltung mit Bridget vertieft gewesen, die ihn nur wortlos und regungslos angestarrt hatte, als Shannon auf ihrem Weg an ihm vorbeigegangen war.

»Emerald Bays singender Elf kehrt zurück«, verkündete Hannah, einen Chip auf halbem Weg zum Mund.

»Weiß Mam, dass du Chips isst?«, fragte Shannon, an der Tür angekommen. An den Vorräten hinter der Bar durften sie sich nicht bedienen, und bei ihrem gesunden Appetit würde vermutlich sie als Erste dafür beschuldigt werden.

»Nein, aber sie kann sich schlecht beschweren, solang ich hier vorne Stellung halte, oder?«

»Wieso bist du vorn?«

»Weil Dad für einen kurzfristigen Termin drüben in Kilticaneel ist, was heißt, dass er Mams Weihnachtsgeschenk besorgt, wie wir alle wissen. Und die ist hinten und versucht, Imogen zu beruhigen. Die Zwillinge müssen helfen, wenn sie mit dem Auspacken fertig sind.«

»Was ist passiert?« Shannon hatte eine böse Vorahnung, dass es mit Napoleon zu tun haben könnte.

»Anscheinend ist Imo echt stark allergisch auf Katzen. Ihre Augen sind ganz angeschwollen und sie sieht aus wie Miss Piggy. Sie ist völlig ausgerastet, weil sie mit dem Typen facetimen wollte, den wir vor Mam und Dad nicht erwähnen dürfen. Grace hat mir vor fünf Minuten ein kurzes Update gegeben, da hatte sie sich im Badezimmer eingeschlossen. Mam hat versucht, auf sie einzureden.«

»Mein Gott«, murmelte Shannon.

»Hast du diese Tabletten geholt, die du ihr mitbringen wolltest?«

»Die sind hier drin.« Shannon klopfte auf ihre Jackentasche.

»Na ja, die helfen ihr hoffentlich. Am besten gibst du ihr direkt welche.«

»Erst mal bekomme ich einen Chip.«

Hannah gehorchte und beschwerte sich, als Shannon direkt eine ganze Handvoll nahm. »Ey, es sind ja kaum noch welche übrig!«

»Das ist vielleicht meine Henkersmahlzeit«, rechtfertigte Shannon sich mit vollem Mund und wagte sich vor zur Küche.

Sie roch Fisch und sah zu ihrer Nan, die in einem Topf auf dem Aga-Herd rührte, während Grace Kartoffeln stampfte. Fish Pie, mutmaßte sie. Imogens Lieblingsessen. Nan zog alle Register. Sie fügte sogar noch Shrimps hinzu, wie Shannon an den auftauenden Krustentieren in der Schale erkannte.

»Hast du die Tabletten dabei?«, wollte Kitty sofort wissen, wobei sie das Wort »Tabletten« mit einer solchen Ehrfurcht aussprach, als würde Shannon den heiligen Gral in der Tasche haben.

»Habe ich.«

Kitty hörte schlagartig mit dem Rühren auf und schnappte sich ein Glas, als sie Grace erblickte. »Wenn du nicht aufpasst, bleibt dein Gesicht noch so stehen, junge Dame.«

»Was ist mit ihr los?«, flüsterte Shannon gut hörbar, während ihre Nan Wasser in das Glas füllte.

Grace unterbrach ihr Stampfen. »Heute Abend sollte es

eigentlich mein Lieblingsessen geben, nicht Imos. Ich habe mich auf Nans Lasagne gefreut, nicht auf den Fish Pie.«

Warf man ihrer Nan jemals vor, dass sie in der Küche nicht genug ausprobierte, antwortete sie stets: »Ich mache eine fantastische Lasagne, oder nicht? Und die ist immerhin italienisch.«

Shannon dagegen mochte Fish Pie, nur auf den Fischgeruch in der Küche hätte sie gerade gut verzichten können. Dennoch wusste sie, dass am Ende cremiges Wohlfühlessen dabei herauskam, das einem auf der Zunge zerging. Die Lasagne ihrer Nan schmeckte ihr allerdings genauso gut.

»Shannon! Hör auf, an Essen zu denken. Nimm eine Pille aus der Packung, und zwar schnell«, befahl Kitty und hielt ihr das Glas Wasser hin.

Shannon nahm es ihr ab, stellte es aber erst mal weg, um die braune Papiertüte von der Apotheke aufzureißen. Sie drückte eine der kleinen weißen Tabletten aus dem Blister, schnappte sich wieder das Wasser und machte sich auf den Weg zur Treppe. Beinahe rechnete sie damit, dass ihre Nan ihr noch »Möge die Macht mit dir sein« hinterherrief.

Ava und ihre Mam sahen ihr schon vom ersten Stock entgegen, wo sie vor dem Badezimmer hockten.

»Gott sei Dank bist du zurück«, grüßte Nora sie, als Shannon oben ankam. »Hast du die Medizin dabei?« Wieder dieser ehrfurchtsvolle Ton.

»Habe ich.«

»Gut. Du musst sie mal sehen, sie sieht aus wie Quasimodos Schwester, oh ja.«

Ava nickte zustimmend.

»Mam, das habe ich gehört!«, schallte es aus dem Bad. »Und wenn das Shannon ist, dann sag ihr: Entweder diese verdammte Katze oder ich. Oh, und sag ihr auch gleich, dass ich genau weiß, dass sie meine La-Nuit-Gesichtsmaske genommen hat.«

»Shannon«, ermahnte Nora sie, »wie oft denn noch? Du sollst die Sachen deiner Schwester in Ruhe lassen.«

Shannon ignorierte ihre Mutter. »Willst du jetzt die Antihistaminika oder nicht? Und wünsch dir lieber nicht, dass ich mich zwischen dir und Napoleon entscheide, denn wenigstens respektiert er meine Privatsphäre. Er würde nicht mal davon träumen, mein Tagebuch zu lesen.«

»Ich war zwölf, Shannon, wann kommst du endlich darüber hinweg?«, rief Imogen durch die Holztür zurück.

»Ich habe ihr gesagt, dass sie sich nicht hier einschließen kann. Nicht, wenn wir zahlende Gäste im Haus haben, die das nicht miterleben wollen.« Nora seufzte. »Es sind nur noch drei Tage bis Weihnachten, ich habe Besseres zu tun, als vor dem Badezimmer rumzustehen und zu versuchen, die Madam zu beruhigen.«

»Er ist also wieder da?« Shannon versuchte, es so locker wie möglich klingen zu lassen, aber sie spürte Avas wissenden Blick.

»Nein, James habe ich seit heute Morgen nicht gesehen«, antwortete Nora, bevor sie streng an die Tür klopfte. »Imogen Kate Kelly, ich werde es nicht noch einmal sagen. Mach die Tür auf!« Im schwachen Licht des Flurs sah sie ihre Töchter entnervt an. »Denkt ihr, ihr zwei bekommt das allein hin?«

»Ja, das schaffen wir schon, Mam«, versicherte Ava ihr.

Nora warf ihre Arme in die Luft, bevor sie sich wieder auf den Weg nach unten machte.

Plötzlich überkam Shannon Angst um das Wohlergehen ihres geliebten Persers. »Napoleon geht es aber gut, oder? Sie hat ihn nicht absichtlich rausgelassen oder so?«

»Ihm geht's prächtig, mach dir um den keine Sorgen. Kümmern wir uns erst mal um sie.«

»Ich mache nicht auf, solang Mam da ist«, brüllte Imogen. »Sie denkt, ich sehe aus wie Quasimodo.«

»Nein, denkt sie nicht«, beruhigte Ava sie.

»Das hat sie so nicht gesagt. Quasimodos Schwester meinte sie«, korrigierte Shannon.

»Nicht hilfreich, Shan«, entgegnete Ava. Dann hörten

beide das Schloss klicken und sie gab ihrer Schwester ein Daumen-Hoch.

Die Tür öffnete sich einen Spalt, ein Streifen silberfarbenes Licht fiel in den Flur.

»Gib sie mir.« Eine Hand schob sich durch die Öffnung.

Shannon drückte Imogen die Pille in die Hand.

»Wasser«, verlangte Imogen. »Ich trinke nicht aus dem Hahn.«

»Okay, entweder du machst die Tür richtig auf oder du gibst mir deine andere Hand.«

»Du lachst mich aber aus.«

»Nein, mache ich nicht. Ich bin Krankenschwester. Ich habe ständig mit solchen Sachen zu tun und meine Patienten loben immer wieder meine Professionalität.« Den letzten Teil hatte Shannon hinzugedichtet.

»Aber nur du.«

»Ich sehe nach Napoleon«, schlug Ava vor und Shannon nickte dankbar.

Kurz darauf öffnete sich langsam die Tür.

»Oh Gott.« Shannon starrte sie an. Imogens Augen bestanden aus zwei pinken, geschwollenen Schlitzen.

»Du hast gesagt, du wärst professionell! Bei einer Patientin hättest du das bestimmt nicht gesagt!«

Das stimmte. Shannon streckte ihr das Glas entgegen und setzte ihren imaginären Krankenschwesternhut auf.

»Schluck erst mal die Tablette, dann legst du dich auf Avas Bett, während ich ein paar gefrorene Erbsen in ein Geschirr-tuch wickle. Das kannst du dann auf deine Augen legen, es wird helfen. Morgen ist alles wieder beim Alten, versprochen.«

»Ich wollte mit Nev facetimen«, schniefte Imogen, bevor sie sich die Pille in den Mund steckte und sie mit dem Wasser runterschluckte.

»Ich weiß, aber du kannst doch trotzdem mit ihm reden.«

»Schon, aber ich wollte mehr machen, als nur facetimen.«

»Oh nein, nicht in unserem Zimmer.«

»Darum brauchst du dir keine Sorgen mehr zu machen, ich bin gerade nicht wirklich in Femme-fatale-Stimmung. Aber was ist mit Napoleon? Kann er nicht bei Freya bleiben oder so? Es ist doch nur für ein paar Tage.«

»Nein! Das wäre nicht fair. Der Umzug war schon traumatisierend genug. Aber, hör mal, Ava tauscht bestimmt mit dir die Zimmer, und wenn du regelmäßig die Antihistaminika nimmst, kannst du Nev jederzeit sex-timen. Ich bringe sogar all deine Klamotten für dich rüber in den Schrank der Zwillinge.« Da Ava die entspannteste ihrer Schwestern war, hatte Shannon sich für sie entschieden.

»Und du versorgst mich die ganze Zeit mit kalten Wickeln, bis die Schwellung weg ist.«

»Deal.«

»Und mit Snacks und Getränken, wenn ich welche möchte?«

»Du kannst mich mal, Imo. Denk lieber daran, dass ich dir schon einen großen Gefallen tue, weil ich niemandem vom Alter eines gewissen Mannes erzähle.«

»Ah!« Die Badezimmertür wurde zugeschlagen.

Shannon drehte sich um und bemerkte James hinter sich auf der Treppe, eine Augenbraue fragend in die Höhe gerissen.

21

»Störe ich?«, fragte James Shannon. Ihr Gast war auf halber Treppe stehen geblieben und schaute sie unsicher an. »Ich kann später wiederkommen.«

Heute Nachmittag hatte James sich wieder für seinen Bear-Grylls-Look entschieden. Shannon fragte sich, ob er wohl wandern gewesen war, denn vorhin hatte er noch Jeans und einen Sweater angehabt. Nicht, dass sie sich merkte, was er trug. »Nein, es ist nichts. Nur typisch Imogen. Sie macht gern ein Drama.« Dieser Mann hatte echt ein beachtliches Timing, dachte Shannon. Wieso musste er genau in dem Moment nach oben kommen, in dem sie ihre Schwester anpöbelte. »Außerdem bist du unser Gast, du solltest Kommen und Gehen können, wann du möchtest, und kein Zusammenbruch von Imogen sollte dich daran hindern.« Ihre Stimme klang auf einmal merkwürdig formell.

»Ich höre euch!«

Das Grinsen konnte Shannon sich nicht verkneifen, auch wenn sie wusste, dass es ihr später vergehen würde, wenn Imogen sie wie ein Hausmädchen aus den Zwanzigern die Treppe rauf und runter scheuchen würde. Ihre Schwester war noch nie eine gute Patientin gewesen. Wenn die anderen Schwestern erkältet waren, dann lag Imogen ihrer Meinung nach gleich mit der Grippe flach und hielt sie im Minutentakt über ihre Symptome auf dem Laufenden.

Als James die letzten paar Stufen hochkam, stellte er sich wieder etwas zu nah an Shannon, was sie sofort in den Fluchtmodus versetzte. Ihr Herz begann zu rasen und Schweiß bildete sich auf ihrer Stirn. Sie wünschte, sie könnte einfach mit den Fingern schnipsen und sich mit Imogen im Bad verstecken. Aber mit der Badezimmertür hinter sich konnte sie nicht mal einen Schritt zurückweichen, um Raum zum Atmen zu bekommen. Er stand so nahe, dass sie die Lachfältchen um seine Augen sah, die sich als Antwort auf ihr Lächeln gebildet hatten. In dem schummrigen Licht hatte sich das helle Blaugrün seiner Augen in ein tiefes Grün verwandelt. Auch wenn er bereit wirkte, sich Mutter Natur in all ihrer unerbittlichen Pracht entgegenzustellen, schien ihm die Wärme überhaupt nicht aufzufallen, die sicherlich in Wellen von ihr ausging. War dieses Nahekommen ein amerikanisches Ding? Was auch immer es war, es löste Hitzewallungen in ihr aus – oder Kraftschübe, wie ihre Mutter es nannte – und sie musste sich die Fingernägel in die Handflächen bohren, um sich nicht Luft zuzufächeln.

»Imogen ist deine jüngere Schwester, oder?«

»Eine davon. Imo ist zwischen Hannah und mir. Auch wenn man bei ihrem Verhalten denken könnte, dass sie das Baby der Familie wäre. Wir drei haben auch die braunen Augen und Haare von der Seite meiner Mam, den Nolans, aber das wars auch schon mit den Gemeinsamkeiten. Die Zwillinge Grace und Ava sind die Jüngsten. Die sind rothaarig und haben blaue Augen, kommen also eher nach den Kellys.« Shannon wusste genau, dass sie am Plappern war. Er hatte eine ganz einfache Frage gestellt und sie hatte ihm als Antwort den Stammbaum ihrer Familie runtergebetet.

»Halt den Mund, Shannon. Ich habe guten Grund, sauer zu sein«, rief Imogen durch die geschlossene Tür.

James lachte. »Geschwister, hm? Ist in meiner Familie genauso.«

Shannon nickte und versuchte, einen lässigen Schritt zur Seite zu machen, in Richtung ihres Zimmers. Der Geruch des Fisches, den Nan unten in Milch garte, wurde intensiver. Dad würde später sicherlich noch eine Runde mit dem Pfirsich-Lufterfrischer drehen. Dem armen Napoleon lief vom Aroma bestimmt schon das Wasser im Mund zusammen, und seine Essenszeit war auch schon längst. Sie entschied, dass es genau die richtige Ausrede war, schnell von James wegzukommen, doch gerade da fing er an, zu reden.

»Grace habe ich gerade kennengelernt. Sie hat mir von ihrem Leben in London erzählt und versprochen, mir für meine Reise dorthin eine Liste mit sehenswerten Ecken zusammenzustellen, die Touristen nicht kennen.«

Die Neugier war größer als ihr Drang, den Flur hinunterzurennen und sich in ihr Zimmer zu verkriechen.

»Also, ich würde ihre Empfehlungen mit Vorsicht genießen, denn von dem, was ich von Ava gehört habe, bekommst du höchstens eine Liste mit Londons Top Ten Pubs und Clubs. Dann machst du dich nach Irland noch auf den Weg nach England?«

»Nicht dieses Mal. Ich muss zurück in die Klinik, aber ich plane, wiederzukommen.« James hatte es kein bisschen eilig, weiterzugehen. »Eben habe ich an der Küstenstraße geparkt und bin den Weg über die Klippen entlanggegangen. Die Burgruinen sind beeindruckend und die Küste ist traumhaft. Ich konnte gar nicht fassen, wie klar das Wasser war.«

»Klar und eiskalt in dieser Jahreszeit«, antwortete Shannon, die über seinen Akzent aus Boston schmunzeln musste.

»Was?«

»Dein Akzent. Wie du ›gepahkt‹ statt ›geparkt‹ sagst.«

Ein verschmitztes Lächeln umspielte seine Lippen, als er sagte: »Das Auto pahken auf dem Pahkplahtz.«

Shannon schüttelte sich vor Lachen und James warf ihr sein übliches schiefes Grinsen zu. Dann aber änderte sich abrupt die Stimmung zwischen ihnen, das Funkeln wich aus seinen Augen und er wurde ernst, berührte sie kurz am Arm. Allein die flüchtige Berührung fühlte sich für sie an, als hätte sie einen brennenden Abdruck hinterlassen.

»Du sollst wissen, dass ich Maeve nicht wehtun werde, Shannon. Das kann ich dir versprechen.«

Shannon biss sich auf die Unterlippe, als sein ehrlicher, offener Blick sie traf. Sie glaubte ihm. Etwas in seinen Augen veränderte sich, seine Gesichtszüge wurden wieder weicher. Gott, hatte er vor, sie zu küssen?

»Imogen hat eine schreckliche allergische Reaktion auf Napoleon, ihre Augen sind komplett zugeschwollen. Wie Miss Piggys«, platzte es aus ihr heraus. Dankbar beobachtete sie, wie James blinzelte, als erwachte er aus einer Trance. Der Moment, oder was auch immer es gewesen ist, war vorbei.

»Ist mir aufgefallen. Sah nicht sehr angenehm aus.«

Ein Heulen kam aus dem Badezimmer.

»Sorry.« James verzog das Gesicht und zuckte entschuldigend mit den Schultern. »Ich hoffe, ich habe es nicht noch schlimmer gemacht.«

Shannon zeigte zur Tür und formte lautlos mit den Lippen die Worte: »Sie ist eine Dramaqueen.«

James räusperte sich. »Ich gehe dann mal in mein Zimmer, damit du ihr sagen kannst, dass sie rauskommen kann.«

Shannon sah ihm verwirrt hinterher. Hatte sie sich bloß eingebildet, dass er sie küssen wollte? Und wieso führte sich ihr Körper in seiner Nähe auf wie der einer Teenagerin auf Hormonen beim ersten Ball? Sie schüttelte die Fragen ab, denn es spielte keine Rolle. Vielleicht fühlte sie sich zu ihrem amerikanischen Gast hingezogen. Vielleicht fühlte er sich sogar auch zu ihr hingezogen. Das bedeutete aber noch lange nicht, dass zwischen ihnen etwas passieren musste, denn das würde sie nicht zulassen. »Du kannst jetzt rauskommen, Imo. Er ist weg.«

Die Tür öffnete sich wieder und Imogen drängte sich beleidigt an ihr vorbei, auf direktem Weg zum Zimmer von Grace und Ava. Sie öffnete die Tür, hatte einen Fuß schon im Raum. »Ich weiß jetzt, was Hannah meint.«

Shannon stemmte sich die Hände in die Hüften. »Wovon redest du?«

»Von den Pavianen«, antwortete Imogen und schlug die Tür hinter sich zu. »Und vergiss nicht meine Erbsen!«

Shannon stapfte die Treppe hinunter und brachte ihre Nan und Grace auf den neusten Stand, was Imogen anging, während sie ein sauberes Geschirrtuch und eine Tüte gefrorener Erbsen herauskramte.

»Er ist sehr nett, dein Amerikaner«, kommentierte Grace hinterhältig von ihrem Platz aus, wo sie jetzt durch eine Zeitschrift blätterte, das Essen auf dem Herd. Dafür fing sie sich von Kitty einen Klaps mit dem Geschirrtuch ein.

An ihrer Nan war eine Karriere als Lassowerferin beim Rodeo verloren gegangen, so schnell wie sie war, dachte Shannon.

»Hör auf, deine Schwester zu ärgern. Wir hatten heute schon genug Herumgebrülle und Streit.«

Grace ließ sich nicht abbringen. »Und das ganze Gore-Tex steht ihm gut. Ich glaube, es ist dieses ›Ich-Tarzan-du-Jane‹-Ding.«

Shannon wusste genau, dass sie nicht nach einer Erklärung fragen sollte, aber sie tat es dennoch.

»Ich meinte, dass er in der Outdoorkleidung irgendwie verwegen aussieht. Der Typ Mann, von dem man gerettet werden will, wenn man sich im Moor verirrt.«

»Als Nächstes nennst du ihn noch Heathcliff«, murmelte Shannon.

»Du könntest es schlechter treffen, weißt du, Shannon. Er ist ein anständiger Mann, das ist er«, sagte Kitty, die ihr Geschirrtuch an den Haken hing.

»Vielen Dank auch, Nan.«

Unbeirrt fuhr Kitty fort: »Eure Mam hat die älteste Tochter der Molloys heute Abend für eine Stunde zum Aushelfen an der Bar herbestellt, damit wir uns für ein richtiges Familienessen zusammensetzen können.«

»Holly«, half Shannon mit ihrem Namen aus. »Sie hat vor ein paar Jahren mal über den Sommer hier gearbeitet.«

»Genau die, und aus ihr ist eine richtig nette junge Frau geworden. Wusstet ihr, dass sie eine Rolle in *Fair City* bekommen hat?« Die seit Ewigkeiten laufende irische Seifenoper war ein nicht so geheimes Laster ihrer Nan.

»Nein. Freut mich für sie.« Shannon konnte sich noch dunkel daran erinnern, dass sie auf der Suche nach Ruhm und Reichtum nach Dublin abgehauen war.

»Erzähl ihr, welche Rolle sie hatte, Nan!« Grace grinste in Shannons Richtung.

»Sie hat ein Mädchen gespielt, das mit Bauchschmerzen ins Krankenhaus gekommen ist, und ihr hättet sehen müssen, wie sie es rübergebracht hat. ›Es ist mein Bauch, der tut so weh.‹ Sie war sehr glaubhaft. Als würde man Meryl Streep mit einer Blinddarmentzündung kämpfen sehen, so war das.«

Darüber mussten Shannon und Grace kichern, wofür sie sich einen strengen Blick von Kitty einfingen, denn über *Fair City* lachte man nicht. Shannon sagte schnell: »Ein richtiges Familienessen wäre schön, Nan. Es ist komisch, in Schichten zu essen. Aber es kann ja niemand was dafür, dass Chloe krank ist.«

Ein Poltern von oben brachte alle drei dazu, an die Decke zu schauen.

»Was zum Teufel war das?«, wollte Kitty wissen, die blauen Augen aufgerissen.

»Es klang, als hätte jemand mit einem Schuh auf den Boden gestampft«, mutmaßte Grace. Das Geräusch ertönte erneut.

»Imogen!«, kam es Shannon, die daraufhin die Treppe wieder hinaufging und an ihre Zimmertür klopfte. Imogen hatte die Vorhänge zugezogen, als lauerten draußen vor dem Pub die Paparazzi. Der verräterische Schuh stand neben dem Bett auf dem Boden. Was Imogen anging, die lag flach auf dem Bett, einen Handrücken auf die Stirn gelegt, wie eine Südstaatenschönheit nach einem Schwächeanfall.

»Bitte.« Shannon streckte ihr die Erbsen in dem Geschirrtuch entgegen und wollte gerade wieder gehen.

»Haben wir eine Glocke oder so, die ich benutzen kann?«, rief Imogen ihr geschwächt hinterher. »Das wäre einfacher als der Schuh. Damit ich Bescheid sagen kann, wenn ich neue Erbsen brauche.«

»Nein, haben wir nicht. Und wenn du auch nur daran denkst, den Schuh wieder anzufassen, stecke ich Napoleon zu dir ins Zimmer.«

Shannon wollte die Tür hinter sich schließen, hörte aber noch, wie Imogen hinzufügte: »Mach bloß keine Falten in meine Klamotten, wenn du sie rüberbringst, Shannon. Sonst musst du sie noch mal bügeln, bevor du sie aufhängst.«

Shannon atmete tief durch und sagte sich, dass dies hier eben die Bürden der Mutterschaft waren. Damit zog sie die Tür endgültig zu, um nach Napoleon zu sehen.

22

Es überraschte niemanden, dass Imogen sich weigerte, zum Abendessen nach unten zu kommen. Das bedeutete auch, Shannon musste einen Teller voll Essen zu ihr nach oben tragen. Ihre Schwester lag immer noch auf dem Bett, die gefrorenen Erbsen in dem Geschirrtuch auf den Augen. Nur kurz hob sie den Wickel an, um Shannon zu befehlen, ihre Portion Fish Pie auf die Kommode neben dem Bett zu stellen. Inzwischen hingen Imogens Klamotten eingequetscht neben denen von Grace, und die Unordnung auf dem Nachttisch legte nahe, dass sie sich bereits eingelebt hatte.

Arme Grace und Hannah. Über den Tausch waren sie nicht gerade glücklich, da half es auch nicht, dass es, wenn sie später hochgingen, wie in Egans Fischladen riechen würde, dachte Shannon, als sie die Tür schloss. Auf der anderen Seite hatte Ava ihr erzählt, dass sie überlegte, sich auch eine Katze anzuschaffen. Tiere waren aber in ihrem Wohnhaus in London strikt verboten. Deswegen war sie froh über den Wechsel. Auch Napoleon genoss all die Aufmerksamkeit, die Tante Ava ihm schenkte.

Am Tisch stürzte Shannon sich auf ihr Abendessen. Der

Fish Pie wäre das perfekte Wohlfühlessen, wäre da nicht James
Anwesenheit ihr gegenüber, die sie in jeder Faser ihres Körpers
spürte. Seine Haare waren feucht, um die Ohren lockten sie
sich leicht. Er hatte sich vor dem Runterkommen zum Essen
wohl umgezogen, denn er trug wieder seine Chino und einen
Sweater. Unauffällig beobachtete sie, wie er den letzten Rest
des Pies mit der sahnigen Füllung vom Teller kratzte. Trotz der
regelrechten Spanischen Inquisition hatte er es irgendwie
geschafft, aufzuessen.

Nora und Liam wollten wissen, ob er jemals im Pub aus
Cheers gewesen ist, einer bekannten Sitcom aus den Achtzigern, die in Boston spielte. Danach hatte Hannah angefangen,
ihn über die Bienensituation in Boston auszuquetschen. Am
Ende fragten Grace und Ava noch, ob er in einem Brownstone
lebte – tat er nicht. Shannon hatte sich bei der Fragerunde
enthalten, stattdessen in ihrem Essen herumgestochert und
seinen Antworten gelauscht. Erst Kitty brachte die Unterhaltung auf seine Familie.

Während alle mit ihren Gabeln Stücke vom festen Hecht
und dem weichen Gemüse aufstapelten, erzählte James auf ihre
Fragen hin, dass er der jüngste von vier Geschwistern war.
Alles Jungs. Ihr Dad, ein Feuerwehrmann, war während eines
Einsatzes umgekommen, was ihm vom ganzen Tisch eine
Runde Mitleid einbrachte. Er sei damals aber noch zu jung
gewesen, um sich jetzt an ihn zu erinnern, erklärte er, bevor er
von seiner Mom Hazel anfing, die einen fantastischen Job dabei
gemacht hatte, sie alle allein großzuziehen und unbeschadet
durch die Teenagerzeit und aufs College zu bringen.

In seiner Stimme bemerkte Shannon Stolz, aber da war
noch etwas anderes, wenn er über seine Mutter sprach. Etwas,
das sie nicht ganz einordnen konnte. Die Brüder hatten sich alle
für unterschiedliche Karrieren entschieden, genau wie bei ihr
und ihren Schwestern. Sein ältester Bruder, Alex, arbeitete als
Architekt und hatte seine Highschool-Freundin geheiratet. Der

Nächste in der Reihe war Oliver, ein selbsternannter »Player«, der erfolgreich in der Finanzbranche tätig war. Dann kam Brayden, der nur ein Jahr älter als James war. Er war als Bauunternehmer tätig und hatte eine sehr abwechslungsreiche Datingzeit hinter sich, als er endlich eine Frau fand, mit der ihre Mom zufrieden war. Die Cabots hofften sehr, dass sie bald auch Teil der Familie sein würde.

Shannon überlegte, was für eine Sorte Frau seine Mom wohl für geeignet hielt, doch als Hannah fragte: »Und hast du eine Frau, einen Mann, Partnerin oder Partner, irgendeinen Menschen zu Hause in Boston, James?«, vergaß sie das ganz schnell wieder und wollte stattdessen Hannah unter dem Tisch einen Tritt verpassen. Unglücklicherweise erwischte sie mit ihrem Fuß allerdings Grace, die erschrocken ihre Gabel und ihr Messer mit lautem Klirren fallen ließ, woraufhin alle zusammenzuckten.

Nora warf Shannon einen mahnenden Blick zu, die jedoch unschuldig tat, während James eher belustigt aussah. Dann hielten alle den Atem an, gespannt auf seine Antwort auf Hannahs Frage.

»Da gibt es Harry.«

Ein kollektives Seufzen machte die Runde. Selbst das von Liam klang, als nähme ihn die Neuigkeit, dass James schwul war, schwer mit. Von allen drei Schwestern fing Shannon sich bemitleidende Blicke ein. Als Antwort hätte sie ihnen gern ein Daumen-Hoch gezeigt. In ihr mischte sich allerdings Enttäuschung mit Erleichterung. Sie hatte die Signale falsch gedeutet und selbst wenn sie Interesse an ihm gehabt hätte, was nicht der Fall war, spielte es keine Rolle, denn er stand für sie nicht zur Verfügung.

»Meinen Beagle.«

Prompt grinsten Hannah, Grace und Ava wieder. »Dein Hund!«, sie lachten etwas zu sehr darüber. Nora schien genauso hysterisch und Liam sah seine Frau überrascht an.

»Mein bester Freund«, korrigierte James, die meerglasfarbenen Augen auf Shannon gerichtet. Es war, als würde sie beide eine unsichtbare Schnur verbinden. »Er ist bei meinem Bruder, solang ich weg bin.« James zog sein Handy heraus und öffnete ein Foto von sich mit seinem besten Freund, um es herumzuzeigen. Man erkannte die Liebe in den Augen von James und dem Beagle auf den ersten Blick.

Kittys Blick, die James sagte, dass er wirklich einen schönen Hund hatte, fiel beim Zurückgeben des Telefons auf Shannons Teller. »Du hast dein Essen ja kaum angerührt, Shannon.«

»Sorry, Nan, ich habe nicht so großen Hunger.«

»Fühlst du dich krank?« Kitty sah sie besorgt an und legte Shannon eine Hand auf die Stirn. »Du fühlst dich nicht warm an, aber es passt gar nicht zu dir, deinen Teller nicht leer zu essen.«

Das stimmte, aber in ihrem Bauch war ein Knoten, fester als der Kreuzknoten, den sie damals für ihre Pfadfinderprüfung perfektioniert hatte.

»An etwas fehlt es ihr bestimmt«, fügte Hannah grinsend hinzu.

Shannon traute sich nicht, noch mal nach ihr zu treten, denn bei ihrem Glück würde sie sicher James' Schienbein erwischen. Also ignorierte sie es.

Jetzt fragte Shannon, ob sie aufstehen könne, tat es und sammelte die Teller ein, während Grace heißes Wasser in die Spüle einließ und Ava ein sauberes Geschirrtuch holte. Zu Shannons Erleichterung verzog sich Hannah, bevor sie noch helfen musste. James schwärmte Kitty vor, wie gut ihm das Essen geschmeckt hatte und sie genoss das Lob.

»Hast du Napoleon schon das Haus erkunden lassen?«, fragte James Shannon und beobachtete, wie sie die Teller aufeinanderstapelte.

Liam meldete sich zu Wort, noch bevor Shannon antworten konnte. »Hat sie. Hat mich irre gemacht, sein plattes Gesicht durch die Tür spähen zu sehen. Ich dachte schon, das wäre eine neue Rattenart.«

»Dad, er ist wunderschön«, protestierte Shannon.

»Wenn man flachgedrückte Gesichter mag.«

James lachte über die Unterhaltung.

»Beachte ihn nicht. Er will dich nur ärgern«, sagte Nora und reichte Shannon ihren Teller.

Shannon wandte sich wieder James zu. »Napoleon hat sich gründlich umgesehen, danke. Es schien ihm überhaupt nichts auszumachen und ich habe die Zimmertür offen gelassen, damit er rein- und rausgehen kann, wie er möchte. Das Stück Fisch, das er von Nan bekommen hat, war überzeugend genug. Ich denke, er wird sein neues Zuhause mögen. Und denkt dran, ihn nicht nach draußen zu lassen.« Der letzte Kommentar war wieder an ihre Familie gerichtet.

»Sie hat ihn durch den Pub getragen. Erzähl James, was Enda gesagt hat, Shannon«, lachte Liam. »Enda hast du wahrscheinlich beim Ein- und Ausgehen schon in der Bar gesehen, James. Er hat es auf unsere Kitty hier abgesehen.«

»Dabei bekommt der alte Narr keinen Funken Ermutigung von mir. Diese Art Frau bin ich nicht, nur, damit du das weißt«, betonte sie für James.

Der nickte. »Das hätte ich auch nicht geglaubt, Kitty.«

Shannon musste ihm zugutehalten, wie ernst er dabei blieb. Was die Geschichte mit Enda anging, erst hatte sie sich angegriffen gefühlt, doch inzwischen konnte sie selbst darüber Witze machen. Also erzählte sie ihm, wie Enda sie gefragt hatte, wieso sie bloß ein Meerschweinchen durch den Pub schleppte. »Gestern hat er Napoleon schon als Frettchen bezeichnet, mein armer Kater bekommt noch Komplexe.«

Wieder musste James lachen. »Armer Napoleon. Willst du ihn überhaupt noch rauslassen?«

»Nur, wenn ich dabei bin, um ihn im Blick zu behalten.«

»Das ist wahrscheinlich klug.«

»Katzen sollten frei herumlaufen und Mäuse fangen«, schnaubte Liam.

»Perser nicht, Dad. Frag James, wenn du mir nicht glaubst, er ist Tierarzt.«

»Sie sind sehr gutgläubig, Liam, was die Natur für sie gefährlich macht. Außerdem bleiben sie mit dem langen Fell schnell hängen und es verfilzt, wenn sie sich herumtreiben. Dazu bekommen sie schnell Atemprobleme, wenn sie zu viel Zeit draußen verbringen.«

»Weil ihre Gesichter so plattgedrückt sind?«

»Ähm, es liegt an der besonderen Kopfform, würde ich sagen«, antwortete James taktvoll.

»Danke«, kam von Shannon, die alle Teller hinüber zur Arbeitsfläche trug und noch hörte, wie ihr Vater James fragte, ob er schon Gelegenheit hatte, sich in der Gegend umzusehen.

Sie stellte sich neben Grace, wollte hören, was er antwortete. Bisher hatte er seine Verbindung zu Maeve nicht erwähnt, aber ihre Familie schien auch interessierter an seinem Leben in Boston als am Grund für seinen Besuch.

»Noch nicht. Ich bin nur den Küstenweg nach Emerald Bay langgelaufen. Ich denke, morgen mache ich mich auf den Weg. Ich kann direkt morgens los und alles erkunden. In meinem Zimmer liegt mein Lonely-Planet-Reiseführer, aber ich freue mich auch über Vorschläge.«

Hätte Shannon sich umgedreht, wäre ihr sicher Liams verschlagener Gesichtsausdruck aufgefallen, aber sie war froh, mit dem Rücken zu ihnen zu stehen. So konnte sie so tun, als wäre sie sehr damit beschäftigt, Grace die Teller zu reichen, sonst hätten auch alle den absoluten Horror auf ihrem Gesicht gesehen, bei dem, was ihr Vater als Nächstes sagte.

»Ich habe eine Idee. Dank den ganzen Hausbesuchen kennt Shannon diesen Ort besser als ihre Westentasche. Sie wäre ganz sicher ein guter Tourguide für morgen. Und niemand kann behaupten, dass die Kellys nicht die Extrameile für ihre Gäste gehen.«

Hatte ihr Vater sie gerade wirklich James als Guide angeboten? Shannon erstarrte, einen Teller noch in der Hand. Erst als Grace sie mit dem Ellenbogen anstieß, brachte sie ihre Gesichtszüge wieder unter Kontrolle, setzte einen entschuldigenden Blick auf und drehte sich um.

»Ach, Daddy. Das wäre schön, aber ich kann nicht. Sorry, James, ich habe meiner Mam versprochen, dass ich ihr beim Großeinkauf für das Weihnachtsessen helfe, drüben in Kilticaneel. Da ist viel zu tun.«

Das ließ Nora nicht durchgehen. »Ach was, Shannon. Grace oder Ava können mitkommen.«

»Ich gehe mit, Mam«, meldete Grace sich freiwillig und Shannon musste sich verkneifen, nicht auf den Boden zu stampfen. Alle würden noch denken, sie litt am Restless-Leg-Syndrom, so viel wie sie nach Leuten trat oder auf den Boden trampeln wollte.

»Dann wäre das geklärt.« Liam lehnte sich in seinem Stuhl zurück, die Hände auf dem Bauch gefaltet. »Shannon zeigt dir den Ort.«

»Ich packe euch Proviant und eine Flasche, die ihr mitnehmen könnt.« Nora lächelte, äußerst zufrieden damit, wie die Dinge liefen.

Shannons Stimmung bemerkend, zuckte James entschuldigend mit den Schultern und formte über den Tisch hinweg ein »Sorry« mit den Lippen.

Da ihr beigebracht worden war, dass man nicht unhöflich war, schüttelte sie den Kopf, um ihm zu bedeuten, dass es in Ordnung war. Das würde es schon sein, sagte sie sich selbst. Eine Tour durch den Ort war kein Synonym dafür, im Auto rumzumachen. Und selbst wenn, BB war viel zu klein für solche Sachen. »Ich freue mich, die Umgebung mal mit neuen Augen zu sehen«, versuchte sie wiedergutzumachen, dass sie als widerwilliger Tourguide rübergekommen war. »Ich denke, ich gehe mal nach oben und sehe nach Napoleon.« Shannon machte sich auf den Weg zur Treppe.

»Gibt es noch Nachtisch, Nora, Liebling?«

»Nicht für dich, Liam!« Das schallte ihr noch hinterher, während sie in ihr Zimmer hochging.

Im Schlafzimmer entdeckte sie kein Zeichen von Napoleon, fand ihn aber das Badezimmer erkunden. »Hallo, Kleiner«, sagte sie, nahm ihn hoch und kuschelte ihn an sich. »Ich muss gleich wieder runter, um unten im Pub auszuhelfen, aber ich wollte mal nachsehen, wie du dich einlebst.«

Sein Schnurren brachte sie zum Lächeln und sie genoss seine Wärme, als sie seinem Köpfchen einen Kuss gab. »Und hör nicht darauf, was Daddy über dein plattgedrücktes Gesicht sagt. Du bist ein hübscher Kerl.«

Shannon setzte ihn wieder ab und ging zurück in ihr Zimmer. Sie wollte jetzt in ihr Dankbarkeitstagebuch schreiben, denn später würde auch Ava im Zimmer sein und das Tagebuch war ihre Privatsache. Es war ihr Ding.

Im Schneidersitz machte sie es sich auf dem Bett gemütlich, während von unten gedämpfte Stimmen zu ihr hochdrangen, und öffnete das Notizbuch, noch unsicher, was sie reinschreiben sollte. Das Make-up von Nuala war schön gewesen, auch die Komplimente hatten ihr gutgetan, also fing sie damit an. Schön war auch, dass Napoleon sich so wohlfühlte, dachte sie und schrieb das direkt als Nächstes. Dann tippte sie sich mit dem Kugelschreiber an den Mund. Da war noch etwas, sie kam aber nicht drauf. Sie schloss die Augen, versuchte, den Gedanken zu fassen zu bekommen, dann kam es ihr.

Ich habe den ganzen Tag nicht an Julien gedacht.

ZWEI TAGE BIS WEIHNACHTEN

Mögest du dieses Weihnachten haben:
Mauern gegen den Wind
Und ein Dach gegen den Regen,
Volle Gläser am Feuer,
Um dich Freude und Lachen,
Alle deine Lieben in der Nähe,
Alles, was dein Herz begehrt.

— IRISCHER SEGENSSPRUCH ZUR
WEIHNACHT

23

Zu ihrer Überraschung hatte Shannon tief und fest geschlafen, dennoch riss der Wecker ihres Handys sie sehr unsanft aus dem Schlaf. Im Bett gegenüber von ihrem murmelte Ava: »Stell das aus, Shan. Ich habe Urlaub.« Verschlafen tat sie wie befohlen, wusste aber genau, wenn sie nicht sofort die Decke zurückschlagen und aufstehen würde, schliefe sie wieder ein. Beim unbedachten Heben der Decke gab Napoleon ein genervtes Miauen von sich, er wurde nicht gern geweckt. Sein Frühstück besänftigte ihn allerdings wieder. Bevor sie heute losfuhren, wollte sie seine Näpfe nach unten stellen. Sie entschied, dass es sowieso an der Zeit für ihn war, einen ersten Geschmack der großen freien Welt zu bekommen, während sie zusah, wie er sich wie ausgehungert auf sein Futter stürzte.

Die Dusche half ihr beim Wachwerden, aber es war noch viel zu früh, um sich an Nualas Augen-Make-up zu versuchen, deswegen beließ sie es bei etwas Mascara und Lipgloss. Heute blieben es eben normalgroße Augen, dachte sie. Dann wischte sie den beschlagenen Spiegel an einer Stelle frei und begutachtete ihr Haar. Sie könnte es glätten, aber das erschien ihr sinnlos. Sie würde sowieso ihre Wollmütze drüberziehen. Nein, die

Zeit sparte sie sich lieber für eine zweite Tasse Kaffee. Ein schnelles Durchkämmen sollte ausreichen.

Auf ihrem Weg den Flur hinunter, der immer noch leicht nach dem Abendessen von gestern roch, entdeckte Shannon unter der Tür zu James' Zimmer einen Lichtschein. Sie hörte auch schon ihre Mam, eine Frühaufsteherin, in deren Schlafzimmer, wusste aber genau, dass ihr Dad sich in frühestens einer Stunde unten blicken lassen würde. Vor der Tür zum Zimmer von Grace, Hannah und Imogen horchte sie ein paar Sekunden. Kein Lebenszeichen, abgesehen von Imogens Schnarchen – sehr beruhigend. Imo behauptete konsequent, sie schnarche auf keinen Fall, aber diese Töne erkannte Shannon überall. Es war eine Erleichterung, dass ihre Schwester noch schlief, denn gestern war Shannon zur Genüge von ihr herumkommandiert worden. Imogen gehörte auf jeden Fall zu Shannons schwierigeren Patienten, deswegen hoffte sie auch, dass die Schwellung der Augen über Nacht zurückgegangen war.

Hinter ihr tapste Napoleon die Treppe hinunter. Beim Einschalten der Küchenbeleuchtung entschied Shannon, dass ein guter Zeitpunkt war, ihn an die frische Luft zu lassen. Besonders, wenn das gleichzeitig bedeutete, dass er sein morgendliches Geschäft draußen verrichten würde. Sie setzte vorher nur noch schnell Wasser auf, ging dann direkt zur Hintertür und öffnete sie. Als die eisige Luft sie traf, war sie froh darüber, sich nicht für ein schickes, sondern für ein warmes Outfit entschieden zu haben. »Na komm, kleiner Mann.« Der Perser steckte den Kopf raus, wagte sich aber nicht weiter. Sie musste ihn mit der Tür am Hintern anstupsen, um sie hinter ihnen zuziehen zu können. Mam würde verrückt werden, wenn sie die ganze Wärme rausließe. Napoleon setzte sich auf die Stufe, aber nachdem er ihr noch einen arroganten Blick zugeworfen hatte, weil sie ihn zu diesem sehr würdelosen Abgang gezwungen hatte, richtete sich seine Aufmerksamkeit auf den noch schattigen Biergarten und er überblickte sein neues Königreich.

»Na komm, tu mal eine Tatze auf das Gras. Guck, wie es sich anfühlt«, lockte sie ihn und ging dabei selbst auf den Rasen. Sie zeigte zu den nebligen Feldern. »Aber das da drüben ist verboten. Verstanden?«

Vorsichtig streckte Napoleon eine Pfote aus und stellte sie auf das frostige Gras, dann noch eine, bevor er sich schnüffelnd auf Shannon zubewegte. Sein Schwanz wischte über den Boden, während er diese neue, mysteriöse Welt erkundete. Shannon blieb dicht an seiner Seite, hielt aber bei den Büschen am Ende des Gartens an. »Na komm, mach schon dein Geschäft, ich gucke auch nicht hin.«

Napoleon gehorchte, verkroch sich dabei in den Busch. Als er wieder herauskraxelte, blies Shannon sich gerade in die Hände, um sie zu wärmen. Der Himmel wurde langsam heller, der letzte funkelnde Stern verschwand. Sah aus, als würde es wieder ein sonniger Tag. Immerhin etwas, dachte sie und seufzte, wobei sie eine kleine Wolke ausstieß.

Die Erinnerung, wie sie und Imo sich an Morgen wie diesen früher Stöcke gesucht und so getan hatten, als würden sie rauchen, brachte sie zum Lächeln. An einem Tag hatte Mam sie erwischt und ihnen einen langen Vortrag darüber gehalten, was für eine ungesunde und eklige Angewohnheit Rauchen war. Das hatte sie aber auch nicht davon abgehalten, weiterzuspielen, sobald sie ihnen den Rücken zugekehrt hatte. Ein durch den Garten flatterndes Rotkehlchen lockte Napoleon plötzlich vom Busch weg. Mit seinen gelben Augen verfolgte er das Ziel, aber der Vogel war zu schnell und schoss schon in den nächsten Garten. Sie hoffte, Napoleon brauchte nicht mehr allzu lange, sonst lief sie ernsthaft Gefahr, sich in eine Eisskulptur zu verwandeln, sinnierte sie, während er seine Erkundungstour fortsetzte.

Sie unterdrückte ein Gähnen. Obwohl sie gewusst hatte,

dass sie heute früh aufstehen musste, war sie erst spät im Bett gewesen. Mam und Dad hatten sie von der Bar weggescheucht, weshalb sie sich als Freya noch dazugekommen war zu Ava, Grace und James an den Kamin gesetzt hatte. Ihre Schwestern hatten darauf bestanden, dass James sich für einen Drink zu ihnen gesellte. Sie hatten ihn vor Evan Kennedy gerettet, ihn gerade unterbrochen, als er mit seiner Geschichte über den Fluch der Kennedys anfangen wollte. Als James zwischendurch aufstand, um zur Toilette zu gehen, lehnte Freya sich zu ihr und flüsterte Shannon ins Ohr, dass sie keine Ahnung hatte, wie gut Chinos aussehen konnten. Shannon ließ das unkommentiert stehen.

Gleich danach klingelte sowieso Freyas Handy und die Unterhaltung verstummte, während sie die Nachricht las.

Schlagartig wich das Lächeln aus dem Gesicht ihrer Freundin. Shannon fragte, ob alles in Ordnung sei.

»Super. Es ist nur Mam, die mich daran erinnert, was ich Weihnachten mitbringen soll.«

Sie musste gar nicht aussprechen, dass sie gehofft hatte, es wäre Oisin. Liebend gern hätte Shannon dem flatterhaften Künstler mal ihre Meinung gesagt. Da das allerdings nicht möglich war, entschied sie sich für das Nächstbeste und weihte Freya in die ihr aufgezwungene Tour ein, die sie mit James unternehmen sollte. Das brachte ihre Freundin auf andere Gedanken und stellte die gute Laune wieder her.

Später lag sie im Bett, Napoleon neben ihr, an sie gekuschelt. Ava auf der anderen Seite des Zimmers musste ihr Kissen erst mal zurechtdrücken, um es sich im ungewohnten Bett gemütlich zu machen, bevor sie sagte: »James ist nett, Shan, und lustig. Hast du seine Geschichte mitbekommen? Von dieser Frau, die mit ihrer Katze zu ihm gekommen ist und von einer Wucherung oder so was geredet hat, aber dann war es nur sein Pimmel? Ich habe Tränen gelacht.«

»Das war gut.« Shannon lächelte im Dunkeln. Auch sie

hatte sich vor Lachen gekrümmt bei James' Erzählung, wie er der Frau mit ernstem Blick erklären musste, was sie da gesehen hatte.

»Hannah hat recht, er mag dich.«

»Hör mal, Ava. Wenn dir mal jemand, von dem du dachtest, dass er der Eine für immer ist, den Boden unter den Füßen wegreißt, dann verstehst du vielleicht, wieso ich mich nicht auf so was einlassen kann.«

»Sorry«, flüsterte Ava. »Ich sollte es besser wissen.«

Shannon streckte eine Hand aus, ihre Schwester griff danach. »Es muss hart gewesen sein, Shane heute wiederzusehen«, sagte sie und drückte Avas Hand.

»War es. Ich hasse es einfach, dass man jemandem so nahe sein kann, dann trennt man sich und er ist quasi ein Fremder.«

»Mhm.«

Danach hatten sie das Thema gewechselt und darüber geredet, was sie vom Altersunterschied zwischen ihrer Schwester und deren Liebsten hielten, bis sich beide eingestanden hatten, dass sie dringend schlafen mussten.

Jetzt sah Shannon ihrem Kater dabei zu, wie er noch eine Runde im Garten drehte, bevor er auf sie zugeschlendert kam. »Braver Junge.« Sie kratzte ihn noch hinter den Ohren, öffnete die Tür und hörte bereits den Bacon brutzeln. Napoleon schoss nach ihr ins Haus.

Nora stand am Herd, bereit für den Tag, und schob Dermot Molloys besten Bacon in der Pfanne hin und her, in der auch zwei Spiegeleier brieten. »Das sollte ein guter Start in den Tag für unseren Gast sein«, sagte sie, als sie Shannon bemerkte. »Hast du gut geschlafen, Liebes? Es muss schön sein, zurück in deinem alten Bett zu sein.«

War es. Ein Einzelbett mit Flanellbettwäsche hatte im Winter definitiv was. »Habe ich, danke, Mam. Und das riecht fantastisch. Kann ich ein Bacon-Sandwich bekommen?«, fragte sie hoffnungsvoll, während sie ihrer Mam und sich einen Kaffee einschenkte. Sie stellte sich neben sie, den Becher in beiden Händen und Napoleon, der ab und zu auch nichts gegen Rinde hatte, maunzend zu ihren Füßen.

»Shannon, wenn ich über den stolpere ...«, warnte Nora.

»Na komm, sag mal Hallo, Junge«, überraschte James sie. Keine der beiden hatte ihn die Treppe runterkommen gehört. Shannon fiel auf, dass er mal wieder das richtige Outfit anhatte, um sich der Wildnis Connemaras zu stellen und jeglichem Wetter zu trotzen.

»Guten Morgen, James«, grüßte Nora ihn mit einem warmen Lächeln. »Man sieht, du bist bereit für die Tour heute. Frühstück dauert nicht mehr lange. Der Bacon brutzelt schon in der Pfanne, also setz dich einfach hin und Shannon bringt dir etwas zu trinken. Tee oder heute mal einen Kaffee?«

»Kaffee mit Milch und einem Löffel Zucker wäre toll, danke. Und guten Morgen.« James kam auf sie beide zu, bückte sich dann aber, um Napoleon hochzuheben, der sich ein bisschen wand und beleidigt schien, vom Herd weggetragen zu werden.

Shannon beobachtete, wie er sich mit dem Kater an den Tisch setzte und wie der es sich sofort zufrieden gemütlich machte, als James anfing, ihn zu streicheln. Unterhalb der Knöchel hatte James eine halbmondförmige Narbe, die war ihr schon bei ihrem zufälligen Treffen vor dem Strickladen aufgefallen, als sie ihm die Hand geschüttelt hatte. Auch wenn es sie überhaupt nichts anging, konnte sie sich die Frage nicht verkneifen, ob die Narbe von seiner Arbeit als Tierarzt stammte.

»Die hier?« James streckte seine Hand aus.

Shannon nickte. »Ich hoffe, das ist nicht zu aufdringlich.«

»Sie war immer schon so schrecklich neugierig«, mischte Nora sich ein.

»Mam!«

»Schon gut. Ich würde ja gern behaupten, die stammt von

einem Kampf mit einem wilden Tier, aber leider war es das Geschenk einer Henne.«

»Einer Henne?« Shannon riss ihre Augenbrauen hoch.

»Die Krallen eines Huhns, um genau zu sein. Frag nicht. Es reicht zu wissen, dass sie sehr scharfe Klauen haben.«

Shannon lächelte und machte sich daran, noch einen Kaffee einzuschenken. Sie stellte den Becher vor ihn, dann öffnete sie den Kühlschrank. Ein Fach war voller eingewickelter Päckchen, mit gerunzelter Stirn suchte Shannon den Ketchup und die HP Sauce heraus. Beim Hinstellen fragte sie sich, welcher Typ James wohl war, Ketchup oder HP? Für sie gab es natürlich nur Ketchup, aber dann fragte sie sich wiederum, warum sie überhaupt über so was nachdachte. Sie wischte die Gedanken beiseite und wandte sich an ihre Mam: »Was ist mit den ganzen mysteriösen Päckchen im Kühlschrank? Die sehen ja aus wie Wichtelgeschenke.«

»Die sind für das Picknick. Ich habe Sandwiches mit Schinken und Ei gemacht, dann ist da noch Käse und deine Nan hat euch noch einen halben Laib Barmbrack eingewickelt. Oh, es sind auch noch Äpfel von Rita Quigleys Apfelbaum da, an denen ihr euch gern bedienen könnt. Ich hole gleich den alten Picknickkorb von unter der Treppe.«

Shannons Blick fiel auf die Flasche, die auf der Arbeits-fläche stand und darauf wartete, befüllt zu werden. So wie es aussah, hatte ihre Mam vor, sie für den kompletten Tag auszu-statten. Ob James bemerkte, was ihre Familie vorhatte? Die Kellys waren nun wirklich nicht subtil. Für sie schrie das förm-lich nach Verkupplungsversuch. Das Ganze schien absurd pein-lich, aber noch bevor sie gestern eingeschlafen war, hatte sie sich einen Plan für heute zurechtgelegt. Ihre Rolle als Tour-guide würde sie genauso betrachten, wie wenn sie mit einem Patienten unterwegs war. Sie würde sich wie ein Profi verhalten und wie eine Erwachsene anstatt wie eine stotternde Teenagerin. Das alte Sprichwort, dass es in allem auch etwas

Gutes gab, stimmte insofern, als dass sie heute die Chance haben würde, mehr über seine Verbindung zu Maeve herauszufinden.

James, der zugehört hatte, bedankte sich. »Das ist sehr nett, dass du dir solche Mühe machst, Nora.« Erst hatte er sie noch Mrs Kelly genannt, bis sie ihn ermahnt hatte, dass sie sich dann wie eine alte Schachtel vorkam.

»Ach was. Shannon, hol uns ein paar Teller raus, bitte, und schieb schon mal ein paar Toasts rein, ja? Du kannst dir schon mal Butter draufmachen, wenn du ein Sandwich willst.«

»Und du, Mam? Was nimmst du?«

Nora sah hoch zur Decke. Wäre Liam schon aufgestanden, könnten sie oben seine Schritte hören. »Mir kannst du auch ein paar Scheiben mit Butter beschmieren, aber erzähl bloß deinem Vater nicht, dass ich Bacon esse. Wir müssen auf unser Gewicht achten, für ihn gibt es heute wieder fettarmes Müsli.«

Shannon grinste und gehorchte.

James war also ein Ketchup-Mensch, fiel ihr auf, als sie beide gleichzeitig nach der Tube griffen. Gleichzeitig rissen sie ihre Hände wieder zurück, als hätte sie ein elektrischer Schlag getroffen.

»Oh, sorry, nimm du zuerst.«

»Nein, du bist der Gast.«

»Danke.«

Shannon sah zu, wie er einen Klecks auf seinen Teller drückte, und verpasste dabei den vergnügten Gesichtsausdruck ihrer Mutter, die sich über diese kleine peinliche Situation freute. Shannon ahnte schon, dass ihr ein langer Tag voller solcher Momente bevorstand, zusammen mit James in ihren engen BB gequetscht.

24

»Darf ich vorstellen, BB«, verkündete Shannon, den Schlüssel auf ihren gelben Honda Jazz gerichtet, nachdem James ihr nach draußen gefolgt war. Die Lichter blinkten auf und die Schlösser klickten.

»Kurz für Big Bird?«

»Gut geraten. Mein Dad hat, wie du siehst«, sie zeigte in Richtung von Liams Hilux, »eine Vorliebe für gelbe Autos. Wegen der Sichtbarkeit, vor allem weil ich auf meinen Runden so viel fahren muss.« Sie zuckte mit den Schultern. »Und ich habe die Farbe lieben gelernt, BB ist mir sehr wichtig.«

James sammelte die Verpackung des Lion-Riegels vom Beifahrersitz, zog den Kopf ein und machte sich klein, um ins Auto zu passen, während Shannon sich hinter das Steuer setzte.

»Die habe ich noch nicht probiert«, kommentierte James beim Betrachten der Schokoriegelverpackung.

»Du ahnst gar nicht, was dir entgeht«, meinte Shannon. Sie schnappte sich die Verpackung und steckte sie in das Fach in der Fahrertür. Dann startete sie den Wagen und bemerkte dabei ihre Mam, die ihnen winkte. Es sah aus, als würden sie zu einer epischen Reise aufbrechen. Es fehlte bloß noch das

Taschentuch in ihrer Hand, dachte Shannon, verdrehte die Augen und wartete noch auf das Klicken von James' Gurt, bevor sie rückwärts ausparkte.

Sobald sie den Gang einlegte, begann Robbie irgendwelchen loving angels hinterherzuschmachten.

»Entschuldige.« Sie wollte die Lautstärke runterdrehen.

»Musst du nicht. Ich habe nichts gegen ein bisschen Robbie Williams.«

»Echt?«

Er nickte. »Meine Brüder stehen alle eher auf Grunge aus den Neunzigern. Du weißt schon, Sound Garden, Nirvana und so. Sie denken, dass es ihnen etwas Rebellisches gibt, auch wenn sie in Anzügen zur Arbeit gehen.«

Shannon nickte.

»Außer Brayden, sein Ding ist eher Hip-Hop. Du musst ihn mal sehen, wenn er auf einer Baustelle ist, mit seiner umgedrehten Cap und seinem Bauarbeiterdekolleté.«

Das Bild, das er da malte, brachte Shannon zum Lachen.

James grinste ihr zu. »Was mich angeht, ich mag lockere Musik, die angenehm zu hören ist.«

Ein weiterer Freund entspannter Musik, dachte Shannon und fühlte sich ihm dadurch verbunden, während sie die Musik leiser drehte, aber nicht abstellte.

BB tuckerte durch den Ort mit seinen Lichter- und Wimpelketten. Die für Weihnachten dekorierten Fenster leuchteten, hier und da öffneten die Geschäfte, die dazu einluden, vor der Kälte ins kuschelig Warme zu flüchten. Der Himmel glich an diesem Morgen einer schweren, grauen Daunendecke, aber zumindest regnete es nicht, dachte Shannon.

»Ähm, Shannon, ein Mann auf einem elektrischen Elektroscooter steuert direkt auf uns zu.«

»Ach, keine Sorge, das ist Mr Kenny. Auf dem Ding ist er der König der Straße. Es ist ein ungeschriebenes Gesetz, dass er

immer auf der richtigen Seite fährt.« Sie wich ihm aus, winkte
und entdeckte Paddy ein Stück weiter vorn. Er stand mal
wieder vor Heneghan's und unterhielt sich mit seiner Papp-
freundin. Aus seinem Mantel ragte der Flaschenhals von was
auch immer er in die Finger bekommen hatte. Shannon schüttelte den Kopf. Dabei fiel ihr wieder der Skandal ein, der gerade
ganz Emerald Bay erschütterte, deswegen erzählte sie James die
Geschichte vom großen Raub des Parfümflakons. Zufrieden
hörte sie sein Lachen.

Ihr Griff um das Lenkrad lockerte sich, als sie entschied,
dass der bevorstehende Trip vielleicht doch gar nicht so
schlimm werden würde – bis James seine langen Beine
bewegte, um es sich gemütlicher zu machen, und Shannon heiß
wurde. Sie fummelte an der Konsole herum, drehte die
Heizung runter, obwohl sie wusste, dass es nicht helfen würde.
Das Problem war seine Nähe, seine Anwesenheit auf dem Sitz
neben ihr.

Sie warf einen Blick nach rechts und war überrascht, Isla zu
sehen, die ihren Aufsteller mit Werbung für neue Angebote auf
den Gehweg stellte. Eine willkommene Ablenkung. Bei dem
Schriftzug »50% reduziert« könnte man meinen, dass die Besitzerin des Souvenirladens so viele Schneekugeln mit Kobolden
loswerden wollte, wie nur möglich. Shannon hupte, wodurch
Isla hochschaute und winkte. Ihre Augenbrauen schossen in die
Höhe, als sie den Mitfahrer neben ihrem wichtigsten Emerald-
Bay-Weihnachtself entdeckte.

Auch Eileen Carroll, die gerade die Tür zum Knitters Nook
aufschloss, wirbelte beim Hupen herum und riss ihren Mund
für ein comic-ähnliches »O« auf, als sie sah, wer da neben
Shannon saß.

Auf ihrem Weg zum Buchladen winkte Rita Quigley ihr.
Shannon winkte zurück, während sie im Silver Spoon Café
Carmel Brady mit einem sehr frühen Kunden reden sah.

Die Läden müssen um die Feiertage herum ihre Öffnungszeiten erweitert haben, vermutete Shannon, denn zu jeder anderen Zeit des Jahres wären die Straßen um diese Zeit todstill.

»Es muss schön sein, in einem Ort zu wohnen, wo jeder jeden kennt«, merkte James an, völlig unwissend, dass die Neuigkeiten über Shannon, die den amerikanischen Touristen aus dem Shamrock herumchauffierte, bereits die Runde machten. Das könnte sogar den Parfümraub als Schlagzeile ablösen.

Shannon dachte an Ava und Shane. Nach einer Trennung war es bestimmt gar nicht schön, in einem kleinen Ort zu wohnen. Wenigstens hatte sie Julien nach der Trennung nie wiedersehen müssen. Gestern Abend hatte Ava es vermieden, auch nur in die Richtung der Nische zu schauen, in der Shane Egan mit seinen Brüdern saß. Shannon hatte aber mitbekommen, wie Shane ihre Schwester angestarrt hatte. Es war, als wollte er sie dazu bringen, zu ihm zu sehen. Wenn sie seinen bohrenden Blick schon im Rücken gespürt hatte, dann hatte Ava das auch, trotz ihres lockeren Geplauders. Mit ihren Schwestern um sie herum hatte er sich nicht getraut, rüberzukommen. Immerhin. Das wäre für alle Beteiligten unangenehm geworden. Ihre Gedanken wanderten weiter zum Heiligabend. Da gab es auch noch das Singen. Niemals hätte man sie zu so was Ähnlichem in Galway drängen können, wenn es so was denn überhaupt gab.

»Nicht, wenn deine Nan dich für das Sternsingen mit den Emerald Bay Elves anmeldet und du herausfindest, dass ein Kostüm Teil des Ganzen ist«, entgegnete Shannon.

James verzog das Gesicht. »Echt?«

»Echt. Ich habe sogar eine kleine Elfenmütze mit Bommel.«

»Die muss ich sehen.«

Shannon wagte es nicht, ihn anzusehen. Ihr Blick blieb streng auf die Straße gerichtet, während sie die Läden der Main Street hinter sich ließen. Dann dachte sie noch mal daran, was er gesagt hatte, und merkte, dass sie ihm überhaupt nicht richtig geantwortet hatte. »Die Gemeinschaft und das alles in so einem Dorf weiß ich mehr zu schätzen, seit ich länger weg bin. Aber als ich jünger war, hat es sich viel zu eng angefühlt, klaustrophobisch. Man konnte nichts machen, ohne dabei von irgendjemandem erwischt zu werden, der es dann den Eltern erzählte. Ich konnte es kaum erwarten, wegzuziehen. Meine Schwestern genauso, deswegen haben sie sich nach Dublin und London verteilt. Besonders Ava, sie hat eine schlimme Trennung mit einem Typen von hier hinter sich. In solchen Situationen ist Emerald Bay erdrückend klein.«

»Das kann ich mir vorstellen. Auf der anderen Seite fühlt man sich in einer Stadt wie Boston schnell einsam. Es ist schon komisch, dass man von Menschen umgeben sein kann, sich in der Anonymität der Großstadt aber dennoch allein fühlt.«

Shannon nickte. Sie wusste, was er meinte. »Aber du nicht. Du hast deine Familie um dich.« Es war keine Frage, eher eine Feststellung.

»Ja, ich habe Glück. Es gab aber auch Zeiten, in denen ich mich einsam gefühlt habe, obwohl sie alle in der Nähe sind. Klingt das komisch?«

»Nein, ich verstehe das. Ich denke, wenn das passiert, geht es gar nicht darum, wer um einen herum ist, sondern darum, wie man sich im Inneren fühlt.«

»Ja, das stimmt. Das ist eine ziemlich tiefgründige Unterhaltung für neun Uhr morgens.« James grinste, um die Stimmung wieder zu lockern. »Also, du bleibst jetzt zu Hause?«

»Erst mal jedenfalls. Es ist auch nicht schlimm.« Damit überraschte Shannon sich selbst, denn obwohl sie Angst davor gehabt hatte, zurück nach Emerald Bay zu kommen, würde es immer ihr Zuhause sein.

»Du hast in Galway gewohnt, oder?«

»Genau. Da war einiges los.« Herzschmerz zum Beispiel. Nicht, dass sie den erwähnen würde, aber an jeder gepflasterten Ecke hatten Erinnerungen an Julien gelauert. Nach Hause zu kommen hatte ihr wieder Raum zum Atmen gegeben.

»Eine tolle Stadt, von dem, was ich gesehen habe. Obwohl ich da den wahrscheinlich schlimmsten Kater meines Lebens hatte, nach einem Pub Crawl mit einem anderen Amerikaner aus demselben Hotel.«

Darüber musste Shannon lachen.

»Was hat dich denn zurück nach Emerald Bay gebracht, wenn ich fragen darf?«

Die sanften Klänge von Boyz II Mens »I'll Make Love to You« drangen zu Shannon durch. Wäre sie allein, hätte sie aufgedreht und mitgesungen, aber in ihrer aktuellen Gesellschaft kam ihr der Songtext höchst unpassend vor. Sie tippte im Takt auf das Lenkrad und überlegte, was sie antworten sollte. Sie war nicht sicher, wie viel sie James erzählen wollte. Schließlich entschied sie, dass sie nichts zu verbergen hatte, und sagte: »Eine Trennung und dann in einer Wohnung zu hocken, die ich mir allein nicht leisten konnte.«

Sie fuhren an Maeves Cottage vorbei. »Besuchst du Maeve später noch?«, fragte Shannon, froh über die Ablenkung.

»Hatte ich vor.«

Unangenehmes Schweigen breitete sich zwischen ihnen aus, schwer von den ganzen unbeantworteten Fragen. Shannon sah aus dem Augenwinkel, wie James den Kopf drehte und aus dem Fenster schaute. Sie entschied, dass es nicht der richtige Zeitpunkt war, auf Antworten zu drängen.

»Boston trieft nur so vor Geschichte, aber so was wie das da haut mich einfach um. Ich kann mir gar nicht vorstellen, wie man es für selbstverständlich hält, eine Burg direkt vor der Tür zu haben.«

Er sprach von der Ruine von Kilticaneel Castle. Gespenstisch ragte sie über dem wogenden Wasser in der Bucht auf. Ein paar Möwen segelten über dem Wall und ein hartgesottener

Spaziergänger mit Hund war zu sehen, der sich auf dem Küstenweg dem Wind entgegenstellte, der dort immer wehte.

Shannon musste an das Bild mit den Meerjungfrauen denken, das ihr so gefallen hatte. Freya hatte ihr gesagt, dass ein Amerikaner es gekauft hatte. »James, hast du zufällig im Ort ein Aquarell von der Burg gekauft, eins mit Meerjungfrauen?«

Überrascht sah er sie an und nickte. »Habe ich, ja. Kennst du das?«

»Ich habe es bei Freya gesehen, an dem Abend, als du ...«, sie hustete, »... ähm, mich aufgefangen hast, bevor ich auf den Boden knallen konnte.« Sie musste sich nicht zu ihm drehen, um zu wissen, dass sich wieder diese Fältchen in seinen Augenwinkeln gebildet hatten. »Es ist ein wirklich schönes Bild und ich halte das hier nicht für selbstverständlich. Es ist der Ort, an dem mein Großvater gestorben ist. Finbar Kelly.«

Irgendetwas daran, mit einem quasi Fremden zu reden, gab einem das Gefühl, offen sprechen zu können. Shannon fragte sich, wie viele Friseure oder Kosmetiker wohl die intimsten Details aus den Leben ihrer Klienten kannten. Sie waren nebenbei immer auch Kummerkästen oder Therapeuten. Es lag daran, dass sie nichts mit dem eigenen Leben zu tun hatten. Deswegen ertappte sie sich auch dabei, wie sie offen mit James über den schrecklichen Tag sprach, an dem ihr Opa gestorben war. »Ich bin Krankenschwester geworden wegen meinem Opa. Ich weiß auch noch, wie lange ich mich nach seinem Tod allein gefühlt habe, obwohl ich meine ganze Familie um mich hatte.«

Sie schaute weiter auf die vielbefahrene, kurvige Straße vor ihnen, spürte aber James mitfühlenden oder verständnisvollen Blick auf sich.

Er räusperte sich. »Es tut mir leid, dass du das durchmachen musstest. Das wird sehr schwer gewesen sein. Wie alt warst du da?«

»Vierzehn.«

»Ein schwieriges Alter.«

Shannon nickte, während sie holpernd über ein Schlagloch fuhren.

»Ich bin nur wegen Cocoa Tierarzt geworden, unserem schwarzen Labrador. Als ich acht war, wurde er von einem Auto angefahren. Mom ist sofort mit ihm zum Arzt gefahren. Ich weiß noch, wie ich im Wartezimmer saß und mir geschworen habe, dass ich später auch Tierarzt werde, wenn der Arzt es schafft, Cocoa zu retten. Er hat überlebt, mit einem Bein weniger, aber er ist noch sehr alt geworden. Und ich habe Wort gehalten.«

Shannon lächelte. »Ich bin froh, dass Cocoa es überstanden hat. Aber was du eben meintest, dass man Dinge wie die Burg für selbstverständlich hält ... Das ist vielleicht bei Kilticaneel Castle für mich nicht so, aber wenn man hier in der Gegend aufwächst, nimmt man Ruinen und historische Sehenswürdigkeiten nicht mehr als solche wahr. Sie sind einfach Teil der Umgebung, auch wenn man weiß, dass es was Besonderes ist.«

»Das verstehe ich. Zu Hause ist es genauso. Wenn ich Zeit mit Leuten von außerhalb verbringe, sehe ich Viertel wie Beacon Hill oder den Freedom Trail mit anderen Augen. Sonst fällt mir aber kaum auf, dass sie da sind.«

»Ich würde so gern mal den Freedom Trail entlanggehen«, schwärmte Shannon. Nicht, dass sie in nächster Zeit ein Flugticket nach Boston kaufen würde.

»Solltest du machen. Und, hey, vielleicht bekommst du heute auch einen anderen Blick auf Dinge.«

Diesmal wagte sie es doch, ihn anzusehen, und erhaschte sein Lächeln.

»Wo geht es als Erstes hin?«, wollte James wissen.

»Wir sind auf dem Weg nach Clifden. Das ist etwa eine Stunde Fahrt entfernt und da können wir uns ein bisschen die Beine vertreten, wenn du willst, bevor wir die Sky Road hochfahren und anhalten, um zum Clifden Castle zu gehen.«

»Das klingt sehr gut. Und, Shannon, ich weiß, dass deine

Familie dich dazu gedrängt hat, aber du sollst wissen, dass ich wirklich dankbar dafür bin, dass du mich rumführst.«

»Ach, das ist kein Problem.« Sie winkte ab. »Du rettest mich davor, mit Mam den großen Einkauf erledigen zu müssen. Mit jeder Art von Liste in der Hand ist sie schrecklich bossy.« Ein unauffälliger Blick zur Seite zeigte ihr ein kleines Grübchen in seiner rechten Wange beim Lächeln.

»Von der Sky Road habe ich in meinem Reiseführer gelesen. Das ist eine sechzehn Kilometer lange Straße, die im Kreis führt, oder?«

»Ist es. Von da hat man eine großartige Aussicht. Man sieht die Landschaft und die Inseln. Am höchsten Punkt ist ein Parkplatz mit Blick über die Küste Connemaras. An einem guten Tag kann man bis County Mayo im Norden sehen und bis County Clare im Süden. Da können wir Picknick machen. Heute sehen wir wahrscheinlich nicht so weit, aber du bekommst trotzdem einen guten Eindruck davon.«

»Schöner Plan.«

In angenehmer Stille fuhr Shannon die bekannte Strecke weiter entlang.

»Erzähl mir mehr von Finbar Kelly. Wie war er so? Wenn er mit Kitty verheiratet war, muss er ein besonderer Mann gewesen sein.«

Die Frage traf sie unerwartet. »Oh ja, das war er.« Als sie von ihrem Großvater und seiner Liebe zur Familie, zu einem guten Essen, der Pfeife und Bier erzählte, lag ein Glitzern in ihren Augen. Dann fiel ihr Blick an James vorbei auf den imposanten Atlantik, dessen Wellen gegen die Küste unter ihnen schlugen, und sie fuhr fort: »Er hat mir immer Geschichten über Selkies erzählt.«

»Was sind Selkies?«

»Das sind Robben, die aus ihrer Haut schlüpfen und sich in Menschen verwandeln können.«

Heute hatten James Augen den gleichen Farbton wie das

Wasser, waren eher grau als grün, und sein Kopf neigte sich ein winziges bisschen in ihre Richtung, während er den Geschichten zuhörte, denen sie einst auf dem Knie ihres Opas gelauscht hatte. Gerade als sie fertig war, bogen sie um die nächste Kurve und wurden von Clifden begrüßt, das unter ihnen in einem Tal lag. Zwei Kirchtürme ragten zwischen den bunten Häusern heraus, vor den zerklüfteten Umrissen der Twelve Bens.

»Wow«, staunte James. Shannon fühlte dabei ungewöhnlichen Stolz, als wäre sie für die Aussicht verantwortlich, während sie weiter auf die Stadt zusteuerten.

25

Shannon und James spazierten an den Bewohnern vorbei, die schwer behangen mit Tüten voller Last-minute-Weihnachtsgeschenke durch die Stadt zogen. Statt sich in irgendein Café zu setzen, hatten sie entschieden, sich bei Walsh's Bakery Kaffee zum Mitnehmen zu holen und durch den Stadtkern zu gehen, nachdem sie eine Stunde im Auto verbracht hatten. Shannon trank den letzten schaumigen Schluck ihres Kaffees. Hin und wieder hörte sie das Wort »Schnee«, und obwohl sie Weihnachten anfangs nicht besonders enthusiastisch entgegengeblickt hatte, hoffte sie jetzt auf weiße Weihnachten. Die Feiertage mit der Familie und Freunden – und viel zu vollgefressen – zu verbringen, hatte etwas ganz Besonderes. Wenn es draußen dann noch schneite, blieb einem nichts anderes übrig, als drinnen zu sitzen und noch mehr zu essen und zu trinken.

Sie warf ihren To-go-Becher in einen Mülleimer, James tat es ihr gleich, und beide schlenderten gemütlich weiter, wobei Shannon an Julien dachte. Wäre alles so gekommen, wie sie gedacht hatte, dann wäre sie jetzt in Paris und würde auf einen Antrag vor dem Eiffelturm warten, statt durch Clifdens Stadtkern zu spazieren, erstaunlich entspannt in James Nähe.

Konnte sie sich glücklich schätzen, ihn los zu sein? Sie konnte sich nicht erinnern, sich mit Julien jemals so wohlgefühlt zu haben. Ihr wurde bewusst, wie sehr sie immer versucht hatte, ihn glücklich zu machen, und wie kräftezehrend es gewesen war. Diese Sehnsucht nach dem Franzosen und der gemeinsamen Zukunft, von der sie glaubte, sie hätten sie, war verschwunden. Sie riskierte einen seitlichen Blick zu James, der das wuselige Treiben in Connemaras inoffizieller Hauptstadt sichtlich genoss. Das alles schien sehr verwirrend für sie, deswegen entschied sie: Das Beste wäre, sich auf ihre Umgebung zu konzentrieren.

»Sieh mal«, flüsterte sie und ging auf ein pinkes Gebäude mit einer türkisfarbenen Tür zu, das vom Marktplatz abging. Im Schaufenster waren Glaswaren ausgestellt. »Handwerklich bin ich komplett unbegabt, deswegen bewundere ich Leute, die so was können.« Sofort musste sie an Freya denken.

Beide bewunderten die Kunstwerke durch die Scheibe, gingen dann aber weiter, bis James vor einem zweistöckigen gelben Haus stehen blieb. Die blaugerahmten Fenster mit den passenden Markisen präsentierten Geschenke und Kleidung. Eine Mischung aus Isla Mullins' Souvenirshop und Eileen Carrolls Strickladen in Emerald Bay, fand Shannon.

»Shannon?«

Irgendetwas an James' zögerlichem Ton brachte Shannon dazu, ihn neugierig anzusehen. »Was gibt's?«

»Versprichst du mir, nicht zu lachen?«

Er hatte einen schüchternen Blick an sich, fand Shannon, hier in seinem Gore-Tex-Outfit auf dem Kopfsteinpflaster. »Ich gebe mein Bestes. Aber erfahrungsgemäß ist das meistens ziemlich schwierig, wenn jemand schon so anfängt.« Sie wartete, was er zu sagen hatte, die Hände tief in den Taschen ihrer Daunenjacke.

Kurz war wieder der Hauch eines Grübchens zu sehen. »Ich will mir einen Aran-Pullover kaufen.«

Shannon schnaubte.

»Du hast versprochen, nicht zu lachen!« Seine Mundwinkel zuckten.

»Ich habe nur gesagt, dass ich mein Bestes gebe, und das war kein Lachen, sondern ein Schnauben. Aber, als Geschenk für einen deiner Brüder?«

»Nein. Die Cabot-Brüder wüssten das feine Handwerk überhaupt nicht zu schätzen.«

»Ich tue es ja nicht gern, aber ich glaube, ich muss deine Illusion von Fischerfrauen, die strickend in ihren Cottages drüben auf den Aran Islands sitzen und die Pullover herstellen, leider zerstören, James. Inzwischen benutzen sie dafür wahrscheinlich auch Maschinen.«

»Sehr lustig. Aber die sehen so warm aus, und ...«, auf der Suche nach dem richtigen Ausdruck runzelte er die Stirn.

»Kuschelig?«

»Genau.«

»Aber wofür brauchst du einen Aran-Pulli, deine wasserabweisende Funktionskleidung hält dich bestimmt selbst beim Besteigen des Mount Everests angenehm warm.«

James sah an sich herunter. »Das ist nicht das Gleiche. Ich bin immer neidisch auf die ganzen irischen Männer in ihren dicken Wollpullis. Ich möchte auch so einen, den ich Weihnachten anziehen kann.«

Jetzt lachte Shannon wirklich und fragte, ob er eher nach was mit Zopfmuster suchte oder nach einem mit Rentier vorn drauf.

Das Funkeln in seinen Augen verriet ihr, dass es ihm Spaß machte, sie an seinem Pullover-Dilemma teilhaben zu lassen.

»Also, hilfst du mir jetzt, einen auszusuchen, in dem ich nicht zu sehr wie ein Idiot aussehe?«

»Clown«, korrigierte sie. »Wenn du schon einen Aran-Pulli tragen willst, musst du auch die Sprache draufhaben. Na dann los.« Sie schob die Tür des Ladens auf, der anscheinend einen schwungvollen Handel mit Souvenirs und Strickwaren betrieb.

Sie fanden die Ecke mit den berühmten Strickpullovern und begannen, das Sortiment durchzusehen.

»Welche Größe hast du?«

»Eine M. Obwohl, wenn es mit dem Essen so weitergeht wie gestern Abend, dann habe ich bis zum ersten Weihnachtsfeiertag L«, antwortete James, nur halb im Scherz. »Wie findest du den hier?« Er hielt einen dunkelblauen Ripp-Pullover mit Rundhalsausschnitt hoch.

»Zu schlicht«, entgegnete Shannon, sich weiter durch einen Stapel blaugrüner Pullover mit dem typischen Zopfmuster wühlend. Sie fand, die Farbe ähnelte diesem Zwischenton seiner Augen – nicht, dass sie ihm das jemals sagen würde. »Die Farbe würde dir stehen«, meinte sie stattdessen.

James zeigte allerdings auf einen cremefarbenen gestrickten Albtraum an einer Kleiderpuppe. »Der sieht klassisch aus.«

»Klar, dann fehlt dir nur noch der Hirtenstab.«

»Ein Nein also?«

»Ist der Papst katholisch?« Ihr Blick blieb am »M« im Schild von einem der Pullover hängen, die sie gerade durchgegangen war. »Hier, das würde eher passen.«

James nahm ihr den Sweater ab und hielt ihn sich an. »Ja oder nein?«

»Du solltest ihn anprobieren«, riet Shannon ihm. Sie hatte richtig gelegen, er passte zu seinen Augen.

Sie sah zu, wie er zu den Umkleiden ging. Es warteten noch ein paar andere, ihre ausgesuchten Klamotten über die Arme geworfen. Shannon nahm noch eine Mütze in der Farbe des Pullovers, den sie gerade für James ausgesucht hatte. Ihr kam der Gedanke, dass er der Einzige war, der am Weihnachtsmorgen kein Geschenk zum Auspacken haben würde. Ohne weiter darüber nachzudenken, trugen ihre Füße sie rüber zur Kasse.

Kurz darauf stopfte sie die Mütze und den Beleg in ihre Umhängetasche. Sie redete sich ein, dass es ein kurzer verrückter Impuls gewesen sein musste, denn sie wusste noch nicht mal, ob ihm der Pullover gefiel, geschweige denn eine passende Mütze. Ein Räuspern brachte sie dazu, hochzusehen, zu James, der vor ihr posierte. Sofort vergaß sie, dass sie gerade Geld, das sie nicht besaß, für einen Mann ausgegeben hatte, an dem sie nicht romantisch interessiert war – den sie noch nicht mal wirklich kannte –, und kicherte über seine alberne Pose mit den Händen in den Hüften. Aber sie musste sich schon selbst auf die Schulter klopfen – sollte sie jemals eine Pause von ihrem Beruf brauchen, könnte sie immer noch als Beraterin für Aran-Pullover anfangen. Die Farbe passte perfekt und das Zopfmuster verlieh ihm eine raue, männliche Note. Solang sie ein Wort mitzureden hatte, würde er bestimmt nicht aussehen wie frisch vom Set einer schnulzigen romantischen Komödie, die in Irland spielte. »Oh ja, der steht dir. Aber ist er auch kuschelig?«

»Er ist sehr kuschelig.«

»Dann hast du das, was du suchst.«

James ging zur Kasse rüber und Shannon sagte, sie würde draußen auf ihn warten. Gegenüber gab es noch einen kleinen Supermarkt, zu dem sie schnell huschte. Sie kam gerade rechtzeitig wieder raus, um James zu sehen, der sich suchend nach ihr umschaute. Mit einem Winken ging sie über die Straße zu ihm.

»Hier.« Sie streckte ihm einen Lion-Riegel hin. »Ein Aran-Pullover und ein Lion. Wir machen noch einen wahren Iren aus dir.«

26

Lächelnd horchte Shannon James' immer lyrischer werdendem Schwärmen über den Schokoriegel. Ihre Hände ruhten auf dem Lenkrad, während BB sich die Sky Road entlangwand. Als James hinzufügte, das klebrige Karamell, das Nougat und die Waffel umhüllt von Milchschokolade wären ein Erlebnis, das keinem Irlandbesucher entgehen sollte, musste sie laut lachen. »Du solltest Geld für die ganze Werbung bekommen.«

Danach richtete sich seine Begeisterung vor allem auf die Aussicht auf den Atlantik, der sich heute aufgewühlt und mit schaumigen Wellen präsentierte. Der graue Himmel und das gleichfarbige Meer boten einen fast düsteren, aber imposanten Anblick. An einem Sommertag wäre es ein komplett anderes Bild, das wusste Shannon. Ab Juni war das Wasser strahlend blau, das Grün der Landschaft leuchtend und der Himmel wäre voller weißer Schäfchenwolken. Genau das liebte sie an diesem Fleckchen der Erde. Keine zwei Tage glichen sich. An Tagen wie diesen unterstrich die Launenhaftigkeit für sie nur Connemaras Schönheit.

Sie hatte das Fernlicht eingeschaltet, was auch gut so war,

denn sonst hätten sie das Tor zum Clifden Castle verpasst. Nachdem sie kurz darauf zeigte, parkte sie ein Stück weiter.

»Man kommt nicht in die Ruine rein, deswegen ist der Weg dorthin eigentlich das Wichtigste«, erklärte sie James, der seinen Reiseführer aus dem Handschuhfach nahm und durchblätterte.

Er fand die passende Seite. »Hiernach wurde die Burg achtzehnhundertachtzehn von einem James D'Arcy erbaut, dem Gründer von Clifden.«

Shannon nickte. Irgendwo in ihrem Hinterkopf steckte das Wissen auch, wahrscheinlich hatte sie bei einem Schulausflug mal alles über die Geschichte der Ruine gelernt. Entlang der Sky Road stand auch ein Denkmal für D'Arcy.

James löste seinen Gurt, ungeduldig, wieder aus dem Auto zu kommen, um ein Foto vom Burgtor zu schießen.

»Bis nach oben sind es ungefähr fünfzehn Minuten zu Fuß«, erklärte Shannon, die seinem Beispiel folgte und BB hinter sich abschloss.

James hielt sein Handy hoch, suchte nach dem besten Winkel und schoss ein Foto. Dann schlug er vor, dass Shannon sich vor das Tor stellen könnte.

»Nein, ich bin nur der Tourguide, aber ich kann ein Foto von dir machen. Es ist deine Reise.«

»Aber du bist viel hübscher.«

Sie lachte über das Kompliment, versuchte aber, nicht zu viel hineinzuinterpretieren, während sie die Hand nach seinem Telefon ausstreckte. Widerwillig reichte er es ihr. »Hättest du bloß deinen neuen Pullover an«, kommentierte sie, während sie wartete, bis er sich neben dem steinernen Torbogen in Position gebracht hatte. Auf die Gefahr hin, zu klingen wie ihre Mutter beim Versuch, ein anständiges Familienfoto zustande zu bringen, wies sie ihn an, sich noch ein Stückchen zu drehen. Dann drückte sie sicherheitshalber gleich zweimal den Auslöser.

Sie machten sich auf den Weg die verwucherte Straße

hoch, die auf beiden Seiten von Holzpfählen begrenzt wurde, zwischen denen Drahtseile gespannt worden waren. Zu ihrer Rechten graste ein einsames Pferd, während die wogende Wiese zu ihrer Linken in Richtung eines kleinen Gewässers abfiel, dessen Oberfläche der Wind rau erscheinen ließ. »Pass auf das Eis auf«, warnte James und wich einer Pfütze aus, auf der sich eine Frostschicht gebildet hatte. Beide hatten vom Wind gerötete Wangen, als schließlich die vom Nebel umgebene Burgruine in Sicht kam. Obwohl Shannon das alles schon kannte, raubte es ihr dennoch den Atem.

James blieb stehen und starrte geradeaus. »Kneif mich mal. Das kann nicht echt sein. Das sieht aus wie ein Gemälde.« Dann: »Diesmal musst du mit drauf.« Wieder hielt er sein Handy hoch. »Bitte. Sonst kann ich meiner Mom und meinen Brüdern nur Fotos von mir selbst, Burgen und irgendwelchen Amerikanern zeigen, die ich in Galway kennengelernt habe.«

Shannon willigte ein und stellte sich neben ihn. Sie versuchte, nicht zusammenzuzucken, als er einen Arm um ihre Schulter legte und sie näher zu sich zog. Das Display konnte sie nicht so gut sehen, als er es vor sie beide hielt. Sie hoffte nur, dass es kein unvorteilhaftes Nasenlochfoto von unten werden würde, als er mit seinem »Sag cheese« kam.

»Cheese.« Hastig löste sie sich wieder von ihm. »Zeig mal.« Auf gar keinen Fall zeigte er irgendjemandem das Foto, bevor sie nicht zustimmte. Seine Familie in Boston sollte schließlich nicht glauben, dass er von einem Tourguide mit großen Nasenlöchern rumgeführt worden war.

Es gab ihr ein seltsames Gefühl, James und sich nebeneinander zu betrachten, die für jeden aussahen wie ein Paar bei einem Tagesausflug. Sie schluckte, gab nickend ihre Zustimmung und gab ihm das Handy zurück, als hätte sie sich daran verbrannt.

Das Mähen der Schafe in der Nähe hatte etwas Melancholisches, während sie um die Ruine gingen. Der einst so imposante Bau war verfallen, brach an manchen Stellen weg und war überwuchert von Efeu. Eine gute halbe Stunde beschäftigte James sich glücklich damit, das ehemalige Zuhause von D'Arcy aus jedem erdenklichen Winkel zu fotografieren. Bis sie sich wieder auf den Weg zum Auto machten, war Shannon durchgefroren. Es überraschte sie auch wenig, als ein eisiger Tropfen nach dem anderen auf ihrem Kopf landete.

»Es schneit«, lachte sie. James stapfte einfach neben ihr her. Bis sie am Wagen ankamen, hatte sich diese besondere Stille über die Landschaft gelegt, die winzigen Eiskristalle schwebten sanft zu Boden.

»Sollen wir umkehren?«, fragte James, als er neben Shannon ins Auto kletterte, während sie bereits den Motor anließ, um BB aufzuwärmen.

»Es wurde kein Schnee angekündigt, es sollte also nicht viel schlimmer werden und die Straße ist gestreut. Falls wir trotzdem stecken bleiben, kann ich immer noch Dad anrufen, damit er uns mit seinem Monstertruck rauszieht.« Sie grinste, um ihm zu zeigen, dass sie nur Spaß machte. Sicherheitshalber wollte sie aber dennoch die Wettervorhersage hören, also stellte sie das Radio an, bevor sie auf der malerischen Strecke weiterfuhren.

Die Scheibenwischer schoben alle Schneeflocken beiseite, sodass Shannon ihm die alte Küstenwache zeigen konnte, wo die Straße sich teilte. »Jetzt sind da Ferienwohnungen drin, mit Blick über die Bucht von Clifden.«

Sie entschied sich für die obere Strecke und beide lauschten wortlos und auf die Wettervorhersage wartend, als die Nachrichten anfingen. Leichtes Schneegestöber war vorhergesagt, also fuhr Shannon zuversichtlich weiter und hörte James zu, der von den Schneefällen in Boston erzählte, die manchmal so heftig waren, dass er nicht mal aus den Fenstern seiner Souterrainwohnung sehen konnte. Der Schnee hier würde vermutlich nicht mal liegen bleiben.

Der Parkplatz war menschenleer, deswegen suchte sie sich den besten Platz aus, von wo aus man das Braun und Grün der Landschaft bewundern konnte, durch die sich Nebelschwaden zogen. Durch den Dunst konnte man die umliegenden Counties, das Meer und die Inseln kaum erkennen, aber das schien James nicht zu stören. Voller Begeisterung staunte er: »Magisch.«

Das war es, stimmte Shannon zu. Eine ganze Weile saßen sie ohne zu reden da, bis sie das Schweigen brach. »Hunger?« Sie fragte sich nur, wie sie auf so engem Raum essen und trinken sollten.

»Oh ja. Soll ich das Essen auspacken und du schenkst den Tee ein?«

»Deal.«

Bevor er ausstieg, schlug James noch vor, die Sitze nach hinten zu stellen, damit sie mehr Platz hatten, und fing an, an der Seite nach einem Hebel zu suchen. Shannon wollte ihm gerade sagen, dass der Hebel unter dem Sitz war, als seine Lehne sich nach hinten verabschiedete und er an die Decke des Autos starrte. »Falscher Hebel.« Lachend stellte er die Lehne wieder aufrecht.

Ohne nachzudenken, drehte Shannon sich in ihrem Sitz und beugte sich rüber, um ihm zu helfen. Sofort als ihre Hand sein Bein streifte, bereute sie diese Entscheidung. Er dagegen schien es überhaupt nicht zu bemerken. Sie ertastete den richtigen Hebel und mit einem Danke von ihm glitt der Sitz nach hinten. Dann kümmerte sie sich schnell um ihren eigenen Sitz und öffnete die Tür.

Die kalte Luft stach in ihren Augen und ihrem Gesicht, war aber eine willkommene Erleichterung nach der Enge im Auto. BB leuchtete wie ein gelbes Signallicht, dachte sie beim Gang zum Kofferraum. Was die Sichtbarkeit anging, hatte ihr Dad recht behalten. James tauchte neben ihr auf, stellte sich unter die Kofferraumklappe, öffnete den Picknickkorb und reichte ihr zwei Plastikbecher. Als Nächstes schnappte er sich zwei Teller und befüllte sie mit den Sandwiches und dem Kuchen, den Nora ihnen eingepackt hatte, während Shannon dampfendes Wasser aus der Thermosflasche auf die zwei Teebeutel goss, die sie in die Becher gehängt hatte.

»Ich habe die Äpfel vergessen«, fiel ihr ein.

»Wir werden nicht verhungern, glaube ich«, antwortete James und hielt einen Teller mit einem dicken Sandwich hoch, bei dem das Ei aus der Seite quoll, daneben eine große Scheibe gebuttertes Früchtebrot.

»Man könnte meinen, Mam hat für eine ganze Mannschaft gepackt«, murmelte Shannon. »Milch?« Sie hielt eine Packung hoch.

»Und ein Stück Zucker«, gab James zurück. Sie rührte die Milch und den Zucker ein, bevor sie gemeinsam in einem aufwendigen Akt alles nach vorn balancierten.

In genussvoller Stille aßen beide, bis James anmerkte, wie gut der Kuchen ihm schmeckte.

»Barmbrack ist ein traditionelles irisches Gericht.«

»Meine Mom macht so was Ähnliches, das heißt einfach nur Früchtebrot.«

»In dieser Jahreszeit macht Nan immer Brack. Oh, aber pass auf deine Zähne auf. Gut möglich, dass eine Münze drinsteckt. Früher haben meine Schwestern und ich uns immer darum gestritten.« Wem machte sie hier was vor? Es nervte sie immer noch, wenn eine der anderen die Münze in ihrem Stück hatte. Lächelnd erinnerte sie sich daran, was ihre Nan immer sagte, während sie die Überraschung im Boden des Kuchens versteckte: »Eine Münze für Wohlstand. Ring: Eine Hochzeit steht an. Bei der Erbse ist keine Heirat in Sicht. Ein Streichholz: unglückliche Ehe ... ähm, Bohne: Armut ... und da war doch noch etwas ...«

James hielt inne, wartete, den Kuchen auf halbem Weg zum Mund.

»Ich hab's! Ein Fingerhut: Auf ewig allein.«

Er belohnte sie mit einem schiefen Grinsen, bevor er abbiss und etwas Unverständliches nuschelte. Shannon sah ihm belustigt zu, während er das störende Etwas aus seinem Mund holte.

»Ich habe dich gewarnt.«

Er pulte die Krümel vom Objekt, dann hielt er es hoch und Shannon sah, dass es keine Münze, sondern ein auffälliger Ring war. Zu Hause musste sie dringend ein ernstes Wörtchen mit ihrer Nan reden. Das war bestimmt kein Zufall, vor allem, da Nan die letzten Jahre nur der Tradition wegen ein- oder zweimal Münzen im Kuchen versteckt hatte. Als ihr wieder einfiel, dass sie als Krankenschwester ja eine Verantwortung hatte, fragte sie schnell: »Keine abgebrochenen Zähne?« Nicht, dass sie in dem Fall eine große Hilfe gewesen wäre.

»Nein, alles gut.« Er inspizierte den Ring, legte ihn dann auf das Armaturenbrett. »Das wird meine Mutter freuen.« Aber sein Lachen klang leer.

Shannon sah ihn von der Seite an, konnte ihn aber nicht lesen. »Ist alles in Ordnung?«

Er starrte nach vorn auf die Schneeflocken, die vor der Windschutzscheibe tanzten. »Meistens komme ich zurecht, aber hin und wieder trifft es mich von Neuem.« Er drehte sich zu ihr. »Meine Mom ist krank. Gebärmutterkrebs. Sie hat hart dagegen gekämpft, aber es sieht nicht gut aus.«

Sie spürte richtig, wie das Gewicht seiner Worte sich auf sie legte. »James, das tut mir leid.«

Er lächelte schwach. »Leute machen so was ständig durch, aber man denkt immer, dass es die eigene Familie nicht trifft.«

Shannon nickte. Das hatte sie in der Palliativpflege schon oft von Angehörigen gehört.

»Es gab immer nur meine Brüder, mich und Mom. Die Cabots gegen den Rest der Welt. Es ist schwer, mitanzusehen, wie sie die Behandlung durchmacht, aber noch schlimmer ist es, sich ein Leben ohne sie überhaupt nur vorzustellen.«

Aus Erfahrung wusste Shannon, wenn man nicht wusste, was man sagen sollte, war es manchmal am besten, einfach zuzuhören. Deswegen blieb sie still. Nur eine Frage brannte ihr auf den Lippen. Was machte James hier in Irland, wenn seine Mutter krank war? So nahe wie er ihr offensichtlich stand, hätte sie gedacht, dass er jede freie Minute mit ihr verbringen wollen würde. Erst recht, wenn es vielleicht ihr letztes Weihnachten war. Auf der anderen Seite kannte sie auch Angehörige, die mit der Krankheit nicht zurechtkamen und ihre Verwandten nie besuchten. Sie wusste aber, dass die Menschen ihre Entscheidung nach dem Tod der geliebten Person bereuten.

Er las ihre Gedanken. »Du fragst dich bestimmt, wieso ich hier bin und nicht zu Hause bei ihr.«

»Der Gedanke ist mir gekommen, aber du musst nicht mit mir darüber reden, wenn du nicht möchtest. Es geht mich nichts an.«

»Doch, das möchte ich. Ich bin wegen Mom nach Irland gekommen. Sie hat mich gebeten, herauszufinden, wer ihre Eltern sind. Sie ist adoptiert«, erklärte er. »Es war nie ein Geheimnis. Es war einfach so.«

Shannon nickte, langsam zählte sie eins und eins zusammen, was Maeve und James anging.

»Mom hat nie darüber gesprochen, wir auch nicht. Ich glaube, zu hinterfragen, wo sie herkam, hätte sich wie Verrat angefühlt. Wir haben unsere Großeltern geliebt und sie hatte auch eine tolle Kindheit. Aber als sie dann krank wurde, habe ich angefangen, mehr darüber nachzudenken. Mom hat mich früher immer Coco genannt. Nach dem neugierigen Äffchen, weißt du?« Er sah Shannon an, ein Lächeln zuckte in seinem Mundwinkel.

Sie erwiderte es. »Ich erinnere mich.«

»Jedenfalls ... ich wollte wissen, ob sie jemals etwas darüber herausfinden wollte, wo sie herkommt. Wir wussten nur, dass Gran und Pops sie in Irland adoptiert haben, als sie acht

Wochen alt war, und sie mit nach Boston genommen haben.«
James machte eine Pause und nippte an seinem Tee. Shannon
regte sich nicht, sie wollte den Rest seiner Geschichte hören.

»Meine Brüder und ich waren immer abwechselnd bei
Moms Chemotherapie dabei. Wenn du schon mal bei so einer
Behandlung dabei warst, dann weißt du, dass es außer reden
nicht viel zu tun gibt. Also habe ich sie an einem Nachmittag
darauf angesprochen. Sie hat mir erzählt, dass sie mal darüber
nachgedacht hat, ihre leibliche Mutter zu suchen, dass ihr aber
nach dem Tod meines Vaters das Geld, die Zeit und die Kraft
fehlte, sich damit auseinanderzusetzen. Irland schien so weit
weg und es wäre ein schwieriger, langwieriger Prozess. Erst
recht, wenn ihre Akten unter Verschluss standen. Wir Kinder
waren ihre höchste Priorität. Als wir dann erwachsen waren,
hatte sie das Gefühl, es schon zu lange aufgeschoben zu haben,
und sie hätte gar nicht gewusst, wo sie überhaupt anfangen sollte.« Er schaute weiter geradeaus, seine Kiefermuskeln spannten
sich an. »Und jetzt mit der Krankheit ist es zu spät. Ihre
Wurzeln zu finden, wäre das letzte fehlende Stück des Puzzles,
hat sie mal gesagt. Ich glaube, Mom hatte Angst, in ihrer
Geschichte zu forschen. Angst, was sie finden könnte. Wir
hatten *Philomena* gesehen und kannten die Geschichten von
den Magdalene Laundries.«

Alle kannten sie. Dass diese Anstalten in ihrem Land exis-
tiert hatten, machte Shannon traurig und sie schämte sich
dafür. Die Qualen und der Schmerz, den unverheiratete irische
Mädchen und Frauen erlebt haben mussten, wenn sie in die
Heime abgeschoben wurden, waren unvorstellbar.

»Nach meinem Gespräch mit ihr hatte ich dieses Bedürfnis,
mehr herauszufinden. Was, wenn ihre leibliche Mutter ihr
Leben lang in der Hoffnung verbringt, dass ihre Tochter sich
bei ihr meldet? Immer wieder musste ich daran denken. Und
daran, dass Mom sterben könnte, ohne jemals mehr erfahren zu
haben.« Er seufzte. »Wenn ich ehrlich bin, wollte ich es auch

für mich selbst wissen. Ich bin immer davon ausgegangen, dass ich eines Tages Kinder haben werde und ich würde ihnen gern von meiner Familiengeschichte erzählen können. Das habe ich Mom auch erklärt und sie hat eingewilligt, dass ich für sie nachforschen kann. Meine Brüder waren sich bei der Sache nicht so sicher. Sie dachten, dass da nichts Gutes bei rumkommen kann, aber für Mom stand fest: Ich hatte ihren Segen. Sie hat mir den Papierkram gegeben, den Gran und Pops ihr hinterlassen haben, und als es dann losging, war sie richtig begeistert. Meine Brüder genauso. Es gibt ihr, nein, uns allen, etwas anderes, worauf wir uns konzentrieren können.«

Tränen drohten in ihre Augen zu schießen, bemerkte Shannon und blinzelte schnell dagegen an.

»Anfangs hatte ich als einzige Information, dass die Adoption in einem Heim für unverheiratete Frauen in der Nähe von Cork stattgefunden hat. Per Telefon an Informationen zu kommen, schien hoffnungslos. Deswegen habe ich beschlossen, selbst herzufahren.« Er seufzte schwer. »Ich wünschte, sie hätte mitkommen können, aber sie ist nicht fit genug für so eine Reise. Sie hätte das alles hier geliebt«, er zeigte in Richtung der verschneiten Landschaft, »aber ich schicke ihr jeden Tag Fotos und Updates. Sie sagt, es gibt ihr das Gefühl, als wäre sie dabei.« Er trank den letzten Schluck aus seinem Becher. »Den Rest kannst du dir wahrscheinlich schon denken.«

»Maeve ist deine Großmutter. Die leibliche Mutter deiner Mutter.«

»Genau. Ich kann mir gar nicht vorstellen, wie sie sich bei meinem Anruf gefühlt haben muss. Es muss wie aus dem Nichts für sie gekommen sein. Ich meine, ich habe mal gelesen, dass viele der Frauen, die in solchen Heimen waren, ihr Leben lang mit dem Trauma kämpfen. Manche leiden noch Jahre später an PTSD.«

Das hatte Shannon auch gehört. Sie konnte sich kaum vorstellen, dass Irland einmal ein so eingeschränktes Land gewesen sein soll. Gleichzeitig kannte sie genug Geschichten ihrer Großeltern, um zu wissen, dass es mal ein komplett anderer Ort gewesen war, und zwar vor noch gar nicht so langer Zeit.

»Verständlicherweise war Maeve erst zögerlich, was ein Treffen anging. Ich habe aber versichert, dass ich alle Papiere habe, die beweisen, dass ich wirklich der bin, für den ich mich ausgebe. Dann habe ich ihr meine Nummer hinterlassen. Nach ein paar Tagen, nachdem sie Zeit hatte, das alles sacken zu lassen, hat sie mich angerufen und mich zu sich eingeladen.«

Das erklärte so viel, dachte Shannon. Sie hatte immer das Gefühl gehabt, dass es etwas gab, das ihre Freundin verfolgte. Ein- oder zweimal hatte sie den Eindruck gehabt, Maeve wäre kurz davor, sich ihr anzuvertrauen, aber dann hatte sie immer dichtgemacht.

»Hast du deiner Mam schon von dem Treffen erzählt?«

»Ich habe sie gestern Abend angerufen. Sie hat so viele Fragen. Ich meinte zu Maeve, dass ich heute Nachmittag vorbeikomme. Ich hoffe, sie ist bereit, über die Vergangenheit zu sprechen. Kommst du mit?« Eine Locke fiel ihm in die Augen, als er sich zu ihr drehte, und Shannon hätte am liebsten die Hand ausgestreckt und sie zur Seite gestrichen.

»Natürlich komme ich mit.« Sie erwiderte seinen Blick einen Moment zu lang, bevor sie wieder nach draußen sah. »Gott, das Wetter wird immer schlimmer. Ich denke, wir sollten lieber zurückfahren.« So viel zum leichten Schneegestöber, dachte sie und versuchte, mit zusammengekniffenen Augen im Trüben etwas zu erkennen. Ihnen stand eine lange Rückfahrt nach Emerald Bay bevor.

27

Die Fahrt zurück gestaltete sich langsam. James, der Shannons Nervosität beim Fahren in diesem Wetter spürte, hatte angeboten, selbst zu fahren, aber sie kannte die Strecke und er nicht. Das Tückische am Schnee war nur, fand Shannon, dass alles unter der weißen Decke gleich aussah. Mit weißen Knöcheln umklammerte sie das Lenkrad. Die Schneeflocken, die auf die Scheibe zuflogen, hatten etwas Hypnotisierendes und die Scheibenwischer arbeiteten auf Hochtouren. Mit zusammengekniffenen Augenbrauen starrte sie konzentriert auf die Straße. Als sie vor Maeves Cottage parkte, hatte sie fiese Kopfschmerzen.

»Du hast das gut gemacht, Shannon«, lobte James. Den Großteil der Fahrt über hatte er geschwiegen, wissend, dass sie keine Ablenkung gebrauchen konnte. »Und danke für heute und das hier.« Sein Blick fiel auf das Haus, aus dessen Fenstern einladendes Licht schien.

Shannon griff nach ihrer Tasche auf der Rückbank. Sie konnte sich gar nicht erinnern, wann es das letzte Mal so stark geschneit hatte. Außerdem wollte sie nicht, dass er mitbekam, wie sehr die Fahrt sie angestrengt hatte. Es war dumm gewesen, nicht direkt bei den ersten Schneeflocken loszufahren, aber sie hatte James' Geschichte hören wollen. Sie ließ ihr Haar über ihr Gesicht fallen und beschäftigte sich mit der Suche nach ihrem Handy. »Ach, kein Problem. Geh ruhig schon vor, wenn du willst. Lass die Tür ruhig angelehnt, ich komme dann gleich nach. Ich rufe lieber noch schnell Dad an und sage Bescheid, dass wir wieder in Emerald Bay sind, sonst macht er sich Sorgen.« Als sie das Telefon endlich rausgekramt hatte, leuchteten bereits zwei verpasste Anrufe von ihm auf.

James ließ sie allein. Sie sah ihm hinterher, wie er den Weg zur Haustür hochstapfte, wobei seine Boots im frischen Schnee Abdrücke hinterließen. Sie sah ihn nur schemenhaft, während er wartete, bis die Tür sich öffnete und Maeve und er kurz erleuchtet wurden. Danach verschluckte das Haus sie beide, während Shannon die Freizeichen zählte. Eins, zwei, drei …

»Shannon! Nora, es ist Shannon.«

»Uns geht's gut, Dad. Mach dir keine Sorgen. Wir sind noch eben bei Maeve Doolin, danach kommen wir nach Hause. Ich wäre früher umgedreht, hätte ich geahnt, wie schlimm der Schnee noch wird. Im Wetterbericht hieß es nur ›leichtes Schneegestöber‹.«

»Typisch irisches Wetter. Man denkt, es wird sonnig, und dann kommt Regen. Heute sollten wir einen Hauch Schnee bekommen und plötzlich ist alles weiß. An eurer Stelle würde ich nicht zu lange bleiben. Es sieht aus, als würde es noch schlimmer werden. Nicht, dass ihr eingeschneit werdet.«

Eigentlich, dachte Shannon kurz vor dem Auflegen, gäbe es deutlich schlimmere Orte, an denen man festsitzen könnte – sofern Maeve ein neues Blech Shortbread parat hatte.

»Ist gut, Dad, bis später. Oh, und kannst du eines der Mädchen bitten, Napoleon zu füttern?«

»Mache ich. Komm nicht zu spät, Shannon, hörst du?«

»Ja, Dad. Bye.«

Mehr aus Gewohnheit als aus Notwendigkeit schloss

Shannon BB ab, bevor sie sich auf den Weg ins Cottage machte. »Ich bin's nur«, rief sie in die Küche, wo sie die beiden erwarteten.

Maeve saß in ihrem Stuhl, von der Wärme des Kamins waren ihre Wangen ganz rot, nur James war nirgends zu sehen.

»Er ist neue Torfbriketts reinholen gegangen. Du siehst blass aus, Shannon. Fühlst du dich nicht gut?«

Sie hatte keine Ahnung, wie Maeves Sohn Fergus es sich eigentlich vorstellte, dass seine arme Mutter im Winter allein zurechtkommen würde. In den Cottages direkt neben Maeves waren keine Lebenszeichen zu sehen und so stolz wie die Frau war, rief sie sicherlich niemanden im Ort an, wenn sie Hilfe brauchte, nicht mal Shannon. Nur gut, dass sie heute noch hergekommen waren, denn allein der Gedanke, wie Maeve sich nach draußen wagte, um neues Brennmaterial zu holen, jagte Shannon einen Schauer über den Rücken. Was, wenn sie ausrutschen würde?

»Nur Kopfschmerzen, das ist alles.« Wahrscheinlich sollte sie von vorn anfangen, dachte Shannon. »Ich wurde überredet, heute den Tourguide für James zu spielen, wir sind gerade aus Clifden zurückgekommen. Die Fahrt war ganz schön haarig.« Shannon ging zum Kamin und rieb sich die Hände vor dem mickrigen Feuer, das dringend angefacht werden musste.

»Von wem überredet?«

»Alle haben sich verschworen.«

Maeve lächelte. Sie wusste, dass Shannon von ihrer Familie sprach.

»Und, war es so schlimm?«

»In diesem Wetter zu fahren ist nichts für schwache Nerven.«

»Ich habe nicht vom Fahren geredet, das weißt du.«

»Ich weiß.« Das Aufschwingen der Hintertür rettete Shannon vor dem Antworten. Sie hörten, wie James seine Schuhe auf der Fußmatte abtrat, bevor er kurz darauf mit einem offensichtlich schweren Korb auftauchte. Er stellte ihn neben den Kamin und warf direkt eines der Torfbriketts auf das Feuer. Knistern und Zischen, dann loderten die Flammen auf und ein aromatischer Geruch breitete sich im Raum aus.

Maeve bedankte sich bei James und wollte aufstehen, verzog dabei aber das Gesicht.

»Was willst du machen, Maeve?«, fragte Shannon, die ihr ein Zeichen gab, sitzen zu bleiben.

»Ich wollte uns allen einen Tropfen Sheridan einschenken. Immerhin ist Weihnachten.« Dankbar sank sie wieder zurück in den Stuhl.

»Was ist Sheridan?«, fragte James, der sich auf das Sofa setzte.

»Du weißt nicht, was Sheridan ist?«, hakte Maeve mit einem Glitzern in den Augen nach. »Also, dann kannst du dich auf was freuen, oh ja. Shannon, er steht im Schrank da drüben, die Gläser und ein Tablett sind daneben. Vergiss das Eis nicht.« Sie drehte sich wieder zu James. »Sheridan ohne Eis zu servieren, grenzt an Blasphemie.«

Shannon durchquerte das Zimmer, um die Flaschen mit dem dunklen Schokoladen-Kaffee-Likör und dem Sahnelikör aus dem Schrank zu holen, zusammen mit dem Tablett und den Gläsern. Sie trug alles zur Arbeitsfläche, bevor sie im Gefrierfach nach Eiswürfeln kramte. Das konnte sie gut gebrauchen, dachte sie, als sie den Likör über die Eiswürfel goss. Der schwere, süße Likör würde ihre gereizten Nerven beruhigen. Ihr wurde auch bewusst, dass nicht nur die Fahrt Schuld daran hatte. Da war auch noch diese Verbindung zwischen James und ihr, in BB sitzend, mit dem mystischen Anblick Connemaras vor ihnen. Wie auch immer, es war eine Verbindung, auf die sie nicht weiter aufbauen durfte. Sie war noch zu verletzt und nicht bereit, ihr Herz wieder aufs Spiel zu setzen.

»Sei ruhig großzügig, Shannon. Nicht nur so ein kleiner Schluck.«

Shannon lächelte, das musste man ihr nicht zweimal sagen. Sie schenkte noch einen Schuss hinterher, bevor sie alles hinübertrug und die Gläser verteilte.

»Ich würde gern etwas sagen.« Maeve hielt ihren Drink in die Höhe.

Shannon, die sich entschieden hatte, sich direkt vor das Feuer zu knien, streckte ebenfalls ihr Glas nach oben, genau wie James, beide abwartend.

»Alles Glück der Welt sollst du haben, auf all deinen Wegen. Viele Freunde, die dich lieben, und Freude in allem, was du tust. Lachen, das dir alle Sorgen nimmt, und im Herzen immer ein Lied. Möge Fröhlichkeit an jeder Ecke auf dich warten, dein ganzes Leben lang.«

Shannon erkannte das irische Sprichwort zur Geburt, sie hatte es schon bei vielen Taufen gehört. »Das ist wunderschön, Maeve.« Und das war es auch, aber noch kannte sie die volle Bedeutung nicht.

»Das letzte Mal, als ich diese Worte laut ausgesprochen habe, waren sie an deine Mutter gerichtet, James.« In Maeves Augen glitzerten Tränen und ihr Kinn bebte, als sie den Blick auf ihren Enkel richtete. »Am Tag ihrer Geburt.«

Das einzige Geräusch kam von den knisternden Flammen. Shannon beobachtete, wie sich eine Träne löste und langsam über Maeves Wange kullerte. Sie wischte sich ihr Gesicht mit dem Handrücken ab, als James nach der Hand seiner Groß-mutter griff, die die seine sofort fest umschloss und von ihm die Kraft empfing, die sie brauchte, um ihre Geschichte zu erzählen.

28

»Ich war fünfzehn, als ich angefangen habe, bei den Leslies in ihrem großen Haus zu arbeiten. Du hättest es mal sehen müssen, James. Ein riesiger Bau aus Stein, oben auf einem Hügel. Durch die Fenster konnten sie auf uns alle herabsehen.«

In ihrer Stimme lag eine Bitterkeit, die Shannon von Maeve nicht kannte. Sie legte ihren Kopf schief. Sie erinnerte sich noch, dass sie einmal die Fenster von Benmore House gezählt hatte. Achtundzwanzig waren es, alle gingen zum Ort hinaus. Jetzt, gebannt auf Maeves Geschichte wartend und vor dem Kamin kniend, fragte sie sich, ob die Pächter der Ländereien darum herum wohl das Gefühl hatten, das Haus würde sie verspotten.

Benmore House befand sich schon seit Urzeiten im Besitz der Leslies. Mrs Leslie senior wurde schon mit vierzig zur Witwe und hatte immer an alten Traditionen festgehalten. Als sie jünger waren, sah man ihre drei Kinder nie im Ort. Inzwischen lebte ihr ältester Sohn Matthew mit seiner jüngeren schwedischen Frau und den zwei Töchtern in Benmore.

Genau wie schon seine Mutter, zeigten sich Matthew Leslie und seine Familie nur selten im Dorf. Wenn sie sich doch mal zu einem Besuch der lokalen Geschäfte herabließen, verbreiteten sich die Neuigkeiten über die Sichtung der Leslies sofort wie ein Lauffeuer in ganz Emerald Bay.

Vom Hörensagen wusste Shannon, dass die Töchter auf einem exklusiven Mädcheninternat in Dublin zur Schule gingen und dass ihre Eltern ihre Zeit zwischen Emerald Bay und Stockholm aufteilten. Niemand wusste ganz genau, was Matthew Leslie überhaupt beruflich machte. Wenn die Frage aufkam, wurde stets »irgendwas mit Finanzen« gemurmelt.

Shannon sah James kurz nicken und einen kleinen Schluck von seinem Likör trinken. Er wirkte gefasst, aber die Hand, mit der er sein Glas hielt, zitterte leicht. Er hatte Angst vor dem, was Maeve ihm erzählen würde. Gleichzeitig sah sie Maeves entschlossenen Gesichtsausdruck und wusste, dass sie ihnen ihre Geschichte anvertrauen musste, egal, wie grauenvoll es sein würde.

»Es waren schwere Zeiten. Das Geld war knapp in den späten Fünfzigern. Dann hat meine Mutter durch ihre Freundin Mrs Eaton von einer offenen Stelle als Hausmädchen oben im Benmore House gehört. Die arbeitete nämlich als Köchin bei den Leslies. Mit der Aussicht auf Arbeit konnte ich unmöglich weiter zur Schule gehen. Es hat mir das Herz gebrochen, oh ja. Ich habe so gern gelernt und immer davon geträumt, einen anderen Weg zu gehen als die Frauen in meiner Familie. Ich wollte an die Uni gehen, ich hatte die Hoffnung, Geisteswissenschaften studieren zu können, und es gab ein Stipendium vom Trinity College. Stipendien und Studium waren schön und gut, aber nichts davon brachte Essen auf unsere Teller. Das war das Argument meiner Mutter, am Tag als sie mich zum Benmore House schickte.«

Shannon musste daran denken, wie ihre Schwestern und sie ihr Leben und all die Möglichkeiten für selbstverständlich hielten. Es war schwer vorstellbar, was die eigene Zukunft angeht, kein Mitspracherecht zu haben. Genauso schwer vorstellbar war es, sich Sorgen um genug Essen auf dem Tisch machen zu müssen. Sie selbst war in einem Zuhause aufgewachsen, in dem es nie an Essen, Liebe, Wärme und Sicherheit gemangelt hatte. Verglichen mit denen früherer Generationen, schienen ihre Probleme völlig belanglos.

»Mrs Mangan, die Haushälterin, war eine mürrische alte Witwe und sie sollte das neue Dienstmädchen aussuchen. Sie feuerte ihre Fragen nach meiner Eignung als Angestellte ab und meine Mutter ging dazwischen, noch bevor ich meinen Mund öffnen konnte. Es war damals anders als jetzt, wo man ermutigt wird, selbst zu sprechen.« Maeve schüttelte den Kopf, sie hatte wütend die Augenbrauen zusammengezogen. »Wisst ihr, es macht mich fuchsteufelswild, wenn ich andere in meinem Alter darüber meckern höre, wie vorlaut die jungen Leute heutzutage sind. Es ist gut, eine Stimme zu haben und gehört zu werden. Das ist etwas Gutes.«

James drückte ihre Hand, sie beruhigte sich etwas und fuhr fort.

»In Emerald Bay bin ich sehr behütet aufgewachsen. Sind wir alle. Keiner von uns Kindern wusste viel vom Leben. Ich habe mein Schicksal schnell akzeptiert und die Arbeit war nicht so schlimm. Mrs Mangan konnte eine richtige Schreckschraube sein, aber ich habe ihr keinen Grund gegeben, sich zu beschweren.« Maeve schenkte ihnen beiden ein zaghaftes Lächeln. »Meine Mam verdrehte immer die Augen, wenn ich am Ende des Tages zurückkam, hundemüde vom Schrubben und Polieren, aber mit allerhand Geschichten über Benmore House. Sie dachte, ich würde noch auf falsche Gedanken kommen, hoch hinauswollen und so was. Aber für mich war es, wie jeden Tag eine andere Welt zu betreten. Ich mochte es, an der Schönheit von allem bei den Leslies teilzuhaben, und um meine Langeweile bei der Arbeit zu vertreiben, reiste ich in Gedanken in all die fernen Länder, die Mr Leslie besucht hatte.«

Shannon stellte sich die junge Maeve vor, mit großen

Augen und voller Träume, die das Schicksal in so jungen
Jahren schon zunichtegemacht hatte.

»Ich weiß noch, dass es in seinem Arbeitszimmer eine Holz-
figur gab. So was hatte ich noch nie gesehen. Der Oberkörper
einer starken, stolz aussehenden schwarzen Frau.« Sie zeigte
auf ihre Körpermitte. »Religiöse Figuren waren die einzigen,
die ich damals kannte. Aber die war nackt und behangen mit
Schmuck. Saba, habe ich sie genannt – ihr wisst schon, nach der
Königin von Saba. Eines Tages hat Mr Leslie mich überrascht,
als ich gerade mit ihr geredet habe. Bis dahin hatte ich ihn
immer nur flüchtig gesehen, fand aber, dass er sehr nobel
wirkte. Wahrscheinlich war er etwa so alt wie mein Vater, aber
er war so fein. Er hat mich immer an Clark Gable erinnert. Wie
ihr euch denken könnt, war ich überrascht und rechnete damit,
ausgeschimpft zu werden. Wie angewurzelt stand ich also da,
aber nichts in der Art passierte. Stattdessen schien er es lustig
zu finden. Er setzte sich auf den ledernen Schreibtischstuhl und
nachdem er sich eine Zigarre angezündet hatte, erklärte er mir,
dass sie keine Königin, sondern eine Prinzessin sei. Eine Stam-
mesprinzessin aus Kamerun sogar. Ich konnte zwar nicht
studieren, aber ich lernte alles über seine Schätze, die er von
Reisen mitgebracht hatte, und die Geschichten dahinter. Ab da
lehrte er mich nämlich, während ich meiner Arbeit nachging.
Die langen Tage kamen mir so viel kürzer vor.

Ich arbeitete schon fast ein Jahr für die Familie, als sich
alles veränderte. Mrs Leslie reiste mit den Kindern nach
London, während Mr Leslie hierblieb, warum weiß ich bis
heute nicht. Er hatte eines Tages getrunken und statt mir von
Afrika oder der Türkei zu berichten, wurde er sentimental,
während ich staubwischte. Er erzählte mir, wie kalt seine Frau
ihm gegenüber war. Bis dahin hatte er nie vor mir über sie
gesprochen. Mir war nicht wohl dabei, ich arbeitete aber
einfach weiter, ohne etwas zu sagen. Er folgte mir von Zimmer
zu Zimmer, bis im Wohnzimmer die Annäherungsversuche

begannen. Ich habe versucht, ihn abzuwehren, aber ich hatte keine Chance und viel zu große Angst, um zu schreien. Alles ging sehr schnell vorbei und passierte auch nur das eine Mal, aber das reichte schon, denn ich wurde schwanger.«

»Oh, Maeve.« Shannon lehnte sich auf den Knien nach vorn und streckte eine Hand nach der kleinen Frau aus, die mit jedem Wort tiefer in ihren Stuhl gesunken war. Maeve tätschelte ihre Hand und James drückte die Hand, die er hielt, fester.

»Ach, Schluss ihr zwei, ihr bringt mich noch zum Weinen, wenn ihr so weitermacht. Das ist alles lange her, aber so was verlässt einen nie ganz.« In ihrem Gesicht spiegelte sich der Schmerz ihrer Vergangenheit, aber sie sprach mit fester Stimme weiter: »Jetzt lasst mich zu Ende erzählen. Ich muss die Geschichte beenden.«

Shannon setzte sich wieder auf den Boden, während James seine Hand zurückzog und Maeve, die sich mit einem Schluck Likör stärkte, etwas Raum gab. Dann schloss sie ihre Augen, umklammerte ihre Hände in ihrem Schoß, und als sie die Augen wieder öffnete, war sie zurück in den Fünfzigern.

»Ich habe meiner Mutter erzählt, was passiert ist. Demütig sind mein Dad und sie zu den Leslies gegangen, um darüber zu reden, wie es weitergehen sollte. Natürlich hat Mr Leslie alles abgestritten und Mrs Leslie hat behauptet, dass ich mich ein bisschen zu gut mit dem Jungen verstanden habe, der bei ihnen den Garten machte. Mam, Gott hab sie selig, hat nichts davon durchgehen lassen. Am Ende sollte ich meine Arbeit stillschweigend verlassen und für die Dauer der Schwangerschaft aus Emerald Bay verschwinden, dafür bekam ich eine großzügige Menge Geld. Ich wollte nichts mit ihnen oder ihrem Geld zu tun haben, aber Mam war nicht zu stolz, es anzunehmen. Es war genug, um unserer Familie die Sorgen zu nehmen, und ein Teil sollte in meine Zukunft investiert werden. Blutgeld war das.«

Maeves Vermögen, überlegte Shannon. Die Gerüchte stimmten also. Aber der Preis, den sie dafür gezahlt hatte ...

»Meine Mutter hat den Priester zu uns geholt, danach ging alles ganz schnell. Ich wurde zu einem Heim in Cork gebracht.« Maeve knetete ihre Hände in ihrem Schoß. »Es war ein grauenhafter Ort. Wenn sich die Türen hinter einem schlossen, wusste man, dass es kein Zuhause war, in das man geschickt wurde, sondern ein Gefängnis. Die Nonnen erlaubten uns nicht, unsere echten Namen zu benutzen. Mir wurde gesagt, dass ich Bridget hieß, solang ich da war. Alles, was ans Licht gekommen ist, stimmt. Sie haben uns arbeiten lassen, niemals endende Flure haben wir geschrubbt, den Rasen mit Scheren geschnitten und all das. Nur Dank meiner Freundin Hilary habe ich die Zeit dort überlebt. Sie hatte einen kleinen Jungen, Tom, der mit einem Klumpfuß auf die Welt kam. Als ich ins Heim kam, war er schon vier und im Kinderflügel untergebracht, zusammen mit den anderen Kindern, die niemand wollte. Einmal die Woche durfte sie ihn sehen, aber solang er dort blieb, konnte sie nicht weg. Sie konnten nirgendwo hin, sie waren gefangen. Ich weiß nicht, was aus ihr oder Tom geworden ist.« Eine Träne rollte über ihre Wange, aber sie bemerkte es gar nicht.

»An dem Tag, an dem deine Mutter zur Welt kam, James, habe ich in der Küche gearbeitet und unendliche Säcke an Kartoffeln geschält. Zu Beginn der Schmerzen habe ich einer der Schwestern von der Aufsicht Bescheid gesagt. Sie meinte nur zu mir, das sei Gottes Weg, mir zu sagen, ich solle meine Arbeit beenden. Als sie mich endlich zum Kreißsaal brachte, konnte ich kaum noch gehen.«

Mein Gott, bei der Grausamkeit wurde Shannon ganz schlecht. Auch James sah ziemlich mitgenommen aus.

»Ich habe meine Tochter Hilary genannt, nach meiner Freundin. Das kleine Bündel in meinen Armen ließ mich alles vergessen, was passiert war. Sie war wunderschön und ich wollte sie nie wieder loslassen, aber die Schwestern haben sie mir nach nur einer Stunde aus den Händen gerissen und zum Kinderflügel gebracht. Nach wenigen Tagen sollte ich wieder arbeiten. Hilary durfte ich nur noch zum Stillen sehen. Wie Melkkühe waren wir.«

»Es tut mir so leid, dass dir das passiert ist.« James' Stimme brach weg, er stützte seinen Kopf auf seine Hände.

»Sieh mich an, James«, sagte Maeve streng.

Langsam hob er den Blick.

»Es ist nicht deine Schuld. Nichts davon, auch nicht die deiner Mutter. Auch meine nicht. Das zu akzeptieren, hat sehr lange gedauert.«

Er nickte sanft.

»An dem Tag, als ein großes Auto auf den Hof gefahren kam, habe ich das schicke Paar mit einem Baby in einer Decke eingewickelt weggehen sehen und ich wusste sofort, dass es meine Hilary war, die sie mitnahmen.«

»Sie waren gute Menschen, meine Großeltern. Es ist mir wichtig, dass du das weißt, Maeve«, versicherte James ihr und lehnte sich nach vorn.

»Das freut mich. Ich habe mich das immer gefragt und es gehofft.«

»Ich glaube nicht, dass sie von den Zuständen im Heim wussten. Ich kann mir nicht vorstellen, dass sie meine Mom sonst adoptiert hätten.«

»Die Nonnen waren Lügner, alles Lügner.« Die letzten Worte spie Maeve. »Die haben uns eingetrichtert, dass wir böse waren, und wir Mädchen haben uns geschämt, fühlten uns verloren, aber sie waren die Bösen. Ich hatte viel Zeit, darüber nachzudenken, James, doch man kann die Vergangenheit nicht ändern. Man muss aber loslassen, denn sonst hätten sie gewonnen, oder? Und es hatte auch etwas Gutes, denn dich und deine Brüder gäbe es nicht, wäre deine Mammy nicht nach Amerika gekommen.«

»Ich hoffe, es gibt dir wenigstens ein bisschen Trost, zu wissen, dass sie eine tolle Kindheit hatte, Maeve.«

Sie nickte langsam. »Gibt es.«

»Maeve, wusste Ivo davon?«, wollte Shannon wissen. Sie hoffte, dass die Frau nicht all die Jahre über alles allein hatte tragen müssen.

Sie nickte noch mal. »Mit so einem großen Geheimnis zwischen uns, konnte ich ihn nicht heiraten. Nach der Hochzeit haben wir versucht, herauszufinden, wo Hilary gelandet ist. Von den Nonnen kam jedoch kein Wort, und auch sonst gab es keine Hilfe, denn die Kirche und der Staat arbeiteten Hand in Hand.«

»War es schwer, in Emerald Bay zu bleiben?«, fragte Shannon weiter, unsicher, ob sie es in Maeves Situation ausgehalten hätte. Wie muss es für sie nur gewesen sein, im Schatten von Benmore House zu leben?

Einen Augenblick lang überlegte Maeve. »Mr Leslie starb, während ich weg war. Es war Krebs. Es ging alles schnell, aber ich hoffte, dass er auf dem Sterbebett noch darüber nachdenken konnte, was er getan hatte, und seine Sünden beichten konnte. Was Mrs Leslie anging, die ließ sich nach seinem Tod kaum im Ort blicken. Anfangs hatte ich Angst, immer wenn ich am Haus vorbeikam. Dann, nachdem ich Ivo kennenlernte, wurde daraus Wut. Aber auch die verschwand irgendwann und ich habe nichts mehr gespürt. Der Hof hier ist seit Generationen im Besitz von Ivos Familie, es stand also nie zur Debatte, Emerald Bay zu verlassen. Ivo sagte immer, wenn sich jemand schämen sollte, dann die Leute da oben. Mit der Zeit habe ich entschieden, dass er recht hatte.«

»Was für ein Mensch war Ivo?«, fragte James.

Maeve begann sofort zu strahlen. »Mein Ivo war ein guter Mann. Natürlich hatten wir unsere Streitereien über die Jahre – es ist schwer, nur vom Land zu leben –, aber er wollte das Geld der Leslies nie anrühren. Er sagte, es gehöre Hilary und mir, niemandem sonst.« In ihren Augen war Traurigkeit zu sehen. »Wir wurden in unserer Ehe nur mit einem Kind gesegnet: Fergus.« Sie zeigte auf die Fotos auf der Kommode. »Er lebt in London, ist verheiratet und hat zwei Kinder.«

James stand auf und durchquerte das Zimmer, um die Bilder anzusehen.

»Er kommt nach Ivos Mutter, aber Ivo war das Ebenbild seines Vaters. Lustig, wie die Gene sich vermischen.«

»Stimmt«, antwortete James leise und stellte eines der Fotos vorsichtig wieder zurück.

»Ich würde gern ein Foto von ihr sehen.« Maeves Stimme zitterte. »Wenn du eins dabei hast. Mir ist von ihr nur das hier geblieben.« Sie griff nach einem Umschlag auf dem Beistelltisch, neben der Stickerei, an der sie gerade arbeitete. Darin befand sich eine knittrige Fotografie, über die Maeve kurz strich, bevor sie sie James überreichte.

»Hilary hat es im Säuglingssaal gemacht, mit einer Kamera, die eines der Mädchen reingeschmuggelt hatte. Weil sie schon so lange dort war, hatte sie ein paar mehr Freiheiten als wir anderen, so konnte sie den Film in der Stadt entwickeln lassen. Nicht lange nachdem deine Mutter weggebracht wurde, hat sie mir das Foto gegeben und es ist mir sehr wichtig, oh ja. Man sieht es nicht, weil es schwarz-weiß ist, aber sie hatte blaue Augen.«

James sah vom Bild hoch. »Du bist noch so jung.« In diesen fünf Worten klang all der Schmerz darüber mit, was Maeve hatte durchmachen müssen.

Die schien ihn jedoch nicht gehört zu haben und sprach weiter: »Ihre Augen hatten dieselbe Farbe wie der Himmel über Connemara an einem sonnigen Tag. Sind sie immer noch blau, James?«

Sein Blick wurde ganz weich. »Ja, sind sie. Sie hat deine Augen. Hier, sieh mal ...« Er zog sein Handy aus seiner Tasche und hielt es ihr hin. »Das ist ein aktuelles Foto von ihr.«

Mit einem Hauch Erstaunen betrachtete Maeve das Bild von Hazel, das er geöffnet hatte.

Langsam bekam Shannon das Gefühl, diesen höchstpersönlichen Moment zu stören, und entschied, sich ins vordere Zimmer zurückzuziehen, doch Maeve winkte sie zu sich.

»Komm, sieh dir mein Mädchen an, Shannon. Sie ist wunderschön, das ist sie.«

»Ich würde sie gern sehen, Maeve«, sagte Shannon und kniete sich neben Maeve. Hazel Cabot war schön, trotz der Müdigkeit in ihren Augen, die auch Maeves Augen waren.

»Wir sind vier Jungs«, begann James. »Brayden hat seine braunen Augen von unserem verstorbenen Vater, aber Alex, Oliver und ich haben alle diese Mischfarbe.«

»Meerglas«, murmelte Shannon und sah vom Handy hoch. »Was?«

»Die Farbe eurer Augen ist die von Meerglas.«

»Das hat mir noch nie jemand gesagt, aber es gefällt mir.«

»Ich möchte alles über sie erfahren, James.« Gierig nahm Maeve alles in sich auf, was er daraufhin von seinen Brüdern erzählte, und davon, wie es gewesen war, mit einer alleinerziehenden Mutter in Boston. Er ging weitere Fotos auf seinem Smartphone durch. Ungläubig starrte Maeve auf ihre Enkelkinder, von denen sie bis jetzt nicht mal gewusst hatte, dass sie existierten. Dann reichte sie Shannon das Handy weiter. Alle sahen unterschiedlich aus, dennoch erkannte man sofort, dass sie Brüder waren, dachte Shannon voller Wärme beim Anblick des Gruppenfotos, auf dem sie sich alle lachend die Arme um die Schultern gelegt hatten.

Sie gab James das Handy zurück. »Darf ich das sehen?« Sie zeigte auf das Schwarz-Weiß-Foto in seinem Schoß und er reichte es ihr, während Maeve ihn nach seinem Vater fragte. Von der Antwort hörte Shannon kein Wort, sie war zu sehr von dem beklemmenden Foto des dünnen Mädchens in viel zu großen Klamotten eingenommen, kaum eine Frau. In ihren

Augen lag eine Leere, aber sie lächelte stolz, mit einem Baby im Arm, dessen Gesicht unter einer Strickmütze hervorblitzte. Im Hintergrund sah Shannon reihenweise Gitterbetten. Beim Gedanken an all diese verlorenen Babys und all die Frauen, die den Schmerz niemals vergessen würden, zog sich in ihrer Brust alles zusammen. Wie hatte so etwas jemals passieren dürfen? Auf diese Frage gab es immer noch keine Antwort, das wusste sie.

Das Licht flackerte, als Shannon das Foto zurück auf den Beistelltisch legte und an die Worte ihres Dads von vorhin denken musste. Sie stand auf und ging rüber zum Fenster, um einen Blick nach draußen zu werfen, aber es war zu dunkel, um viel zu erkennen. Sie sollten wirklich langsam los, nur konnten sie Maeve nicht allein lassen. Sie entschied, Maeve stattdessen mit in den Pub zu nehmen. Genau das wollte sie gerade verkünden und sagen, dass sie losmussten, doch als sie zurückging, räusperte James sich.

»Da gibt es noch etwas, das ich dir über meine Mutter erzählen muss, Maeve.«

Shannon blieb wie angewurzelt stehen. Diesen Moment konnte sie nicht stören. Sie wünschte, die Dinge stünden anders und Maeves Geschichte würde ein Happy End bekommen, doch James musste seiner Großmutter erzählen, dass die Tochter, die sie zuletzt durch ein schmutziges Fenster in einem Heim gesehen hatte, todkrank war. Er sprach davon, wie seine Reise nach Irland ihm half, auch seinen Brüdern und Hazel, die sie alle unbedingt kennenlernen wollten.

»Würdest du gern mit ihr reden, Maeve?« Er musterte sie.

»Würde ich.«

Es war herzergreifend, wie Maeve, die sich für ihren Enkel mutig gab, den Blick nicht von James' Handy lösen konnte. Der Klingelton der App erfüllte den ganzen Raum, während eine Verbindung zu seiner Mutter in Boston aufgebaut wurde.

Shannon atmete erleichtert und gleichzeitig gespannt aus, als sich eine Frauenstimme meldete.

»Hey, Mom, hier ist jemand, der dir gern Hallo sagen würde.«

Er hielt das Smartphone so, dass Maeve gut sehen konnte. Für einen Augenblick schien sie überwältigt. Shannon machte sich Sorgen, dass es alles zu viel sein könnte, aber Maeve streckte eine Hand aus und berührte den Bildschirm.

»Ich habe so lange darauf gewartet, dich wiederzusehen.«

29

Wieder flackerten die Lichter. Maeve und James verabschiedeten sich bei Hazel und versprachen, sich morgen wieder zu melden.

»Sie wird schnell müde, Maeve«, erklärte James, nachdem sie aufgelegt hatten.

»Es ist ziemlich viel zu verdauen.« Zum wiederholten Mal putzte Maeve sich die Nase. Ihre Stimme war ganz rau vom vielen Reden, den Tränen und dem Lachen bei Hazels und ihrem Versuch, die mehr als sechzig Jahre in einem Gespräch nachzuholen. Shannon wusste, dass Maeve in den kommenden Tagen alle Unterstützung brauchte, die sie bekommen konnte. Sobald die Freude über das Wiederfinden nachlassen würde, musste sie sich damit auseinandersetzen, dass sie ihre Tochter bald von Neuem verlieren würde.

Für sie alle war es sehr viel, Shannons Kopf fühlte sich wie Watte an und ihre Glieder waren schwer von all den Emotionen dieses Tages. Auf dem Beistelltisch türmte sich ein weißer Berg an benutzten Taschentüchern von Maeve und ihr. Sie hatte auch bemerkt, wie schwer es James gefallen war, seine Gefühle unter Kontrolle zu halten, und hatte eine Hand nach ihm ausstrecken wollen. Was in ihm vorgehen musste, konnte sie sich nur ausmalen, wenn allein schon sie so überwältigt von Maeves Geschichte war. Statt zu trösten, hatte sie sich darum gekümmert, das Feuer am Laufen zu halten, und allen noch einen Schuss Sheridan nachgeschenkt, denn manchmal brauchte es vor allem jemanden, der die praktischen Dinge übernahm.

Sie hatte zwischendurch überlegt, sich noch mal bei ihrem Dad zu melden, es aber nicht getan. Er wusste, wo James und sie waren, und würde sie nur drängen, nach Hause zu kommen.

»Maeve«, begann Shannon, als sie auf der Uhr auf dem Beistelltisch sah, dass es schon Abend geworden war. »Ich glaube, du solltest dir eine Tasche packen und heute Abend mit uns in den Pub kommen. Ich kann kein Auge zu tun, wenn ich weiß, dass du in diesem Wetter allein hier sitzt.«

»Es ist lieb, dass du dir Gedanken machst, Shannon, aber ich habe schon schlimmere Stürme überstanden als den hier. Ich komme zurecht. Außerdem käme ich niemals die Treppe hoch.« Auf einmal wurde sie zappelig. »Fergus! Ich muss mit ihm sprechen. James, könntest du mir das Telefon geben?«

James warf Shannon einen Blick zu, bevor er mit den Schultern zuckte, aufstand und das Festnetztelefon von der Station nahm.

Maeve tippte die Nummer ihres Sohnes ein und Shannon merkte, wie ängstlich sie dabei wirkte. Ihn in diesem Moment anzurufen schien impulsiv, es war alles noch so frisch, doch später verließ sie vielleicht der Mut, ihm von seiner Schwester und seinen Neffen zu erzählen. Die Neuigkeiten würden ihn schockieren. Shannon hoffte nur, dass er es seiner Mutter nicht allzu schwer machte, während sie die leeren Gläser einsammelte und sie rüber zur Spüle trug, um Maeve etwas Privatsphäre für das Gespräch mit ihrem Sohn zu geben. James folgte ihr.

»Was für ein Nachmittag«, begann er leise und lehnte sich

an die Arbeitsfläche. »Ich kann nicht glauben, was alles passiert ist, seit ich hier in Irland bin.« Er fuhr sich mit einer Hand durchs Haar. »Was für eine Reise.«

»Da hast du recht.« Shannon ließ heißes Wasser ins Becken laufen. »Wenn ich mich schon so traurig-glücklich fühle, kann ich mir kaum vorstellen, wie es für euch sein muss«, wiederholte sie ihre Gedanken von eben.

James sah sie belustigt an. »Wie meinst du das, traurig-glücklich?«

»Damit will ich sagen ... was Maeve passiert ist, war schrecklich traurig, aber dass sie jetzt weiß, wo ihr Baby aufgewachsen ist und dass Hazel ein schönes Leben hatte, Eltern, die sie geliebt haben, das macht mich glücklich. Ich hatte immer das Gefühl, dass es da etwas gibt. Einen Kummer in ihrem Leben. Es muss sie immer verfolgt haben, doch jetzt hat sie nicht nur eine Tochter dazugewonnen, sondern gleich vier Enkel, darüber kann man sich freuen. Auf der anderen Seite ist es traurig, dass Hazel nicht viel Zeit bleibt, ihre leibliche Mutter kennenzulernen.« Sie fand kaum ein Ende, aber ihr nächster Satz war kurz und knapp: »Es tut mir so leid, James. Es muss sehr schwer für dich sein.«

Sein Blick war auf die Hintertür gerichtet, aber sie sah, wie sein Adamsapfel sich bewegte, als er vor seiner Antwort noch schwer schluckte. »Ja, es ist hart. Aber das trifft auch gut, wie ich mich gerade fühle. Traurig-glücklich. Das ist eine gute Beschreibung.« Dann unterdrückte er ein Gähnen. »Sorry.«

»Quatsch. Es war ein langer Tag.« Der Likör hatte gegen ihre Kopfschmerzen von vorhin geholfen, aber auch sie war kaputt und hatte Hunger. Es war schon Abendessenszeit.

»Ich bin müde, aber ich glaube nicht, dass ich nach allem, was Maeve uns erzählt hat, ein Auge zutun kann. Ich verstehe die Grausamkeit der Nonnen einfach nicht und wie diese Leslies sie so behandeln konnten.«

Shannon stimmte ihm zu. »Ich denke, es gibt ein paar

Dinge, die man einfach nicht erklären kann. Was Maeve gesagt hat, dass man nicht an der Vergangenheit festhalten sollte, dass sie dann gewinnen würden, damit hat sie recht. Wenn man an Hass festhält, kann man nie heilen, auch wenn es schwer sein muss, das loszulassen. Dass du Maeve gefunden hast, war sehr wichtig und gut, James.«

Er lächelte müde, während der Wind mit einem gespenstischen Pfeifen über das Cottage blies.

Shannon blickte aus dem Küchenfenster in die Dunkelheit. »Der Sturm wird schlimmer. Ich mache mir Sorgen, dass wir noch eingeschneit werden.«

»Du hast recht, dass wir Maeve nicht hier allein lassen sollten. Wenn sie fertig mit Telefonieren ist, versuche ich, sie doch zum Mitkommen zu überreden. Sonst bleibe ich heute Nacht hier.«

Beide drehten sich um, als sie Maeves aufgebrachte Stimme hörten.

»Verdammter Fergus«, nuschelte Shannon. »Tut mir leid, dass ich dir das sagen muss, James, aber dein Onkel ist ein Arschloch.«

»Shannon«, rief Maeve leicht zittrig. »Fergus möchte mit dir reden.«

Sie nahm Maeve das Telefon ab, die zusammengekauert auf ihrem Stuhl saß, und machte sich gefasst. »Hallo, Fergus, hier ist Shannon Kelly«, sagte sie in ihrem nüchternen Ton, den sie sich normalerweise für schwierige Patienten aufsparte. Fergus war vielleicht kein Patient, aber schwierig war er definitiv.

»Was soll der ganze Schwachsinn, den meine Mam da verbreitet?«, blaffte die Stimme am anderen Ende ins Telefon.

Shannon konnte sich gut vorstellen, wie er vor Verärgerung an die Decke ging. »Das muss ein Schock sein, ich weiß, Fergus, aber ich kann dir versichern, dass es kein Schwachsinn ist. Deine Mutter hat eine Tochter, die vor über sechzig Jahren adoptiert und nach Amerika gebracht wurde. Ihr Enkel, James, ist gerade hier.«

»Ich fasse es nicht, dass ihr diesem Schwindler auch noch glaubt, gerade du als Krankenschwester. Du solltest dich schämen, dass du überhaupt zulässt, dass er sie so aufbringt.«

Shannons Nasenflügel blähten sich auf, aber noch bevor sie antworten konnte, schimpfte er weiter.

»Er hat es auf ihr Geld abgesehen. Er will eine alte Frau ausnutzen, die nicht mehr klar im Kopf ist.«

Das ging zu weit. »Deine Mam ist klüger als die meisten«, gab Shannon bissig zurück. »Hör mal, Fergus. Willst du selbst ein Wort mit James reden? Er kann dich beruhigen und dir versichern, dass er der ist, für den er sich ausgibt.«

»Gib ihn mir, dann kann ich ihm die Meinung geigen.«

In diesem Moment wurde es schlagartig dunkel im Zimmer und die Leitung war tot.

30

Langsam lenkte James BB durch die düsteren Straßen, die Scheinwerfer erhellten den herumwirbelnden Schnee. Dankbar hatte Shannon sein Angebot von vorhin angenommen und ihn fahren lassen, weshalb sie auf dem Weg zurück in den Pub auf dem Beifahrersitz saß. Sie drehte sich im Sitz, um nach Maeve zu sehen, die mit ihrer Tasche neben sich auf der Rückbank saß. Er erzählte von den Schneepflügen, die in Boston dafür sorgten, dass der Alltag weiterging, und wie vor einem Sturm die Straßen mit einer bestimmten Lösung bespritzt wurden, damit sie nicht vereisten.

»Also, wenn in Emerald Bay der Strom ausfällt, wird alles stehen und liegen gelassen und wir versammeln uns im Pub«, erklärte Shannon und entdeckte schon die flackernden Kerzen in den Fenstern des Shamrock Inns, die alle willkommen hießen.

Maeve, die der Unterhaltung gelauscht hatte, stimmte zu. Nachdem sie sich vergewissert hatten, dass nicht bloß eine Sicherung rausgeflogen war, hatte es nicht mehr viel Überzeugung bedurft, Maeve dazu zu bringen, eine Tasche für ein paar Nächte zu packen. Shannon hatte ihr versichert, dass es niemandem Umstände bereitete, wenn sie im kleinen Zimmer neben dem Familienzimmer schlief. Um Treppen müsse sie sich dann auch keine Sorgen machen.

James bog auf den Parkplatz ein, den sie am Morgen verlassen hatten, und Shannon seufzte erleichtert, dass sie es sicher nach Hause geschafft hatten. Sie stieg aus und ging zur hinteren Tür, um Maeves Tasche rauszuholen, während James seiner Großmutter aus dem Auto half. Danach bahnten sie sich zusammen ihren Weg zur Hintertür und traten sich die Füße an der Matte ab. Wie ein Bienenstock klang das Summen der Unterhaltungen drinnen im warmen, gemütlichen Pub, das zu ihnen durchdrang. Dieser Vergleich würde Hannah gefallen, dachte Shannon.

Es sah aus, als hätte sich das gesamte Dorf hier versammelt, nur Freya entdeckte sie zwischen den ganzen bekannten Gesichtern um die Tische herum nicht. Im Licht der Kerzen und des Kamins aßen und unterhielten sich alle. Der Pub war für die meisten in Emerald Bay wie ein Rückzugsort. Mr und Mrs Sheedy saßen neben Mrs Tattersall und Mr Kenny. Sie fragte sich, wer wohl Mr Kenny abgeholt hatte, denn in seinem elektrischen Scooter war er unmöglich über die verschneiten Straßen hergekommen. Immer noch keine Spur von Freya, aber sie nahm sich vor, ihr zu schreiben. Ihr Blick fiel auf Imogen, die sich wieder vollständig erholt hatte und wie eine Königin frisch von einem Kreuzzug zurückgekehrt nun am Feuer thronte, während Ava einen Tisch in der Nähe abräumte. Bevor sie den Rest ihrer Familie ausfindig machen konnte, blendete sie ein Strahl aus einer Taschenlampe. Vor ihnen tauchte Liam auf.

Shannon kniff die Augen zusammen. »Dad, du siehst aus, als würdest du gleich den Sieben-Zwerge-Song anstimmen. Auf dem Weg in die Minen, ja?«

»Die Zwerge waren auf dem Weg nach Hause, Shannon, und eine Stirnlampe ist sehr praktisch für einen Gastwirt bei

einem Stromausfall. So habe ich die Hände frei, um Bier zu
zapfen.«

James lachte.

»Ermutige ihn bloß nicht, James«, warf Nora ein, deren
Kopf neben der Schulter ihres Mannes auftauchte. »Dein Dad
ist fast krank vor Sorge um dich geworden.« Das galt wieder
Shannon.

Die spürte, wie Maeve ihren Arm drückte. »Oh, das ist
meine Schuld, Liam, Nora«, ging sie dazwischen und sah von
einem zum anderen.

Liam winkte den Kommentar seiner Frau ab. »Ach, jetzt
seid ihr ja hier und es geht euch gut. Das ist alles, was zählt.
Bleibst du bei uns, Maeve?«

»Wenn es niemandem etwas ausmacht?«

»Natürlich nicht! Ich freue mich, oh ja. In diesem Inn gibt
es immer genug Platz.« Liam lachte leise.

»Auf dem Herd steht ein Topf mit Stew«, verkündete Nora.
»James, wieso setzt du dich nicht mit Maeve an den Tisch da
drüben, links neben dem Feuer, da könnt ihr euch aufwärmen.
Kitty wird sich über die Ablenkung freuen. Eileen Carroll kaut
ihr schon seit einer Stunde das Ohr ab.«

Shannon wusste genau, dass ihre Mutter nur neugierig war,
was James und sie bei Maeve gemacht hatten. Sobald sie in der
Küche waren, würde ihre Mutter sie ausquetschen. Genau wie
James ihr am Anfang gesagt hatte, als sie nach seiner Beziehung
zu Maeve gefragt hatte, war es aber nicht an ihr, diese
Geschichte zu erzählen. Es war Maeves Entscheidung, ob sie
teilen wollte, was sie vor all den Jahren durchmachen musste
und dass James ihr Enkel war. »Lass mich erst mal Napoleon
Hallo sagen, Mam, dann kümmere ich mich um das
Abendessen.«

Ihr Vater ging wieder hinter die Bar, sodass seine Stirnlampe die Reihe der Zapfhähnen beleuchtete und sie sehen
konnte, wie er Grace zur Seite stieß, die gerade versucht hatte,

ein Pint Guinness zu zapfen. Keine Spur von Hannah also, dachte sie und hoffte, dass ihre Schwester Napoleon bespaßte. Wenn er Aufmerksamkeit bekam, war er immer am glücklichsten, und sie selbst war nun schon seit Stunden weg. Ein paar Minuten mehr machten da auch keinen Unterschied, oder? Sie bahnte sich ihren Weg zu Imogen und setzte sich auf die Lehne des Sessels, auf dem ihre Schwester es sich gemütlich gemacht hatte.

»Also, komm schon. Erzähl mir, was du uns über deinen Typen Nev verheimlichst«, flüsterte Shannon in Imogens Ohr und unterbrach ihre Unterhaltung.

Imogen strich sich ihre Haare über die Schulter, im Kerzenlicht glitzerten ihre Augen. »Ich habe keine Ahnung, wovon du redest.«

»Irgendetwas ist da doch, Imo. Hat er Kinder? Ist es das?«

Für einen Sekundenbruchteil sah Shannon eine Verletzlichkeit über Imogens Gesicht huschen, dann aber kniff sie ihre Lippen zusammen. »Nein, hat er nicht, nur zur Info. Du bildest dir Sachen ein. Musst du dich nicht um deine Katze kümmern?«

Imogen hatte recht und Shannon merkte schon, dass sie aus ihrer Schwester nicht rausbekommen würde, was an der Sache mit Nev nicht ganz so rosig war. Deswegen gab sie auf und lief durch den Pub nach hinten, wo die Küche von einer flackernden Kerze beleuchtet war. Sie holte ihr Handy raus, um Freya noch schnell zu fragen, ob alles in Ordnung war. Genau als sie die Nachricht abschickte, hörte sie oben eine Stimme leise rufen: »Hierher, Napoleon, na komm.«

»Hannah?« Shannon stand unten an der Treppe, ihre Schwester tauchte oben am Absatz auf, eine Taschenlampe in der Hand.

»Du bist wieder da.«

»Bin ich.« Es war zu dunkel, um Hannahs Gesichtsausdruck zu lesen.

»Scheiße, Shan. Ich habe überall gesucht, aber ich kann ihn nicht finden.«

Shannon trat auf die erste Stufe. »Hast du unter den Betten und dem Schrank nachgesehen?«

»Überall«, wiederholte Hannah. »Na ja, abgesehen von James' Zimmer natürlich, aber die Tür war sowieso zu, also wäre er da nicht reingekommen, und Imogen hat die Tür zu unserem Zimmer quasi verbarrikadiert. Ich habe auch nachgeguckt, ob er nicht in einem der Kleiderschränke eingesperrt ist.«

»Und hier unten? Könnte er im Spülenschrank sitzen?« Shannon horchte nach dem bekannten Miauen, hörte aber nichts.

»Auch nicht.«

Shannon spürte einen kleinen Stich vor Angst. Napoleon mochte Aufmerksamkeit und Hannah rief ihn. Wäre er hier, würde er angetrottet kommen, allein schon, um herauszufinden, was los war. »Wann hast du ihn zuletzt gesehen?«

»Als ich heute Nachmittag hochkam, lag er zusammengerollt auf deinem Bett. Dann hat Ava ihm sein Futter hingestellt, nachdem du Dad angerufen hast.«

Shannon verschwand wieder in der Küche und hörte Hannah die Treppe runterkommen. Napoleons Futter stand unangetastet da.

Hannah fing an, mit der Taschenlampe alle Ecken auszuleuchten.

»Hier ist er nicht«, sagte Shannon sofort. Sie hatte Angst, ihren nächsten Satz auszusprechen. »Er kann unmöglich draußen sein. Ich habe euch gesagt, ihr sollt aufpassen.«

»Seit es angefangen hat zu schneien, ist es völlig verrückt hier, und als dann noch der Strom weg war ...« Hannah verstummte. »Er könnte sich im Pub verstecken, Shan. Komm, sehen wir da nach.«

Shannon hörte ihr Handy piepen und sah nach. Sie war erleichtert, dass es Freya gut ging. Dann folgte sie Hannah.

»Habt ihr zufällig eine kleine Katze gesehen?« Hannah leuchtete auf den ersten Tisch, an dem die Molloys saßen.

»Nein, wir haben nichts gesehen.« Dermot sah zu seiner Frau, die auch den Kopf schüttelte. »Kinder, habt ihr hier eine Katze rumlaufen sehen?«

Hannah leuchtete auf die Bande der Molloys, die nach Größe sortiert um den Tisch saßen und kauend riefen: »Nein, Dad.«

»Dumme Frage«, sagte Dermot dann zu Shannon und Hannah. »Hätten die eine Katze gesehen, hätten sie das Tier schon längst totgekuschelt.«

Shannon rang sich ein Lächeln ab und ging weiter Hannah hinterher. Es war hoffnungslos. »Kann ich mir die Taschenlampe leihen, Carmel?«, fragte sie die Inhaberin des Silver Spoons.

»Aber natürlich. Wir hatten noch gar keine Gelegenheit, uns zu unterhalten, Shannon. Wie geht es dir?«

Jetzt war nicht der richtige Zeitpunkt zum Plaudern. »Es ginge mir wunderbar, wenn ich nur meine Katze finden würde, Carmel.«

»Deine Katze sagst du?«

»Napoleon, er ist ein Perser. Du hast ihn nicht zufällig gesehen, oder?«

»Nein, da kann ich leider nicht helfen, obwohl man meinen könnte, dass das, was Mrs Rae da um ihren Hals trägt, eine Katze ist. Also wirklich, Pelzstolen sind doch schon seit einem halben Jahrhundert nicht mehr in Mode. Wenn die Frau irgendwo anders als in Emerald Bay damit rumlaufen würde, wäre sie schon längst von Tierschützern mit roter Farbe begossen worden, oh ja.«

Shannon richtete die Taschenlampe in die Richtung, in die Carmel zeigte, woraufhin Pater Seamus und Mrs Rae ihr zuwinkten. Um Mrs Raes Schultern lag ein Fuchs, dessen Glasaugen sie unerbittlich anstarrten. Sie schüttelte sich und war froh, dass nicht Hannah die Taschenlampe hielt, denn die hätte einiges zu der Stola zu sagen gehabt. Sie bedankte sich noch bei Carmel und leuchtete danach in alle dunklen Ecken des Pubs, hatte aber kein Glück.

»Shannon, ist alles in Ordnung?«

Sie wirbelte herum. Ihr wurde bewusst, dass sie mit dem Licht unter dem Kinn vermutlich wie ein Ghul aussah, deswegen nahm sie die Lampe schnell wieder runter. »Ich kann Napoleon nicht finden.«

»Ich helfe dir suchen.«

»Hier ist er nicht, James. Das spüre ich. Ich gehe draußen nachsehen.« Shannon wollte an ihm vorbeigehen, aber James legte ihr sanft eine Hand auf den Arm.

»Ich komme mit.«

Sie nickte. Nachdem sie ihre Jacken angezogen hatten, wagten sie sich nach draußen. Shannons Stiefel versanken im Schnee, der sich wie eine dicke Decke über den Garten gelegt hatte. Sie konnte kaum die Felder dahinter erkennen und bei dem Gedanken an ihren verschmusten kleinen Freund, ganz verloren im sumpfigen Nirgendwo, wurde ihr schlecht.

James, der noch eine Taschenlampe aufgetrieben hatte, schlug vor, dass sie zuerst die Büsche um den Biergarten herum absuchten. »Ich gehe hier lang.«

Shannon nickte und fing an, auf die Sträucher zu leuchten, während er weiter weg ging. »Napoleon«, rief sie und lockte ihn mit Kussgeräuschen. »Komm her, mein Großer. Es ist viel zu kalt hier draußen. Komm schon, Junge.« Sie sah unter den Büschen nach, wo er am Morgen sein Geschäft gemacht hatte, entdeckte aber nichts. Genau in dem Moment rief James: »Hier drüben, Shannon.« Ihr Herz begann zu rasen, als sie sich den Weg zu James bahnte, der vor einem Busch in die Hocke gegangen war.

»Was ist da?«

James leuchtete unter das Gestrüpp und Shannon sah zwei gelbe Augen aufblitzen.

»Napoleon!«

Ein Maunzen ertönte, dann regte sich der kleine Kater und Shannon nahm ihn hoch. Fast weinte sie vor Erleichterung. Sie öffnete ihre Jacke und drückte ihn an sich, um ihn zu wärmen. »Ich habe mir solche Sorgen um dich gemacht.« Sein Schnurren wirkte unnatürlich laut in der schneebedeckten Stille um sie herum.

»Danke.« Sie lächelte James an, gerade rechtzeitig, um zu bemerken, wie sein Blick weich wurde und er zurücklächelte. Als ihr Herz jetzt anfing zu rasen, war es aus einem völlig anderen Grund. Er würde sie küssen. Das bildete sie sich nicht ein. Oh Gott, er würde sie küssen!

James kam näher, legte die Hände an ihre Arme, neigte den Kopf und zog sie sanft zu sich heran. Beim Versuch, sich von ihm zu befreien, stolperte Shannon beinahe. »Nein, James, ich kann nicht.« Sie schüttelte den Kopf, wartete seine Antwort gar nicht erst ab, sondern drehte sich um und eilte zurück nach drinnen. Trotz der eisigen Kälte war ihr auf einmal ganz warm.

EIN TAG BIS WEIHNACHTEN

Mögen die Lieder uns zusammenführen.
Mögest du den Wind des Winters immer im
    Rücken haben.
Möge der Frost die Felder sanft zum Glitzern
    bringen.
Und bis wir uns wiedersehen,
Möge Gott dein Zuhause mit Liebe erfüllen.

— IRISCHER SEGENSSPRUCH ZUR
                    WEIHNACHT

31

Am Morgen des Heiligabends hatte sich ganz Emerald Bay in ein schneebedecktes Märchenland verwandelt. Die Schneewolken wurden inzwischen von den Windböen weggeweht, die das Meer sich aufbäumen ließen. Stattdessen zeigte sich ein blauer Himmel, in dem die Wintersonne ihr Bestes gab, sich für den Sturm gestern zu entschuldigen. Draußen nutzten Kinder den unerwarteten Schnee und versammelten sich im Park neben der Kirche. Es wurden Schneemänner gebaut und mit Schneebällen geworfen. In der Küche des Shamrock Inns bereiteten Nora und Kitty gerade auf dem Aga-Herd Frühstück zu und waren dankbar für den Ofen. Bei einem Stromausfall hatte ein Kohleofen eindeutig Vorteile, obwohl heutzutage meist Gas verwendet wurde.

Es war spät geworden, bis die letzten Einwohner sich in den Armen liegend und »Danny Boy«-singend durch den Schnee auf ihren Heimweg gemacht hatten. Shannon war dem Abend voller Geschichten, Musik und Lieder erfolgreich entgangen, indem sie sich mit Napoleon nach oben verzogen hatte. »Auf keinen Fall kann ich ihn allein lassen, Mam«, war ihre Antwort, als Nora versucht hatte, sie zum Mitsingen unten zu überreden. Irgendwann hatte ihre Mam aufgegeben und Shannon hatte noch in ihr Buch geschrieben, wie dankbar sie war, dass James ihren Kleinen gefunden hatte. Danach hatte sie das Tagebuch schnell zugeklappt, denn sie war alles andere als dankbar, dass er danach versucht hatte, sie zu küssen, und damit für unangenehme Stimmung zwischen ihnen gesorgt hatte.

Obwohl es immer noch keinen Strom gab und die Kellys am Tisch alle müde aussahen, waren alle aufgeregt, weil Weihnachten so kurz bevorstand.

Shannon mied James' Blick und schwenkte den Rest ihres Tees in der Tasse, bemerkte dabei Maeves aufmerksame blaue Augen auf sich nicht. Sie entschied, dass sie sich heute zurückhalten würde, nur wusste sie noch nicht ganz, wie sie das anstellen sollte, wenn sie später als Weihnachtself verkleidet rumlaufen musste.

Grace fragte ihren Vater, ob er wieder sein Weihnachtsmann-Outfit anziehen und Geschenke an die Kinder im Dorf verteilen wollte. Da horchte Shannon auf. Bei der Erinnerung an das erste Jahr, in dem er in das Kostüm geschlüpft war, umspielte ihren Mund ein Lächeln. Ava und Grace hatten nicht geahnt, dass der Mann mit dem Rauschebart eigentlich ihr Vater war. Als sie dann im Jahr darauf die Wahrheit herausgefunden hatten, waren die beiden aufgelöst gewesen, weil sie nicht mehr Süßigkeiten bekommen hatten, als alle anderen Kinder.

»Wenn er denn reinpasst, Grace«, kommentierte Nora, die gerade das Rührei verteilte, das sie mit einem Klecks Butter zubereitet hatte. »Er braucht jedenfalls keine Polsterung, so viel ist klar.«

»Entschuldige mal, meine Liebe! Ich habe ein Kilo abgenommen, das solltest du wissen.« Entrüstet zog er demonstrativ den Bauch ein und brachte alle zum Lachen.

Kitty stieß ihre Schwiegertochter mit dem Ellenbogen zur Seite. »Hier, mein Junge. Iss das, bevor du nur noch ein Strich in der Landschaft bist.« Sehr zum Ärger seiner Frau wurde ein voller Teller vor ihm abgestellt.

Nora erzählte ihren Töchtern noch mit gespitzten Lippen, was für ein Glück sie gehabt hatten, dass sie schon gestern einkaufen waren, denn in dem Schnee wäre es töricht gewesen, nach Kilticaneel zu fahren. Alles Gemüse stand parat und der Truthahn taute in diesem Moment auf. Die Schwestern wussten genau, dass ihre Mam noch während des Frühstücks alle Aufgaben verteilen würde, die für die Vorbereitung anstanden. Beim Weihnachtsessen der Kellys waren alle willkommen, die den Tag sonst allein verbringen würden, ob nun Stromausfall war oder nicht.

Shannon dachte daran, was für eine Erleichterung die Beschäftigung sein würde, während sie ihre müden Augen rieb. Die Erinnerung an James' Gesichtsausdruck in diesem Sekundenbruchteil, als er sie küssen wollte, hatte sie bis tief in die Nacht wachgehalten.

Ava, die kurz nach eins ins Zimmer gestolpert kam, hatte an den tiefen Seufzern, die immer wieder vom Bett ihrer Schwester ertönten, gemerkt, dass irgendetwas los war. Sie hatte sich das Kissen über die Ohren gezogen, entschlossen, trotzdem zu schlafen, bis sie sich bei einem besonders lauten Seufzen aufgesetzt und Shannon gefragt hatte, was das Problem war. Von allen Schwestern war Ava die Einzige, die ein Geheimnis für sich behalten konnte. Deswegen hatte Shannon ihr im dunklen Zimmer flüsternd erzählt, was zwischen James und ihr vorgefallen war.

Während sie in dem Rührei auf ihrem Teller herumstocherte, musste Shannon wieder an die Unterhaltung denken.

»Lass Julien endlich los, Shan. Ich weiß, dass er dir wehgetan hat, aber das heißt doch nicht, dass du dich vor neuen

Möglichkeiten verschließen musst. Hör auf, darüber nachzudenken, was zwischen James und dir ist, und lass dich einfach
darauf ein. Er wollte dich küssen, nicht um deine Hand anhalten. Du kennst ihn erst seit ein paar Tagen.«

Shannon hatte an die dunkle Decke gestarrt, ein beruhi-
gendes warmes Gewicht auf ihren Füßen. Sie hatte sich gefragt,
wann aus ihrer kleinen Schwester die weise junge Frau
geworden war, die im Bett gegenüber von ihr lag. Aber sie hatte
recht, das war ihr sofort klar, dennoch hatte sie geantwortet:
»Ich weiß, Ava, aber so einfach ist es nicht.«

Da hatte Ava selbst geseufzt und beide hatten geschwiegen,
bis sie irgendwann eingeschlafen waren.

»Erde an Shannon.«

Imogen riss sie aus ihren Gedanken. »'Tschuldige. Was?«

»Gibst du mir bitte das Salz?« Imogen sah sie grüblerisch
an. Irgendwie hatte sie es geschafft, auszusehen, als wäre sie
gerade den Seiten eines Modemagazin entstiegen, während
der Rest von ihnen die lange Nacht wie ein zerknittertes Abzei-
chen zur Schau trug. Dann huschte der Blick ihrer Schwester
zu James, bevor sie Hannahs wissenden Gesichtsausdruck mit
einem Nicken erwiderte.

Brav reichte Shannon das Gewürz rüber, bevor sie mit
ihrem Löffel gegen ihren Becher schlug. Sie hatte etwas Wichtiges zu sagen.

Alle hörten mit dem Essen auf und sahen sie überrascht an.

»Müssen wir jetzt unsere Teetassen auffüllen?«, spaßte
Liam.

Shannon ignorierte ihn und räusperte sich. »Ähm, wie ihr
wisst, ist Napoleon gestern ausgebüxt. Hätte James ihn nicht
gefunden, wäre er da draußen erfroren.« Sie zeigte mit dem
Löffel in Richtung Tür, mied aber weiterhin James' Blick.
»Napoleon ist eine Hauskatze, ihr müsst beim Rausgehen also
aufpassen, dass er sich nicht mit rausschleicht.«

Am Tisch fing eine große Diskussion darüber an, wer die

Katze rausgelassen hatte. Anklagende Finger wurden auf die naheliegendste Verdächtige gezeigt, Imogen, die aber jegliches absichtliches Fehlverhalten abstritt. Es gab auch Gemurmel darüber, dass eine Katze, die nicht rausdurfte, sowieso eine lächerliche Vorstellung war. Den Urheber davon fand Shannon schnell: ihr Dad. Mit einem bösen Blick brachte sie ihn zum Schweigen. »Versprich mir einfach, dass du darauf achtest.«

»Ist ja gut«, willigte Liam ein, der seine Tochter nicht aufbringen wollte. »Aber ich muss dir sagen, Kirsche, deine Katze macht mir Angst, das tut sie. Immer wenn er hinter mir ist, fühle ich, wie sich seine Augen in meinen Rücken bohren. Und wenn ich dann über meine Schulter gucke, sehe ich sein plattgedrücktes kleines Gesicht um die Ecke starren. Da, guck doch! Schon wieder.« Liam drehte sich in seinem Stuhl zum Durchgang, wo Napoleon lauerte.

»Dad, du bist paranoid. Er ist neugierig, das ist alles. Hallo, mein Süßer.« Shannon wollte ihn anlocken, aber der Kater rührte sich nicht. Sie nahm wahr, wie James bei ihrem Kosenamen »Kirsche« fragend die Stirn runzelte, hatte aber nicht vor, es zu erklären.

»Bestimmt will er sich nur mit einem anderen männlichen Wesen anfreunden, Dad«, schlug Hannah vor. »Wie läuft's, Napoleon?«

»Und ihr habt beide eine sehr beeindruckende Haarpracht«, kicherte Grace. »Er sieht in dir einen Verbündeten.«

Da war was dran, dachte Shannon. Heute sahen sowohl ihr Dad als auch Napoleon besonders wild und zerzaust aus. Sie würde ihn später gründlich durchbürsten – Napoleon, versteht sich.

Bei dem Vergleich nuschelte Liam entrüstet vor sich hin und strich sich mit der Hand die Haare glatt.

»Euer Vater ist rotblond«, beschwichtigte Nora ihn.

»Wie ein jüngerer Robert Redford«, fand Liam.

»Während Napoleon eher an Bryan Adams mit Strähnchen

erinnert, Grace. Ich sehe da keine Ähnlichkeit, außer vielleicht
den Bauchumfang. Die Katze bekommt zu viel zu fressen,
Shannon«, sagte Nora und richtete ihren Blick auf Kitty.

»Mein Sohn hat die typische Nase der Kellys, er sieht kein
bisschen aus wie Napoleon.«

Maeve und James versuchten, bei den Kabbeleien am Tisch
mitzukommen.

»Dabei fällt mir ein: Ich brauche noch eine Packung Antihistaminika von dir, Shannon«, warf ihre Schwester ein. »Ich
muss einen Vorrat haben, wenn die Apotheke über Weihnachten dicht ist.«

»Also, ich finde ihn wunderschön«, schlug sich Ava auf
Shannons Seite und bekam dafür ein dankbares Lächeln von
ihrer ältesten Schwester. »Napoleon, meine ich.«

»Vielen Dank auch«, murmelte Liam.

Stolz hob Napoleon sein pelziges Gesicht, bevor er davon-
tapste und alle sich wieder unterhielten. Shannon, die keinen
Hunger hatte, zwängte den Rest dennoch hinunter. Diese
Appetitlosigkeit war sehr ungewöhnlich für sie, dachte
Shannon und war dankbar für den Schluck Tee, um das
Rührei runterzuspülen. Sie ließ das Geplapper einfach auf
sich einprasseln, bis sie aufhorchte, als Nora James nach
seinen Plänen für den Tag fragte. Zu weit wegzufahren wäre
nicht klug, ohne zu wissen, wie es auf den Landstraßen
aussah.

»Ich muss mit ein paar Leuten zu Hause reden«, antwortete
er und lächelte Maeve zu. Das bekam kaum jemand mit, und
falls doch einer von ihnen neugierig war, wie sie zueinander
standen, ließ er es sich nicht anmerken. Noras Aufmerksamkeit
löste sich von ihren Gästen, als immer mehr von ihnen das
Besteck klirrend auf die Teller legten. Sie wollte die
Aufgaben verteilen, die es zu erledigen gab, bevor ihre
Mädchen nach oben verschwinden konnten. Sie fing an, herun-
terzubeten, wer was schälen musste.

»Oh, Mam, kann ich diesmal die Füllung machen?«, jammerte Imogen. »Kartoffeln schälen ist das Schlimmste.«

»Und ich kann den Glühwein vorbereiten«, bot Grace an, in der Hoffnung, nicht beim Rosenkohl die Strünke abschneiden zu müssen.

Shannon, die die Pastinaken zugeteilt bekommen hatte, entschuldigte sich vom Tisch und überließ die Zankerei den anderen.

Um elf Uhr fing der Weihnachtsbaum auf dem Marktplatz wieder an zu leuchten. Elektrisches Licht erhellte die Räume in den Cottages, in denen bis eben Kerzen gebrannt hatten. Auch Fernseher und Radios erwachten wieder zum Leben. Ein Weihnachtswunder.

Gegen viertel nach elf hatte Shannon genug davon, die Wände ihres Zimmers anzustarren. Sie öffnete die Tür nur einen Spalt und steckte den Kopf in den Flur. Erleichtert, dass sie sich nach unten wagen konnte, ohne dabei von James oder einer ihrer Schwestern erwischt zu werden, schlich sie in die Küche. Die war wie ausgestorben. Kurz nach dem Frühstück hatte sie noch ihre Schwester weglaufen hören, mit Worten wie: »Das mache ich später!« Shannon vermutete, dass alle losgezogen waren, um sich mit alten Freunden in der Gegend zu treffen, die auch über die Feiertage nach Hause gekommen waren. Mam und Dad hielten in der Bar die Stellung und Shannon riskierte die Vermutung, dass Kitty gerade im Silver Spoon mit einer ihrer Strickfreundinnen Tee schlürfte.

Nur gut, dass alle anderweitig unterwegs waren, denn sie war nicht in Redelaune. Sie legte den Kopf schief und horchte, konnte aber keine Stimmen im Wohnzimmer hören. Vielleicht waren James und Maeve auch vorn im Pub. So oder so blieb sie davon verschont, krampfhaft James' Blick auszuweichen, und dafür war sie dankbar.

Ihre Mam hatte das Gemüse, das vorbereitet werden musste, in eine Box auf den Tisch gestellt. Die ineinander gestapelten Eimer neben der Spüle waren dafür da, mit Eiswasser und einem Spritzer Zitronensaft gefüllt zu werden, damit das Gemüse darin nicht braun wurde. Brav füllte sie einen der Eimer und fing an, über dem Waschbecken die Pastinaken zu schälen. Ihre Gedanken wanderten zu ihrem Kostüm für später. Sie entschied, es direkt nach dem Schälen anzuziehen und noch bei Freya vorbeizuschauen. Falls die Straßen gesperrt waren und ihre Freundin nicht nach Westport konnte, dann brauchte sie bestimmt Aufmunterung. Und falls sie doch reisen konnte wie geplant, dann könnten sie immer noch über Shannon lachen. Ein ungewohntes Klopfgeräusch ließ sie herumwirbeln. Es kam von Maeves Gehstock auf dem Linoleum.

»Ich dachte doch, ich hätte hier drinnen jemanden gehört.«

»Und ich dachte, du und James wärt vorn im Pub. Willst du mir Gesellschaft leisten, während ich die hier schäle?« Sie zeigte mit dem Sparschäler auf die Tüte mit den Pastinaken. »Ich kann dir einen Tee machen.«

»Nein. Noch mehr und ich schwimme weg, oh ja, Shannon. Und ich sitze doch nicht tatenlos daneben. Bring mir einen Schäler, zu zweit sind wir doppelt so schnell.«

»Ach, das geht doch nicht, du bist zu Gast hier, Maeve. Mam wird noch wütend, wenn sie denkt, ich lasse dich arbeiten.« Shannon lächelte.

»Unsinn. Ich sitze hier überflüssig wie ein Kropf herum, während James oben mit seinen Brüdern spricht. Er versucht, so ein Zoom-Ding auf die Beine zu stellen. Du weißt schon, wo sich alle über den Computer sehen und miteinander reden können. Das Ganze bringt mich völlig durcheinander, Shannon, das sage ich dir gern. Was, wenn die anderen Jungen mich für eine schreckliche Frau halten, weil ich ihre Mammy abgegeben habe? Und der Gedanke daran, dass es Hazel so schlecht geht, bricht mir das Herz. Dann ist da noch Fergus …« Ihre Stimme zitterte, schwer lehnte sie sich auf ihren Stock.

»Das wird alles gut, Maeve, warte mal ab. Jetzt setz dich erst mal hin und ich hole dir einen Schäler.«

Maeve ließ sich auf denselben Platz sinken, wo sie auch beim Frühstück schon gesessen hatte, und Shannon stellte eine Schale für die Abfälle, einen Schäler und einen Stapel Pastinaken vor ihr ab. Maeve rollte sich die Ärmel hoch, während Shannon sich an der Spüle wieder an die Arbeit machte.

»Hast du heute Morgen mit Fergus gesprochen, Maeve?«

»Nein. Es ist wohl das Beste, wenn ich ihm bis morgen Zeit gebe, es sacken zu lassen.«

Shannon hörte die Unsicherheit in ihrer Stimme. Maeve zuliebe hoffte sie, dass Fergus neugierig auf seine amerikanische Familie sein würde, sobald er die Chance hatte, sich an den Gedanken zu gewöhnen, nicht länger Einzelkind zu sein. »Das ist fair. Und James' Brüder werden dich nicht hassen, Maeve. Sie werden verstehen, dass es andere Zeiten waren. Außerdem gäbe es sie gar nicht, wären die Dinge anders gelaufen.«

»Da hast du recht. Aber was ist mit Hazel, Shannon? Was soll ich bloß tun? Das ist alles ganz falsch, so sollte es nicht laufen.« Maeve versagte die Stimme.

Shannon konnte sich Maeves Schmerz kaum vorstellen, den sie empfinden musste, seit sie wusste, wie wenig Zeit ihr mit ihrer Tochter blieb. Die Pastinaken konnten warten. Sie wischte sich die Hände ab und ließ die Arbeit stehen. Es gab keine passenden Worte für einen Moment wie diesen, aber sie konnte zumindest Trost spenden. »Maeve, du hast recht. Es ist falsch. Keine Mutter sollte sich von ihrem Kind verabschieden müssen und dass du es sogar zum zweiten Mal tun musst, ist unvorstellbar. Aber du tust das Einzige, was du tun kannst: Du gibst deiner Tochter die Antworten, die sie braucht.« Sie schloss ihre zerbrechlich wirkende Freundin in ihre Arme.

Maeve ließ es einen Augenblick lang zu, bevor sie Shannon

sanft wegschob. »Ist gut jetzt. Die Pastinaken schälen sich nicht von allein.«

Schweigend kümmerten sie sich wieder um das Gemüse, nur Napoleons Miauen ertönte, als er nach unten getapst kam, um nachzusehen, was los war.

»Ach, du bist das«, grüßte Maeve. »Ich hoffe, du weißt, was für Sorgen du Shannon gestern Abend bereitet hast.«

Shannon drehte sich gerade rechtzeitig um, um zu sehen, wie Napoleon auf Maeves Schoß sprang. Er genoss die Aufmerksamkeit und bei dem Anblick musste Shannon lächeln, bevor sie sich wieder ihren Pastinaken zuwendete.

»Ich habe vorhin mit James geredet«, ließ Maeve beiläufig fallen.

»Ach ja?«, hakte Shannon nach. Sie war plötzlich sehr froh darüber, dass sie mit dem Rücken zu Maeve stand, als sie die Pastinake, die sie bei James' Namen fallen gelassen hatte, wieder aus dem Haufen Schälreste angelte.

»Ja. Er hat mir von der Frau erzählt, die er heiraten wollte.«

»Shit!«

»Was ist passiert?«

»Sorry, Maeve. Ich habe mich geschnitten, das ist alles.« Shannon hielt sich ihren Daumen an den Mund, über den sie mit der Klinge geschrammt war.

»Sicher, dass alles in Ordnung ist?«

»Super. Alles super.« Sie würde es überleben, aber super war es nicht. Nach Maeves Worten drehte sich alles in ihr, aber sie wollte trotzdem noch mehr wissen.

»Also, seine Verlobte hat ihn verlassen, kurz nachdem Hazels erste Chemotherapie angefangen hatte. Sie meinte wohl, James sei nicht genug für sie da. Billie hieß sie. Der arme Junge musste diese schreckliche Sache mit seiner Mutter durchmachen und die egoistische Schnepfe beschwert sich, dass er nicht für sie da ist! Man hat gemerkt, dass er am Boden zerstört war, aber wenn du mich fragst, hatte er Glück im Unglück. Oh ja, da ist er noch mal davongekommen. Ein bisschen wie bei dir und diesem Franzosen.«

Shannon drehte sich um, sie war sicher, dass da unterschwellig etwas in Maeves Worten mitschwang. Die war jedoch ein Bild der Unschuld, munter Napoleon streichelnd.

32

Shannon schlich auf Zehenspitzen aus dem Zimmer, das sich Imogen mit Grace und Hannah teilte. Schnell schloss sie die Tür hinter sich, bevor Napoleon hineinschlüpfen konnte. Er wollte unbedingt in den Raum, einzig und allein weil es ihm verboten war. Nachdem sie mit den Pastinaken fertig gewesen war und nach oben gekommen war, hatte sie ihn vor der Tür vom Zimmer ihrer Schwestern entdeckt, wo er am Teppich gekratzt hatte, als könne er sich so einen Tunnel zur anderen Seite der Tür graben. Ihre Mam würde ausflippen, wenn sie ihn dabei erwischte. Sie nahm den Kater hoch und trug ihn zurück in ihr eigenes Schlafzimmer, in der Hoffnung, er würde einfach schlafen, solang sie unterwegs war.

»Ich bin auf Mission, Napoleon, und bei dem ganzen Herumgeschleiche glaube ich langsam, ich habe meine Berufung verfehlt. Ich hätte eine hervorragende MI5-Agentin abgegeben, oh ja.« Sie setzte ihn am Fußende des Bettes ab. »Bleib hier und benimm dich. Ich mache mich auf den Weg zu Freya und ich sehe nur wie eine Exhibitionistin aus, weil ich nicht will, dass mich irgendjemand in dem verdammt dämlichen Kostüm sieht, das ich unter dem Mantel anhabe.« Sie kraulte ihn hinter den Ohren. »Aber Imogen darf mich auch nicht in ihrem Mantel erwischen. Deine Tante Imo macht echt jeden Trend mit. Der Mantel ist vielleicht modern, aber ich komme mir darin vor wie der arme alte Paddy in seinem abgewetzten Trenchcoat.«

Der kleine Kater sprang vom Bett und trottete aus der Tür. »Dir ist wohl auch egal, dass ich mich später vor der ganzen Stadt blamieren muss, oder?« Sie folgte ihm raus und sah zu, wie er wieder seinen Posten vor dem Zimmer ihrer Schwestern bezog und die Tür anstarrte, als könne er sie durch reine Gedankenkraft öffnen. Seufzend ermahnte sie ihn, er solle bloß den Teppich in Ruhe lassen, bevor sie zur Treppe weiterging. Auf halbem Weg nach unten blieb sie abrupt stehen, als sich oben eine Tür öffnete.

»Shannon, hast du einen Moment?«

James. Sie drehte sich nicht zu ihm, rief nur mit einer Hand auf dem Geländer: »Ähm, nein, sorry. Ich muss los. Bis später.« Hastig eilte sie die letzten paar Stufen hinunter und atmete erst wieder durch, als sie es sicher nach draußen geschafft hatte.

»Du benimmst dich wie ein Kind, echt, Shannon Kelly«, murmelte sie in die frische Luft hinein, weil sie dem armen Mann die kalte Schulter gezeigt hatte. Aber jetzt war es zu spät. Sie konnte schlecht wieder reingehen und fragen, was er wollte. »Ach, Opa, was stimmt mit mir nicht?« Ihr Blick wanderte auf der Suche nach einem seiner farbenfrohen Zeichen zum Himmel, aber sie entdeckte nichts. Also vergrub sie ihre Hände in den Taschen von Imogens Mantel und marschierte los. Sie wollte noch bei Heneghan's vorbeischauen, vielleicht gab es Neuigkeiten zum großen Parfümdiebstahl.

Es war schon geräumt, als sie die Straße überquerte, nur auf den Gehwegen lag noch eine dicke Schneeschicht, und die Menschen waren wieder unterwegs. In der Ferne hörte Shannon spielende Kinder. Sie lächelte, musste daran denken, dass neben der Kirche wahrscheinlich gerade eine Schneeballschlacht im Gange war. Ein Grüppchen Touristen fing den malerischen Anblick der verschneiten Main Street mit ihren Handys ein. Shannon folgerte, dass die Straßen wieder freigegeben waren.

Dankbar für ihre dicken Winterstiefel stapfte sie weiter und ärgerte sich, dass sie sich James nicht gestellt hatte. Er hatte nur versucht, sie zu küssen. Keine große Sache, Ava hatte recht: Sie machte sich viel zu viele Gedanken. Wenn sie ihn das nächste Mal sah, würde sie so tun, als wäre das alles gar nicht passiert. Sie waren einfach zwei Menschen, die ein paar extrem emotionale Tage miteinander verbracht hatten und die jeweils mit einer Trennung zu kämpfen hatten. Sie war noch überhaupt nicht weit gekommen, als die laute Stimme ihres Vaters hinter ihr sie zusammenzucken ließ.

»Wo willst du denn hin, Shannon Kelly?«

Sie wirbelte herum, eine Hand über dem Herzen.

»Mein Gott, Dad! Wo kommst du denn plötzlich her?«

»Na bitte. Jetzt weißt du, wie sich das mit dieser Katze anfühlt, die ständig hinter mir lauert. Und um deine Frage zu beantworten: aus dem Eckladen.« Er wedelte mit der Zeitung, die er dabeihatte. »Einige Leute lesen ihre Nachrichten noch gedruckt. Ich wollte nachsehen, wie es dem Rest vom Land mit diesem verrückten Wetter geht. Außerdem, wenn du hin und wieder mal in die Zeitung gucken würdest, Shannon, dann wüsstest du von dem Skandal, der hier in Emerald Bay stattgefunden hat.«

Da horchte Shannon auf. »Welcher Skandal?«

Er streckte ihr die Zeitung hin. »Seite zwei.« Dann schlug er demonstrativ die Seite mit dem Artikel auf, den er meinte.

Ungläubig überflog Shannon den Bericht. Ein Schmunzeln auf ihren Lippen, während sie las:

JUGENDLICHER AUS EMERALD BAY ERTAPPT
VON MARTIN DEVERAUX

Kyle Hogan, ein Fünfzehnjähriger aus Emerald Bay, wurde dank seiner nichts ahnenden Freundin ertappt. Unwissentlich händigte sie ihn genau dem Geschäft aus, aus dem er ihr Geburtstagsgeschenk gestohlen hatte.

Emerald Bays Bewohnerin Ella Finlan, die am dreiundzwanzigsten Dezember ihren fünfzehnten Geburtstag feierte, brachte den großen Parfümflakon eigenhändig zu Heneghan's Pharmacy zurück. Er sei ein Geschenk von Hogan gewesen, das sie zurückgeben wolle, da der Inhalt keinen Duft enthielte. Ihr Freund habe den Kassenzettel verlegt, erklärte Ms Finlan der Apothekenangestellten Nuala McCarthy, welche die Parfümflasche sofort als das geklaute Ausstellungsstück aus dem Fenster der Apotheke identifizierte.

»In dem Flakon befand sich nur gefärbtes Wasser«, berichtete Ms McCarthy Sergeant Badger von der Polizei aus Kilticaneel.

Der Inhaber von Heneghan's Pharmacy, Niall Heneghan, entschied sich, auf eine Anzeige gegen den Teenager zu verzichten. In Absprache mit Kyle Hogans Eltern soll der Jugendliche stattdessen all sein Erspartes für die Erneuerung des Gemeindeparks spenden, wo er außerdem ein Jahr lang jeden Sonntag den Rasen mähen muss.

Shannon seufzte. Sie musste daran denken, dass sie Kyle und Ella mit ihren Freunden vor ein paar Tagen erst getroffen hatte. Ihr war aufgefallen, dass Kyles Rucksack ziemlich schwer aussah, und sie fragte sich, ob er da schon das geklaute Parfüm dabeigehabt hatte. Na ja, er war bloßgestellt worden und hatte eine gerechte Strafe bekommen. Zweifellos hatte die junge Ella ihn auch abserviert. Shannon faltete die Zeitung wieder zusammen und gab sie ihrem Dad zurück. Der Blick ihres

Vaters wanderte über ihre grüne Strumpfhose hoch zu dem roten Mantel mit dem Gürtel. Dann sah er an ihr vorbei und schüttelte den Kopf.

»Ihr seid heute im Partnerlook unterwegs, Paddy und du. Habt ihr euch abgesprochen?«

Shannon folgte seinem Blick zu Paddy, der schwankend vor der Apotheke stand. Sie schnappte ein paar Worte auf und stellte fest, dass er seiner Bridget im Schaufenster etwas vorsang. Unter seinem Trenchcoat blitzte eine grüne Hose hervor, der einzige Unterschied war, dass sein Mantel ein schmutziges Braun hatte und ihrer ein leuchtendes Rot. Mit einem wütenden Blick sagte sie ihrem Vater, der sich wohl für einen Komiker hielt, dass sie ihn später beim Singen sehen würde. Dann ging sie weiter. Um vier wäre sie wenigstens nicht mehr die Einzige, die wie ein Clown rumlief.

33

Fröhlich grüßte Shannon Paddy, als sie bei der Apotheke angekommen war. Inzwischen sang er aus vollem Halse. Seine Freude darüber, dass Bridget ihr Parfüm wiederhatte, war unverkennbar. Shannons Neugier war einfach zu groß. Sie stieß die Tür zu Heneghan's auf. »Ich habe gehört, das Rätsel des großen Diebstahls wurde gelöst, Nuala«, begann sie und schloss schnell die Tür, um Paddys Gejaule auszusperren. »Dad hat mir gerade die Zeitung gezeigt.«

Nuala, die damit beschäftigt war, das Band an einem Geschenk von Nessie Doyle mit der Schere zu kräuseln, schaute hoch. »Komm mir bloß nicht damit.« Sie deutete mit dem Kopf in Richtung draußen, wo Paddy schwankte. »Er redet schon den ganzen Tag davon. Sergeant Badger meint sogar, wir sollten eine Überwachungskamera installieren.«

An der Arzneiausgabe blickte nun auch Niall Heneghan auf. »Ein trauriger Tag, an dem es so weit kommt. Kyle Hogan hat seine Lektion sicher gelernt und im Lokalblatt wurde er auch genannt. Es wird lange dauern, bis er das los ist. Das ist Abschreckung genug, da bin ich mir sicher.«

Shannon stimmte zu. Kurz hatte sie ihre Manieren verges-

sen, aber jetzt grüßte sie ihre alte Erzfeindin, Emerald Bays
Friseurin. »Wie geht's, Nessie? Frohe Weihnachten.« *Mein
Gott, was hatte sie mit ihrem Haar angestellt? Bei ihrem letzten
Treffen war es noch blond gewesen, jetzt hatte sie sich für abge-
hackte rote Stufen entschieden, was sie aussehen ließ, als hätte
sie einen üblen Kampf mit einem Rasenmäher hinter sich.*

»Dir auch Frohe Weihnachten, Shannon. Ich habe schrecklich viel zu tun, oh ja. Ich konnte mich nur kurz aus dem Salon
losreißen, um ein Geschenk für die junge Tara zu besorgen, das
sie mit nach Hause nehmen kann. Natürlich hat sie ihren
Weihnachtsbonus bekommen, aber es ist immer schöner, wenn
man auch was auspacken kann, oder?«

Nessie wartete keine Antwort ab, sondern trat direkt auf
Shannon zu. »Meine Güte, dein Spliss tut mir ja in den Augen
weh. Du musst dringend mal wieder Spitzen schneiden,
Shannon Kelly, und du hast Glück! Mein drei Uhr Termin
wurde kurzfristig abgesagt.«

Nur über meine Leiche lass ich dich jemals mit einer
Schere in die Nähe meiner Haare, dachte Shannon. Mit einem
zuckersüßen Lächeln entgegnete sie: »Oh, nein. Vielen Dank,
Nessie, aber ich habe schon Pläne.«

Nessie schnalzte mit der Zunge. Mit ihrer roten Frisur, der
schnabelgleichen Nase und dem leuchtenden blaugrünen Pullover mit dem Rüschenkragen, erinnerte sie Shannon an einen
herrischen Gockel. »Dann mach dir unbedingt gleich Anfang
des Jahres einen Termin. Es wird wieder viel zu tun sein, aber
ich lege viel Wert darauf, immer Zeit für Haarnotfälle zu schaffen, liebe Shannon.«

»Mache ich, Nessie.« *Auf gar keinen Fall.*

»Sehen wir uns später beim Singen?«, wollte Nuala wissen.
»Niall, vergiss nicht, dass der Weihnachtsmann um halb vier
Süßigkeiten an die Kinder verteilt.«

Niall warf Nuala ein dankbares Lächeln zu und Shannon
beobachtete, wie sie es genoss.

»Was würde ich nur ohne dich machen, Nuala?« Er füllte die gerade abgezählten Tabletten in einen Behälter. »Mrs Mooney bringt alles zum Marktplatz.« Jetzt richtete er sich an Nessie und Shannon. »Wir machen heute um halb vier zu, wie alle Geschäfte auf der Main Street. Ich glaube auch nicht, dass es mit dem Schnee schon vorbei ist.«

»So oder so bekommen wir weiße Weihnachten«, stimmte Nessie ein. »Die Massen da draußen schmelzen nicht so schnell.«

»Wir können von hier aus direkt zum Singen, Niall«, schlug Nuala vor.

Niall nickte und machte sich weiter daran, die Tabletten für Emerald Bays Einwohner abzuzählen.

Die beiden waren wie ein altes Ehepaar, fand Shannon. Sie musste dagegen ankämpfen, nicht jetzt sofort zur Arzneiausgabe zu marschieren und Niall zu sagen, er solle endlich mal die Augen aufmachen und erkennen, was direkt vor seiner Nase lag. Es war höchste Zeit, dass der Apotheker seiner rechten Hand hier im Laden genauso viel Aufmerksamkeit schenkte wie den Pillen, die er ständig zählte. Erst dann erinnerte sie sich an Nualas Frage und antwortete: »Ich werde da sein und auch kaum zu übersehen.« Sie dachte dabei an ihr auffälliges Kostüm.

»Nimm doch noch einen Spritzer, Shannon.« Nuala zeigte auf den Tester von Seduce Me im Regal, bevor sie die Schere ein letztes Mal über das Geschenkband gleiten ließ.

»Da sage ich nicht Nein. Danke, Nuala.« Mit einem großzügigen Spritzer und einem »Bis später« an Nessie, die sie hustend in einer Parfümwolke stehen ließ, verschwand sie nach draußen. Sie hielt nur noch schnell inne, um die attraktive, stumme Bridget zu begrüßen, worauf Paddy bestand.

Danach überquerte sie gerade rechtzeitig die Straße, um Enda auf sie zuschlendern zu sehen.

»Guten Tag, junge Grace. Ich bin auf dem Weg, herauszufinden, ob ich Kitty wohl heute ein Lächeln abringen kann. Wie geht es deinem Frettchen?«

»Ich bin Shannon, Enda. Und Napoleon ist eine Katze. Aber ihm geht es sehr gut, danke. Meine Nan ist gerade unterwegs. Ich glaube, sie ist im Silver Spoon.« Sie musste schmunzeln. Sie wusste genau, dass Nan nicht dankbar sein würde, dass sie ihm verriet, wo sie war – das war die Quittung dafür, dass sie Shannon bei Isla Mullins für das Sternsingen angemeldet hatte.

Sie musste sich gegen den blendenden Schnee eine Hand vor die Augen halten und überblickte so den Weg zu Dermot Molloy's Quality Meats, wovor Shep gerade genüsslich etwas auseinandernahm.

Enda warf einen Blick über seine Schulter. »Er hat da eine von Dermots feinsten Schweinewürsten, dank Mrs Riordan. Hier drin habe ich auch noch einen schönen Knochen für ihn, als Weihnachtsgeschenk.« Er hielt die Tasche hoch, die er bei sich trug. »Vielleicht sehe ich mal im Café nach und sage Kitty Hallo.«

Shannon grinste und beide gingen nebeneinander los, da sie jetzt in dieselbe Richtung mussten. »Sehen wir uns beim Weihnachtsessen, Enda?«

»Ja. Ich freue mich schon, Hannah. Du riechst entzückend, heute, wenn ich das sagen darf.«

Diesmal machte Shannon sich nicht die Mühe, ihn zu korrigieren, brachte ihn aber zum Rotwerden, als sie ihm den Namen des Parfüms nannte. Auf der Höhe des Silver Spoons angekommen, sah sie, dass sie recht gehabt hatte. Ihre Nan quatschte gerade mit einer Gruppe von Frauen und war zu beschäftigt, um Shannon zu bemerken, die sich bei Enda verabschiedete. Heute lockten das in der Vitrine präsentierte Karamell-Shortbread,   die   mit   Zuckerguss   überzogenen Lebkuchenkekse und die Stücke Apfel- und Rührkuchen sie nicht an. Mit ihrem Appetit stimmte definitiv etwas nicht und sie blieb auch nicht stehen, um den Gesichtsausdruck ihrer Nan zu sehen, wenn Enda ins Café marschiert kam.

In den Regalen vom Buchladen Quigley's Quill stöberten Verzweifelte nach Last-Minute-Geschenken. Auf der Höhe des Strickladens angekommen, zog Shannon zwar den Kopf ein, wagte aber einen Blick zur Seite, durch das Fenster. Erleichtert atmete sie aus. Eileen Carroll war tief in eine Unterhaltung mit einem Kunden verwickelt und hatte ihr den Rücken zugekehrt. Beinahe am Ziel angekommen – sie sah schon das Schild vom Mermaids – kam Isla aus ihrem Souvenirladen gestürmt. Heute hatte sie eine Weihnachtsmütze aufgesetzt, dazu trug sie einen Pullover mit der Aufschrift »Kiss Me I'm Irish« und von ihren Ohren baumelten kleine Rentiere. Shannon fragte sich, ob wohl irgendjemand schon der Bitte auf dem Oberteil nachgekommen war.

»Ich dachte mir doch, dass du das bist. Denk dran, dass sich die Emerald Bay Elves um Punkt vier Uhr am großen Baum treffen, Shannon.«

»Das vergesse ich schon nicht, Isla. Ich bin bereit, siehst du.« Sie streckte ein grünes Bein nach vorn. »Und die Mütze ist in meiner Tasche.«

»Entschuldigung, sind die Schneekugeln im Angebot?«, fragte eine kehlige Stimme laut aus dem Inneren des Ladens.

»Ich dachte ja, dass es nach dem Schnee gestern heute mucksmäuschenstill bleiben würde, aber es ist eine ganze Busladung Deutscher unterwegs.« Isla verabschiedete sich mit einer letzten Erinnerung an Shannon, dass sie bloß nicht zu spät kommen sollte.

Shannon verdrehte die Augen, als die Tür zuschlug, dann ging sie die letzten paar Meter zum Mermaids, wo sie erst mal durch das Fenster schaute, um herauszufinden, wie beschäftigt Freya gerade war. Sie hatte definitiv nicht vor, deutschen Touristen ihr Kostüm zu präsentieren. Statt europäischer Reisender sah sie allerdings einen Amerika-

ner, der sich angeregt mit ihrer Freundin unterhielt. Ihr
Mund öffnete sich, sie zog ihre Augenbrauen zusammen.
Sie hatte nicht damit gerechnet, ihn hier zu sehen. So viel
dazu, dass sie ihm aus dem Weg gehen wollte. Um so
schnell hier zu sein, musste er den ganzen Weg gejoggt
sein.

In einer Hand hielt er eine Papprolle. Wahrscheinlich hatte
er sein Bild vom Kilticaneel Castle abgeholt, um das sie ihn so
beneidete. Sie so durch das Glas beobachtend, fand Shannon
jedoch, dass die beiden sehr geheimnisvoll tuschelten. Sie fragte
sich, worüber sie wohl redeten.

Freya entdeckte sie als Erste, prompt drehte auch James
sich um, wollte wohl nachschauen, was Freyas Aufmerksamkeit
angezogen hatte. Shannon sah erst die Überraschung in ihren
Blicken, dann die Belustigung. Ihr wurde bewusst, was für ein
Bild sie abgeben musste, so wie sie in Imogens Exhibitionisten-
mantel vor der Galerie herumlungerte. Schnell ging sie zur Tür
und nach drinnen, um sich zu stellen.

»Was machst du da, Idiotin?«, grüßte Freya, in deren Augen
schon ein Lachen tanzte, während sie Shannon von oben bis
unten musterte und an der silbernen Kette an ihrem Hals
spielte. »Du riechst gut.«

»Danke, das ist, ähm, egal.« Sie konnte sich nicht dazu überwinden, Seduce Me laut auszusprechen. Nicht, während sie
Imogens Booty-Call-Mantel trug.

James nickte zur Begrüßung und Shannon musste daran
denken, wie sie ihm vorhin gesagt hatte, sie habe keine Zeit, um
mit ihm zu reden. Sie wurde rot.

»Ich, ähm, ich war nicht sicher, ob der Laden offen ist.
Deswegen wollte ich erst nachsehen.«

»War das sich drehende Schild mit dem Wort ›open‹ in
Großbuchstaben nicht Hinweis genug?«

Stünde James nicht daneben und würde zuhören, hätte sie
ihrer Freundin gesagt, dass sie den Mund halten soll. In dem

Mantel und der Strumpfhose kam sie sich schon lächerlich genug vor.

»Ich wollte das Gemälde abholen, das ich gekauft habe«, erklärte James. »Und ich habe meiner Mutter noch einen handgemachten Claddagh-Ring ausgesucht. Deine Freundin ist sehr talentiert.« Er sah Shannon kaum richtig an, als er das sagte. »Danke, Freya.«

Shannon hätte schwören können, dass sie Freya ihm zuzwinkern sah, als sie antwortete: »Go n-éirí leat.«

Sie sprach vielleicht nicht fließend Irisch wie Freya, aber es war noch genug aus der Schulzeit hängen geblieben, dass Shannon sich wunderte, wieso sie ihm viel Glück wünschte.

Beide Frauen hoben eine Hand zur Verabschiedung und als er schon den Türgriff in der Hand hielt, brach es aus Shannon heraus: »James?«

»Ja?«

»Ich habe vorhin mit Maeve gesprochen. Sie hat Angst, weißt du, wie deine Brüder reagieren werden. Ich glaube, das Telefonat mit Fergus hat sie sehr mitgenommen. Ich dachte, das solltest du wissen.«

James Gesichtszüge wurden weicher. »Ich bin auf dem Weg zurück zum Pub, für den Videocall mit ihnen. Es ist alles okay, Shannon. Ich werde direkt neben ihr sitzen. Meine Brüder können kaum erwarten, sie kennenzulernen, und sie sind vielleicht manchmal Idioten, aber keine Arschlöcher.«

»Sorry. Ich mache mir einfach Sorgen um sie, das ist alles. Maeve wirkt immer so stark und bei allem, was sie durchgemacht hat, musste sie das auch sein. Aber es ist auch noch nicht lange her, dass sie Ivo verloren hat.«

»Ich verspreche, dass ich auf sie aufpasse.« Einen Moment lang schauten sie sich in die Augen und er warf ihr zur Beruhigung eines seiner schiefen Lächeln zu. Dann öffnete er die Tür und verschwand.

»Mein Gott, diese Spannung zwischen euch. Deine

Pupillen sind doppelt so groß wie sonst.« Freya schüttelte den Kopf, wobei ihr unordentlicher blauer Dutt wackelte. »Das ist ja wie bei so einer Reality-TV-Show, wenn man am liebsten ›Los, küsst euch endlich!‹ in den Fernseher schreien würde.«

Shannon studierte ihre Freundin. »Du hast doch bestimmt mit Hannah geredet. Kein Wort über Paviane.«

»Würde ich nicht im Traum dran denken. Shan?«

»Was?«

»Wieso bist du angezogen wie eine Stripperin mit grünen Strumpfhosen? Dieser Mantel ... Was hast du darunter an? Irgendetwas zumindest, hoffentlich.«

Fast hatte Shannon vergessen, wieso sie überhaupt hier war. »Der gehört Imo und natürlich habe ich was an. Ich wollte vorbeikommen und fragen, ob du nach Westport fährst.«

Freya begann zu strahlen. »Die Straßen sind wieder freigegeben, also fahre ich.«

Shannon umarmte ihre Freundin. »Hab ein ganz tolles Weihnachten.«

»Werde ich haben. Ich kann es kaum erwarten, Oisin wiederzusehen. Es kommt mir vor, als hätten wir uns Ewigkeiten nicht gesehen. Was dich angeht: streng dich an, viel zu viel zu essen und zu trinken.«

»Es ist immerhin Weihnachten bei den Kellys.« Shannon lächelte ihre Freundin an. »Oh, aber da ist noch was, das ich dir zeigen wollte. Mach die Augen zu.«

»Eine Überraschung! Ich liebe Überraschungen.« Freya hielt sich ihre Hände mit den vielen Ringen vor die Augen und freute sich wie verrückt.

Shannon holte währenddessen die Mütze heraus und zog sie so weit runter, dass die Elfenohren auf der Höhe ihrer eigenen waren. Dann fummelte sie kurz am Gürtel herum und riss den Mantel auf. »Okay, du kannst gucken. Ta-da!« Die Tür flog auf und das Glöckchen an ihrer Mütze klingelte wie verrückt, als sie herumwirbelte, um zu sehen, wer es war.

»Schönes Outfit.« James grinste. »Ich habe den Ring für meine Mutter vergessen.« Er durchquerte den Laden und steckte die hübsch verpackte Schachtel ein, die noch auf dem Tresen gelegen hatte. Dann ließ er sie mit einem Winken wieder allein und Shannon schaute ihm starr vor Schock hinterher.

34

Der strahlend blaue Himmel über Emerald Bay hielt sich nicht lange. Am frühen Nachmittag hatten sich schon wieder Wolken gebildet, die immer schwerer wurden. Auch das Tageslicht schwand langsam, gegen vier Uhr funkelten überall die Lichter. Der riesige geschmückte Weihnachtsbaum hinter Shannon blinkte die Einwohner an, die sich langsam für das Vorsingen auf dem Platz sammelten. Heute hatte man definitiv kein Glück, sollte man kurzfristig auf der Suche nach einer Tüte Milch, einem Laib Brot, Kopfschmerztabletten oder was auch immer sein. Alle Geschäfte der Main Street waren ab jetzt offiziell im Weihnachtsurlaub.

Für Shannon wirkte das alles wie eine Szene aus einer von Islas Schneekugeln, als sie sich ihren Weg zu den anderen Weihnachtselfen bahnte. Genervt, weil sie ihre Mütze ständig zurechtzupfen musste, damit sie ihr nicht über eines ihrer Augen rutschte, warf sie einen Blick in die Menge, in der es nur wenige Gesichter gab, die sie noch nicht kannte. Die Touristen aus Deutschland, vermutete sie. Es fehlten bloß noch ein, zwei Kobolde, dann wäre das Bild komplett.

Sie nahm ihren Platz in der Mitte der ersten Reihe ein,

musste sich dafür zwischen Mrs Tattersall und Mrs Bradigan quetschen, war aber dankbar für die Körperwärme und dafür, dass Dr Fairlies Frau Helena zwei ganze Reihen hinter ihr stand. Immerhin nicht die Einzige, dachte sie und zog ihr grünes Kleid zurecht. Als Teil einer Gruppe kam sie sich in dem Outfit nicht mehr ganz so lächerlich vor. Ein heimliches Linsen auf Mrs Tattersalls Kartoffelknie und die knubbeligen Knie von Mrs Bradigan gab ihr noch mehr Mut, obwohl Freya und James, nachdem er seinen Ring auf dem Tresen vergessen hatte, ihr Kostüm zum Totlachen gefunden hatten.

Ein Tippen auf ihrer Schulter ließ sie herumfahren.

»Der Säureblocker, den du mir empfohlen hast, hat ganz wunderbar gegen meine Verdauungsprobleme geholfen, Shannon«, informierte Mrs Greene sie. »Tausend Dank.«

»Das freut mich.« Shannon lächelte, drehte sich wieder zurück und sah hoch zum Nachmittagshimmel. Die Glocke an ihrer Mütze klingelte und eine nasse kalte Flocke landete auf ihrer Nase. Sie wischte sie weg und hoffte nur, dass Freya sich an ihr Versprechen hielt, den ganzen Weg nach Westport mit nicht mehr als fünfzehn Kilometern pro Stunde zu fahren. Sie fragte sich, ob James und Maeve schon das Treffen mit seinen Brüdern hinter sich hatten.

Maeve hatte sie bereits entdeckt, sie saß auf einem der Stühle, die für die älteren Einwohner aus dem Pub hergebracht worden waren. Sie unterhielt sich fröhlich mit Mr Kenny, der auf seinem Elektroscooter neben sie gefahren war.

Shannon schnupperte, als Mrs Brady mit einem Becher Glühwein vorbeiging. Das Getränk wurde im Shamrock für preiswerte zwei Euro verkauft und mit Suppenkellen aus Schongarern verteilt. Den Becher musste man selbst mitbringen, dafür flossen alle Einnahmen in die längst überfällige Renovierung des Spielplatzes im Park neben der Kirche. Rita Quigley hatte die Spendenaktion organisiert, woraufhin Eileen Carroll natürlich sofort mitziehen musste und mit ihrer Strickgruppe Massen an Mince Pies gebacken hatte, die sie nun an die zusammengedrängten Zuschauer verteilten. Shannon hoffte auf ein paar Reste der mit Puderzucker bestreuten Pies und ein paar Becher mit wärmendem Wein, die mit etwas Glück nach ihrem Auftritt noch übrig waren. Sie und die restlichen Emerald Bay Elves würden es brauchen.

Die jüngeren Kinder, die alle vor Aufregung gekreischt hatten, als der Weihnachtsmann vor einer halben Stunde hier gewesen war, schwiegen jetzt – wahrscheinlich klebten ihre Zähne noch vom Toffee aneinander. Der Mann im roten Kostüm hatte die Süßigkeiten großzügig verteilt, nachdem jedes Kind ihm geschworen hatte, auch sicher artig gewesen zu sein, und sich gewünscht hatte, dass er durch den Schornstein auch zu ihnen kommen würde.

Die Süßigkeiten waren ein Traum für jeden Zahnarzt. Das wusste Shannon, weil sie sich selbst vorhin aus der Tüte in der Küche bedient hatte, nachdem sie zurück nach Hause gekommen war. Bis sie Imogens Mantel, ohne erwischt zu werden, zurück in den Schrank gehängt hatte – ihre eigene Mission Impossible – hatte der Bonbon sich in eine Kieferklemme verwandelt. Immerhin hatte sie sich nicht direkt zwei in den Mund gesteckt, wie sie es normalerweise getan hätte.

Isla reichte Shannon eine brennende Kerze samt Tropfschutz, die sie vorsichtig entgegennahm, damit die Flamme nicht schon erlosch, bevor sie überhaupt anfingen, zu singen. Hoffentlich sengte Mrs Shea hinter ihr nicht mit der Kerze ihr Haar an, überlegte sie.

»Lächeln, Shannon!«, grölte Grace, die ihr Handy hochhielt.

»Cheese!«, rief jetzt auch Ava.

Ein Blitz.

»Diese Ohren!« Hannah steckte sich zwei Finger in den Mund und ließ ein durchdringendes Pfeifen ertönen, wofür sie sich allerdings einen Klaps von ihrer Mutter einfing, die ihren

Posten bei der Glühweinausgabe verlassen hatte, um nachzuschauen, wie es lief.

»Hast du dir meinen Mantel genommen, ohne zu fragen? Er stinkt nach diesem Parfüm, mit dem du dich eingesprüht hast«, brüllte Imogen.

»Ach, haltet alle den Mund«, murmelte Shannon, die darauf Mrs Tattersalls spitzen Ellenbogen in die Seite bekam.

Ein Schweigen legte sich über die Menge und die Einwohner sowie Besucher spalteten sich, um den Weg freizumachen. Aber wofür? Shannon kniff die Augen zusammen, um in der heraufziehenden Dunkelheit zu erkennen, was für eine Gestalt auf den Weihnachtsbaum zukam. Ihr Mund klappte auf, gleichzeitig kündigte ihr Handy eine neue Nachricht an. Auf sie zu kam, mit einer Koboldmütze auf dem Kopf und mit einem schiefen Grinsen, James.

Isla zündete eine letzte Kerze an und wandte sich den Elfen zu. »Unser James ist ein feiner Bariton, kommt den ganzen Weg aus Boston und er unterstützt uns heute. Rück mal ein Stück, Agnes, mach ihm Platz.«

Mrs Tattersall gehorchte, jedoch nicht ohne ein unzufriedenes Nörgeln über das Zuspätkommen des Eindringlings. James schlüpfte in die Lücke neben Shannon.

»Was machst du hier?«, zischte sie ihm aus dem Mundwinkel zu.

»Mrs Mullins hat mich zu einem Ehrenelf ernannt, nachdem ich heute Nachmittag bei ihr vorgesungen habe.«

»Aber du hast eine von den Koboldmützen auf, die Isla in ihrem Laden verkauft.«

»So kurzfristig war es das Einzige, was noch möglich war. Ich habe direkt noch drei Stück für meine Brüder gekauft. Eine für jeden.«

»Aber du kennst doch gar nicht den Text der Lieder. Wir haben ein ganzes Repertoire an irischen Songs wie ›Curoo Curoo‹ oder dem ›Wexford Carol‹.« Sie hatten auch einige familienfreundliche Jingle-Bells-Lieder, aber es war ihr einfach zu viel, dass James hier stand. Sie würde bestimmt selbst den ganzen Text vergessen.

James ignorierte Mrs Tattersall, die ein »Sch« in ihre Richtung warf, und antwortete: »Wenn ich nicht weiterweiß, bewege ich einfach die Lippen.« Er zwinkerte ihr zu, was Shannon sofort an Freyas Zwinkern vorhin erinnerte. Sie zog ihr Handy aus der Tasche ihres Kleides und überflog die neue Nachricht:

Wenn du einen Kobold fängst, Shan, findest du statt Gold vielleicht Liebe am Ende des Regenbogens.

Freya steckte hinter allem! Sie hatte allerdings keine Zeit, sich Gedanken darüber zu machen, was James und ihre Freundin im Schilde führten, denn Isla hielt drei Finger in die Luft, dann zwei, dann einen.

Die Emerald Bay Elves und ihr Ehrenkobold stiegen mit »Hark! The Herald Angels Sing« ein. Shannon sah James neben sich mit großen Augen an. Seine Stimme klang voll, tief und weich – wie geschmolzene Schokolade, dachte sie und musste sich verkneifen, sich die Lippen zu lecken.

35

»Ich verstehe einfach nicht, wieso es Mitternachtsmesse heißt, wenn sie in den meisten Gemeinden schon am frühen Abend ist.« Durch den hell gestreiften Schal, den Hannah doppelt um ihren Hals gelegt hatte und der halb über ihren Mund ragte, klang ihre Stimme gedämpft. Auf dem Kopf trug sie eine passende Strickmütze, unter der ihre Dreadlocks bis weit über ihren Rücken hingen.

»Machen wir heute also einen auf Bob Marley?«, kommentierte Imogen, die ihren roten Mantel zuband. Sie hatte sich für eine Mütze im selben Rot entschieden.

Hannah warf ihrer Schwester einen bösen Blick zu. »Wenigstens sehe ich nicht aus, als fehlte nur noch die Federboa um meinen Hals.«

»Imogen, deine Schwester hat recht. Wir wollen in die Gemeindekirche, nicht ins Moulin Rouge.« Liam sah seine zweitälteste Tochter stirnrunzelnd an.

»Jemand, der in diesem Rollkragenpullover und dem Mantel aussieht wie ein Westlife-Mitglied im Rentenalter, Dad, ist bestimmt nicht in der Position, mir Vorträge über Mode zu halten.«

»Ich habe den Mantel für deinen Vater ausgesucht.« Nora war genervt. »Und ich finde, dass er in dem Rollkragenpullover sehr vornehm aussieht.«

»Mam, du hast meine Frage nicht beantwortet«, jammerte Hannah.

»Weil es Tradition ist, deswegen, Hannah.« Nora drehte sich zu Maeve und James, die sich für den Vorstoß nach draußen bereit machten, obwohl James angekündigt hatte, dass er Maeve und Kitty mit dem Auto fahren würde und alle anderen, die den kurzen Weg zur Kirche nicht zu Fuß gehen wollten. Er hatte dabei Shannon angesehen, aber die hatte keine Anstalten gemacht, sein Angebot anzunehmen. Imogen hatte den freien Platz stattdessen gern für sich beansprucht, was bei der Höhe der Absätze ihrer Stiefel sicher eine kluge Entscheidung gewesen war. »So war sie schon immer«, fuhr Nora mit einem entschuldigenden Schulterzucken fort. »Sie muss immer alles hinterfragen.«

»Ein fragender Mensch ist auf gutem Wege, wissend zu werden.« Maeve lächelte Hannah zu und schlüpfte in den Mantel, den James ihr hinhielt. »Danke, James.«

»Die Neugier ist der Katze Tod, wohl eher«, murmelte Nora.

»Nein, Mam. Wäre es Tradition, würde die Messe um Mitternacht stattfinden.« Hannah ließ nicht locker, wie ein Hund mit einem Knochen.

Nora seufzte entnervt. »Sicher. Pass auf, würde ich sagen: ›Wir gehen zur Neun-Uhr-Messe‹, hätte es einfach nicht den gleichen Klang.« Ein Laut, der wie ein *Pfft* klang, entwich ihr. »Und du bist eine studierte Frau.« Dann zupfte sie an der maulbeerfarbenen Baskenmütze, die sie passend zu ihrer schicken neuen Winterjacke ausgesucht hatte, sodass sie leicht schief saß.

»Uh-la-la«, staunte Liam bei ihrem Anblick und wackelte mit den Augenbrauen, was alle zum Lachen brachte.

»Und du benimmst dich in der Kirche gefälligst.« Spaßhaft wedelte Nora mit dem Zeigefinger vor ihm herum.

Grace und Ava kicherten. Ebenso James, der sein Gore-Tex und die Koboldmütze für die Kirche gegen angemessene Kleidung eingetauscht hatte. Amüsiert beobachtete er das Gezanke und Scherzen, aber in seinem Blick lag noch etwas anderes. So vertieft, wie er in die Familienszene vor sich war, hatte Shannon die Gelegenheit, ihn zu mustern. Plötzlich wurde ihr klar, was sie über sein Gesicht huschen gesehen hatte: Wehmut. Er hatte seinen Vater jung verloren und hatte beim Aufwachsen nie Einblick in diese Vertrautheit zwischen zwei Menschen bekommen, die schon über die Hälfte ihres Lebens verheiratet waren. Für sie war die Beziehung ihrer Eltern etwas Selbstverständliches, während er vermisste, was er nie gekannt hatte. Als ihr das bewusst wurde, wollte sie ihn am liebsten umarmen.

Natürlich tat sie das nicht. Stattdessen dachte sie an die letzten paar Stunden, während sie mit den Fingern ihrer linken Hand an einem losen Faden in der Tasche ihrer Daunenjacke herumfummelte.

Sobald sie sich beim Singen vom ersten Schock über James' Dazukommen und über seine Stimme erholt hatte, hatte sie Ablenkungstechniken nutzen müssen. Das war nötig gewesen, denn in dem Moment als er sich zwischen Mrs Tattersall und sie quetschte, hatte es sich angefühlt, als hätte jemand die Lautstärke hochgedreht. Alle Sinne waren plötzlich wie geschärft. Sie roch die schwache Mischung aus dem Kräutershampoo und seinem Aftershave. Dann war da noch sein Arm, der an ihre Schulter drückte. Sie wusste, dass sie Gefahr lief, etwas Dämliches zu tun, ihre Finger mit seinen zu verschränken zum Beispiel, mal abgesehen vom Vergessen des Textes von »Rudolph, the Red-Nosed Reindeer«. Aber mit Helena Fairlie, die in der letzten Reihe ihr Bestes gab, war sie es den Einwohnern von Emerald Bay schuldig, dranzubleiben. Das gelang ihr auch, indem sie sich auf all die Dinge konzentrierte, die sie Freya später schreiben würde.

Bei »Good King Wenceslas« angekommen, war Shannon bewusst, dass es zwecklos war, zu leugnen, dass sie sich zu James hingezogen fühlte. Sie war so, so kurz davor, ihre Hände auf seine Schultern zu legen, sich auf die Zehenspitzen zu stellen und ihn zu küssen. Das hieß aber noch lange nicht, dass es eine gute Idee wäre, dem nachzugehen. Bald würde er zurück nach Amerika verschwinden und sie würde ihn vergessen. Hatte sie sich nicht auch sehr zu Chris Hemsworth hingezogen gefühlt, in diesem Thor-Film? Und den hatte sie irgendwann auch vergessen. Außerdem fühlte sich allein der Gedanke falsch an, in dem von ihrer Mam eingerichteten Laura-Ashley-Paradies mit ihm was anzufangen.

Als die Feierlichkeiten auf dem Marktplatz also ein Ende gefunden hatten, war Shannon zurück zum Pub geschlichen und hatte sich in ihrem Zimmer verkrochen, wo sie als Allererstes Freya geschrieben hatte. Statt zu schimpfen, wieso sie sich mit James zusammentat, tippten ihre Finger ins Nachrichtenfeld, dass sie bei ihm an Lion-Riegel denken musste. Freya wusste genau, wie Shannon zu Lions stand. Sie würde es verstehen. Ihre Freundin antwortete schnell und Shannon las, wie sehr sich Oisin freute, sie wiederzusehen. Dahinter standen allerdings ein paar Emojis mit Herzchenaugen zu viel, um Shannon zu überzeugen. Es tat ihr für Freya weh, aber sie konnte nichts tun. Sie musste es auf dem schmerzhaften Weg lernen, so wie Shannon bei Julien. Was ihre eigene Selbsterhaltung anging, gab es aber eine Sache, die sie unternehmen konnte, und das war, nicht mehr mit James allein zu sein.

Bisher war ihr das sogar gelungen.

Anscheinend hatte ihre Mutter noch nicht mit dem Thema Mitternachtsmesse abgeschlossen, denn Shannon hörte sie jetzt sagen: »Und ich weiß zwar nicht, wie es in anderen Gemeinden ist, aber Pater Seamus ist auch nicht mehr der

Jüngste und man kann doch nicht von dem armen Mann verlangen, dass er bis Mitternacht rumsitzt.« Beim Sprechen fächerte sie sich Luft zu, begann dann aber stattdessen, ihre Jacke zu lüften.

»Bei einem Stromausfall hält er auch bis Mitternacht durch, wenn man ihm immer Whiskey nachschenkt«, kommentierte Liam.

Nora warf ihm einen Blick zu, der ihn warnte, dass er sich gerade an der Grenze zur Blasphemie bewegte, bevor sie sich wieder Hannah zuwandte: »Und quassele nicht alle Leute von armen Bienen voll, wenn wir in der Kirche sind, Hannah. Du sollst dich gefälligst benehmen. Sollt ihr alle.«

Shannon nickte und kam sich vor, als wäre sie vier statt vierunddreißig, als ihre Mutter von Hannah zu ihr sah und auf Bestätigung wartete, bevor sie die Reihe weiter durchging, zu Imogen, Grace und Ava. Solang sie denken konnte, bläute sie ihnen jedes Weihnachten das Gleiche ein. Als Nächstes würde sie noch in ihr Taschentuch spucken und ihnen damit durch die Gesichter wischen.

Für Maeve, die sich gerade den Mantel zuknöpfte, fügte sie hinzu: »James und dich meine ich natürlich nicht, Maeve.«

Maeve sah hoch und fragte: »Geht es dir gut, Nora? Du bist nicht krank, oder? Dein Gesicht ist auf einmal so rot.«

»Nur eine Hitzewallung, Maeve, mach dir keine Gedanken.«

Kitty, ebenfalls in Mantel und Hut eingepackt, betastete den Schinken, den sie vorhin für die Sandwiches zur Stärkung nach der Kirche gekocht hatte. »Der kann noch ruhen, während wir weg sind«, sagte sie halb zu sich selbst und legte ein Geschirrtuch über das Fleisch.

Ein wohliges Gefühl breitete sich in Shannon aus. Die Sandwiches mit Kochschinken auf dem weichen Weißbrot waren immer der perfekte Abschluss des Heiligabends. Das, und sicherzustellen, dass ein Teller Kekse und ein Glas Ale zur

Erholung für den Weihnachtsmann bereitstanden, der mit einem Sack voll Geschenke durch den Kamin kommen sollte.

»Ja, na gut, wir sollten los«, verkündete Liam mit einem Klatschen. Dann erschauderte er. »Gott, Shannon, kannst du bitte ein Wörtchen mit dieser Katze reden?«

Alle schauten zum Durchgang, wo Napoleon aufgetaucht war und sie alle abschätzig anstarrte.

Pater Seamus hieß seine Gemeinde willkommen und verteilte am Eingang die Kirchenhefte, während Mrs Rae auf der Orgel »Oh Come, All Ye Faithful« schmetterte. Shannon rutschte auf der Kirchenbank direkt neben Maeve. Auf Maeves anderer Seite saß James, bei dem sie den Arm untergehakt hatte. Shannon wusste genau, dass es Thema Nummer eins unter den Leuten sein würde, wer genau dieser Amerikaner war und wie er zu Maeve Doolin stand. Sie atmete den schweren, moschusartigen Duft von Weihrauch und Frauenparfüm ein und fragte sich, wie viele wohl einen Spritzer von Seduce Me ausprobiert hatten. Die Mischung trieb ihr Tränen in die Augen und es kitzelte in der Nase, sodass sie beinahe niesen musste. Ein paar Reihen weiter vorn weinte ein Baby und Mrs Molloy ermahnte einen ihrer Söhne, dass er sich gefälligst hinsetzen sollte und nicht wie ein Heide durch die Kirche rennen.

Direkt vor ihr brachte Ruby McGinn Shannon zum Zurückzucken, indem sie ihre langen Haare nach hinten warf, die sie fast wie eine Peitsche trafen. Die Geschwindigkeit, in der Rubys Daumen über ihr Handydisplay rasten, war beeindruckend, und Shannon erschrak, als Mrs McGinn der Teenagerin das Gerät abrupt aus der Hand riss. »Ella sitzt da drüben, du kannst nach der Messe mit ihr reden«, schimpfte Mrs McGinn und verstaute das Smartphone in ihrer Handtasche. Ruby ließ sich auf die Bank sinken und verschränkte beleidigt die Arme vor der Brust.

Alle Familien grüßten sich gegenseitig, als hätten sie sich seit Monaten nicht gesehen statt seit Tagen. Mögliche Streits wurden beigelegt und es wurden sich die Hände gereicht, denn es war immerhin Weihnachten.

Währenddessen hörte Shannon, den Kopf schief gelegt, Maeve zu, die lächelnd über die Wunder der modernen Technik plauderte.

»Kannst du das glauben, Shannon? Ich habe vier Enkel. Vier stattliche, gut aussehende Enkel«, erzählte sie jetzt.

Mehrere Köpfe drehten sich schlagartig in Maeves Richtung, aber alles war vergessen, als Pater Seamus die gerade geschlossenen Türen noch mal öffnete und Matthew Leslie, seine Frau und seine beiden Töchter hereingesaust kamen.

Shannon merkte, dass sie gaffte, aber sie konnte nicht anders. Mrs Leslie und ihre zwei Töchter sahen aus wie nordische Klone der Cambridges, während Matthew Leslie eher in Richtung Prinz Harry ging. Neben ihr verkrampfte sich Maeve und als die Familie an ihnen vorbeiglitt, wurde Shannon klar, wie merkwürdig es für sie sein musste. Die ganze Haltung von Matthew Leslie strahlte etwas von einem selbstsicheren und privilegierten Mann aus. Er hatte keine Ahnung, dass der Amerikaner, der links neben der kleinen Maeve Doolin saß, die früher im Haus seiner Großeltern geputzt hatte, sein Neffe war. Automatisch griff sie nach Maeves Hand, auf James' fragenden Blick antwortete sie nur mit einem Schulterzucken. Es war nicht der richtige Zeitpunkt, sich zu ihm zu beugen und ihm zuzuflüstern, wer die Leslies waren.

Shannon streckte sich, um zu sehen, wo sie sich hinsetzten. Die Molloys waren zusammengerückt, um Platz für die Familie zu machen, dessen Haushälterin regelmäßig Fleisch in ihrer Metzgerei bestellte. Lustig, dachte Shannon, diese Ehrerbietung auf den Gesichtern der Einwohner. Die Tage, in denen das die Familie über dem Rest des Dorfes thronte, waren zwar vorbei, aber das Erbe war noch deutlich spürbar. Wie muss es nur für Maeve gewesen sein, all die Jahre im Schatten des Anwesens auf dem Berg zu leben?

Pater Seamus ging den Mittelgang hoch und nahm seinen Platz vorn ein, bevor er seine Gemeinde daran erinnerte, dass Jesus der Star der Show war, nicht etwa die Leslies.

»Ein wundervoller Gottesdienst.«

»Pater Seamus war großartig.«

»Mam, was ist, wenn wir den Weihnachtsmann beim Verteilen der Geschenke erwischen?«

»Frohe Weihnachten!«

Die lauten und fröhlichen Stimmen der Bewohner von Emerald Bay tönten durcheinander, als alle die Kirche verließen. Die Scheinwerfer eines SUVs erleuchteten die schwarze Nacht. Shannon beobachtete, wie die Leslies, die nur kurz stehen geblieben waren, um Pater Seamus zu danken, hineinkletterten. Mit anderen Menschen hatten sie sich nicht unterhalten und die Scheiben des glänzenden, übergroßen Wagens waren abgedunkelt. Schon braus ten sie davon.

»Shannon, können wir kurz reden?«, unterbrach James ihre Gedanken. Ein Stück weiter plauderten Maeve und Kitty mit Rita Quigley und Brenda Gallagher. Der Rest ihrer Familie war damit beschäftigt, Freunden und Nachbarn frohe Weihnachten zu wünschen. Das hatte sie auch vorgehabt, aber sie nickte und sah ihn fragend an. Seine plötzliche Berührung an ihrem Ellenbogen brachte ihren Atem ins Stocken und jagte ein Kribbeln ihren Arm hoch. Er leitete sie sanft weg von der Menge, an die Seite der Kirche. Seine meergrünen Augen waren in der Dunkelheit schwarz und er sah sie mit einer solchen Intensität an, dass ihre Lippen sich erwartungsvoll einen Spalt öffneten.

»Shannon, es gibt etwas, das ich sagen muss, deswegen mache ich es jetzt einfach.«

Eine Horde aufgeregter Kinder beim Fangenspielen riss sie

aus ihrer Trance. Was tat sie hier? Wäre es eine rein körperliche Anziehung für sie, dann wäre sie vielleicht in der Lage, sich darauf einzulassen, aber es war mehr als das. Sie mochte ihn und sie wollte nicht riskieren, einen Schritt weiterzugehen, denn er reise bald wieder ab. Dafür war die emotionale Wunde, die Juliens Trennung hinterlassen hatte, noch zu frisch.

»Nein, James, sag es nicht.« Shannon riss sich los und eilte zurück zu den anderen.

ERSTER WEIHNACHTSTAG

Mögen die Heiligen dich schützen und segnen,
heut.
Und mögen alle Steine verschwinden,
auf deinem Weg.
Fröhliche Weihnachten!

— IRISCHER SEGENSSPRUCH ZUR
WEIHNACHT

36

»In dem Pullover und der Schürze gibst du einen guten Iren ab«, dröhnte Liam über Grace hinweg, die Bonos Strophe von »Do They Know It's Christmas« mitgrölte, das gerade im Radio lief. Völlig in Weihnachtsstimmung und mit seiner Weihnachtsmannmütze auf dem Kopf war er in die Küche gekommen. »Beeilt euch mit den Servietten, Mädchen. Eure Nan und Maeve decken den Tisch. In einer halben Stunde klopfen die ersten Gäste an die Tür.« Beim Duft des Bratens, der die Küche erfüllte, rieb er seine Hände aneinander. Mit wackelnden Schneemann-Ohrringen schloss Nora die Klappe vom Ofen, in dem der riesige Truthahn in einem Bett aus Zwiebeln und Karotten schmorte.

»Der macht sich wunderbar«, verkündete sie zufrieden. »Dem Roastbeef gebe ich noch eine Minute, bevor ich es raushole.«

Es war ein Mysterium, wie überhaupt einer von ihnen nach dem ausgiebigen Frühstück von vorhin etwas runterkriegen sollte, dachte Shannon, aber es war jedes Jahr das Gleiche. Irgendwie fand man immer noch Platz. Besonders, wenn es um den Christmas Pudding und das Trifle ging, die Mam am Morgen noch vorbereitet hatte.

»Wieso können wir die Servietten nicht einfach wie sonst aufrollen und in der Mitte falten?«, beschwerte sich Grace, die versuchte, das grüne Papier in die komplizierte Tannenbaumform zu bringen, die Kitty ihnen aufgetragen hatte.

»Weil Nan gerade verrückt nach Origami ist. Das weißt du, Grace, und es ist gar nicht so schwer, wenn man ein paar geschafft hat«, antwortete Ava ihrer Zwillingsschwester, die jedoch nicht sehr überzeugt aussah.

Shannon faltete die letzte Ecke ihrer Serviette und schaute rüber zu James. Er war damit beauftragt worden, die Kartoffeln für die Beilage vorzukochen. Mit dem Rücken lehnte er an der Arbeitsfläche und beobachtete die Feinheiten des Serviettenorigami, während er wartete, bis das Wasser anfing zu kochen, um dann die Knollen reinzuwerfen. Shannon senkte schnell den Blick, als er sie ansah. Mit ungelenken Fingern machte sie sich an die nächste Serviette.

Der Aran-Pullover stand ihm besser als allen Iren, die sie kannte. Dass er dazu noch Nans Schürze mit der Aufschrift »Ich bin Ire, ich brauche kein Rezept« umgebunden hatte, unterstrich das Bild nur noch mehr – und es ließ sie wissen, dass er Kitty für sich gewonnen hatte, indem er sofort darauf bestanden hatte, zu helfen, nachdem die Reste des Geschenkpapiers weggeräumt waren. Als Erstes hatte er ihrem Dad dabei geholfen, die Tische im Pub aneinanderzuschieben.

Schade, dass er die passende Mütze zum Pulli nicht bekommen hatte, die Shannon spontan in Clifden gekauft hatte, aber nachdem sie ihn gestern Abend so abgewiesen hatte, konnte sie ihm die schlecht geben. Das würde definitiv widersprüchliche Signale senden, dabei war sie überzeugt, das Richtige getan zu haben. Eine Schwärmerei klang wieder ab und mit James für die Dauer seines Besuchs etwas anzufangen, wäre sinnlos und würde sie zu genau dem Punkt zurückwerfen, an dem sie bei ihrer Ankunft hier gewesen war. Außerdem sollte er sich darauf konzentrieren, seine Großmutter kennenzulernen.

Wenigstens hatte Mam im Namen der Kellys dafür gesorgt, dass er und Maeve Geschenke zum Auspacken gehabt hatten, als sie sich alle um den Baum im Pub versammelt hatten, unter dem über Nacht Geschenke aufgetaucht waren. Für ihn ein Buch mit irischer Lyrik, das nicht zu viel Platz in James' Rucksack einnehmen würde, und für Maeve ein Geschenkset von Heneghan's. Nora war stets dafür, die hiesigen Läden zu unterstützen und lokal einzukaufen, außer es ging um Lebensmittel.

Shannon hatte unter anderem das Buch bekommen, das sie sich gewünscht hatte, und eine Flasche vom Seduce Me Eau de Toilette.

Hannah hatte sich bei den Geschenken mal wieder übertroffen und ihren Schwestern allen bienenfreundliche Saatgutmischungen überreicht, ihren Eltern direkt einen Selbstraucher für die Bienenzucht.

Mit einem Geschenk hatte Shannon jedoch nicht gerechnet.

Als in der Küche die Vorbereitungen für das Essen angefangen hatten, war sie kurz nach oben geschlichen, um nach Napoleon zu sehen. Sie wollte sichergehen, dass er auch brav mit dem Ball mit der Glocke darin spielte, den sie ihm geschenkt hatte. Während sie ihn mit den Leckerlis verwöhnte, die sie sich gegönnt hatte, hatte es an der Tür geklopft. James stand davor, in seiner ganzen Aran-Pulli-Pracht. Sie musste skeptisch ausgesehen haben, denn als Erstes sagte er: »Schon gut, die Botschaft gestern Abend ist angekommen.«

»James, ich wollte nicht …« Was wollte sie nicht? Sie trat von einem Bein auf das andere, versuchte, ihre Gefühle auszudrücken. »Ich denke einfach, dass es keine gute Idee wäre.«

»Das verstehe ich. Du hast eine harte Trennung hinter dir. Du willst dich nicht auf jemanden Neues einlassen.«

Er verstand es nicht, denn Shannon *wollte* sich auf ihn einlassen, aber das Timing passte einfach nicht.

»Ich habe aber etwas, das ich dir allein geben wollte. Keine Hintergedanken, versprochen.« Er holte eine Papprolle hinter seinem Rücken hervor. Shannon nahm sie entgegen, unsicher, was das zu bedeuten hatte.

»Mach sie auf«, sagte er sanft.

Sie löste das Plastiksiegel und ließ den aufgerollten Inhalt herausgleiten. Beim Ausbreiten des strukturierten Papiers biss sie unsicher auf ihre Unterlippe. Sie ahnte schon, was es war.

Das Gemälde vom Kilticaneel Castle, das sie im Mermaids so bewundert hatte.

»Ich weiß, dass es dich an deinen Opa erinnert.«

Shannon nickte und dachte an ihre Unterhaltung in Clifden. »Tut es, und das ist sehr großzügig, aber ich kann es nicht annehmen.« Sie musste dringend ein ernstes Wörtchen mit Freya reden, wenn die aus Westport zurückkam.

»Ich möchte, dass du es hast, Shannon.« Diesmal beendete James die Unterhaltung, indem er einfach über die Treppe nach unten verschwand und sie mit dem Bild in den Händen zurückließ.

Als sie zurück in die Küche kam, schleimte ihre Mam sich gerade bei James ein, während sie sich dem wichtigsten Thema widmeten: dem Essen für die Gäste.

»Ich kann ein super Omlette machen«, warf Liam ein, der in der Küche nicht von ihrem Amerikaner in den Schatten gestellt werden wollte. Nora schlug seine Hand weg, die in die Dose mit der Quality-Street-Schokolade greifen wollte, die auf dem Tisch stand.

Der große Zeiger hatte sich inzwischen fünf Minuten weiterbewegt, als James das Wasser der Kartoffeln abgoss, bevor er sie mit Mehl bestäubte. Nora stand schon mit dem Backblech mit heißem Gänsefett bereit, auf dem ein angenehmes Brutzeln ertönte, als er behutsam die Kartoffeln darauflegte.

»Gut, James. Weiter geht's mit dem Lachs für die Vorspeise«, kündigte Nora an, sobald die Kartoffeln im Ofen waren. Kitty war im Durchgang aufgetaucht und verlangte nach den Weihnachtsbaum-Servietten. Die fertigen hatten sie im Korb in der Mitte des Tisches gesammelt, den Shannon sich jetzt schnappte und damit ihrer Nan in den Pub folgte.

Maeve saß am Tisch und polierte das Besteck. Kitty hatte zwei weiße Tischdecken über den Tischen ausgebreitet, an denen sie essen sollten. Ein rotkarierter Läufer und passende Tischsets sorgten für etwas Farbe. Der Blickfang war ein Gesteck aus Stechpalme und Tannenzapfen, bei dem Kitty darauf beharrte, dass es ein Familienerbstück sei. »Für wie viele decken wir, Kitty?«, fragte Maeve nach, um sich ans Zählen der Messer, Gabeln und Löffel zu machen.

»Fünfzehn, Maeve.«

Neben jedem glänzenden Weinglas platzierte Shannon eine Serviette und runzelte über einen der Bäume die Stirn, der eher wie ein Gebüsch aussah. Grace' Bemühungen, keine Frage.

Um Punkt eins klopfte Enda Dunne an der Tür des Pubs. Mit seinem einzigen Sohn hatte er sich zerstritten, weil er sich weigerte, den Hof der Familie zu verkaufen und in eine Seniorenanlage in Galway zu ziehen. Paddy McNamara kam als nächstes hereingetorkelt, stank nach Whiskey und entschuldigte sich vielmals, weil seine Bridget es nicht schaffte. Kurz darauf folgten Silé Twomey, deren Mann in den Sechzigern verschwunden war – alle waren sich einig, dass er ein neues Leben in Australien angefangen hatte. Mrs Twomey war schnell darüber hinweggekommen und führte seitdem ein glückliches, freies und ungebundenes Leben. Sie meinte immer, dass Weihnachten die einzige Zeit sei, in der sie seine Abwesenheit tatsächlich spüre, aber hatten die Kellys dieses Problem nicht behoben, mit ihrem großzügigen Essen am Weihnachtstag? Dann war da noch Adella Garcia, eine Spanischlehrerin an der Highschool in Kilticaneel. Sie wohnte zur Miete in einer Wohnung über dem Strickladen und hatte sich, aus welchen Gründen auch immer, dagegen entschieden, über die Feiertage nach Spanien zu fliegen. Als Letztes traf Piaras Fennelly ein, ein Witwer, dessen Familie nach Kanada ausgewandert war.

Die von Kitty und Finbar ins Leben gerufene Tradition sah vor, dass niemand in Emerald Bay Weihnachten allein verbringen musste. Aus diesem Grund wurden alle herzlich eingeladen, im Pub mit der Familie zu essen. Nora und Liam hielten diese Tradition stolz am Leben. Die Kelly-Mädchen waren es von Kindesbeinen an gewohnt, mit anzupacken, wenn die unterschiedlichsten Einwohner sich für das Essen am Tisch versammelten, weshalb in der Küche während des Essens alles wie am Schnürchen lief, da konnten sie mit jedem Sternerestaurant mithalten. Wenn es um das Servieren von Essen ging, funktionierten Kitty, Nora, Shannon, Imogen, Hannah, Grace und Ava wie eine gut geölte Maschine. Auch Liam war in seinem Element und spielte den geselligen Gastgeber. Er sorgte dafür, dass kein Glas jemals leer blieb und dass das Feuer weiter vor sich hin flackerte.

Sobald alle Teller abgeräumt waren, schnappte Enda sich den ersten Knallbonbon. »Erweist du mir die Ehre, Kitty?«

Kitty willigte ein – immerhin war Weihnachten – und zog an einem Ende der rot-goldenen Papierrolle, wobei ihr Ehrgeiz durchblitzte. Nach einem kurzen Knall hielt sie den Großteil des Bonbons in der Hand. Sie setzte sich ihren Hut daraus auf und präsentierte allen ihren Preis: einen Schlüsselanhänger aus Plastik. Dann rollte sie das herausgefallene Stück Papier auf und räusperte sich.

»Warum können Weihnachtsbäume nicht gut häkeln?

»Weiß ich nicht«, echoten alle am Tisch.

»Weil sie immer die Nadeln fallen lassen.«

Bei der Auflösung gingen Stöhnen und Lachen um, bevor weitere Knallbonbons auseinandergezogen und mehr Kronen aus Papier aufgesetzt wurden. Nora fragte, ob sie schon den Christmas Pudding und das Trifle holen sollte, als mit einem Mal die Tür aufflog, woraufhin alle erschraken.

Ein Mann mit tiefsitzender Mütze und hochgezogenem Schal schlug die Tür hinter sich wieder zu. Erst als er den Schal abwickelte, erkannte Shannon das rote Gesicht unter der Mütze. Es war Fergus, Maeves Sohn. Sie schaute zu Maeve, die vor Schock ganz blass war. Er fing an, mit dem Finger auf die Gruppe am Tisch zu zeigen, noch bevor irgendjemand in der Lage war, etwas zu sagen.

»Wer von euch ist der Amerikaner, der meine Mutter um ihr Geld bringen will?«

Für einen Moment wirkte James nur verwirrt, dann sah Shannon, wie ihm bewusst wurde, wer der Mann war. Er wollte gerade aufstehen, aber Maeve legte ihm eine Hand auf den Arm. »Nein. Ich muss das selbst regeln, James.« Sie stemmte sich hoch.

»Fergus. Dir auch frohe Weihnachten, Sohn.«

»Mam! Ich war krank vor Sorge. Du bist nicht an dein Telefon gegangen.«

»Weil der Strom ausgefallen ist und die Kellys mich netterweise für ein paar Tage bei sich aufgenommen haben. Ich hätte dich von hier angerufen, aber ich dachte, es tut dir vielleicht ganz gut, wenn du ein, zwei Tage Zeit hast, zu verdauen, was ich dir erzählt habe. Ich hatte vor, dich heute Abend anzurufen, um dir und deiner Familie frohe Weihnachten zu wünschen.«

Unter seinem Mantel schwoll seine Brust. »Dank ihm, nehme ich an«, er blickte James finster an, »verbringe ich Weihnachten nicht mit meiner Frau und meinen Kindern. Hast du eigentlich eine Ahnung, wie schwierig es war, an Weihnachten einen Flug nach Dublin zu bekommen? Geschweige denn einen Mietwagen.«

»Du hättest nicht kommen brauchen, außer du wolltest Weihnachten unbedingt mit deiner alten Mutter verbringen.«

Mit ihren aufmerksamen blauen Augen musterte Maeve ihren Sohn.

Fergus zog am Kragen seines Mantels, sein Gesicht wurde von Minute zu Minute röter. »Ach, vergiss es. Jetzt bin ich hier.« Er marschierte zum Kopfende des Tisches und sah in alle Gesichter, die er außer Adellas alle kannte. »Wisst ihr, wer dieser Betrüger behauptet zu sein, um sich an meine arme Mutter ranzumachen?«

Shannon merkte, wie er das Publikum genoss.

»Nur ihr Enkel.« Die offenen Münder und gemurmelten »Ohs« stachelten Fergus weiter an. »Das stimmt, ›oh‹. Mir wurde irgendeine verschwurbelte Geschichte aufgetischt, meine Mutter hätte ein Kind bekommen, bevor sie meinen Dad geheiratet hat. Ihr lebt hier schon seit Ewigkeiten«, er zeigte unfreundlich auf Kitty, »und? Wisst ihr was von diesem angeblichen Baby?«

Maeve schlug mit der Hand auf den Tisch, was das Geschirr zum Klirren brachte und alle Blicke auf die kleine Dame lenkte, die nicht mal einer Fliege etwas zuleide tun konnte. »Fergus Doolin, es reicht. Setz dich hin, sofort, und zeig nicht mit nacktem Finger auf Ältere wie ein Ungläubiger. Dein Vater und ich haben dich besser erzogen als das.«

Fergus blinzelte. Es war offensichtlich, dass es ihn überraschte, von seiner Mutter ausgeschimpft zu werden. Er zog sich einen Stuhl von einem der Nachbartische heran und gehorchte.

»Ich möchte mich dafür entschuldigen, dass mein Sohn hier hereingeplatzt kommt und so herumbrüllt.« Maeve richtete sich an den gesamten Tisch. »Was James hier angeht: es stimmt. Er ist mein Enkel.«

Fergus schnaubte, aber als Maeve ihm einen warnenden Blick zuwarf, schien er in seinem Mantel ganz klein zu werden, verwirrt, was aus seiner zurückhaltenden und sanftmütigen Mutter geworden war.

Maeve legte ihre beiden Hände flach auf den Tisch. »Ich habe lange genug geschwiegen und ich lasse mich nicht länger unterdrücken. Nicht von den Leslies, nicht von den Nonnen und ganz sicher nicht von dir.« Sie starrte ihren Sohn an, aber den hatte all seine Wut inzwischen verlassen. »In den letzten Tagen, seit mein Enkel James mich gefunden hat, ist mir klar geworden, wie kurz das Leben ist. Ich verschwende keine Sekunde mehr von dieser wertvollen Zeit.«

Ihrer Familie und den Gästen sah Shannon an, dass sie versuchten, die Verbindung zwischen Maeve, den Leslies und Nonnen zu ziehen. Dass Fergus ein Mobber war und ist, war allen bekannt und ein großes Rätsel, da seine aggressive Art schon mal nicht von seinen Eltern stammen konnte, die beide sanfte, liebenswerte Menschen waren.

James legte eine Hand auf Maeves. »Du musst es nicht allen erklären«, sagte er leise.

»Nein, musst du nicht«, bekräftigte Kitty.

»Das möchte ich aber. Es ist nichts, wofür ich mich schämen muss.«

Das einzige andere Geräusch im ganzen Raum war das Knistern der Holzscheite im Feuer, während Maeve ihre Geschichte erzählte. Als sie fertig war, tupften alle am Tisch sich die Augen mit den zerknüllten Weihnachtsbaum-Servietten ab. Kitty stand auf, um Maeve zu umarmen, und Shannon hörte, wie sie flüsterte: »Du bist eine tapfere Frau, Maeve Doolin. Es tut mir sehr leid, was du durchmachen musstest. Die Leslies und die Kirche haben einiges wiedergutzumachen.«

Alle am Tisch stimmten zu.

»Und dir will ich noch was sagen«, wandte Maeve sich an Fergus. »Das Geld der Leslies, das meine Mutter in meinem Namen angenommen hat, werde ich nutzen, um für James und mich Erste-Klasse-Tickets nach Boston zu buchen, damit ich deine Schwester kennenlernen kann, bevor es zu spät ist.«

Fast tat Fergus Shannon leid, als er seine Mütze abnahm,

sich die Schläfen rieb und versuchte, all das zu verstehen, was seine Mutter gesagt hatte. Er hatte eine Schwester, die nicht mehr lange zu leben hatte, dazu vier Neffen. Wortlos stand Liam auf und schenkte ihm einen starken Drink ein.

Shannon beobachtete, wie Maeve sich wieder hinsetzte und James seine Großmutter voller Stolz ansah. Ihre Worte darüber, wie kurz das Leben war, hallten noch in Shannons Kopf nach. Man bekommt nur eine einzige Chance, dachte sie und leerte ihr Weinglas. Maeve war so mutig gewesen. Das würde sie auch sein.

37

»Du hattest recht«, sagte James zu Shannon, während sie die Tür hinter ihnen schloss und beide den schneebedeckten Boden betraten. Es schneite immer noch, aber die Flocken waren weicher, fast pudrig. »Fergus ist ein Arschloch. Wie er einfach reingeplatzt ist ...« Er schüttelte den Kopf beim Gedanken daran, wie Fergus Doolin durch die Türen gestürmt war, als wäre er Poirot, der gleich mit dem Finger auf den Mörder zeigt. »Ich hoffe, Maeve bereut ihren Gefühlsausbruch später nicht noch. Emerald Bay ist klein und sie ist es, die hier leben muss, nicht ich. Es war nie meine Absicht, ihr Leben auf den Kopf zu stellen.«

»Oh, ich glaube, der war bei Maeve schon lange überfällig und erholsam. Kannst du dir vorstellen, all den Schmerz und Verlust in dir herumzutragen, über Jahre hinweg, so wie sie es getan hat? So ein großes Geheimnis vor dem eigenen Sohn zu haben? Aber, wie sie selbst sagt, sie hat nichts Falsches getan. Klar wird es Gerede geben, aber nach ein, zwei Wochen wird was Neues passieren. Emerald Bay ist vielleicht klein, aber es ist immer was los. Wer weiß, vielleicht wird Fergus auch endlich bewusst, dass man nur die eine Mutter bekommt und dass er sich mehr Mühe mit seiner geben sollte.«

»Da muss ich dir widersprechen. Meine Mutter hat gleich zwei Mütter.«

Shannon schaute zu ihm hoch. Zu dieser Jahreszeit war es um fünf Uhr abends schon dunkel, aber unter der Kapuze konnte sie dennoch in einem geheimnisvollen Schein sein Profil sehen. »Du hast recht.«

James drehte sich zu ihr, er schien ihre Gedanken zu lesen. »Es liegt an der Lichtstreuung. In der Schule habe ich mal einen Vortrag darüber gehalten, wieso der Nachthimmel so hell erscheint, wenn es schneit. Der Schnee auf dem Boden reflektiert das Licht nach oben in die Atmosphäre, wo die fallenden Schneeflocken es einfangen.«

»Lichtstreuung«, murmelte Shannon. »Das klingt schön. Es könnte der Titel von einem Gedicht sein.«

James stimmte ihr zu. Sie hatten es nicht eilig, den Parkplatz zu überqueren und zur Straße zu gelangen. In der Luft hing der rauchige Geruch der brennenden Kamine im Ort. Verbotener Torf gemischt mit Holz.

»Diesen Geruch werde ich nie vergessen«, sagte James und atmete tief ein. Shannon gab den Weg vor und während er vielleicht keine Ahnung hatte, in welche Richtung sie gehen würden, hatte sie ein genaues Ziel vor Augen, denn sie, Shannon Marie Kelly, tat es Maeve gleich und nahm all ihren Mut zusammen. Sie hatte gewartet, bis alle Aufregung über Fergus' plötzlichen Besuch und Maeves Enthüllung abgeklungen war, dann hatte sie James leise gefragt, ob er sie später auf einen Spaziergang begleiten würde. Mit seinem fragenden Blick hatte sie schon gerechnet, doch er hatte zugestimmt. Sobald die Gäste gegangen waren und alle geholfen hatten, den Tisch abzuräumen, waren sie in ihre Jacken geschlüpft.

Fergus und Maeve hatten sich im leeren Pub vor dem Kamin unterhalten, während Nora vorgeschlagen hatte, im

Fernsehen nach einem Weihnachtsfilm zu suchen, den sie gucken konnten, während sie das Essen verdauten. »Der Abwasch kann warten«, hatte sie verkündet, wobei es nicht viel Gegenrede gegeben hatte. Als der Rest der Kellys es sich auf dem Sofa im Familienzimmer gemütlich gemacht hatte, waren Shannon und James davongeschlichen.

»Ich kann das Meer hören«, sagte James und blieb an einer Hecke stehen. Er schob seine Kapuze zurück, um besser horchen zu können.

Shannon lächelte. Der gewaltige Atlantik schwieg selten. Die einzigen Geräusche kamen von ihrem Atem, dem Knirschen ihrer Schritte im Schnee und dem entfernten Brechen der Wellen. Die anderen Bewohner, die sich nach dem Essen zu einem Spaziergang aufgerafft hatten, waren schon längst wieder zu Hause. Es fühlte sich an, als hätte sich ein Zauber über ganz Emerald Bay gelegt und alles in einen hundertjährigen Schlaf versetzt. Beim Blick auf James, der seine Kapuze wieder hochzog, erinnerte Shannon sich daran, was sie vor dem Losgehen noch in ihre Jackentasche gestopft hatte.

»Ich habe noch ein Geschenk für dich«, sagte sie, entschlossen, mutig zu sein.

»Ach ja?« James klang überrascht.

»Ja.« Sie griff in ihre Tasche und zog eine Tüte heraus, die sie ihm sofort hinstreckte, aus Angst, doch noch ins Zögern zu geraten.

Etwas durcheinander öffnete James sie, während Shannon die Luft anhielt und seine Reaktion abwartete. Er begutachtete die Mütze.

»Die passt zu deinem Pullover. Meergrün, wie deine Augen.«

Er stülpte sich die Mütze über, bis über die Ohren, und warf ihr ein schiefes Grinsen zu. »Jetzt fühle ich mich komplett.«

»Aran-Man.« Shannon kicherte, aus Nervosität und weil er

so verdammt süß aussah. »Komm.« Jetzt ging sie schneller, hatte es eilig, an ihr Ziel zu kommen.

Die Kirche war dunkel und Shannon stellte sich Pater Seamus vor, der im Pfarrhaus vor dem Kamin eingenickt war, während Mrs Rae das Geschirr von ihrem Abendessen abwusch. Was den Park daneben anging, gab es keinerlei Lebenszeichen, abgesehen von einem wachsamen dicken Schneemann mit Schal, Hut und einer Karotte als Nase. Ihre Füße sanken tiefer in den Schnee und als sie an der Schaukel vorbeigingen, kroch Feuchtigkeit bis zu ihren Schienbeinen hoch.

In ihren Handschuhen fühlten sich ihre Hände schwitzig an, ihr Herz begann zu rasen, aber sie ging weiter. Weiter, bis zur hintersten Ecke, wo sie als Teenagerin oft herumgehangen hatte, vor neugierigen Blicken versteckt.

Wenn man niemals Risiken einging, lebte man sein Leben nie ganz, dachte sie. Sollte sie, wie sie vermutete, sich in diesen Amerikaner verlieben, dessen Grinsen alles in ihr zum Schmelzen brachte, und er dann ihr Herz brechen, dann war das nun mal so. Sie wiederholte Maeves Gedanken von vorhin: Das Leben ist kurz und unsere Zeit ist kostbar. Also verschwende sie nicht, weil du Angst hast, sagte sie sich entschlossen und setzte einen Fuß vor den anderen, bis sie die Büsche erreichten, wo sich die Stechpalme verbarg.

»Was hast du vor?«, fragte James, als sie begann, mit ihrem Handy als Taschenlampe die weiße Decke von den Blättern zu fegen, die unter dem Gewicht des Schnees herunterhingen. Shannon antwortete nicht, war zu sehr damit beschäftigt, einen Hinweis zu finden. Da ist es, dachte sie, als sie die roten Beeren entdeckte. Sie brach einen Ast der pieksigen Stechpalme ab und drehte sich wieder zu James. »Als ich jung war, gab es dieses Spiel unter den Mädchen. Man hielt einen Zweig von der Stechpalme über den Kopf des Jungen, den man mochte, um einen Kuss zu stehlen.«

James schwieg. Shannon fragte sich, ob es idiotisch gewesen war, ihn herzubringen. Ihr Atem ging immer schneller, als sie sich zwang, ihm in die Augen zu sehen. Sie wusste, dass sie darin erkennen würde, ob sie alles falsch interpretiert hatte. Vom ersten Moment an, als sie ihn auf ihrem Weg zu ihren Eltern neben dem Weihnachtsbaum gesehen hatte, faszinierten sie seine Augen. Jetzt spürte sie, wie sie darin versank, als er eine Hand ausstreckte und ihr den Palmenzweig abnahm. Er hielt ihn sich über den Kopf und sie hatte das Gefühl zu träumen, während sie ihre Hände auf seine Schultern legte. Sie hielt inne, genoss seine Nähe und atmete den vertrauten herben Zitrusduft ein. Es erfüllte sie mit einer göttlichen Vorfreude auf das, was gleich kam.

James war dagegen ungeduldig, legte ihr seinen Zeigefinger unter das Kinn und hob ihren Kopf sanft nach oben. Im schwachen Licht sahen sie sich kurz in die Augen, bis beide ihre Lider flatternd schlossen und sich vorbeugten. Ihre Nasen stießen aneinander, als ihre Lippen sich trafen, was beide zum Lachen brachte.

»Wollen wir es noch mal versuchen?«, fragte James und überraschte sie mit einem flüchtigen Kuss, der diesmal sein Ziel nicht verfehlte. Es reichte aus, um seine rauen Lippen zu spüren.

»Ein gestohlener Kuss, damit du weißt, dass ich dich mag«, erklärte er, bevor er lächelnd den Stechpalmenzweig zur Seite warf, um die Hände frei zu haben. »Sehr.«

»Ich mag dich auch«, flüsterte Shannon. Sein schiefes Lächeln erfüllte ihren ganzen Körper mit Wärme. Eines Tages würde sie ihm vielleicht erzählen, was dieses Lächeln in ihr auslöste. Vielleicht würde sie ihm sogar sagen, dass seine Augen alles in ihr weich werden ließen. Für den Moment aber zählte nur das Gefühl seiner Hände an ihrer Taille. Er zog sie zu sich, sie spürte die Kraft dahinter, wusste aber, dass es eine heilende war.

Diesmal berührten ihre Lippen sich erst zaghaft, dann zärtlich, bis sie voller Verlangen, aufgeregt, ineinander versanken. Shannon schmeckte den Sherry und in ihrem Bauch begann es zu kribbeln, als sie endlich verstand, dass sie genau dort war, wo sie sein sollte.

Sie war angekommen.

MEHR VON BOOKOUTURE DEUTSCHLAND

Für mehr Infos rund um Bookouture Deutschland und unsere Bücher melde dich für unseren Newsletter an:

deutschland.bookouture.com/subscribe/

Oder folge uns auf Social Media:

 facebook.com/bookouturedeutschland

 twitter.com/bookouturede

 instagram.com/bookouturedeutschland

EIN BRIEF VON MICHELLE

Liebe Leser:innen,

Ein herzliches Dankeschön dafür, dass ihr euch entschieden habt, *Weihnachten im kleinen Dorf in Irland* zu lesen. Wenn euch das Buch gefallen hat und ihr über meine Neuerscheinungen auf dem Laufenden gehalten werden möchtet, meldet euch über den folgenden Link für meinen Newsletter an. Eure E-Mail-Adresse wird nicht weitergegeben und ihr könnt euch jederzeit wieder abmelden.

deutschland.bookouture.com/subscribe/

Es hat mir viel Spaß bereitet, über die Kellys in Emerald Bay zu schreiben. Deswegen hoffe ich, dass auch ihr Freude dabei hattet, sie und alle anderen in dem beschaulichen Ort kennenzulernen. Ich kann es kaum erwarten, für Band zwei dieser neuen Reihe wieder nach Emerald Bay zurückzukehren und alles, was als Nächstes kommt, mit euch Leser:innen zu teilen!

Irland liegt mir sehr am Herzen. Auf meiner ersten Reise dorthin konnte ich meinen einundzwanzigsten Geburtstag feiern. Sieben Jahre später bin ich zurückgekehrt und habe mich mit meinem Ehemann, Paul, verlobt, habe dort mein Hochzeitskleid secondhand von einer Kollegin aus meiner Zeit als Rechtanwaltssekretärin gekauft und mit nach Neuseeland genommen.

Es ist ein Land, in das es einen immer wieder zurückzieht, und ich bin dankbar, dass ich beim Schreiben so viel Zeit dort verbringen durfte und die schillernden Charaktere zum Leben erwecken konnte, die sich für euch hoffentlich wie Familie und Freunde angefühlt haben.

Ich hoffe, euch hat *Weihnachten im kleinen Dorf in Irland* gefallen, und falls ja, würde ich mich sehr über eine Rezension freuen. Ich würde gern wissen, was ihr denkt, und eine Rezension hilft neuen Leser:innen eines meiner Bücher zu entdecken.

Ich liebe es, von meiner Leser:innenschaft zu hören – ihr könnt mich über meine Facebookseite erreichen, über Twitter, Goodreads oder meine Website.

Danke,

Michelle Vernal

www.michellevernalbooks.com

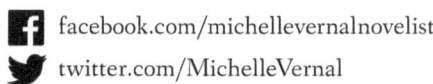

facebook.com/michellevernalnovelist
twitter.com/MichelleVernal

DANKSAGUNG

Ich möchte mich bei meiner Lektorin Natasha bedanken, für ihr Vertrauen in mich und ihre Hilfe dabei, die Geschichte zu Leben zu erwecken. Auch bei Kim und Noelle und dem ganzen wunderbaren Team von Bookouture. Es ist unheimlich aufregend für mich, dass *Weihnachten im kleinen Dorf in Irland* bei einem so dynamischen, zukunftsorientierten Verlag wie Bookouture erscheint.

Ein großes Danke geht auch an meinen Mann Paul für seine Unterstützung und seine harte Arbeit, damit zu Hause alles weiterläuft, während ich schreibe. Ich liebe dich und unsere Jungs bis zum Mond und zurück.